W0414714

Küstennachbarn

SALIM GÜLER

Küstennachbarn

– Ostseekrimi –

BE

Belle Époque Verlag

Salim Güler
www.salim-gueler.de
https://www.facebook.com/salim.gueler.autor
https://www.instagram.com/salimgueler

Copyright © 2022 Salim Güler

Alle in diesem Buch geschilderten Handlungen und Personen sind frei erfunden. Ähnlichkeiten mit lebenden oder verstorbenen Personen wären zufällig und nicht beabsichtigt.

Lizenzausgabe des Belle Époque Verlags, Inh. G. Pahlberg,
Wiesenstr. 7, 72135 Dettenhausen,
mit freundlicher Genehmigung des Autors.

Lektorat: Christiane Saathoff, www.lektorat-saathoff.de

Innenlayout und Schriftsatz: Hans-Jürgen Maurer
Covergestaltung: Umschlaggestaltung: Simone Holland,
hollanddesign@gmx.de, https://bit.ly/3HHlXxt

Herstellung: Custom Printing, Wał Miedzeszyński 217/1,
04-987 Warszawa, Polen

ISBN: 978-3-96357-302-6

1

17. September, Timmendorfer Strand

»Der macht das doch absichtlich«, schimpfte Klaus Achner.

»Was?«, fragte seine Frau Birgit und verdrehte die Augen.

»Du musst gar nicht so genervt schauen.« Achner atmete schwer. »Du weißt genau, was ich meine.«

»Mein Gott, lass ihn doch grillen. Wo ist das Problem?«

»Das Problem, mein gutmütiger Schatz, ist, dass der Geruch in mein Haus, in mein Schlafzimmer zieht und ich so nicht schlafen kann. Muss man wirklich um 23 Uhr noch grillen?«

»Es ist so ein milder Abend, da kannst du den Leuten wohl kaum das Grillen verbieten.«

»Doch, kann ich. Warum kann er das nicht zu einer Tageszeit tun, zu der jeder normale Mensch grillt? Zu menschlichen Zeiten.« Achner konnte sich nur schwer beherrschen. Dass seine Frau die Sache so locker sah, war typisch. Bloß nie anecken und sich lieber von anderen schamlos ausnutzen oder schlecht behandeln lassen.

Zum Glück war er nicht so.

»Was machst du?«, fragte Birgit, als Achner von seinem Loungesessel aufstand.

»Was wohl, dem Idioten sagen, dass er das sein lassen soll.«

»Um diese Zeit?«

»Exakt um diese Zeit, du hast es erkannt. Wer so dreist ist, ohne Rücksicht auf die Nachbarn nachts den Grill anzuschmeißen, muss mit den Konsequenzen leben.«

»Tu es nicht, bitte. Das nimmt kein gutes Ende.«

»Ach, bin ich etwa schuld, dass er sich als rücksichtsloser Nachbar erweist?«

»Dass du immer alles verdrehen musst. Rede doch morgen mit ihm, wenn du dich abreagiert hast.«

»Glaubst du, das bringt dann noch was? Nein, ich mache das jetzt! Die Nachtruhe beginnt um 22 Uhr, inzwischen ist es 23:09 Uhr. Ich bin ganz klar im Recht.« Achner schnaufte und verließ das Wohnzimmer.

»Deine Sturheit bringt uns noch mal richtig Ärger ein«, hörte Achner seine Frau sagen, als er sich die Schuhe anzog.

Was für ein Unsinn, das Recht war auf seiner Seite!

»Bevor der Idiot hier eingezogen ist, hat es keine Probleme gegeben«, murmelte er verärgert.

Sein Nachbar hatte das Haus nebenan vor drei Jahren gekauft. Anfangs hatte er sich noch bei ihm und seiner Frau angebiedert, sie zum Grillen eingeladen, aber Achner hatte ihm nicht über den Weg getraut. Der Typ war ihm zu glatt, etwas hatte ihn von Anfang an an ihm gestört und bisher hatte er sich immer auf sein Bauchgefühl verlassen können. Das bestätigte sich jetzt leider wieder. Nur seine Frau war dem falschen Charme des Kerls erlegen. Auf ihn hatte er damit keinen Eindruck machen können.

Wie es sich gehörte, klingelte er an der Haustür, aber der Nachbar öffnete nicht.

»Du Idiot, ich weiß doch, dass du da bist«, schimpfte Achner und hämmerte gegen die Tür, doch immer noch keine Reaktion.

Jetzt reichte es. Achner ging um das Haus herum in den Garten und da sah er ihn auch schon: Sebastian Krampe, seinen Erzfeind.

Wie sich dieser Typ das Haus überhaupt hatte leisten können, war ihm bis heute ein Rätsel. Krampe war einunddreißig und hatte das Anwesen vor drei Jahren gekauft. Achner kannte die Immobilienpreise, es hatte locker über drei Millionen Euro gekostet.

Dass jemand in so jungen Jahren über derart viel Geld verfügte, war Achner nicht geheuer. Er selbst hatte sein Haus fast fünfundzwanzig Jahre lang abgestottert. Damals waren die Immobilienpreise in Timmendorf für Menschen wie ihn auch noch leistbar gewesen, heute hätte er sich das nicht mehr erlauben können.

»Hallo«, grüßte ihn eine junge Frau, die Achner nicht kannte.

Auch etwas, was ihn ungemein nervte: Immer wieder tummelten sich fremde Personen auf dem Grundstück. So viele Freunde konnte ein Mensch doch gar nicht haben. Achner war noch nicht dahintergekommen, warum das so war, aber er vermutete, dass Krampe nebenbei Drogen verkaufte, daher die vielen Besucher und das Geld für die Immobilie. Leider fehlte ihm der Beweis dafür, damit der Bürgermeister diesen Drogenbaron rausschmeißen konnte.

Achner ignorierte die Frau und ging auf Krampe zu, der ihm den Rücken zugedreht hatte.

»Hallo, wir kennen uns doch«, grüßte ihn ein junger Mann, den Achner schon mal hier gesehen hatte.

»Moin«, gab Achner zurück, er wollte nicht unhöflich sein, auch wenn sein Tonfall nicht besonders freundlich war.

»Es ist noch genug da«, sagte der Mann. »Wollen Sie ein Bier?«

»Ganz sicher nicht.« Achner schüttelte den Kopf.

Jetzt erst sah auch Krampe ihn. Seine Miene war wie versteinert, doch dann lächelte er. Es war kein echtes Lächeln. Mit diesem dummen Grinsen konnte er vielleicht seiner Frau imponieren, aber sicherlich nicht ihm.

»Einen schönen guten Abend, Herr Achner. Leisten Sie uns doch Gesellschaft«, sagte Krampe und zeigte dabei seine strahlend weißen Zähne, die ebenso Fake waren wie seine ganze Erscheinung. »Wo ist Ihre Frau?«

»Meine Frau?« Achner straffte die Schultern. Krampe war zwar deutlich größer und trainierter als er, dennoch hatte Achner keine Angst vor ihm, er hatte in seiner Jugend viele Jahre geboxt.

»Ja, Ihre sympathische Frau.«

»Die wollte gerade schlafen gehen, wie es die meisten Menschen um diese Zeit tun wollen, aber dann ist dieser unangenehme Geruch von Ihrem Garten zu unserem rübergezogen.«

»Unangenehmer Geruch?« Krampe tat, als wüsste er nicht, worauf Achner anspielte.

»Haben Sie mal auf die Uhr geschaut?«

»Ehrlich gesagt nicht. Ich weiß auch nicht, worauf Sie hinauswollen.«

»Es ist jetzt 23:17 Uhr. Ab 22 Uhr gilt Nachtruhe, da ist das Grillen im Garten verboten.«

»Wir machen doch gar keinen Lärm«, sagte der Mann, der ihm vorhin ein Bier angeboten hatte. »Wir grillen nur.«

»Nur?« Achner schnaufte. »Der Rauch verpestet meine Wohnräume. Wie soll man bei dem Gestank schlafen?«

»Wie wäre es, wenn Sie die Fenster schließen und ich lösche die Kohlen? Wir haben alles gegrillt, was wir grillen wollten«, schlug Krampe vor.

Es klang geradezu höhnisch in Achners Ohren.

»Wie wäre es, wenn Sie einfach mal Ihr freches Maul halten und sich nicht immer eine extra Wurst erlauben? Als Hausbesitzer sollten Sie die Regeln für ein friedliches Miteinander kennen.«

»Jetzt gehen Sie aber zu weit. Ich wollte nur freundlich sein.«

»Freundlich sein? Halten Sie sich lieber an die Regeln und hören auf zu grillen, ist das denn zu viel verlangt!« Achner hatte Mühe, sich zu beherrschen. Krampe machte sich lustig über ihn und das konnte er überhaupt nicht leiden.

»Wir beenden das Grillen, das habe ich Ihnen eben versprochen. Und jetzt verlassen Sie bitte mein Grundstück.«

»Auf diesen Trick falle ich nicht rein«, giftete Achner und

einem inneren Impuls folgend, stieß er Krampe zur Seite, ging zum Grill und kippte ihn um.

»Spinnen Sie?«, wurde Krampe laut und wollte Achner wegschubsen, doch der sah das kommen, drehte sich nach links und holte mit der Faust aus. Er traf Krampe, der ungebremst zu Boden stürzte.

2

18. September, Timmendorfer Strand

Ein leichter Wind wehte und kaum eine Wolke trübte den strahlend blauen Himmel über der Ostsee. Es war ein herrlicher Spätsommertag, den Gustav Johannsen und der Bürgermeister der Gemeinde Timmendorfer Strand auf der Terrasse des Restaurants Wolkenlos genossen. Sie hatten jeder ein Glas Weißwein bestellt.

Zu Gustavs Füßen lag sein Schäferhund Meiko, der augenscheinlich ein Schläfchen hielt.

»Noch einen Wein?«, fragte Albert Lange.

»Warum nicht. Riesling?«

»Was sonst. Bei dem Wetter ist ein Riesling ideal. Oder möchtest du lieber einen Rosé?«

»Nein, Riesling passt schon.«

Albert bestellte noch je einen Wein und zwei Espresso, da Gustav ein bekennender Espressojunkie war. Der starke Kaffee passte bei ihm zu jeder Gelegenheit, vermutlich bedingt durch seine langjährige Arbeit als Dienststellenleiter der Ostseekriminalpolizei.

»Was für ein Sommer«, sagte Albert und streckte die Arme aus, dann wanderte sein Blick über die Brücke zur Ostsee und anschließend die Küste entlang. »Meine Gemeinde.«

Gustav sah das Strahlen in den Augen seines alten Freundes. »Die Sonne hat uns diesen Sommer reichlich beschenkt.«

»Und wie. Wir hatten die höchste Zimmerbelegungsrate in der Geschichte der Gemeinde. Da können die anderen Gemeinden wie Scharbeutz und selbst Lübeck mit Travemünde einpacken. Darauf bin ich sehr stolz.«

»Na ja, dieser Erfolg ist wohl eher dem Wetter geschuldet.«

»So ein Quatsch. Glaubst du, in Scharbeutz oder Travemünde war schlechteres Wetter? In Scharbeutz gibt es zudem das *Bayside Hotel,* das die Statistik erheblich verzerrt.«

»Dich stört es noch immer, dass die Investoren sich damals gegen Timmendorf entschieden haben, oder?«, stichelte Gustav.

»Die haben sich nicht gegen uns entschieden, wir hatten bloß kein adäquates Grundstück. Ein himmelweiter Unterschied, alter Freund.«

»Wenn du meinst.« Gustav konnte sich ein Lachen nicht verkneifen. Albert nahm seine Arbeit sehr genau und Niederlagen räumte er auf keinen Fall ein, zu schmerzhaft waren sie für ihn. Gustav leerte die Espressotasse, die der Kellner eben gebracht hatte.

»Das sind Fakten«, beharrte Albert. »Bestes Beispiel sind Frank Tackenberg und sein Luxushotel. Endlich haben wir ein Grundstück für so ein Prestigeprojekt und genau deswegen baut Tackenberg sein Hotel in meiner Gemeinde und nicht in Scharbeutz, Travemünde oder auf der völlig überbewerteten kleinen Insel Sylt.« Albert leerte ebenfalls seine Tasse. »Geradezu eine Beleidigung, meine Gemeinde mit Scharbeutz zu vergleichen.«

»So wie Timmendorf mit Sylt?«, zog Gustav seinen Freund auf. Er liebte dieses Fleckchen Erde nicht weniger als Albert. In Niendorf war er großgeworden und nie wäre ihm der Gedanke gekommen, den Ort zu verlassen. Hier am Meer war seine Heimat. Er war ein Küstenkind und genoss all die Vor- und Nachteile, die das mit sich brachte.

»Wie geht es Tackenberg?«, erkundigte er sich.

»Erstaunlich gut, jedenfalls macht es den Eindruck. Seit dem Mord an seiner Tochter stürzt er sich regelrecht in die Arbeit.«

Gustav nickte. Erst vor einigen Monaten hatte Tackenberg seine fünfzehnjährige Tochter auf brutale Weise verloren. Gustav hatte zusammen mit seiner Nichte und seinem Neffen in dem Fall ermittelt, aber sie hatten Fabienne nicht retten können. Für die Eltern musste es das schlimmste Erlebnis gewesen sein, das man sich vorstellen konnte.

»Also hat sich deine Sorge, dass er sich gehen lassen und das Hotelprojekt stoppen könnte, nicht bewahrheitet«, stellte Gustav fest.

»Zum Glück für die Gemeinde. Wir haben jede Menge Geld in das Projekt investiert. Tackenberg ist ein Profi, der reißt sich zusammen, wenn es ums Geschäft geht, sonst wäre er nicht so erfolgreich.«

»Und seine Frau?«

»Die fängt sich auch langsam wieder. So wie ich Tackenberg verstanden habe, nähern sich die beiden wieder an.«

»Also keine Scheidung?«

»Jemand wie Tackenberg lässt sich nicht scheiden.«

»Ich dachte da eher an seine Frau.«

»Die auch nicht, weil sie weiß, was sie an ihm hat. Der Tod der Tochter hat ihr den Boden unter den Füßen weggerissen, aber sie fängt sich, und mein Gefühl sagt mir, dass sie Tackenberg mehr braucht als er sie.«

»Wenn du dich da mal nicht irrst«, entgegnete Gustav. »Warum Tackenberg sich nicht scheiden lässt, ist doch offensichtlich: Er will nicht die Hälfte seines Unternehmens an seine Frau verlieren.«

»Daran ist nichts Verwerfliches. Er hat es von null aufgebaut, es ist sein Lebenswerk.«

»Na ja, sie hat die Kinder erzogen und stand ihm zur Seite, während er fremdgeht.«

»Wovon sie nichts weiß.«

»Was es nicht besser macht.«

»Spiel an so einem schönen Tag nicht den Moralisten.«

»Etwas mehr Moral würde auch dir gut zu Gesicht stehen, mein Lieber.« Gustav erhob das Glas und stieß mit Albert an.

»Auf den wunderbaren Sommer und die schönste Gemeinde am Meer«, sagte Albert. Gustav nickte, das konnte er bedingungslos unterschreiben.

»Ich habe große Visionen, was die Zukunft der Gemeinde angeht.«

»Sylt ablösen, ich weiß.«

»Nicht nur das. Ich möchte, dass der Timmendorfer Strand ein ganzjähriges Reiseziel wird, und zwar nicht nur für uns Deutsche, sondern weltweit, vor allem für den Geldadel.«

»Bitte nicht.«

»Warum?«

»Weißt du, warum ich diese Ecke so liebe? Weil sich jeder hier einen Urlaub leisten kann. Wenn aber erst mal die Schickeria unsere Gemeinde für sich entdeckt hat, wird alles dermaßen teuer werden, dass Familien sich die Ferien hier nicht mehr erlauben können. Verschandle die Gemeinde nicht.«

»So ein Quatsch. Ich werde auf ein gesundes Maß achten. Kannst du dir nicht vorstellen, was es für die Gemeinde bedeuten würde, wenn der Geldadel hier einkehrt? Das sind Einnahmen, von denen du dir keinen Begriff machst. Dann könnten wir uns auch einen Jachthafen leisten.«

»Einen Jachthafen? Du meinst einen, wo diese Hundertmeterjachten von Leuten wie Elon Musk oder arabischen Scheichs anlegen?« Gustav schnaubte abfällig. »Mir reicht der Hafen in Niendorf.«

»Musk in meiner Gemeinde, das wäre ein Traum, der gar nicht so unrealistisch ist«, sagte Albert und zeigte sein schönstes Politikerlächeln.

»Jetzt drehst du komplett am Rad. Du solltest dich weniger mit Leuten wie Tackenberg treffen.«

»So ein Quatsch. Tatsächlich ist Musk öfter in Berlin, wegen seiner Tesla Gigafactory, und von Berlin zu uns ist es nur ein Katzensprung. Wir planen, einen kleinen privaten Flughafen mit Start- und Landebahn für Hubschrauber und Privatjets zu bauen. Dann kann jemand wie Musk einfach hier einfliegen. Stell dir nur die internationale Medienwirksamkeit vor. Wir würden weltbekannt, über Nacht.«

»Du bist wirklich größenwahnsinnig geworden.« Gustav schüttelte den Kopf, er konnte die Begeisterung des Bürgermeisters nicht teilen.

Der hob widersprechend den Zeigefinger. »Nicht größenwahnsinnig, eher mutig und vorausschauend, und das haben wir allein Tackenberg zu verdanken. Seine Investition lockt andere Investoren an – und den Geldadel. Ich wünschte, ich wäre zwanzig Jahre jünger.«

»Warum?«

»Weil ich dann als Bürgermeister all das erleben könnte, was in den nächsten Jahren kommt. Mein Nachfolger kann mir gar nicht oft genug danken.«

»Soll er dir noch die Hand küssen?«

»Das wäre das Mindeste.« Albert grinste.

»Ich sehe dich schon wie der Papst, der sich den Ring am Finger küssen lässt.«

Albert sah ihn entsetzt an, dann fing er laut an zu lachen und Gustav stimmte in das Lachen mit ein.

Meiko hob den Kopf und bellte, Gustav streichelte seinen Hund.

»Ist schon gut, Onkel Albert dreht gerade am Rad«, sagte er an den Schäferhund gerichtet.

»Dein Handy vibriert«, bemerkte Albert.

Gustav sah auf und nahm das Handy vom Tisch, er hatte es lautlos gestellt.

»Moin, Gustav«, grüßte ihn Birgit Achner. Ihre Stimme klang besorgt, beinahe panisch.

»Moin, Birgit. Was ist los?«, fragte Gustav.

»Es tut mir sehr leid, dass ich dich am Sonntag störe, aber kannst du bitte schnell herkommen? Der Klaus und unser Nachbar streiten sich gerade ganz furchtbar, ich habe Angst, dass was Schlimmes passiert!«

»Ich bin in zehn Minuten da«, antwortete Gustav und beendete das Gespräch.

»War das Birgit? Die Frau von Klaus?«, erkundigte sich Albert.

»Das war sie, offensichtlich gibt es Ärger. Klaus und sein Nachbar liegen im Clinch. Ich muss dich leider allein lassen.«

»Ich begleite dich.«

»Das hatte ich fast befürchtet«, gab Gustav zurück.

»Jammer nicht, du wirst mir noch dankbar sein. Sicherlich geht es um Sebastian Krampe. Ich kenne ihn sehr gut. Wenn da einer deeskalieren kann, dann ich.«

»Wieso habe ich da so meine Zweifel.« Gustav rollte mit den Augen.

Sie bezahlten und gingen zu Gustavs Auto. Meiko sprang auf die Rückbank und Gustav startete den Motor.

»Klaus war schon immer jähzornig«, bemerkte Albert.

»Stimmt, vor allem du hast ihn oft zur Weißglut gebracht.«

»Was hauptsächlich an ihm lag. Er konnte halt nicht verlieren.«

»Ach, und du schon?«

»Wenn fair gespielt wurde auf jeden Fall, aber Klaus hat beim Fußball jedes Mal gefoult, wenn er sich nicht anders zu helfen wusste.«

»Du konntest halt nichts wegstecken.«

Albert presste die Lippen zusammen, dann sagte er: »Ich war verdammt schnell und clever. Leider bin ich zur falschen Zeit und in der falschen Gegend geboren. Hätte jemand mein Talent frühzeitig entdeckt, wer weiß, was aus mir geworden wäre.«

»Sicherlich der eitelste Nationalspieler in der Geschichte der deutschen Fußballnationalmannschaft«, sagte Gustav grinsend.

Er verstand sich gut mit Klaus, und da sie sich seit Kindheitstagen kannten, wusste er, wie er mit ihm umzugehen hatte. Mit seinen neunundfünfzig Jahren war Klaus etwas jünger als Gustav.

»Wer ist dieser Sebastian Krampe eigentlich?«, fragte er nach einer Weile.

»Ein sehr interessanter Typ. Er ist vor gut drei Jahren nach Timmendorf gezogen.«

»Also reich?«

»Ja, auch, aber das meine ich nicht …« Albert schaute zu Gustav. »Was grinst du?«

»Weil du jeden interessant findest, der Geld hat. Und warum? Weil du dir davon einen Vorteil für deine Gemeinde erhoffst.«

»Was allen zugutekommt, trotzdem könntest du mich mal ausreden lassen.«

»Schieß los.«

»Der Kerl ist ein Megabrain. Hat mit siebzehn sein erstes Start-up gegründet. Mit zwanzig war er bereits Millionär. Gerade hat er ein Start-up-Unternehmen für künstliche Intelligenz am Laufen.«

»Ein Nerd?«

»Genau das ist er nicht, er ist sehr umgänglich. Wie ich Klaus kenne, ist er daran schuld, dass sie sich streiten.«

»Noch wissen wir nicht, was vorgefallen ist.«

»Erinnere dich an meine Worte«, sagte Albert, er schien sich längst festgelegt zu haben.

Kurz darauf erreichten sie ihr Ziel, Gustav parkte den Wagen und beide stiegen aus.

»Hörst du das? Ist das nicht Klaus?«, fragte Albert.

Gustav nickte nur und lief in Richtung der Stimme am Haus vorbei in den Garten, Albert folgte ihm.

»Es reicht, ich lasse mir von Ihnen nicht länger auf der Nase herumtanzen, Sie Dreckskerl«, brüllte Klaus Achner.

»Lassen Sie die Waffe fallen. Sie haben doch komplett den Verstand verloren.«

»Ich? Ich?«, rief Achner.

»Verdammt, Klaus, lass das Gewehr fallen«, fuhr Gustav ihm ins Wort und machte einen Schritt auf ihn zu.

So aufgebracht hatte er Achner lange nicht erlebt. Er schien nicht mehr er selbst zu sein, er war vollkommen beherrscht von seiner Wut.

»Nein, ganz sicher nicht. Er hat mich provoziert, seit Wochen. Der kriegt seine Abreibung. Hau ab, Gustav.«

»Erst lässt du das Gewehr fallen, dann reden wir wie Erwachsene«, hielt Gustav dagegen und machte einen weiteren Schritt auf Achner zu, der ein altes Gewehr in der Hand hielt. Gustav wusste, dass Achner begeisterter Jagdschütze war, schon seit vielen Jahren.

»Mensch, Klaus. Hör auf Gustav und mach keine Dummheiten. Lass uns das vernünftig klären«, sprang Albert ihm zur Seite.

»Er ist schuld an allem, er provoziert mich doch ständig. Glaubt, er wäre Gott oder so, und macht sich über mich lustig.«

»Ich provoziere niemanden und ganz sicher mache ich mich nicht über Sie lustig. Sie suchen doch ständig Ärger«, entgegnete Krampe und schaute zu Gustav. »Sehen Sie mein Gesicht? Das hat er gestern Abend gemacht, aber ich war so dämlich und habe von einer Anzeige abgesehen. Der ist komplett durchgeknallt, der gehört in die Klapse!«

»Ich bin nicht verrückt, du kleiner dreckiger Affe«, brüllte Achner. Seine Augen waren weit aufgerissen.

In diesem Zustand traute Gustav ihm alles zu, und bevor er reagieren konnte, drückte Achner ab.

3

»Was ist nur heute in dich gefahren?«, schimpfte Birgit Achner mit ihrem Mann.

»Er hat angefangen.«

»Klaus, es reicht!« Seine Frau funkelte ihn wütend an. »Du kannst froh sein, dass Gustav vor Ort war und dein dämliches Gewehr Ladehemmungen hatte.«

Achner knirschte mit den Zähnen, spießte eine Kartoffel auf und ließ sie in seinem Mund verschwinden.

Natürlich hatte seine Frau recht. Auf keinen Fall hatte er jemanden töten wollen, aber Krampe hatte ihn dermaßen in Rage gebracht, dass er sich für einen Augenblick vergessen hatte.

»Möchtest du noch was?«, fragte seine Frau in die Stille hinein.

»Da sage ich nicht Nein.«

Sie nahm seinen Teller und füllte ihn mit warmem Essen auf, dabei schenkte sie ihm ein Lächeln, das ihn deutlich milder stimmte.

»Du hast ja irgendwie recht«, gab er kleinlaut zu. »Diese Wut – ich kann sie manchmal nicht beherrschen.«

»Ich weiß, mein Schatz. Vielleicht solltest du deswegen mal eine Therapie machen.«

»Eine Therapie? Glaubst du etwa an so einen Mist?«

»Was würde es denn schaden?«

»Ich weiß nicht.«

Achner gehörte nicht zu den Menschen, die zu einem Therapeuten gingen. Das waren in seinen Augen bloß Quacksalber und Halsabschneider, außerdem war er sicherlich nicht krank im Kopf.

»Ich begleite dich auch. Du weißt, dass ich dich liebe, aber deine Wut nimmt von Jahr zu Jahr mehr Besitz von dir.«

Achner stieß die Luft durch die Nase aus, ging jedoch nicht darauf ein, weil seine Frau schon wieder recht hatte.

»Du weißt, wie es bei deinem Vater geendet ist.«

Er ließ die Gabel sinken und spürte, wie er innerlich verkrampfte und erneut Wut in ihm aufstieg. Wie konnte er das vergessen. Sein Vater war aufbrausend wie er gewesen, aber dazu noch weitaus cholerischer. Im Alter war es unerträglich geworden und sie hatten ihn viel zu spät zum Arzt geschickt, der eine aufkommende Demenz bei ihm diagnostiziert hatte.

»Ich bin nicht dement und erst recht nicht wie mein Vater«, fuhr Achner sie an. Er hatte nie wie sein Vater sein wollen. Zeit seines Lebens hatten sie im Clinch gelegen, und selbst am Sterbebett hatte sein Vater keinen Hehl daraus gemacht, für was für einen Versager er seinen Sohn hielt.

»Das habe ich doch gar nicht gesagt. Du verstehst mich wahrscheinlich nicht, ich habe Angst um dich! Deine Wut gefährdet auch unsere Ehe, das weißt du.« Seine Frau sah ihn besorgt an. Ihr Blick machte ihn sanftmütig.

Achner liebte seine Frau. Bis heute war es ihm ein Rätsel, warum eine so wunderbare, empathische Frau wie sie sich einen Idioten wie ihn ausgesucht hatte.

»Gut, mach mir einen Termin«, überwand er sich.

»Danke, Schatz«, antwortete seine Frau mit einem Lächeln.

»Habe ich dir eigentlich schon gesagt, wie sehr ich deinen Sauerbraten liebe?«

»Musst du nicht, das sehe ich an deinem Teller.« Sie strahlte und Achner spürte, wie sehr sie sich über seine Worte freute.

»Was hältst du davon, wenn wir uns nächstes Wochenende einen schönen Tag in der *Ostsee Therme* machen?«

»Gute Idee, da waren wir schon lange nicht mehr.«

»Also ist es abgemacht.« Achner leerte sein Glas, stand auf

und ging ins Wohnzimmer, während seine Frau den Tisch abräumte, um anschließend den Abwasch zu machen.

Der Ablauf hatte sich bei ihnen so eingebürgert. Achner hatte noch nie in der Küche geholfen, und seine Frau hatte ihm nie das Gefühl gegeben, dass sie sich das wünschte. Sie führten ein konservatives Leben und darauf war er stolz. Er konnte diesen ganzen modernen Mist nicht verstehen und erst recht nicht, warum diese Besserwisser behaupteten, seine Frau wäre nicht gleichberechtigt, nur weil sie sich um den Haushalt kümmerte.

Achner nahm auf seinem Sessel Platz und schaltete die Nachrichten ein, das machte er immer so. Er mochte seine Routinen. Dummerweise brachte dieser elende Nachbar Krampe seine geliebten Abläufe mächtig ins Wanken.

»Wer hätte geahnt, dass ich Hasan einmal vermissen würde«, murmelte er.

»Was ist mit Hasan?«, fragte seine Frau, die gerade das Wohnzimmer betrat.

»Nichts, musste nur an ihn denken und wie angenehm die Nachbarschaft mit ihm war, kein Vergleich zu Krampe.«

»Wirklich gemocht hast du ihn anfangs auch nicht«, erinnerte ihn seine Frau.

»Na ja, das lag aber daran, dass sie so komisches Zeug gekocht haben und der Gestank ständig zu uns rübergezogen ist.«

»Das Essen hast du später geliebt.«

»Du siehst, ich habe mich gebessert. Nachdem Hasan und ich uns ausgesprochen hatten, gab es keine Probleme mehr. Aber wie willst du dich mit so einem arroganten Schnösel wie Krampe aussprechen? Der schaut auf mich herab, als wäre ich ihm peinlich. Nein, er und ich werden keine Freunde mehr.«

Seine Frau nahm schweigend auf der Couch Platz.

Nach einer Weile fragte sie: »Schauen wir zusammen Tatort?«

»Ich würde gerne, aber ich bin mit den Jungs in der Kneipe verabredet.«

Birgit nickte. »Bleib nur nicht so lange.«

»Du kennst mich doch. Bloß ein, zwei Bier und einen Schnaps.«

Seine Frau schien nicht überzeugt, weil sie ebenso gut wusste wie er, dass es nie bei ein, zwei Bier blieb. Trotzdem, diese Sonntagabende waren Achner heilig. Er und seine besten Freunde trafen sich alle zwei Wochen in der Kneipe, um den ganzen Mist der Woche hinter sich zu lassen und ein Gespräch unter Männern zu führen.

Er blieb noch ein wenig bei seiner Frau sitzen und schaute fern, dann begann der Tatort und Achner verabschiedete sich von ihr, zog eine leichte Jacke und Schuhe an und verließ die Wohnung.

Die Kneipe lag gut fünfzehn Minuten von seinem Haus entfernt, sodass er die Strecke zu Fuß zurücklegte.

Aus dem Haus von Krampe war laute Musik zu hören.

»Nicht aufregen. Gustav hat dich gerade erst vor größerem Unheil bewahrt«, versuchte er seine Wut zu unterdrücken. Doch er wusste, dass er sich dringend etwas einfallen lassen musste. Beim nächsten Mal könnte er wirklich zu einem Mörder werden.

Ob sie ausziehen sollten? Er und seine Frau waren nicht mehr die Jüngsten und das Haus war eigentlich zu groß für sie. Er hatte es damals bauen lassen in der Hoffnung, dass sie Kinder haben würden. Leider hatte seine Frau ihm diesen Wunsch nicht erfüllen können. Dass die Kinderlosigkeit möglicherweise an ihm liegen könnte, schloss er aus, er hatte sich deswegen auch nie ärztlich untersuchen lassen.

Als Achner kurz darauf die Kneipe betrat, begrüßte ihn der Wirt sofort. Achner grüßte zurück und ging auf seine zwei besten Freunde zu, die am gewohnten Platz saßen. Achner klopfte zur Begrüßung auf den Tisch und setzte sich. Die erste

Runde wurde mit einem Apfelkorn eingeleitet, begleitet von einem Pils.

»Stimmt es, dass du heute deinen Nachbarn erschießen wolltest?«, fragte Malte Heist.

»Woher weißt du das schon wieder? Hat Gustav geschwatzt?«

»Nein, hat er nicht, aber Timmendorf ist klein. Du weißt, dass sich so was schnell rumspricht.«

»Ich hatte allen Grund zu der Aktion«, verteidigte sich Achner.

»Und der wäre?«

Achner berichtete, was vorgefallen war, und schloss mit den Worten: »Soll ich mir von diesem Hippie etwa auf der Nase rumtanzen lassen?«

»Ganz sicher nicht, aber du kannst doch nicht jeden über den Haufen schießen, der dir nicht gefällt«, hielt Joachim Dietz dagegen.

»Es ist nichts passiert und inzwischen ist mir klar, dass ich überreagiert habe. Trotzdem hat der Idiot eine Abreibung verdient.« Achner gönnte sich einen großzügigen Schluck aus der Bierflasche. »Im Nachhinein bin ich aber froh, dass Gustav und Albert zugegen waren.«

»Ach, der Herr Bürgermeister hat sich zu uns niederem Volk gesellt?«, scherzte Dietz.

»Sei nicht so gemein. Albert hat für unsere Gemeinde sehr viel geleistet.«

»Wohl eher für seine Tasche.«

»So ein Quatsch. Man kann viel über Albert sagen, aber sicherlich nicht, dass er korrupt ist. Dass du ihn nicht leiden kannst, ist klar, bei eurer gemeinsamen Vergangenheit.«

»Das ist doch längst vergessen.«

»Das glaube ich nicht«, lachte Heist. »Seit er dir Ute weggeschnappt hat, kannst du ihn nicht riechen.«

»Das ist eine Ewigkeit her. Und nur fürs Protokoll: Die

Sache damals war das Beste, was mir passieren konnte, andernfalls hätte ich meine Frau vermutlich nie kennengelernt.« Sein Gesichtsausdruck verriet jedoch, dass der Vorfall noch immer an seinem Selbstbewusstsein nagte.

»Auf unsere Frauen, die bessere Hälfte von uns«, sagte Achner und erhob seine Flasche. Ohne dass er es sich erklären konnte, meldete sich in diesem Moment der Wunsch, jetzt mit Birgit zusammen Tatort zu schauen. Das war ihm bei seinem geliebten Kneipenabend bisher noch nie passiert.

»Du wirkst heute so nachdenklich«, bemerkte Heist. »Hat der Vorfall von heute Mittag doch seine Spuren hinterlassen?«

»Möglich. Ehrlich, Jungs, ich fühle mich in letzter Zeit wie ein Vulkan, der jederzeit ausbrechen kann, dabei war ich schon immer ein Hitzkopf.«

»Wem sagst du das.« Heist lachte.

Nachdenklich drehte Achner die Flasche in seiner Hand. »Aber jetzt ist es irgendwie anders. Das vorhin war wirklich verdammt knapp. Wenn die Waffe keine Ladehemmung gehabt hätte, hätte ich den Mistkerl erschossen.«

»Denk nicht mehr dran. Du hast ihn nicht erschossen und nächstes Mal nimmst du dich zurück. Das ist jetzt unser Abend. «

»Wenn das so einfach wäre.« Achner schnaufte leise und kratzte sich am Kopf. »Ich habe Angst, wie mein Vater zu werden.«

»Quatsch. Dein Vater war krank, er war dement und hatte sich deswegen nicht mehr unter Kontrolle.«

»Und wer sagt, dass ich nicht auch so werde? Er war immerhin mein Vater. Ist Demenz vererbbar?«

»Ganz sicher nicht. Das ist doch nicht wie Krebs. Dein Vater hatte einfach Pech«, antwortete Dietz. »Komm, wir trinken noch einen Schnaps, das bringt dich auf andere Gedanken.«

Dietz bestellte beim Wirt die nächste Runde und Achner

trank den Klaren auf Ex. Es brannte herrlich in der Kehle, dennoch wollte das Unwohlsein, das Gefühl, dass er hier nichts zu suchen hatte, nicht verschwinden.

Achner gab sich einen Ruck. »Jungs, ich gehe.«

»Wie, du gehst?«

»Ich habe heute echt keinen Kopf, mich zu betrinken. Tut mir leid.« Achner öffnete seine Geldbörse und holte einen Fünfzigeuroschein heraus. »Keine Widerrede, der Abend geht auf mich. Wir sehen uns in zwei Wochen. Tut mir echt leid, dass ich das Treffen so abrupt beenden muss. Ich hoffe, ihr seid mir nicht böse.«

»Sind wir nicht. Jeder hat mal so einen Tag. Sei nicht so streng mit dir«, antwortete Dietz.

Achner hob die Hand zum Abschied und verließ die Kneipe.

Das mochte er an seinen Freunden: keine Vorwürfe, kein Druck. Genau deswegen hielt ihre Freundschaft schon so lange. Sie war der beste Beweis für ihn, dass er eben nicht so ein Arschloch war, wie sein Nachbar oder manch anderer ihm immer wieder unterstellte.

Statt nach Hause zu gehen, beschloss er, noch eine kleine Extrarunde zu drehen, um seinen Kopf und die wirren Gedanken abzuschütteln.

Der frische Wind und die milden Temperaturen würden ihm dabei helfen, den Kopf freizubekommen.

Während er so in Gedanken die Strandstraße entlang ging, merkte er kaum, dass er schon in Niendorf war. Er blieb stehen, holte tief Luft und atmete langsam wieder aus.

»Bienchen hat recht«, sagte er zu sich. »Ich muss zum Arzt und ausschließen lassen, dass mit mir etwas nicht stimmt.«

Dieses Eingeständnis war ein unglaublicher Fortschritt, das spürte er, denn er gehörte zu den Menschen, die niemals eine Schwäche oder gar ein psychisches Problem zugeben würden.

Geradezu beschwingt ging er weiter, um bei der nächsten

Kreuzung abzubiegen und sich auf den Heimweg zu machen, als ihm eine Person entgegenkam. Der hatte ihm gerade noch gefehlt.

Es gab ein belangloses Gespräch und Achner bemühte sich sehr, sich zurückzuhalten und freundlich zu bleiben. Nach dem kurzen Wortwechsel ging er weiter, voller Vorfreude auf den Abend mit seiner Frau. Da es vor 23 Uhr war, würde er noch etwas Zeit mit ihr verbringen können, denn sonntags ging sie oft um diese Uhrzeit ins Bett. Vielleicht würde sie jetzt länger wach bleiben, wenn er gleich zu Hause wäre.

Wieder kam ihm eine Person entgegen.

Komischer Abend, dachte Achner.

Als die Person vor ihm stand, konnte er nicht einmal mehr etwas sagen, da spürte er schon, wie die kalte Klinge eines Messers in seinen Bauch gerammt wurde.

4

19. September, Niendorf

Was für manchen Yoga oder Meditation war, war für Mads Johannsen das Surfen.

Nirgends konnte er besser abschalten.

Nur er, sein Surfbrett und die Wellen.

Sobald er auf dem Brett stand, schien es ihm, als würden all seine Gedanken still stehen. Seine gesamte Aufmerksamkeit galt nur der Welle und wie er sie perfekt reiten konnte.

Zwar war die Ostsee nicht Hawaii, Nazaré oder Südafrika, wo es die richtig großen Wellen gab, dennoch rollte auch hier immer wieder eine gute Welle an, so wie eben. Sie hatte ihn fast überrascht, aber er hatte sie perfekt genommen.

Um das Glücksgefühl ausklingen zu lassen, blieb er noch ein wenig in der sanften Brandung, bevor er elegant an den Strand zurückglitt, sein Surfbrett unter den Arm klemmte und das Wasser verließ.

Sein Blick wanderte über den Horizont und in Gedanken reiste er in seine Jugend zurück. Schon damals hatte ihm das Surfen so viel bedeutet, dass er sogar mit dem Gedanken gespielt hatte, professioneller Surfer zu werden. Aber es war anders gekommen, wie so häufig im Leben, und jetzt war er Polizist wie sein Onkel Gustav und seine Schwester Lena – und wie sein Vater und sein Großvater es gewesen waren.

In kurzer Distanz sah er eine Frau auf sich zu joggen. Es war Emma Falk. Die Redakteurin der Ostseezeitung war wie er sportbegeistert.

»Moin«, grüßte er sie, als sie ihn erreicht hatte.

»Guten Morgen!« Sie sah auf sein Surfbrett. »Und, hat es sich gelohnt?«

»Es lohnt sich immer«, erwiderte er augenzwinkernd.

Ihre Blicke trafen sich.

»Ich muss, sonst komme ich zu spät in die Redaktion«, sagte sie und lief weiter.

Mads schaute ihr nach, doch Emma drehte sich nicht um, was er schade fand. Das Feuer zwischen ihnen schien erloschen. Seit sie und Stefan ein Paar waren, gab sie sich ihm gegenüber deutlich distanzierter, was er in gewisser Weise verstehen konnte, obwohl es ihn wurmte. Dabei war genau das etwas, was für sie sprach. Sie hatte sich für Stefan und gegen ihn entschieden, daher flirtete sie auch nicht mit anderen Männern. Etwas, was er von seiner Freundin unbedingt erwarten würde.

Trotzdem ließ ihn das Gefühl nicht los, dass Stefan nicht zu Emma passte. Aber so war das mit Gefühlen, sie folgten nicht unbedingt einer Logik.

Mads verließ den Strand und sah nun, wie seine Oma Jutta ihm auf dem Fahrrad entgegenkam. Sie bremste langsam und stieg ab.

»Oma, was machst du denn so früh am Strand?«, fragte er erstaunt.

»Willst du deiner Oma nicht zuerst einen Kuss geben?«, entgegnete sie verschmitzt.

»Nichts lieber als das.« Er umarmte Jutta und gab ihr einen Kuss auf die Wange, was sie erwiderte.

Mads hatte ein sehr inniges Verhältnis zu seiner Oma, die fast zwei Köpfe kleiner war als er.

»Also, wohin des Weges?«, wiederholte er seine Frage.

»Ich treffe mich zum Schwimmen mit meinen Tratschtanten.« Sie deutete auf sein Surfbrett. »Und du warst surfen?«

»Ja, ich habe ein paar Wellen geritten.«

»Bist du auch Emma begegnet? Sie kam vom Strand, ich habe sie eben gesehen.«

»Sie ist mir über den Weg gelaufen«, antwortete Mads ausweichend.

»Das hört sich nicht gerade begeistert an.«

»Alles gut. Wir haben nur Hallo gesagt.«

»Ich kenne doch meinen Lieblingsenkel. Ärgert es dich, dass sie mit Stefan zusammen ist?«

»Sie ist alt genug«, blieb Mads vage. Er wollte mit seiner Oma nicht über seine Gefühle zu Emma sprechen. »Ich muss leider los, sonst verspäte ich mich, und du kennst deinen Sohn, das mag er gar nicht.«

Jutta lächelte und hob scherzhaft den Zeigefinger. »Nicht nur er. Es ist eine Johannsentugend, dass wir immer pünktlich sind. Gib deiner Oma einen Abschiedskuss und dann ab unter die Dusche.«

Mads lachte und umarmte sie.

»Vergiss nie, auf dein Herz zu hören, mein Liebling«, sagte Jutta noch, bevor sie sich wieder auf ihr Fahrrad schwang.

Er hob die Hand und wandte sich zum Gehen. Natürlich hatte seine Oma recht, aber die Sache war dann doch zu kompliziert. Als er sich endlich entschlossen hatte, auf sein Herz zu hören und mit Emma über seine Gefühle zu sprechen, war Stefan dazwischen gegrätscht und hatte, wie es schien, Emma für sich gewonnen.

Mads hatte genug Selbstbewusstsein, um daran emotional nicht zu sehr zu knabbern, andere Mütter hatten auch schöne Töchter. Allerdings keine wie Emma.

Mads schüttelte den Gedanken an Emma ab und eilte nach Hause, um zu duschen, seine Schwester abzuholen und zur Dienststelle zu fahren.

Eine Stunde später saßen Lena und er im Auto.

»Wie war dein Wochenende?«, fragte Mads, da seine Schwester mit ihrem Freund über die freien Tage nach Kopenhagen gefahren war.

»Unglaublich schön. Ich hatte ganz vergessen, was für eine tolle Stadt Kopenhagen ist. Nächstes Mal musst du mitkommen.«

»Als fünftes Rad am Wagen?«

»Wenn du eine Freundin hast, nicht.«

»Wenn …« Mads winkte ab.

»So, wie ich meinen Bruder kenne, hast du deine Angel längst wieder ausgeworfen. Du warst nie lange allein.«

»Ach, mir fehlt momentan die Motivation dafür.«

»Was ist los? Tut dir das mit Daniela leid?«, fragte Lena.

»Ich wünschte, ich könnte Ja sagen. Sie hängt noch immer an mir«, gab Mads ehrlich zu. Er sah keinen Grund, seine jüngere Schwester zu belügen.

»Schreibt sie dir noch?«

»Das tut sie, aber ich halte sie auf Distanz.«

Daniela war für ihn nur eine kurze Affäre gewesen, doch sie hatte sich in ihn verliebt, während er das Ganze eher locker gesehen hatte. Er hatte ihr auch nie irgendwelche Gefühle vorgeheuchelt und immer mit offenen Karten gespielt, dennoch hatte sie wohl gehofft, dass er sie irgendwann so lieben würde, wie sie ihn liebte.

»Das ist die richtige Entscheidung«, sagte Lena sanft. »Wenn sie zu dir zurückkäme, würde es für sie emotional noch mal schwerer.«

»Das denke ich auch.«

»Und warum bist du dann so lustlos, was Frauen anbelangt? Wäre doch schön, wenn wir zu viert Urlaub machen könnten«, bohrte Lena weiter.

»Ich genieße gerade mein Singledasein.«

»Du?« Lena lachte. »Sag nicht, es ist wegen Emma?«

»Ganz sicher nicht. Ich mag Emma, das weißt du besser als jeder andere. Aber ich will nicht dazwischengehen, ich spiele immer fair. Stefan und Emma sind jetzt ein Paar und ich werde für Emma der Freund sein, den sie sich wünscht.«

»Das sind ja ganz neue Töne. Wird Mads erwachsen?«

»So ungefähr«, wich er aus.

Insgeheim war er froh, dass er gerade keine Freundin hatte,

weil er sich einen Urlaub mit Christian, Lenas Freund, nicht vorstellen mochte. Er wusste, dass Lena glaubte, in Christian den Mann für eine lange Beziehung gefunden zu haben, aber Mads traute ihm nicht über den Weg, auch wenn er Lena zuliebe versuchte, das zu überspielen. Es wollte ihm nur nicht immer gelingen.

»Vielleicht ist es gar nicht so schlecht, dass du jetzt mehr Zeit für dich hast und im besten Falle feststellst, dass diese kurzen Affären nichts sind. Dass du eine richtige Frau an deiner Seite brauchst.« Bei diesen Worten berührte sie seine Hand. Es war eine liebevolle und schöne Geste.

Manchmal wünschte sich Mads, dass er die Welt mit den Augen seiner Oma oder seiner Schwester sehen könnte. Sie waren voller Güte und Empathie. Zwar hielt er sich auch für einen empathischen Menschen, aber er sah die Welt doch deutlich realistischer.

Sie erreichten die Dienststelle, Mads parkte und holte Lenas Rollstuhl aus dem Kofferraum. Nach der schweren Verletzung, die sie bei einem Polizeieinsatz erlitten hatte, konnte sie leider noch immer keine weiten Strecken ohne dieses Hilfsmittel zurücklegen.

In ihrem Büro angekommen, ging Mads gleich weiter, um zwei Kaffee zu holen.

Derzeit war es recht ruhig in ihrer Abteilung, wofür er sehr dankbar war. Die letzten Monate waren ziemlich turbulent gewesen, da kam ihnen etwas Ruhe nur gelegen.

In der Küche füllte er zwei Becher mit Kaffee und ging zurück ins Büro.

»Lass ihn dir schmecken«, sagte er und stellte Lena ihren Becher auf den Schreibtisch.

»Danke«, antwortete Lena. »Auf der Nachrichtenfront stehen die Zeichen auch auf Entspannung«, bemerkte sie dann mit Blick auf ihren Bildschirm. »Wollen wir kurz bei unserem Onkel vorbeischauen?«

»Ganz sicher nicht. Gib mir wenigstens eine halbe Stunde.«

Lena lachte. »Keine Sorge, Gustav hat keine E-Mail geschrieben. Es gibt keinen Grund für schlechte Laune.«

»Gustav braucht auch keinen Grund, um schlechte Laune zu haben«, scherzte Mads. Er nahm an seinem Schreibtisch Platz, gönnte sich einen Schluck Kaffee und startete seinen Computer.

»Christian und ich wollen mittags einen Burger essen. Magst du mitkommen?«

»Sehr lieb von dir, aber heute ist kein Cheatday.«

»Im *Peter Pane* gibt es auch Salate.«

»Geht mal allein, ich will eure Zweisamkeit nicht stören.«

Lena sah etwas enttäuscht drein, sagte aber nichts weiter.

Mads' Bürotelefon klingelte. An der Durchwahl erkannte er, dass es Petra, die Sekretärin seines Onkels war.

»Moin, da gehen sie hin, meine dreißig Minuten Ruhe«, sagte er, nachdem er abgenommen hatte.

»Cheffe will euch in seinem Büro sehen«, gab Petra auf ihre gewohnt trockene Art zurück.

»Wie ist er drauf?«

»Schwer zu sagen. Ich würde ihm eine gute 5 von 10 geben.«

»Damit kann ich arbeiten.«

Petra lachte. »Lasst ihn nicht warten, sonst ist er ganz schnell bei 1 von 10.«

Mads grinste und beendete das Gespräch.

»Er will uns sehen, richtig?«, fragte Lena und stand schon von ihrem Sitz auf, um sich in den Rollstuhl zu setzen.

»Genau.«

Sie verließen das Büro und blieben kurz im Vorzimmer bei Petra stehen.

»Durchmarschieren«, sagte Petra und winkte sie weiter. »Ich habe ihm eben einen Espresso serviert, das dürfte seine Laune deutlich verbessern.« Sie zwinkerte ihnen zu. Es war kein Geheimnis, dass Gustav ein absoluter Espressojunkie war.

Mads klopfte kurz an, dann betraten beide das Büro. Ihr Onkel, der zugleich Dienststellenleiter der Ostseekriminalpolizei war, saß an seinem Schreibtisch und leerte gerade seine Espressotasse. Er winkte sie zu sich. »Moin.«

Die beiden erwiderten den Gruß und setzten sich, während sich Gustav den Keks, den Petra wie gewohnt neben die Tasse gelegt hatte, genehmigte.

»Wie war Kopenhagen?«, fragte er dann an Lena gewandt.

»Sehr schön. Dass ich so lange nicht in dieser tollen Stadt war, ärgert mich ein wenig.«

»Das glaube ich dir. Für mich ist es auch einer der schönsten Orte der Welt – nach unserer Gemeinde. Kopenhagen ist schließlich unser zweites Zuhause«, erwiderte er und spielte damit auf den Umstand an, dass die Familie Johannsen zur dänischen Minderheit in Schleswig-Holstein gehörte.

»So fühlt es sich wirklich jedes Mal an«, bekräftigte Lena.

»Was haltet ihr davon, wenn wir mit Oma über den Winter ein verlängertes Wochenende in Kopenhagen machen? Sie wird sich bestimmt freuen«, schlug Gustav vor.

»Das ist eine Superidee.«

»Organisierst du das?«, fragte er und sah Lena an.

»Wir vier?«

»Und Albert.«

»Darf ich dann Christian mitnehmen?«, fragte Lena.

»Nur die Familie«, entgegnete Mads. Dass Albert dabei war, war schlimm genug. Es hatte eine Zeit gegeben, da hatte sich Mads blind mit Albert verstanden, aber seit dieser in seiner Funktion als Bürgermeister immer wieder gegen Emma schoss, war ihr Verhältnis deutlich abgekühlt.

»Mads hat recht, nur die Familie. So ein verlängertes Wochenende wird uns guttun, das haben wir schon lange nicht mehr gemacht, und Albert ist Familie.«

»Einverstanden, mach ich. Ihr müsst mir nur sagen, welches Wochenende.«

»Petra kommt auf dich zu. Dann haben wir endlich mal wieder die Möglichkeit, Dänisch zu sprechen. Es war bestimmt schön, als du es jetzt in Kopenhagen wieder tun konntest.«

»Das war es. Auch wenn ich es nicht so gut beherrsche wie du oder Jutta.«

»Mach dich nicht kleiner, als du bist, Lena. Du sprichst perfekt Dänisch, besser als Mister Schönling.« Er machte eine Kopfbewegung zu Mads.

Ihre Eltern und Großeltern hatten stets viel Wert darauf gelegt, dass ihre Kinder Dänisch sprachen, aber Gustav hatte recht. Lena konnte es besser als er, daher ersparte Mads sich einen Kommentar.

»Du hast uns aber bestimmt nicht zu dir gerufen, um über unsere Dänischkenntnisse zu sprechen, oder?«, fragte Mads.

Gustav seufzte und man merkte, dass die fröhliche Plauderei nur seine Anspannung kaschiert hatte.

»Ihr müsst zu Birgit Achner«, antwortete er und sein Blick wurde plötzlich ernst.

»Wer ist sie? Kennst du sie?«

»Ja, ich kenne Birgit schon lange und ihren Mann noch länger. Ich fürchte, wir haben ein echtes Problem.«

5

»Das war wirklich eine gute Idee von Gustav«, sagte Lena, als Mads ihren Dienstwagen zur Anschrift von Birgit Achner fuhr.

»Sie wäre noch besser, wenn er Albert nicht dabeihaben wollte.«

»Vielleicht ergibt sich ja in dem Rahmen die Möglichkeit, dass du und Albert euch aussprecht.«

»An mir liegt es nicht, aber solange er Emma als seine Feindin sieht, werde ich Distanz wahren.«

Lena schüttelte den Kopf. »Ich verstehe das sowieso nicht. An sich müsste er eine ehrgeizige Frau wie Emma mögen. Er ist doch auch sehr ehrgeizig.«

»Sie ist halt Journalistin und keine Unternehmerin, die die Gemeindekasse klingeln lässt«, erwiderte Mads achselzuckend.

»Egal, ich freue mich darauf. Das wird schön, und ich bin ganz sicher, dass sich auch Oma freuen wird. Gustav hat ja nicht übertrieben, Albert gehört zur Familie, seit er als Jugendlicher bei Oma gelebt hat. Sie betrachtet ihn noch immer als ihren Sohn.«

»Oma ist eh ein viel zu guter Mensch. Das gehört zu den Stärken der Johannsenfrauen, aber zugleich ist es ein Fluch. Manche Männer nutzen das immer wieder aus.«

Lena nickte stumm, sie glaubte, die Botschaft verstanden zu haben. Es war ein kleiner Seitenhieb gegen Christian gewesen, auch wenn Mads das nicht offen zugeben würde. Sie kannte ihren Bruder, er konnte Christian nicht vergeben, dass er sie in ihrer ersten Beziehung schlecht behandelt hatte. Bei ihr war das anders, sie hatte ihm verziehen, und dass sie wieder ein Paar waren, war wie ein schöner Traum, aus dem Lena nicht aufwachen wollte. Christian hatte an seinen Fehlern gearbeitet und die Wutausbrüche überwunden, die vor allem seiner Alkoholsucht geschuldet gewesen waren. Seit er kein Alkoholiker mehr war, war er genau der Mann, in den sie sich bereits als Jugendliche verliebt hatte.

Das Wochenende in Kopenhagen hatte sie noch enger zusammengeschweißt und ihre Liebe gefestigt. Zum ersten Mal hatten sie über Kinder gesprochen. Ein Gedanke, der Lena unglaublich gut gefiel. Doch davon würde sie Mads erst einmal nichts sagen. Um ein wenig abzulenken, kam sie auf den Grund ihres Besuchs bei den Achners zu sprechen.

»Glaubst du, Klaus Achner ist etwas zugestoßen?«

»Möglich, bei seiner Akte. Oder er hat Stress mit seiner Frau, so was kommt nicht selten vor.«

Achner war der Polizei bekannt. Er hatte immer wieder Anzeigen gegen seine Nachbarn, Unbekannte oder ihm bekannte Personen erstattet, und jedes Mal ging es laut den Polizeiberichten um Kleinigkeiten.

Selbst Gustav war über die Anzahl der Anzeigen in den vergangenen zwanzig Jahren überrascht gewesen. Wie es schien, hatte er das nicht gewusst. Vermutlich, weil ihn solche Dinge nicht ernsthaft interessierten, denn es gab leider viel schlimmere Verbrechen an der Lübecker Bucht, die seine Aufmerksamkeit erforderten.

»Wollen wir hoffen, dass nichts passiert ist. Gustav hat ja gerade erst erzählt, dass er fast seinen Nachbarn erschossen hätte.«

»Genau. Vielleicht kam es gestern Abend erneut zum Streit und der Nachbar hat ihn tödlich verletzt?«, mutmaßte Mads.

Lena bekam plötzlich eine Gänsehaut, weil sie wusste, dass Gustav eine langjährige Freundschaft mit Achner verband und sein Tod ihn nicht kaltlassen würde.

Sie erreichten die Zielanschrift, Mads parkte und Lena entschied sich für den Weg zum Haus diesmal für die Krücke.

Sie gingen zur Haustür und Mads klingelte.

Kurz darauf wurde ihnen geöffnet.

»Moin«, grüßte sie eine Frau Ende fünfzig.

»Moin. Wir sind von der Ostseekriminalpolizei. Sind Sie Birgit Achner?«

»Das bin ich. Wo ist Gustav?«

»Er ist leider verhindert, daher hat er uns geschickt. Das ist Lena und ich bin Mads Johannsen.«

»Ach, euch kenne ich doch. Gustav ist euer Onkel. Seid ihr gewachsen.« Sie wirkte überrascht, dann winkte sie sie heran. »Kommt doch bitte rein.«

Lena erinnerte sich kaum an die Frau, aber wenn Gustav ihren Mann seit Ewigkeiten kannte, war es nicht verwunderlich, dass sie und Mads ihr bekannt waren.

Sie folgten Birgit Achner ins Wohnzimmer.

»Gustav meinte, dass Sie Ihren Mann vermissen«, begann Mads.

»Ja, das tue ich.«

»Haben Sie versucht, ihn über das Handy zu erreichen?«, fragte er.

»Das hat er hiergelassen. Er nimmt es nie mit, wenn er abends in die Kneipe geht. Mein Mann ist da etwas eigen. Er ist kein Freund von moderner Technik.«

»In welcher Kneipe war er denn?«

Sie nannte ihnen den Namen.

»Laut Gustav gab es Samstagabend einen heftigen Streit, bei dem Ihr Mann Ihren Nachbarn Sebastian Krampe tätlich angegriffen hat. Sonntagmittag soll der Streit dann eskaliert sein.«

»Das stimmt leider. Mein Klausi ist manchmal ziemlich dünnhäutig. Aber Gustav hat die Gemüter beruhigt. Jetzt wird allerdings mein Mann vermisst und nicht der Nachbar.«

»Das ist uns schon bewusst, wir versuchen nur, die letzten Tage zu rekonstruieren. Glauben Sie, dass Herr Krampe Ihrem Mann etwas angetan haben könnte?«

Birgit Achner atmete durch die Nase aus und zögerte kurz,

bevor sie antwortete. »Ehrlich gesagt nicht. Er macht einen anständigen Eindruck, ist immer höflich. Aber irgendwie hat mein Mann ihn gefressen. Vielleicht ist er auch nur unglücklich gestürzt.«

»Weil er betrunken war? Trinkt ihr Mann denn viel?«

Wieder ließ sie sich mit der Antwort Zeit.

»Nur wenn er sich mit seinen Freunden in der Kneipe trifft, das ist jeden zweiten Sonntag.«

»Warum haben Sie nicht gestern Abend schon die Polizei gerufen?«, erkundigte sich Lena. Sie wurde das Gefühl nicht los, dass Frau Achner nicht die ganze Wahrheit sagte. Vermutlich, um ihren Mann zu schützen.

»Klausi kommt immer sehr spät nach Hause, wenn er sich mit seinen Freunden getroffen hat, da bin ich längst im Bett. Wir schlafen seit Jahren in getrennten Zimmern.«

»Und warum?« War die Ehe doch nicht so gut, wie sie sie glauben lassen wollte?

»Nicht, weswegen Sie vielleicht denken. Klausi schnarcht unglaublich laut, weigert sich aber, zum Arzt zu gehen. Irgendwann habe ich es nicht mehr ausgehalten und seitdem haben wir getrennte Schlafzimmer.«

»Hatte Ihr Mann in letzter Zeit eventuell noch mit anderen Personen Streit?«, fragte Mads.

Birgit Achner verdrehte kurz die Augen, dann wurde ihr Blick ernst. »Glauben Sie, jemand wollte ihm schaden?«

»Wir wissen es nicht. Wir sammeln nur Hinweise.«

»Mein Mann hat leider eine kurze Zündschnur, das war schon immer so, aber in den letzten Jahren, vor allem in den letzten zwei, ist es schlimmer geworden. Sie müssen wissen, sein Vater hatte Demenz. Ich habe mir Sorgen gemacht.«

»Können Sie uns die Kontaktdaten der Personen geben, mit denen sich Ihr Mann gestern in der Kneipe getroffen hat?«, bat Lena. Immerhin war es möglich, dass er bei einem von ihnen war, um seinen Rausch auszuschlafen.

Birgit Achner nickte nur, öffnete das Adressbuch auf ihrem Handy und Lena schrieb die Namen und Handynummern in ihr Notizbuch.

»Sollte sich Ihr Mann doch melden, rufen Sie mich bitte an«, sagte Mads und reichte ihr seine Karte. Dann verabschiedeten sie sich und gingen zurück zum Wagen.

»Was denkst du?«, fragte Lena ihren Bruder, nachdem sie eingestiegen waren.

»Sieht für mich eher danach aus, dass sich der Gute gestern böse abgeschossen hat. Was meinst du?«

»Ich bin mir nicht sicher. Wäre möglich. Soll ich die beiden Freunde anrufen?«

»Lass uns erst zur Kneipe fahren. Vielleicht klärt sich da schon alles«, schlug Mads vor.

Wenig später erreichten sie die Kneipe, die leider geschlossen war.

»Erst ab 17 Uhr geöffnet«, stellte Lena fest.

»Okay, rufen wir die Freunde an.«

Lena wählte die Nummer von Malte Heist und stellte auf Lautsprecher. Es ertönte nur das Freizeichen, Heist nahm nicht ab. Also wählte sie als Nächstes die Nummer von Joachim Dietz.

»Dietz«, meldete sich sofort eine Stimme.

»Moin, Herr Dietz. Mads Johannsen am Apparat«, begann Mads mit der üblichen Vorstellung.

»Die Polizei?« Dietz hörte sich überrascht an.

»Es geht um Klaus Achner«, fuhr Mads fort.

»Klaus? Was ist mit ihm?« Die Stimme des Freundes klang ruhiger, vermutlich hatte er Sorge gehabt, dass der Anruf ihm galt.

»Er wird seit gestern Abend vermisst, er ist nicht zu Hause angekommen. Seine Frau meinte, dass sie sich gestern Abend in der Kneipe getroffen hätten.«

»Das stimmt. Wie jeden zweiten Sonntag. Aber Klaus war nicht in Stimmung.«

»Warum?«

Dietz klärte die beiden Polizisten kurz auf.

»Hat er viel getrunken?«, hakte Lena nach.

»Nein, überhaupt nicht. Er ist auch bedeutend früher als üblich gegangen.«

»Um wie viel Uhr?«

»Gute Frage, ich glaube, nach 22 Uhr rum, aber nageln sie mich bitte nicht darauf fest, ich habe nicht auf die Uhr geschaut. Vielleicht weiß es Malte.«

»Den können wir leider nicht erreichen.«

»Dann ist er bestimmt auf der Baustelle. Ab 16 Uhr müsste er Feierabend haben.«

»Danke. Wir versuchen es später bei ihm. Hat Herr Achner Ihnen gesagt, wohin er wollte, als er Sie in der Kneipe verlassen hat?«

»Nach Hause.«

»Haben Sie eine Ahnung, wo er sonst hingegangen sein könnte?«, fragte Lena.

»Da fragen Sie mich was, aber wenn Klaus sagt, dass er nach Hause will, dann geht er auch nach Hause. Auf sein Wort kann man sich immer verlassen.«

Mads bedankte sich bei Dietz und beendete das Gespräch, nicht ohne ihn darum zu bitten, sie zu kontaktieren, falls ihm doch noch etwas einfallen sollte.

»Wir sollten Gustav anrufen«, sagte Mads, nachdem er aufgelegt hatte.

Lena sah ihrem Bruder an, dass er besorgt war, was sich mit ihrem Gefühl deckte.

6

Gustav überlegte noch, ob es ein Fehler gewesen war, Mads und Lena zu Klaus' Frau zu schicken, als es an seiner Bürotür klopfte und Petra eintrat.

»Lass mich raten, der Bürgermeister möchte mich sprechen.«

»Unglaublich, wie machst du das?« Petra bemühte sich sichtlich, ein Lachen zu unterdrücken.

»Lass ihn reinkommen. Möchte mal wissen, wie der Kerl immer so gut informiert ist.«

»Deswegen ist er ein so guter und beliebter Bürgermeister.«

»Ist das ein Satz aus deinem Bewerbungsschreiben?«, konterte Gustav.

»Man muss sich alle Optionen offenhalten.«

»Gustav weiß, dass ich Sie jederzeit mit Kusshand nehmen würde«, hörte er fast im selben Moment Albert sagen, der jetzt in der Tür erschien.

»Ich habe ein zu großes Herz, um diesen störrischen alten Seemann allein auf hoher See zu lassen«, sagte Petra. »Nehmen Sie doch bitte Platz. Ich bringe den Espresso.«

Albert bedankte sich und ging auf Gustav zu, der aufstand und seinen alten Freund begrüßte, während Petra die Tür hinter ihnen schloss.

»Musst du sie auch noch anstacheln?«, murrte Gustav.

»Und ob, nichts macht mir mehr Freude, als dich zu ärgern. Aber deswegen bin ich leider nicht hier.«

»Lass mich raten, du hast spitzbekommen, dass Klaus vermisst wird.«

»Was? Du machst Witze?«

Gustav sah ihn überrascht an. »Mist, du wusstest nichts davon?«

»Nein, aber jetzt fühle ich sofort meinen Bluthochdruck.«

Petra kam mit einem Tablett zu ihnen und servierte beiden einen Espresso. Albert bedankte sich, Gustav brummte etwas und Petra verließ das Büro.

»Weswegen bist du dann hier?«, fragte Gustav und griff nach seiner Tasse.

»Ich wollte dich zum Frühstück einladen.«

»Um diese Zeit, wenn ich im Dienst bin?« Gustav glaubte Albert nicht so recht.

»Ich weiß, aber du hast selbst gesagt, dass es derzeit ruhig bei euch ist, das ist bei mir im Rathaus auch so. Deshalb dachte ich, wir überraschen Frank Tackenberg.«

»Tackenberg? Was hast du wieder ausgeheckt?«

»Nichts, der Gute ist in Timmendorf und …«

»Drucks nicht so herum, raus mit der Sprache.«

»Na gut. Ich wollte nicht allein mit ihm frühstücken gehen.«

»Warum das? Du hast doch sonst kein Problem damit, diesem Goldesel in den Arsch zu kriechen.«

»Jetzt wirst du missgünstig. Nein, es ist, weil ich seine Mitleidstour gerade nicht ertrage. Wir haben kurz telefoniert und er war ziemlich neben der Spur. Ich glaube, es setzt ihm immer noch zu, dass seine Frau sich nicht eindeutig zu ihm bekannt hat, auch wenn von Scheidung wohl keine Rede mehr ist.«

»Das braucht Zeit. Er ist schließlich nicht unschuldig an der Sache.«

»Mag sein, aber das ist jetzt eh hinfällig. Erzähl mir lieber, was mit Klaus ist.« Albert leerte seine Espressotasse. »Vielleicht gebe ich dir dann auch den Keks.«

»Witzig. Seine Frau hat vorhin angerufen. Er ist gestern von einem Kneipenbesuch nicht heimgekommen«, antwortete Gustav und trank seinen Espresso ebenfalls aus, dann nahm er den Keks von seiner Untertasse und visierte Alberts Keks an, während er seinen aß.

»Und warum hat sie nicht schon gestern Abend angerufen?«, fragte Albert und griff nach dem Keks, um so zu tun, als wollte er ihn Gustav reichen. Der ahnte das falsche Spiel und ging gar nicht erst darauf ein. »Der ist zu lecker, um zu teilen«, stellte Albert dann auch fest und kaute genüsslich das Gebäck.

»Kindergarten.« Gustav schüttelte den Kopf. »Sie hat erst heute bemerkt, dass er nicht nach Hause gekommen ist, weil sie in getrennten Zimmern schlafen. Und bevor du fragst: Sein Handy hatte er nicht bei sich.«

»Mach mir keine Angst. Eine Leiche ist das Letzte, was ich zum Saisonendspurt gebrauchen kann. Wir sollten uns mit Birgit unterhalten.«

»Mads und Lena sind auf dem Weg zu ihr.« Gustav holte kurz Luft. »Mal was anderes. Ich möchte Jutta, Mads, Lena und dich für ein paar Tage nach Kopenhagen einladen. Wäre schön, wenn du Zeit hast.«

»Wenn Jutta mitkommt, wie könnte ich da Nein sagen?« Alberts Augen leuchteten auf. Gustav sah ihm an, dass er sich aufrichtig freute.

»Sehr gut. Lena organisiert alles.«

»Das ist eine ausgezeichnete Idee. Da wird sich Jutta ungemein freuen. Sag Lena, sie soll sich mit meiner Sekretärin abstimmen.«

»Mache ich. All ihre Lieblinge um sich zu haben, bedeutet Jutta viel.«

Albert nickte und schlug die Beine übereinander. »Meinst du nicht, dass wir uns darum kümmern sollten?«

»Worum?«

»Na, um Klaus.«

»Mads und Lena kriegen das hin. Noch ist es kein Fall, es wird lediglich ein Mann vermisst.«

»Wollen wir hoffen, dass das so bleibt. Mir wird ganz anders bei dem Gedanken, dass wir uns zum Endspurt der Saison vielleicht noch mit einem Mord herumschlagen müssen. Wer sagt denn, dass Birgit nicht lügt?«

»Wie meinst du das?«

»Getrennte Betten kann auch bedeuten, dass die Ehe nur noch dem Selbstzweck dient. Du kennst diese Generation.«

»Wir sind diese Generation«, entgegnete Gustav. Albert war nur ein Jahr jünger als er.

»Ist mir klar. Also, wenn es dich glücklich macht: In unserer Generation lässt man sich nicht scheiden, egal wie unglücklich man ist.«

»Birgit würde das nicht tun. Ich kenne sie. Sie ist eine ehrliche Haut.«

»Das aus dem Mund eines Polizeichefs zu hören, ist seltsam.«

»Ja, okay, Menschen sind böse und sie lügen. Aber nicht Birgit.«

»Hattest du nicht mal ein Auge auf sie geworfen?«

»So ein Quatsch. Ich war vierzehn und wir verstanden uns ganz gut«, wehrte Gustav ab.

»Na komm, du warst verknallt.«

»War ich nicht.«

Das alles war eine Ewigkeit her und Gustav erinnerte sich nur noch schemenhaft daran. Zugegeben, er und Birgit hatten einen sehr guten Draht zueinander gehabt, aber verliebt war er nicht gewesen.

»Was hältst du davon, wenn wir uns mit Krampe unterhalten?«, schlug Albert vor.

»Gute Idee. Da du ihn kennst, kann es uns nützlich sein, wenn du mitkommst«, antwortete Gustav, Däumchen drehen und auf Mads und Lena warten war jedenfalls keine bessere Option.

»Ich habe seine Handynummer. Soll ich ihn anrufen?«

»Nein, weißt du, wo er um diese Uhrzeit sein könnte?«

»Vermutlich in seiner Firmenzentrale in Lübeck.«

»Nicht in Timmendorf?« Gustav zog die Brauen hoch.

»Sehr komisch. Ich habe ihn erst kennengelernt, als er sich schon für Lübeck entschieden hatte.«

»Und das wurmt dich nicht? Echte Hightechfirmen in der Gemeinde … Das hätte bestimmt Eindruck bei Elon Musk gemacht.«

»Jetzt wirst du albern. Timmendorfer Strand ist ein Urlaubsziel, kein Forschungszentrum.«

Gustav musterte ihn kritisch. »Diesen Blick kenne ich doch.«

»Was für einen Blick?«

»Meine Worte haben was bei dir ausgelöst.«

»Quatsch. Lass uns losgehen, bevor du mich noch um eine Stelle als Berater bittest.«

»Den Tag möchte ich erleben, an dem du mein Boss wirst. Ich bin der Ältere von uns beiden, vergiss das nicht.«

»Wie könnte ich. Deine Falten bezeugen das sehr eindrucksvoll.« Alberts Mundwinkel hoben sich und auch Gustav hatte Mühe, sich zu beherrschen.

»Dafür bewegt sich wenigstens noch meine Stirn, mein Gesicht zeigt Mimik«, konterte er und spielte damit auf Alberts mit Botox behandelte Stirn an. »Komm.« Er stand auf, nahm seine Waffe und steckte sie ins Holster, dann verließen sie das Büro.

Wenig später befanden sie sich auf der Autobahn Richtung Lübeck, da klingelte Gustavs Autotelefon. Es war Mads. Er nahm das Gespräch an, schaltete auf Lautsprecher und Mads schilderte den Grund seines Anrufs.

»Nicht gut. Sucht bitte die Strecke zwischen Kneipe und der Anschrift der Achners ab. Wenn ihr keine Hinweise findet, soll die Zentrale eine öffentliche Fahndung anstoßen.«

»Soll das Gelände weiträumig durchsucht werden?«

»Das klären wir, nachdem ihr die Strecke abgelaufen seid«, antwortete Gustav und beendete das Gespräch.

»Das ist wirklich nicht gut«, kommentierte Albert das gerade Gehörte.

»Gar nicht. Verdammt«, presste Gustav heraus. »Na ja, vielleicht ist er nur gestürzt.«

»Sollten wir das Gelände dann nicht erst recht weiträumig absuchen?«

»Nein, ich kenne Klaus. Er wird den kürzesten Weg von der Kneipe zu seinem Haus genommen haben. Mads und Lena sollen sich da umschauen, und wenn das kein Ergebnis bringt, bleibt uns keine Wahl.«

»Du hast recht. So eine weiträumige Suche erweckt nur Aufmerksamkeit. Vor allem diese Emma Falk hat einen Riecher für so was, die sucht doch bloß nach Möglichkeiten, um dir und mir einen reinzudrücken.«

»Übertreib nicht. Sie macht nur ihren Job.«

»Ach? Seid ihr jetzt etwa Freunde?«

»Nein, sind wir nicht. Aber ohne sie hätten wir den letzten Fall nicht so schnell aufgeklärt. Außerdem liebt Jutta ihre Artikel, und ich muss gestehen, ich finde ihre Texte auch sauber recherchiert und ich mag ihren Schreibstil.«

»Unglaublich. Hat Mads dich derart beeinflusst?«

»Hat er nicht. Wenn das einer besser wissen sollte, dann du. Ich lasse mich von niemandem beeinflussen.«

Albert grinste.

»Guck nicht so blöd.«

Jetzt lachte Albert und schaute aus dem Fenster, dann sagte er plötzlich: »Was ist denn das?« Er zeigte auf den Standstreifen.

Gustav nahm an, sein alter Freund wollte nur ablenken, doch da sah er es auch und wollte seinen Augen nicht trauen. Sofort verlangsamte er das Tempo und stoppte auf dem Standstreifen. Da er ein ziviles Dienstfahrzeug fuhr, griff er nach dem mobilen Blaulicht auf dem Rücksitz und stellte es aufs Dach, bis der Entgegenkommende fast bei ihnen war, dann stieg er aus und Albert folgte ihm. Gustav gab dem Verkehrsteilnehmer ein Zeichen und der bremste vor ihnen ab.

Albert hatte Mühe, ein Schmunzeln zu unterdrücken.

»Moin«, sagte Gustav, ebenfalls bemüht, ernst zu bleiben.

»Moin, mein Junge. Dich schickt der Himmel. Ich weiß nicht, wie ich hier gelandet bin«, sagte der Mann sichtlich nervös, Gustav schätzte ihn auf Ende achtzig.

»Falsch abgebogen?«, fragte Albert.

»Ja, ganz sicher. Dabei wollte ich nur zu meinem Sohn nach Scharbeutz.«

»Und wo wohnen Sie?«

»In Luschendorf.«

»Ich rufe die Kollegen. Die werden sich um Sie kümmern. Geht es Ihnen gut?«, fragte Gustav.

»Mir geht es blendend. Nur, warum ich diese Abbiegung genommen habe, kann ich mir beim besten Willen nicht erklären.« Der Mann, der äußerlich einen fitten Eindruck machte, schüttelte den Kopf. »Wissen Sie mit zweiundneunzig bringt man manchmal einiges durcheinander.«

»Zweiundneunzig? Sie sehen keinen Tag älter als fünfundsiebzig aus«, schmeichelte Albert.

»Das liegt daran, dass ich viel draußen bin und jeden Tag meine fünfzig Liegestütze mache.«

»Beeindruckend. Der Kollege Johannsen schafft keine zehn«, scherzte Albert, was Gustav mit einem bösen Blick quittierte.

Gemeinsam warteten sie, bis der Streifenwagen eintraf.

»Einen elektrischen Rollstuhl auf der Autobahn habe ich auch noch nicht gesehen«, bemerkte Albert glucksend, als sie weiterfuhren. »Was macht so eine Kiste? Sechs km/h?«

»Mehr sicherlich nicht. Der Arme hat die falsche Abbiegung genommen. Zum Glück haben wir ihn gesehen. Dass ihn niemand gemeldet hat, wundert mich. Die Einfahrt Luschendorf liegt ein ganzes Stück zurück.«

»Stimmt. Aber für sein Alter war er verdammt fit. Wirklich Hut ab. Der ist fitter als du.«

»Ha, ha, sehr lustig. Auf fünfzig Meter ziehe ich dich locker ab«, entgegnete Gustav und zog den Bauch ein, weil er wusste, worauf Albert anspielte. In Mads' Alter war er ausgesprochen sportlich und trainiert gewesen. In den letzten Jahren hatte er allerdings einige Kilos zugelegt, weil er keine Lust hatte, in seinem Alter auf Lebensqualität zu verzichten, und dazu gehörte, dass er essen wollte, worauf er Lust hatte. Der regelmäßige Besuch guter Restaurants war ihm einfach wichtig.

Sein Autotelefon klingelte erneut, es war Petra. Er nahm das Gespräch an, das wieder über die Freisprecheinrichtung lief.

»Ein Spaziergänger hat eine Leiche gefunden«, sagte sie.

7

Mads und Lena erreichten vor Gustav den Fundort der Leiche. Es war ein kleines Waldgebiet zwischen der Strandstraße und der Bäderrandstraße, der B76. Nur schmale Pfade führten hinein.

Mads hatte ihren Dienstwagen an der Strandstraße geparkt, die in diesem Bereich gerade gesperrt wurde, und Lena hatte wieder ihre Krücke vom Rücksitz geholt, da der Rollstuhl für das Gelände ungeeignet war.

Einige Kollegen von der Streife waren bereits vor Ort und von Ferne heulende Sirenen verrieten Mads, dass auch die Rettungssanitäter unterwegs waren.

»Moin«, grüßte Mads einen Kollegen. »Wo ist die Leiche?«

»Moin«, grüßte der Polizist zurück. »Dahinten.« Er zeigte nach rechts.

»Und der Zeuge?«

»Hinter dir. Unterhält sich mit einem Kollegen.«

»Danke.«

Mads und Lena gingen zu der Leiche, die noch nicht abgedeckt war. Sie lag auf dem Bauch.

»Klaus Achner?«, fragte Mads.

Lena nickte. »Das ist er. Ich habe ein Foto von ihm und seiner Frau auf der Kommode im Flur gesehen.«

»Dann ist es wohl aus mit der Ruhe.« Mads bückte sich, um die Leiche genauer in Augenschein zu nehmen. Der Oberkörper, vor allem die Bauchgegend, war blutverschmiert. Alles deutete darauf hin, dass er erstochen worden war. Mads ließ seinen Blick über den Boden schweifen.

»Das ist nicht der Tatort«, stellte er fest und richtete sich auf.

»Denke ich auch«, antwortete Lena,

»Kaum Kampfspuren auf dem Boden, kaum Blut. Wenn jemand hier erstochen worden wäre, würde es anders aussehen.«

»Warum bringt der Täter die Leiche hierher und nicht irgendwohin, wo sie niemand so schnell findet?«

»Möglicherweise war es jemand, der nicht ortsansässig ist. Vielleicht war es auch ein Raubüberfall.« Mads zog sich Einmalhandschuhe an und reichte Lena ein zweites Paar, dann prüfte er die Hosentaschen des Opfers.

»Sollten wir nicht auf Ole und sein Team warten?«

»Ich habe doch Handschuhe an«, entgegnete Mads, der schon auf die Geldbörse gestoßen war. Er fischte sie vorsichtig heraus und öffnete sie. »Sieht nicht nach einem Raub aus.«

Im Fach für Geldscheine waren knapp 400 Euro.

»Und wenn der Täter Panik bekommen hat und weggerannt ist?«, fragte Lena.

»Ich weiß nicht. Zuerst ersticht er Achner, dann schleppt er ihn hierher und schaut nicht mal in dessen Hosentaschen nach, sondern läuft einfach weg?«

»Weil er jemanden gesehen hat, der mit seinem Hund Gassi gegangen ist. Rechts von uns ist eine kleine Siedlung.«

»Wir dürfen nichts ausschließen, aber die Theorie fühlt sich nicht richtig an. Meiner Meinung nach ging es nicht um Geld.«

»Achner hatte doch einen Konflikt mit Krampe, er wollte ihn mittags noch erschießen. Vielleicht sind die beiden sich abends auf der Straße begegnet und der Streit ist eskaliert?«, überlegte Lena weiter.

»Wäre möglich. Auf jeden Fall müssen wir Krampe unter die Lupe nehmen. Was ich mich aber frage: Wo wurde Achner erstochen? Wir haben den Weg zwischen der Kneipe und seinem Haus abgesucht, da war nichts Verdächtiges.«

»Was nichts heißen muss, möglicherweise haben wir etwas übersehen.«

»An der Eintrittswunde im Bauch hat das Opfer stark geblutet, wir hätten Blutstropfen auf dem Bürgersteig sehen müssen. Ich lehne mich gerne so weit aus dem Fenster, zu behaupten, dass Achner nicht auf dem Weg von der Kneipe nach Hause ermordet wurde.«

»Das ist sehr mutig, Bruderherz.«

»Ich gebe dir eine Quote von 1:4.«

»Gut, zehn Euro«, lachte Lena.

»Deal.« Sie gaben sich die Hand.

»Wir sollten mit dem Zeugen reden.«

Mads nickte und gemeinsam gingen sie zu ihm. Der Kollege von der Streife wechselte ein paar Worte mit ihnen, dann entfernte er sich. Dem Zeugen war die Anspannung deutlich anzusehen.

»Sie haben die Leiche gefunden?«, fragte Mads.

»Ja, leider.« Der Mann wackelte leicht mit dem Kopf.

»Wie heißen Sie?«

»Michael Kahden.« Er hob seinen rechten Zeigefinger zum Mund, als wollte er daran knabbern, doch dann stoppte er und senkte die Hand.

»Ist Ihnen irgendetwas aufgefallen, als Sie die Leiche entdeckt haben?«

»Nein, gar nichts. Ich habe auch niemanden gesehen. In dieses kleine Waldstück verirrt sich selten jemand.«

»Und was haben Sie hier gesucht?«, erkundigte sich Mads. Kahden hatte keinen Hund bei sich und wie der typische Spaziergänger sah er nicht aus.

»Ich sammle Pilze. Hier gibt es immer wieder Steinpilze«, antwortete Kahden und zeigte auf den Korb, der neben ihm auf dem Waldboden stand.

Mads schaute hinein, es lagen tatsächlich ein paar Pilze darin.

»Haben wir Ihre Kontaktdaten?«

»Ihr Kollege hat sie.« Kahden sah Lena an. »Kann ich gehen?«

»Gleich kommt der Rettungswagen. Sie sollten sich kurz durchchecken lassen.«

»Ehrlich gesagt, muss ich in einer Stunde auf der Arbeit sein und ich fühle mich okay.«

»Sie könnten unter Schock stehen«, wandte Lena ein.

»Wirklich, ich fühle mich gut, ich darf nicht zu spät zur Arbeit kommen.«

»Wir können Sie nicht zwingen, zu bleiben. Wenn Sie gehen wollen, dann auf eigene Gefahr«, antwortete Mads.

»Danke.« Kahden verabschiedete sich und ging mit seinem Korb davon.

Aus dem Augenwinkel sah Mads, dass Gustav und Albert auf sie zusteuerten.

»Dass Albert immer dabei sein muss«, murrte er leise.

»Sei bitte nett«, sagte Lena.

»War das der Zeuge?«, fragte Gustav, als die beiden bei ihnen angekommen waren. Er wirkte etwas durcheinander.

»Das war er.«

»Und warum ist er weg?«

»Weil er nichts weiter zu den Ermittlungen beitragen kann.«

»Das sollte ja wohl ich entscheiden.«

»Gustav, einmal tief durchatmen«, mischte sich Albert ein. »Mads kann nicht wissen, wie gut du Klaus kanntest. Er hat das gemacht, was ein guter Polizist tut.«

»Ich will über jeden Schritt informiert werden«, brummte Gustav. »Wo ist die …?« Er brach ab.

»Da hinten«, antwortete Lena.

»Danke dir.« Gustavs Stimme klang plötzlich weicher. Etwas, was Mads immer wieder feststellte.

Lena gegenüber verhielt Gustav sich viel umgänglicher als bei ihm, doch das störte ihn nicht. Er wusste, wie er seinen Onkel zu nehmen hatte.

Gustav entfernte sich.

»Dein Onkel ist ganz schön neben der Spur«, erklärte Albert. »Das mit Klaus geht ihm näher, als er es sich eingestehen möchte. Nimm es ihm nicht übel.« Er klopfte Mads auf die Schulter und ging Gustav hinterher.

»Trotzdem kein Grund, mich so anzupflaumen«, beharrte Mads.

»Da hast du recht.«

»Möchtest du dich setzen?«, fragte Mads, da er sah, dass Lena die Krücke von einer Hand in die andere wechselte.

»Geht schon.«

»Sicher?«

»Ja, sehr lieb von dir. Was hältst du davon, wenn wir die Strandstraße ablaufen?«

»Wegen möglicher Blutspuren?«

»Genau. Es wäre doch möglich, dass Achner seinem Mörder hier in der Nähe begegnet ist und der Täter ihn deswegen an dieser Stelle versteckt hat.«

»Du weißt, dass du dann die Wette verlierst.«

»Gegen dich verliere ich sehr gerne.« Lena lächelte ihn an und sein Ärger über Gustavs Benehmen löste sich wie von Zauberhand in Luft auf.

»Dann lass uns losgehen.«

»Wir sollten Gustav informieren.«

»Warte hier, ich mach das«, sagte Mads.

»Sicher?«

»Ganz sicher.« Bevor Lena antworten konnte, ging Mads los und erzählte Gustav von ihrer Idee.

»Sehr gut, macht das. Ich brauche euch gerade nicht. Nachher werde ich Klaus' Frau persönlich benachrichtigen. Wenn ihr die Gegend abgesucht habt, solltet ihr zurück zur Dienststelle fahren. Ich möchte eine Aufstellung sämtlicher Anzeigen haben, die Klaus Achner gegen andere Personen aufgegeben hat, ebenso andersherum. Spätestens um 17 Uhr treffen wir uns alle zur Besprechung.«

»Wir kümmern uns darum.«

»Danke«, sagte Gustav und sah Mads etwas zu lange an. Es wirkte fast, als wollte er sich für den Vorfall von eben entschuldigen, doch er sagte nichts weiter, sodass Mads zurück zu seiner Schwester ging.

Gemeinsam verließen sie das kleine Waldstück, als ihnen Ole Vogt, der Leiter der Spurensicherung, mit seinem Team entgegenkam.

»Sagt nicht, es gibt keine Leiche«, scherzte er. Der Umgang mit dem Tod hatte Ole gewissermaßen abgehärtet, anders war die Arbeit bei der KTU sicher kaum zu ertragen. Ole war für seine lockeren Bemerkungen bekannt.

»Aber klar doch, die läuft nicht weg. Trotzdem ein nett gemeinter Rat an dich: Es wäre heute besser, vor Gustav mal keine Sprüche zu klopfen.«

»Warum? Ist es eine verflossene Liebe?«

»Nein, aber ein Freund aus Kindheitstagen.«

»Ich bemühe mich.« Ole tippte sich an die imaginäre Mütze und setzte seinen Weg fort, ebenso wie Mads und Lena.

»Um den Job beneide ich Ole und sein Team nicht«, bemerkte Lena, Mads nickte zustimmend.

Sie erreichten ihr Auto, Mads öffnete den Kofferraum und holte Lenas Rollstuhl heraus.

»Eigentlich brauche ich den nicht«, sagte Lena, aber Mads sah ihr an, dass sie erschöpfter war, als sie zugeben wollte.

»Keine Widerrede«, antwortete er daher. »Mir zuliebe.«

»Na gut.« Lena setzte sich.

»Wie weit wollen wir gehen?«

»Bis kurz vor den Hafen, bis dahin hat der Täter Deckung, aber in der Nähe des Hafens wäre selbst abends ein Angriff riskant. Dietz hat gesagt, dass Achner gegen 22 Uhr gegangen ist. Um die Zeit ist es zwar schon dunkel, aber noch nicht stockdunkel.«

»Dem ist nichts entgegenzusetzen.«

Den Blick auf den Boden gerichtet, bewegten sie sich Richtung Niendorf.

»Was ist das?«, fragte Lena nach einer Weile.

Mads ging in die Hocke und prüfte die Stelle.

»Das ist definitiv Blut, aber sicherlich stammt es nicht von Achner. Es ist schon fast Teil des Straßenbelages, das muss vor Wochen hierhin gekommen sein. Jede Wette, dass es von einem Tier stammt«, stellte Mads fest. Gleichzeitig stieg die Erinnerung an Juttas Entführung wieder in ihm auf. Damals hatten sie ebenfalls Blutspuren auf dem Asphalt gefunden, die sie im ersten Augenblick Jutta zugeordnet hatten. Mads beeilte sich, die Gedanken daran schnellstmöglich abzuschütteln.

Sie gingen weiter, zum Hafen waren es nur noch wenige Minuten.

»Wir sollten auch die andere Straßenseite absuchen«, sagte Lena. Mads stimmte ihr zu und sie überquerten die Straße.

Wieder schauten sie sich jeden Meter genau an, aber sie konnten nichts Verdächtiges entdecken.

»Er könnte überall ermordet worden sein«, bemerkte Mads enttäuscht.

»Dann hättest du die Wette gewonnen. Vielleicht sollten wir den Weg von hier bis zur Kneipe auch noch absuchen. Es wäre doch denkbar, dass Achner den Kopf freibekommen wollte und daher nicht nach Hause, sondern am Strand entlang gegangen ist. Nur wenige Stunden zuvor war er fast so weit, Krampe zu erschießen, das geht an niemandem spurlos vorbei.«

»Die Kneipe liegt knapp zwanzig Minuten von hier entfernt«, gab Mads zu bedenken.

»Hast du Pläne?«, fragte sie neckend.

»Ja, ich will mit meiner Lieblingsschwester einen Mörder suchen«, antwortete Mads und zwinkerte ihr zu, dann blieb er abrupt stehen. Etwas hatte seine Aufmerksamkeit geweckt.

Dort auf dem Fußweg, war das Blut? Er eilte zu der Stelle und hockte sich hin.

Das konnte nur von Achner stammen. Daneben entdeckte er aber noch etwas anderes. Etwas, was der Mörder verloren hatte?

8

Es war nie leicht, einen Toten anzusehen und so zu tun, als würde das zum Job dazugehören. Gustav hatte in den Jahrzehnten als Polizist natürlich unzählige Leichen gesehen, trotzdem schmerzte der Anblick jeder Einzelnen und dieser noch ein Stück mehr. Weil er den Toten kannte.

»Das wird Birgit den Boden unter den Füßen wegreißen«, presste Gustav hervor, als er die Leiche näher betrachtete.

»Nur zu verständlich. Wie lange waren die beiden verheiratet?«, fragte Albert.

»Mehr als dreißig Jahre.«

»So was steckt niemand so leicht weg.«

Gustav beugte sich ein wenig vor. »Er muss den Täter gesehen haben.«

»Wie meinst du das?«

»Die Einstichwunde ist im Bauch. Der Täter muss frontal auf ihn zugekommen sein.«

»Zu blöd, dass die Leiche nicht reden kann, sonst hätten wir unseren Mörder ganz schnell«, hörte Gustav jemanden sagen. Es war Ole, der mit seinem Team zu ihnen gestoßen war.

Sie begrüßten einander und Gustav verkniff sich den Hinweis, dass er den Kommentar von eben etwas unpassend fand.

»Wenn er frontal mit einem Messer angegriffen wurde, finden wir vielleicht Spuren – DNA, Haare, Hautfetzen oder irgendetwas unter den Fingernägeln«, spann Gustav seine Theorie fort und wandte sich dann an Ole: »Was glaubst du, wann das Opfer ermordet wurde?«

»Wenn ich die Leichenstarre betrachte, würde ich vermuten, gestern spät abends. Der Rigor mortis scheint schon vollständig ausgeprägt. Aber er hat viel Blut verloren, daher nagelt mich bitte nicht fest.«

»Ich habe für spätestens 17 Uhr eine Besprechung anberaumt. Wäre gut, wenn du daran teilnehmen könntest«, sagte Gustav.

»Sollte ich hinkriegen. Es sieht nach einem einfachen Mord mit wenig Spuren in der Umgebung aus. Wie es ausschaut, wurde die Leiche hier versteckt, dies ist nicht der Tatort.«

»Das siehst du alles, nur weil du die Leiche einmal kurz anschaust?« Albert wirkte überrascht.

»Wenn du wie ich schon hunderte Tatorte gesehen hast, fallen dir die offensichtlichen Dinge gleich ins Auge. Das Opfer wurde mit einer Messerklinge tödlich verletzt. Wenn wir hier am Tatort wären, würde um die Leiche jede Menge Blut verteilt sein, das ist es aber nicht.«

»Komm, Albert«, sagte Gustav. Er wollte, dass Ole und sein Team ungestört ihrer Arbeit nachgingen. Sie verabschiedeten sich von den anderen und gingen zurück zu Gustavs Dienstwagen.

»Wir finden den Mörder«, sagte Albert, als ahnte er, wie Gustav sich gerade fühlte, denn das Schlimmste stand ihnen noch bevor: der Besuch bei Birgit.

»Das werden wir.« Gustav seufzte. »Jetzt kommt das, was ich uns allen gern erspart hätte.«

»Ich bin an deiner Seite. Das ist der Preis, den du als Polizeichef unserer kleinen Gemeinde zahlen musst. Man kennt sich. Ich erinnere mich noch sehr gut an einen Satz von deinem Vater, als ich recht frisch im Amt des Bürgermeisters war.«

»Und was hat der alte Herr gesagt?«

»Halte die Emotionen aus deinem Job raus.«

Gustav nickte. So war sein Vater gewesen. Die Arbeit hatte für ihn immer höchste Priorität gehabt.

»Ich bin bis heute gut damit gefahren, und ich denke, du auch.«

»Bis jetzt«, sagte Gustav, als sie einstiegen. »Manchmal bin ich einfach nur sehr müde.« Er startete den Motor.

»Das ist das Alter«, versuchte Albert einen Scherz, doch Gustav lachte nur bitter auf.

»Wir werden beide alt.«

»Noch ein paar Jahre, alter Wikingerhäuptling, dann machen wir auf unserem Segelboot die Weltmeere unsicher.«

»Noch ein paar Jahre«, stimmte Gustav seinem Freund zu.

Das Versprechen, das sie sich vor langer Zeit gegeben hatten, galt. Sobald Gustav in Pension wäre, würden sie um die Welt schippern.

Bald darauf erreichten sie die Anschrift von Birgit Achner, die scheinbar auf sie gewartet hatte. Sie öffnete ihnen sofort.

»Moin«, grüßte Birgit die beiden, »kommt doch rein.«

Sie folgten ihr ins Haus. Es war nicht zu übersehen, wie nervös sie war. Ihr Blick wanderte zwischen Gustav und Albert hin und her. »Habt ihr ihn gefunden?«, fragte sie und sofort füllten sich ihre Augen mit Tränen.

»Ja, wir haben Klaus gefunden«, antwortete Gustav. »Es tut mir sehr leid.«

»Ich habe es geahnt, ich habe es geahnt …« Birgit Achner schluchzte auf, ihre Hände zitterten und fast gleichzeitig registrierte Gustav, wie ihr die Beine wegknickten. Er machte einen schnellen Schritt auf sie zu und konnte ihren Sturz abfangen.

Vorsichtig brachte er sie zur Couch und half ihr, Platz zu nehmen, währenddessen holte Albert ein Glas Wasser aus der Küche, das er der völlig aufgelösten Witwe reichte.

Sie nahm einen Schluck.

»Als er heute Morgen nicht in seinem Bett lag, habe ich es gewusst. Klaus ist doch so zuverlässig, so herrlich berechenbar. Ich weiß immer, was er tut. Er mag keine Überraschungen, er liebt die Beständigkeit. Das wisst ihr ja. So war er schon als Junge.«

Das stimmte. Klaus Achner war niemand, der Überraschungen etwas abgewinnen konnte oder gar spontan war. Er mochte die Dinge so, wie sie waren, am besten änderte sich nichts.

»Sollen wir einen Arzt rufen?«, fragte Gustav.

»Nein, es geht mir schon besser. Wenn man das überhaupt so sagen kann.« Sie presste die Lippen zusammen, dann holte sie tief Luft und sagte: »Er hat mich verlassen. Wie konnte er nur, dieser Sturkopf.«

»Gab es gestern, nachdem wir gegangen sind, einen weiteren Streit?«, fragte Gustav behutsam.

»Was für einen Streit?«

»Mit eurem Nachbarn, Sebastian Krampe.« Es war nicht zu übersehen, dass Birgit Achner unter Schock stand. Am liebsten hätte Gustav ihr keine Fragen mehr gestellt, aber sein Vater hatte recht. Er musste seine Emotionen aus dem Job heraushalten.

»Nein, nein. Klausi hatte endlich eingesehen, dass das so nicht weitergehen konnte. Er wollte sogar eine Therapie machen. Warum musste er jetzt bloß sterben?«

»Hatte er noch mit anderen Personen Streit?«

Der Witwe entfuhr ein höhnisches Lachen. »Du kennst doch Klaus, es war nur eine Frage der Zeit, bis es eskalieren würde.«

»Also hatte er in letzter Zeit mit jemand anderem außer Krampe heftigen Streit?«, fragte Gustav.

»Hat jemand gedroht, ihm etwas anzutun?«, fügte Albert hinzu.

Birgit Achner schüttelte langsam den Kopf, aber sie schien noch darüber nachzudenken. Schließlich hob sie den Blick und starrte Gustav regelrecht an. »Doch, da war jemand.«

9

Lena hatte sich sehr auf den Abend gefreut, aber nun hatte sie Christian absagen müssen, weil sie nicht einschätzen konnte, wie lange ihr Dienst gehen würde. Und das, nachdem sie schon das Mittagessen mit ihm hatte abblasen müssen, doch ein Gefühl sagte ihr, dass sie heute sehr spät nach Hause kommen würde. Der einzige Lichtblick war, dass Christian bei ihr zu Hause auf sie warten würde, obwohl sie ihm gesagt hatte, dass er das nicht tun müsse.

»Und wenn ich dich nur zehn Minuten in den Armen halten darf, ist es das Warten wert«, hatte er darauf erwidert. Lena war bei diesen Worten ganz warm geworden, gleichzeitig hatte sie im Augenwinkel gesehen, dass Mads, der ihr während des Telefonats gegenübergesessen hatte, das ein oder andere Mal die Augen verdrehte. Es machte sie traurig, dass ihr Bruder Christian einfach nicht akzeptieren wollte. Ihre einzige Hoffnung war, dass die Zeit sein Unbehagen auflösen würde.

Spätestens, wenn er Onkel wird, dachte sie und ein Lächeln huschte ihr über die Lippen.

»Worüber schmunzelst du?«, fragte Mads.

Sie fühlte sich ertappt. »Nur so«, antwortete sie.

»Sicher?«

»Na gut. Ich habe mir gerade vorgestellt, was für ein cooler Onkel du wärst.«

»Du bist doch nicht schwanger?« Mads wirkte überrascht.

»Nein, es war nur so ein Gedanke.«

»Gut.«

»Gut? Möchtest du nicht, dass ich Mama werde?«

»Nichts wäre schöner, Schwesterherz, und ich weiß, dass

du die weltbeste Mama sein wirst und ich der coolste Onkel der Welt …«

»Verstehe, aber nicht mit Christian?«

Mads atmete hörbar aus, dann räusperte er sich. »Ich halte mich zurück, dir zuliebe, ich werde nur das Gefühl nicht los, dass er dich ausnutzt. Das Wochenende in Kopenhagen hast du doch bezahlt.«

»Wie kommst du darauf?«

»Ich habe vorhin die E-Mail von dem Hotel gesehen, als ich dir den Kaffeebecher gebracht habe.«

»Und wenn schon. Er ist mein Freund, ich habe das gern getan.«

»Ich weiß. Du bist ein wunderbarer Mensch, unglaublich liebevoll. Aber was ist das für ein Mann, der sich von seiner Freundin immer wieder einladen lässt?«

»Nicht immer. Das war jetzt das Wochenende.«

»Und letztes Mal das Essen? Da hat er sich auch Geld von dir geliehen.«

»Er verdient halt nicht so viel wie ich. Ich finde das überhaupt nicht schlimm«, verteidigte sich Lena.

»Weißt du noch, was Opa gesagt hat?«

»Dass ein Mann sich um die Familie kümmern muss.« Lena blies die Backen auf und ließ die Luft mit einem leisen Plopp entweichen. »Opa stammte aus einer anderen Zeit, da war es normal, dass die Männer gearbeitet und die Frauen zu Hause auf die Kinder aufgepasst haben. Ich bin emanzipiert.«

»Das stimmt. Trotzdem finde ich, dass Opa recht hatte und dass es auch heute noch ein ungeschriebenes Gesetz ist, dass der Mann die Frau häufiger einlädt. Ich würde niemals eine Frau das Essen zahlen lassen, wenn ich mit ihr ausgehe.«

»Und was, wenn du eine Millionärin kennenlernst, die Luxus gewohnt ist? Was, wenn sie dann für dich zahlt?«

»Wird nicht passieren.« Mads stand auf und stellte sich hinter ihren Bürostuhl, dann begann er sanft ihre Schultern zu massieren. »Mir geht es doch nur um dich, ich möchte dich nicht verärgern. Du weißt, dass ich dich liebe und dich beschützen möchte.«

»Ich weiß, aber ich bin keine sechzehn mehr, du musst mich nicht mehr vor den bösen Jungs verteidigen. Ich bin über dreißig und kann auf mich selbst aufpassen. Ich liebe Christian, ich habe ihn immer geliebt. Selbst in der Zeit, als wir getrennt waren, musste ich oft an ihn denken, und nichts wünsche ich mir mehr, als dass mein Bruder, mein bester Freund, für mich da ist und meine Entscheidung respektiert. Und dass, wenn ich einmal Mama werde mit Christian als Papa, mein Bruder der coolste Onkel der Welt wird, so wie er immer der coolste Bruder auf der Welt für mich war und ist.«

Mads schluckte und ließ die Hände auf ihre Schultern sinken. »Natürlich werde ich der weltbeste Onkel sein, darauf kannst du wetten. Und sobald mein Neffe geradeaus gehen kann, werde ich ein paar Wellen mit ihm reiten.«

»Und wenn es ein Mädchen wird?«, fragte Lena und schaute schmunzelnd zu ihrem Bruder auf.

»Dann auch«, lachte Mads.

Lena war erleichtert. Die Sache mit dem Bezahlen sah sie im Übrigen viel entspannter als Mads, denn Christian zahlte schon hin und wieder. So war es eben in einer Partnerschaft, man teilte. Wofür führte man eine Beziehung oder wollte eine Familie gründen, wenn man das nicht konnte?

»Komm, wir sollten zum Besprechungsraum gehen, sonst motzt Gustav nur«, holte Mads sie aus ihren Träumereien.

»Du hast recht.«

Sie nahmen ihre Unterlagen vom Schreibtisch und verließen ihr Büro. Im Besprechungsraum waren sie die Ersten.

»Zwei Minuten noch«, sagte Mads mit Blick auf die Wanduhr.

»Wenn sich unser Onkel verspätet, würde er uns informieren.«

»Irgendwann ist immer das erste Mal.«

»Wetten?«

»Bist du im Wettfieber?«, zog Mads sie auf. »Na gut, ich schulde dir ja eh noch vierzig Euro. Um die wetten wir.«

»Deal.« Lena reichte Mads die Hand, genau in dem Augenblick wurde die Tür geöffnet. Gustav und Ole traten ein, bei ihnen war, wie sollte es anders sein, Albert.

Lena konnte sich ein Lächeln nicht verkneifen und auch Mads' Mundwinkel hoben sich.

Man begrüßte sich, anschließend setzten sich alle.

»Brauchen wir Tim? Soll ich die Leitung zu ihm aufbauen?«, fragte Mads. Tim war der Leiter der IT in der Lübecker Direktion und half ihnen in allen technischen Fragen, auch in Sachen Recherche war er ein Ass.

»Gerade nicht, wenn, dann spontan«, antwortete Gustav. Lena sah ihrem Onkel an, unter welch großer Anspannung er stand.

»Wir wollen keine Zeit verlieren. Da keine externen Personen an der Besprechung teilnehmen, können wir gleich loslegen. Ole, was hast du für uns?«

»Noch nicht viel. Ich gehe davon aus, dass das Opfer zwischen 22 und 1 Uhr morgens ermordet wurde, aber nagelt mich nicht darauf fest. Immerhin würde es sich mit euren Aussagen decken, dass das Opfer gegen 22 Uhr die Kneipe verlassen hat. Wie es ausschaut, wurde er mit einem Messer ermordet. Die Einstichstelle spricht für ein Messer, dessen Klinge maximal vier Zentimeter breit ist. Aber auch hier müssen wir die Obduktion abwarten, um Höhe und Länge der Klinge genauer zu bestimmen. Wie viele Stiche es waren, wird sich ebenfalls erst dann zeigen.« Ole sah auf seine Unterlagen. »Die Fundstelle der Leiche ist nicht der Tatort. Die Stelle an der Strandstraße, wo Lena und Mads auffällige Blutspuren gefunden haben, dürfte der Tatort sein. Meine Mitarbeiter haben die Spuren dort gesichert. Erste Ergebnisse erhoffe ich mir in den nächsten 24 Stunden.«

»Gab es einen Kampf?«, fragte Mads.

»Vermutlich nicht, es gab keine Kampfspuren am Toten, was jedoch nicht heißt, dass er nicht versucht haben könnte, sich zu wehren, als er angegriffen wurde. Der Angreifer kam frontal auf ihn zu, vielleicht ein Spaziergänger. Als er vor dem Opfer stand, hat er zugestochen.«

»Also war es keine geplante Tat?«, erkundigte sich Albert.

»Schwer einzuschätzen. Bei Tötungsdelikten im Freien, vor allem nachts, kommt es deutlich häufiger vor, dass das Opfer aus dem Hinterhalt, also von hinten angegriffen wird. Andererseits gibt es auch genug Fälle, in denen das Opfer von vorn attackiert wurde. Die Ecke an der Strandstraße ist abends schlecht beleuchtet und Gustav meinte, dass um die Zeit wenig Fußgänger unterwegs sind und der Verkehr deutlich reduziert ist. Möglicherweise hat der Täter kein Risiko gesehen, oder er wollte sich die Chance, das Opfer zu töten, nicht entgehen lassen.«

»Das ergibt irgendwie keinen Sinn«, sagte Albert.

»Was?«, fragte Gustav.

»Wir nehmen an, dass der Mörder jemand ist, den Klaus kannte, vielleicht jemand aus einem Nachbarschaftsstreit. Derjenige könnte wissen, dass Klaus sonntagabends in der Kneipe ist, trotzdem wurde er nicht auf dem direkten Heimweg ermordet, sondern kurz vor Niendorf.«

»Und wenn schon, er könnte ihm gefolgt sein«, wandte Gustav ein.

»Ja, natürlich, aber dann hätte er sich ihm von hinten genähert und nicht von vorne.«

»Vielleicht hat er kalte Füße bekommen und wollte das Ganze abbrechen, er geht nach Hause und plötzlich kommt Achner ihm entgegen. Die Wut packt ihn und er führt seinen teuflischen Plan doch noch aus«, zeigte Lena eine weitere Option auf. »Oder er war mit jemandem verabredet, der ihn dann kaltblütig erstochen hat. Er ist ja nicht auf direktem Wege nach Hause gegangen, obwohl seine Freunde, mit denen er in der

Kneipe war, übereinstimmend ausgesagt haben, dass er zu seiner Frau wollte.«

Sie hatten Achners Kumpel Malte Heist noch erreichen können, bevor die Besprechung begann, und er hatte nur bestätigt, was ihnen zuvor Joachim Dietz gesagt hatte.

»Das ist ein sehr interessanter Gedanke. Sehr gut, Lena«, lobte Gustav. »Bisher spricht wenig dafür, dass Klaus ein Zufallsopfer war, erst recht nicht vor dem Hintergrund, dass er einige heftige Streitereien mit Nachbarn und anderen Personen hatte. Wenn das Motiv Nachbarschaftsstreitereien sein sollten, bedeutet das, dass der Mörder aus der Gegend kommt.«

»Er könnte genauso gut aus Scharbeutz stammen«, warf Albert ein.

Lena sah, wie Gustav genervt den Kopf schüttelte. Vermutlich wollte der Bürgermeister darauf anspielen, dass seine Gemeinde sicher keine Mörder beherbergte.

»Von Birgit wissen wir, dass ihr Nachbar Krampe ein Motiv hat«, setzte Gustav neu an. »Albert und ich waren vor Ort, als Klaus ihn mit dem Gewehr bedroht hat, und laut Birgit gibt es eine weitere Person, mit der sich Klaus angelegt hatte. Es gab auch schon eine Schlägerei zwischen den beiden.« Gustav rieb sich die Stirn und sah zu Ole. »Bevor wir auf potenzielle Tatverdächtige kommen, hast du noch was?«

»Derzeit nicht. Wir müssen die Obduktion, die Nachrichten aus dem Labor und die Auswertung der Spuren abwarten.«

»Was ist mit dem Fundstück am Tatort?«, fragte Mads.

»Wir untersuchen den Kugelschreiber aktuell auf Fingerabdrücke. Wenn der dem Mörder aus der Tasche gefallen ist, wäre das ein sehr glücklicher Zufall.«

Dass der Kugelschreiber zufällig am Tatort gelegen hatte, wollte Lena nicht glauben, denn es handelte sich dabei nicht um eines der typischen Werbegeschenke, das mancher achtlos wegwarf, sondern um ein hochwertiges Schreibgerät von der Marke Lamy.

10

»An welchem Artikel arbeitest du gerade?«, fragte Jule.

Emma hatte sich mit ihrer Freundin auf einen Cocktail in der *Seaside Lounge* getroffen, sie saßen auf der Terrasse und genossen den milden Abend.

»Ich recherchiere über den Ausbau der Fahrradwege zwischen Niendorf und Travemünde«, sagte Emma und rollte mit den Augen.

»Hörst dich nicht begeistert an.«

»Ist das so offensichtlich?«

»Mehr als das«, sagte Jule lachend. »Passiert wohl nichts in der Gemeinde.«

»Nicht wirklich. Darüber sollte man sich eigentlich freuen, aber für mich als Journalistin ist es dann doch langweilig.«

»Wir leben hier halt nicht in Berlin, Frankfurt oder München.«

»Ich weiß.« Emma seufzte und spielte mit dem Strohhalm ihres Cocktails.

»Vermisst du Köln oder Mannheim manchmal?«

»Ja, hin und wieder, aber wenn ich da wohnen würde, würde ich das Meer und dich vermissen.«

»Das hast du süß gesagt.« Jule strahlte.

»Ist nur die Wahrheit.«

»Ich würde dich auch ganz schrecklich vermissen.«

»Mich etwa nicht?«, hörte Emma eine männliche Stimme. Es war ihr Redaktionskollege Amir, der gerade die Terrasse betrat.

»Dich natürlich auch, mein Schatz«, sagte Emma. Sie und Jule standen auf, um Amir und seinen Freund Pietro zu begrüßen, dann nahmen sie wieder Platz.

»Wo ist Stefan?«, fragte Amir.

»Der müsste gleich kommen«, antwortete Emma.

»Wie wäre es mit einer Flasche Wein?«

»Hört sich gut an. Ich besorge uns eine«, sagte Jule, die in der *Seaside Lounge* arbeitete, aber bereits Feierabend hatte. Sie stand auf und betrat die Innenräume des Restaurants.

»Es ist wirklich noch richtig angenehm um diese Zeit draußen«, bemerkte Pietro. »Dieser Sommer war bisher ein Volltreffer.« Er schmiegte sich an Amir und gab ihm einen Kuss, den dieser erwiderte.

Für Emma waren die beiden ein Traumpaar. Sie verstanden sich ohne Worte, Emma schien es, als wären sie füreinander geschaffen. Nie hatte sie sie ernsthaft streiten gesehen, abgesehen von den neckischen Diskussionen, die bei ihnen dazugehörten.

Als Jule mit der Flasche Wein und fünf Gläsern zurückkam, betrat Stefan die Terrasse.

Wieder standen alle auf und begrüßten sich.

Emma gab Stefan einen Kuss, Amir zog einen zweiten Tisch heran, dann setzten sich alle.

»Wie war dein Tag?«, fragte Amir.

»Stressig, viel zu tun gehabt. Und eurer?«

»In der Redaktion ist es derzeit recht ruhig – zum Glück. Solche Tage brauche ich ab und zu, was man von Emma nicht sagen kann«, antwortete Amir und zwinkerte ihr zu.

»Warum?«, fragte Pietro.

»Sie braucht immer Action, sie fühlt sich schnell unterfordert.«

»Emma ist halt ehrgeiziger als du, mein Schatz«, erwiderte Pietro.

»Auf jeden Fall. In anderen Städten wäre sie mehr gefordert. Aber ich bin sehr glücklich, dass sie sich für unser kleines Blatt entschieden hat.«

»Danke«, sagte Emma, weil sie wusste, dass Amir sein Herz auf der Zunge trug. Etwas, was sie sehr an ihm schätzte.

»Ich finde, ihr beide seid ein richtig tolles Paar. Seit Emma mit dir zusammen ist, wirkt sie ausgeglichener und strahlt auch mehr«, bemerkte Pietro.

»Sehr lieb von dir. Ich mochte Emma, seit ich sie das erste Mal gesehen habe. Damals, auf der Terrasse des *Lieblingsplatz*. Sie war mit Mads da und ich hatte echt Mühe, sie nicht anzustarren.«

»Um Männer wie Mads macht man auch lieber einen großen Bogen, wenn man die Liebe sucht, da verbrennt man sich nur. Gut, dass Emma nicht auf seinen Charme hereingefallen ist«, sagte Amir.

»Warum hätte sie das tun sollen? Mads ist mein Ex. Emma hätte niemals was mit ihm angefangen. Der Exfreund der Freundin ist tabu«, entgegnete Jule, und Emma war sehr froh, dass niemand außer Amir wusste, dass ihre Gefühle für Mads eine ganze Zeit lang weit über eine Freundschaft hinausgegangen waren. Auch wenn sie es anderen gegenüber niemals eingestanden hatte, war Amir ihr auf die Schliche gekommen. Er konnte sie leichter durchschauen als die anderen. Ihre beste Freundin Jule dagegen hatte nie etwas in dieser Richtung vermutet, und nach diesen Worten war Emma klar, dass Jule ihr eine Beziehung oder eine Affäre mit Mads nicht verziehen hätte.

Doch das alles war jetzt ohnehin unwichtig, sie hatte Stefan und es fühlte sich gut an. Sie wollte diese frische Beziehung nicht wegen eines unverbindlichen und selbstverliebten Mannes wie Mads aufs Spiel setzen.

»Findest du, dass man das mit dem Exfreund so eng sehen sollte?«, fragte Amir. »Wenn sich zwei Menschen bedingungslos lieben, wie kann man dem Grenzen setzen?«

»Das ist doch keine Grenze, das hat etwas mit Anstand zu tun. Ich würde niemals etwas mit dem Ex einer sehr guten Freundin anfangen«, verteidigte Jule ihre Ansicht und schenkte ein.

»Lasst uns anstoßen«, sagte Stefan. Emma sah ihm an, dass ihm die Diskussion unangenehm war.

Sie stießen an und Pietro schaute Richtung Promenade.

»Wenn man vom Teufel spricht«, rutschte es ihm heraus.

Lena und Mads betraten die Terrasse.

»Setzt euch doch zu uns«, sagte Amir und stand auf.

»Wir möchten euch nicht stören«, erwiderte Mads, während Lena schon auf ihren Tisch zusteuerte.

»So ein Quatsch. Wie könnte eine liebe hübsche Frau wie Lena stören.«

»Ach, und ich schon?«, ging Mads auf den Scherz ein.

Als sich alle wieder setzten, trafen sich Emmas und Mads' Blicke kurz, er saß Emma gegenüber. Rasch sah Emma nach unten. Es war noch immer ein seltsames Gefühl, wenn Mads mit ihr und Stefan am selben Tisch saß.

»Habt ihr Feierabend oder Dienst?«, erkundigte sich Pietro.

»Leider Dienst«, antwortete Lena.

»Und an welchem Fall arbeitet ihr gerade?«

»Ihr werdet es eh bald erfahren. Heute wurde die Leiche einer männlichen Person gefunden.«

»Wie heißt die Person?«, fragte Emma. Ihr journalistischer Spürsinn war geweckt und ein Gefühl sagte ihr, dass hier eine spannende Story auf sie wartete.

»Klaus Achner«, gab Lena bereitwillig preis.

»Klaus Achner? Ende fünfzig, wohnt in Timmendorf, verheiratet mit Birgit?«, fragte Amir.

»Genau. Kennst du ihn?«, gab Mads zurück.

»Gut genug, um zu wissen, dass der nicht sauber war.«

»Was meinst du damit?«

»Ich habe vor gut drei Jahren einen Artikel über Nachbarschaftsstreitigkeiten geschrieben, in dem Achner vorkam. Er hat damals einen zwölfjährigen Jungen geschlagen.«

11

»Achner scheint nicht ohne gewesen zu sein«, bemerkte Lena, als sie wieder im Auto saßen.

»Scheint so. Was die vielen Anzeigen bestätigen, die wir in der Datenbank gefunden haben.«

»Die meisten davon gingen von ihm aus. Mich wundert es, dass es keine Anzeige wegen der Schlägerei mit dem Jungen gab.«

»Vermutlich, weil Achner die Eltern kannte. Ich nehme an, sie haben von einer Anzeige abgesehen, weil ihr Sohn Achner immer wieder mit Klingelstreichen provoziert hatte. Möglich, dass die Eltern glaubten, er hätte die Abreibung verdient.«

»Ich würde niemals wollen, dass Erwachsene meine Kinder schlagen.«

»Deine Kinder würden auch keine dummen Klingelstreiche machen, weil du sie gut erziehen würdest. Wenn ich dagegen die ganzen Eltern und ihre antiautoritäre Erziehung sehe, wundert es mich nicht, dass die Kleinen ihnen auf der Nase herumtanzen. Erst letzte Woche hatte ich mit einem Kumpel ein Gespräch darüber.«

»Was für ein Gespräch?«, fragte Lena.

»Mein Kumpel war in Hamburg mit dem Bus unterwegs. Eine Reihe vor ihm saß eine Mutter mit ihrem Sohn, vermutlich um die zehn oder so. Ihm gegenüber eine ältere Dame. Der Junge hat wohl andauernd mit den Füßen gespielt und dabei jedes Mal das Bein der älteren Frau getroffen. Nach einigen Minuten hat die Frau die Mutter darum gebeten, ihrem Sohn zu sagen, dass er ihr nicht immer gegen das Schienbein treten solle. Da sagt die Mutter: ›Ich erziehe mein Kind antiautoritär. Er wird von sich aus damit aufhören.‹ Kurz darauf stoppt der Bus. Der Kumpel steht auf, kommt an dem Sitz der Mutter vorbei und gibt ihr einen leichten Klaps auf den Hinterkopf. Die Mutter ruft erschrocken: ›Was soll das?‹, da antwortet mein Kumpel: ›Meine Eltern haben mich antiautoritär erzogen.‹ Dann verlässt er mit der älteren Frau den Bus.«

Lena lachte. »Ist das echt so passiert oder erzählst du nur eine lustige Geschichte?«

»Nein, das ist wirklich so gewesen. Wenn ich dabei gewesen wäre, hätte ich mir die Mutter und den Sohn vorgeknöpft.«

»Unglaublich. Respekt gegenüber Älteren sollte selbstverständlich sein.«

»Scheint leider immer mehr verloren zu gehen.«

Unwillkürlich musste Mads an seinen Großvater denken. Er war streng gewesen und auch Gustav war streng, nur seine Eltern waren etwas lockerer gewesen, dennoch hatten sie ihnen beigebracht, was Werte und Anstand bedeuteten. Es war vollkommen klar, dass seine Mutter dafür gesorgt hätte, dass er sich bei der älteren Frau entschuldigte, wenn Mads sich als Kind so etwas erlaubt hätte.

»Vielleicht sollten wir mit den Eltern des Jungen reden«, schlug Lena vor.

»Das sollten wir auf jeden Fall auf unserer To-do-Liste haben. Es war ein glücklicher Zufall, dass wir Amir begegnet sind. Sobald er uns die Recherchen und seinen Artikel dazu schickt, können wir entscheiden, was wir tun.«

»Wäre auch mein Vorschlag«, stimmte Lena zu. Sie sah aus dem Fenster und wandte sich dann wieder Mads zu. »Das mit Stefan und Emma scheint ernster zu werden.«

»Sieht so aus. Wenn sie glücklich sind, soll es so sein«, gab Mads zurück. Er wollte Emmas Glück nicht im Wege stehen, auch wenn sie es ausgerechnet bei so einem Langweiler gefunden hatte.

»Jetzt müssten nur noch Jule und du einen Partner finden, dann könnten wir alle zusammen in den Pärchenurlaub fahren.«

»Denk nicht mal dran.«

»Woran?«

»Mich mit Jule verkuppeln zu wollen.«

»Würde mir nie in den Sinn kommen. Trotzdem bleibe ich dabei, dass du Jule falsch einschätzt. Sie ist viel reifer geworden.«

Mads gab ein leises Schnauben von sich. »Glaub mir, ich war mit ihr zusammen. Als Freundin mag sie für dich reifer wirken, aber ich werde mit dieser Frau ganz sicher niemals wieder eine Beziehung führen, da bleibe ich lieber glücklicher Single.«

»Hättest du denn jemanden in Aussicht?«, bohrte Lena nach.

»Nein, und das ist im Moment gut so. Mach dir keine Sorgen um mich.«

»So kenne ich meinen Bruder ja gar nicht. Hattest du wirklich mal zwei Wochen nichts mit einer Frau?«, stichelte Lena, die wusste, dass Mads eigentlich nie etwas anbrennen ließ. Doch irgendetwas hatte sich geändert.

»Nein, hatte ich nicht«, antwortete er daher wahrheitsgemäß. Bisher war er nie lange allein gewesen, das Singledasein war Neuland für ihn, aber es fühlte sich nicht schlecht an.

»Ich habe da ein paar nette Freundinnen, die dich sofort daten würden«, sagte Lena grinsend.

»Damit die dann beim kleinsten Streit alles an dich petzen können? Auf keinen Fall, Schwesterherz. Ich suche mir meine Mädels selbst aus.«

»Wie du meinst.«

Sie erreichten die Anschrift von Sebastian Krampe. Mads parkte und Lena zog ihre Krücke vom Rücksitz.

»Was hältst du davon, wenn wir zuerst Birgit Achner aufsuchen?«, fragte Mads.

»Wegen des Vorfalles mit dem Jungen?«

»Genau.«

»Gustav wollte sich doch um Birgit kümmern«, wandte Lena zweifelnd ein.

»Jetzt sind wir aber schon mal hier«, beharrte Mads.

Lena schien nicht überzeugt, gab dann jedoch nach und so gingen sie ein Haus weiter und klingelten bei Birgit Achner. Sie öffnete ihnen gleich und bat sie, einzutreten. Ihre Augen waren gerötet und ihr Gesicht wirkte verquollen.

»Verzeihen Sie die Störung«, begann Mads das Gespräch.

»Hören Sie das?«, sagte sie völlig zusammenhanglos mit abwesendem Blick. »Diese Musik.«

»Ja, kann ich hören.«

»Das ist Krampe. Mein Mann ist heute gestorben und er hat nichts Besseres zu tun, als eine Party zu geben.« Birgit Achner wirkte müde und verbittert zugleich. Mads hoffte, dass sie nicht die Wesenszüge ihres Mannes übernehmen und seinen sinnlosen Kampf gegen den Nachbarn fortführen würde.

»Wir werden Herrn Krampe bitten, die Lautstärke zu reduzieren«, sagte Lena.

»Das ist sehr lieb von Ihnen. Nur heute, ich fühle mich nicht gut.«

»Ist doch selbstverständlich. Brauchen Sie sonst noch etwas?«, fragte Lena.

Mads fand es gut, dass seine Schwester auf die Gefühle der Witwe einging. Es konnte helfen, dass sie sich ihnen gegenüber öffnete.

»Danke, sehr lieb. Ich würde jetzt gern allein sein und mich etwas hinlegen.«

»Machen Sie das. Wir reden mit Herrn Krampe.« Lena gab Mads ein Zeichen, dass sie gehen sollten.

Mads war verwundert, spielte aber mit und so verabschiedeten sie sich und verließen das Haus der Achners.

»Wollten wir uns nicht mit ihr unterhalten?«, konnte Mads nicht umhin, zu fragen, als sie draußen waren.

»Stimmt. Aber du siehst ja, wie sehr die arme Frau neben der Spur ist. Da wollte ich sie nicht noch mit unseren Fragen quälen. Lass uns das morgen machen, Bruderherz. Ich hoffe, du bist nicht sauer.«

»Nein, bin ich nicht. So weit hatte ich mal wieder nicht gedacht.«

Sie gingen zum Haus von Krampe, das größer und moderner war als das einfache Haus der Achners.

Die Musik wurde lauter.

»Wir sollten gleich in den Garten gehen, die Klingel hört der nie«, schlug Mads vor. Lena nickte und so liefen sie am Haus vorbei zum hinteren Bereich des Grundstücks. Die Musik wurde noch einmal lauter, dazu ertönten Stimmen, die Mads verrieten, dass hier ausgelassen gefeiert wurde.

Sie erreichten den Garten. Mads zählte knapp zwanzig Personen, die hier versammelt waren. Es wurde gegrillt, dazu lief chillige Elektromusik. Zwei Gäste waren im Pool.

Wie Krampe aussah, wusste Mads von dessen Instagramprofil. Er und Lena steuerten auf ihn zu, er unterhielt sich gerade angeregt mit einer jungen Frau. Sie war groß, hatte lange blonde Haare und sah in ihrem engen Kleid sehr attraktiv aus. Eine Frau, die auch Mads' Beuteschema entsprach.

»Moin«, machte er sich bemerkbar. Die junge Frau drehte sich um und grüßte zurück, dabei musterte sie ihn kurz.

»Hallo. Kennen wir uns?«, sagte Krampe, der wie Mads um die einen Meter neunzig groß war, jedoch weniger sportlich wirkte, er hatte einen durchschnittlichen Körperbau.

»Nein, tun wir nicht. Wir sind von der Ostseekriminalpolizei und müssten kurz mit Ihnen unter vier Augen sprechen.«

»Jetzt? Sie sehen doch, dass ich gerade einen schönen Abend mit meinen Freunden verbringe. Kommen Sie bitte morgen früh in mein Büro.«

»Wir führen das Gespräch jetzt. Entweder in Ihrem Haus oder bei uns auf der Dienststelle«, stellte Mads klar. Der arrogante, herablassende Ton Krampes gefiel ihm gar nicht.

»Was gibt es denn so Dringendes, das nicht bis morgen warten kann? Nehmen Sie sich ein Bier und haben Sie ein bisschen Spaß mit Ihrer hübschen Kollegin.«

»Ich glaube, dass ich deutlich genug war. Es ist Ihre Entscheidung. Jetzt bitte.«

Krampe verdrehte die Augen, dann schaute er zu der jungen Frau und sagte: »Entschuldige mich kurz.«

Die nickte nur verlegen.

Zusammen mit Krampe gingen die beiden Beamten ins Haus.

»Wollen Sie mir jetzt verraten, warum Sie meine Party crashen?«

»Feiern Sie jeden Tag hier Partys?«, reagierte Mads mit einer Gegenfrage.

»Nein, ich arbeite hart. Heute war einfach ein schöner Tag, um zu grillen und mit Freunden zu chillen, und bevor Sie mir weiter so unangebrachte Fragen stellen, möchte ich Ihre Dienstmarken sehen. Sie sollten wissen, dass ich sehr gut mit dem Bürgermeister befreundet bin.«

»Albert Lange kennen wir auch sehr gut. Schön für Sie«, konterte Mads trocken, zumal er sich kaum vorstellen konnte, dass Krampe und Albert so eng miteinander verbunden waren. Sie zückten ihre Ausweise und gaben sie Krampe, der sie gründlich prüfte.

»Verheiratet?«, fragte Krampe erstaunt.

»Er ist mein Bruder«, antwortete Lena.

»Verstehe. Familie kann man sich eben nicht aussuchen.«

»Herr Krampe, es geht hier nicht um uns, sondern um Sie und Ihr Verhältnis zu Klaus Achner.«

»Hat der Idiot mich schon wieder angezeigt?«, reagierte Krampe gereizt. Mads war sich nicht sicher, ob das gespielt oder ernst gemeint war.

»Er wurde gestern Abend ermordet«, antwortete er kühl. Er war gespannt, wie Krampe darauf reagieren würde.

»Sie scherzen?« In Krampes Augen blitzte es auf, zumindest wirkte er alles andere als betroffen.

»Mit Mord scherzen wir nie.«

»Mord? Sind Sie sicher?«

»Wir wissen, dass es am Sonntag hier einen Vorfall gab«, fuhr Mads unbeirrt fort.

»Einen Vorfall? Der Verrückte hat versucht, mich zu erschießen. Wenn der Bürgermeister und der Polizeichef …« Krampe hielt inne. »Der hieß doch auch Johannsen. Ist er mit Ihnen verwandt?«

»Er ist unser Onkel.«

»Was ist das denn für ein Klüngelverein«, motzte Krampe.

»Beantworten Sie bitte nur unsere Fragen«, gab Mads zurück. »Dem Vorfall am Sonntag ist ein Streit am Samstag vorausgegangen, soweit wir unterrichtet sind. Herr Achner hat sich bei Ihnen über den Grillgeruch beschwert.«

»Der Kerl war ein echter Miesepeter, der hat sich doch mit der gesamten Nachbarschaft angelegt. Nur weil er gerne im Dunkeln und ohne Fun lebt, heißt das nicht, dass wir alle so leben müssen. Der Idiot hat mich am Samstagabend geschlagen und am Sonntag stand er plötzlich mit seinem Gewehr vor dem Pool und hat auf mich gezielt. Keine Ahnung, welcher Hafer den gestochen hat.«

»Ist dem keine Provokation Ihrerseits vorausgegangen?«, bohrte Mads nach. Sein Onkel war an dem Tag mit Albert vor Ort gewesen und hatte ihnen von dem Streit am Samstag erzählt, allerdings nicht, warum Achner am Sonntag mit der Waffe auf Krampe losgegangen war.

»Nein. Fürs Protokoll: Ich habe Achner niemals bedroht. Der Kerl hatte ein Problem mit mir. Ganz ehrlich, was soll ich mich mit solchen Leuten auseinandersetzen? Ich umgebe mich mit Unternehmern, Künstlern, Wissenschaftlern und interessanten Leuten, aber sicherlich nicht mit Spießern. War doch nur eine Frage der Zeit, dass er eine Abreibung bekommt, wenn er sich immer als Dorframbo aufspielt. Dummheit gehört bestraft.«

»Berührt es Sie denn gar nicht, dass er ermordet wurde?«, fragte Lena.

»Soll ich Sie anlügen?« Krampe zog die Augenbrauen hoch. »Der Kerl hat nur genervt. Für seine Frau tut es mir leid. Sie war immer nett und freundlich, dummerweise scheint sie diesen Idioten wirklich geliebt zu haben.«

»Wieso haben Sie nach dem Vorfall keine Anzeige erstattet?«

»Samstag?«

»Genau.«

»Tja, weil ich ein guter Nachbar bin und mir die Ehefrau, wie gesagt, leidtut. Am Sonntag wollte ich ihn anzeigen, aber der Bürgermeister hat mir davon abgeraten. Irgendwie hat er auch recht. Ich kann mir gerade keine negative Presse erlauben.«

»Warum?«

»Das kann ich Ihnen nicht verraten, nur so viel: Für mein Unternehmen stehen große Dinge an, da wären solche Schlagzeilen kontraproduktiv.«

»Wie gut kennen Sie die Achners?«, fragte Mads, er hatte da eine Idee.

»So gut, wie man seine Nachbarn halt kennt. Glauben Sie mir, ich hatte nie Interesse daran, Streit mit ihm zu suchen. Ich habe mich bei ihm vorgestellt, als ich hier eingezogen bin, und anfangs nahm ich auch an, dass wir uns gut verstehen würden, aber Sie ahnen sicher nicht, was Achner auf meine Vorstellung hin gesagt hat.«

»Was denn?«

»Dass er ein gutes Gefühl bei mir habe und dass es mit mir sicherlich nicht schlechter als mit Hasan werden könne, weil der Moslem gewesen sei und nicht dieselbe Kultur teile.«

»Wie kam es, dass das Verhältnis dann merklich abkühlte?«

»Er wollte mir Vorschriften machen, das fing ganz banal an.«

»Womit?«

»Sonntags sollte die Musik nicht so laut sein, da es ein christlicher Ruhetag sei. Dann störte ihn, dass ich öfter grille. Der Geruch würde in seine Richtung wehen. Das Nächste war, dass meine Mülleimer zu weit rechts aufgestellt wären. Einmal sagte er, er hätte in meiner gelben Mülltonne Sachen gefunden, die da nicht reingehörten. Er hat mir regelrecht hinterhergeschnüffelt. Welcher normale Mensch schaut bitte in den Müll des Nachbarn?« Krampe schüttelte angewidert den Kopf.

»Aber Sie haben ihn nie angezeigt. Warum?«, fragte Lena. Laut ihren Unterlagen gab es keine Anzeige von Krampe.

»Weil das für mich Kindergarten ist. Ich bin ein vielbeschäftigter Mann, der in der Öffentlichkeit steht. Ich möchte der Presse ganz sicher keine Schlagzeile bieten.« Krampe zog die Nase hoch. »Tja, vielleicht hätte ich es tun sollen, anders sind solche Parasiten nicht ruhigzustellen. Vermutlich war er nur unglücklich in seiner Ehe.«

»Wie kommen Sie darauf?«

»Der hatte doch ständig Streit mit seiner Frau, das war nicht zu überhören. Sie tat mir wirklich leid. Ich habe nie verstanden, warum sie sich nicht scheiden lassen hat. Mit so einem Misanthropen kann man gar nicht zusammenleben.«

»Kam es zu Handgreiflichkeiten?«

Krampe machte ein abfälliges Geräusch. »Der hat seine Frau nicht nur einmal geschlagen.«

»Haben Sie das gesehen?«

»Das nicht, aber die blauen Flecken, die sie zu verbergen versuchte, sind mir nicht entgangen.«

»Haben Sie Frau Achner darauf angesprochen?«, fragte Lena.

»Nein, im Gegensatz zu Achner mische ich mich nicht in fremder Leute Angelegenheiten ein.«

»Gab es zwischen Ihnen und Klaus Achner zuvor schon einen so heftigen Streit wie am Samstag oder Sonntag?«, erkundigte sich Mads.

»Nein, das war ein ganz neuer, schrecklicher Höhepunkt. Ich habe immer versucht, ihn zu ignorieren.«

Mads hatte vorerst genug gehört, jetzt wollte er nur noch wissen, ob Krampe ein Alibi hatte. »Wo waren Sie am Sonntagabend?«

»Hier, wir haben gegrillt. Werde ich etwa verdächtigt?« Krampe runzelte leicht die Stirn. Mads sah ihm an, dass ihm diese Frage gar nicht gefiel.

»Eine reine Routinefrage. Bis wann ging das Grillen?«

»Bis 22 Uhr rum, denke ich. Ich musste am nächsten Tag früh am Hamburger Flughafen sein.«

Mads nickte. Von der Uhrzeit her kam Krampe also als Täter infrage.

12

»Glaubst du wirklich, dass Achner jemand ermordet hat, der ihn kennt?«, fragte Albert. Er begleitete Gustav zu dem Mann, mit dem Klaus Achner neben seinem Nachbarn Krampe ebenfalls Streit gehabt hatte.

»Als Polizeichef glaube ich gar nichts, ich ermittle und sammle Beweise, und erst wenn diese stichhaltig sind, bin ich bereit, etwas als gegeben hinzunehmen. Ermittlungen haben wenig mit Glauben zu tun«, sagte Gustav mahnend und warf seinem alten Freund auf dem Beifahrersitz einen kurzen Blick zu.

»So was kann auch nur von einem Dänen kommen«, spottete Albert.

»Das sage ich als Norddeutscher. Ich halte mich eben an Fakten. Den Luxus von Halbwahrheiten überlasse ich den Märchenerzählern aus der Politik.«

»Ich sehe schon, du bist auf Krawall gebürstet.«

»So ein Blödsinn, ich sage nur, wie es ist. Oder kennst du einen Politiker, der die Wahrheit sagt?«

»Du machst wohl Witze. Mich natürlich.«

Gustav lachte auf.

»Was lachst du?«

»Weil du allein mit dieser Antwort im Märchenmodus bist. Du bist doch der größte Opportunist.«

»Quatsch. Ich bin ein absolut integrer Bürgermeister. Nenn mir nur einen Amtskollegen, der integrer ist als ich, und wehe, du sagst Frank, das nehme ich persönlich.«

Frank Klausen war der Bürgermeister in Scharbeutz und Albert führte seit Jahren einen kleinen Feldzug gegen Frank, von dessen Qualitäten er ganz und gar nicht überzeugt war.

»Vermutlich bist du noch das kleinste Übel in deiner Zunft.«

»Du könntest dieses Amt keine Woche bekleiden mit deiner nordischen Sturheit«, schoss Albert zurück. »Meine Arbeit ist ein täglicher Drahtseilakt. Was glaubst du, wie anstrengend es ist, alle zufriedenzustellen. Ich bin der einzige Bürgermeister, der 24/7 für seine Gemeinde da ist. Versuch mal, Frank an einem Sonntagnachmittag zu erreichen, da hat der sein Handy aus. Etwas, was es bei mir nicht geben wird.«

»Und weil du so unglaublich beschäftigt bist, begleitest du mich gerade«, konnte sich Gustav eine Spitze nicht verkneifen.

»Das war ein übles Foul.« Albert erhob den Zeigefinger und stach ihn im Rhythmus seiner folgenden Worte in Gustavs Richtung. »Ich helfe dir, weil ich wie du Klaus seit Ewigkeiten kannte und dich in dieser Stunde nicht allein lassen möchte. So sieht das aus, wenn man sich um seinen ältesten Freund Sorgen macht.«

Kurz wusste Gustav nicht, was er darauf antworten sollte.

»Besser, du sagst nichts, sonst nehme ich es persönlich«, setzte Albert nach.

Gustav spürte, wie sich ein Schmunzeln auf seine Lippen stahl. »Die beleidigte Leberwurst zu spielen, hat dir noch nie gestanden«, scherzte er. »Du ewiger Optimist.«

»Und das zu Recht. Nur so hält man es mit einem Pessimisten wie dir aus«, ereiferte sich Albert.

»So ein Quatsch. Wo bin ich denn ein Pessimist?«

»Du möchtest Beispiele dafür?«

Gustav schüttelte den Kopf und schwieg, da sie ihr Ziel in Pönitz mittlerweile erreicht hatten. Er parkte den Wagen und beide stiegen aus. Hier wohnte Werner Lafleur auf einem Bauernhof.

»Warum hat Klaus mit jemandem aus Pönitz Streit?«, äußerte Albert.

»Das werden wir herausfinden.« Genau diese Frage bewegte auch Gustav, vor allem weil sie davon ausgingen, dass dem Mord ein Nachbarschaftsstreit vorausgegangen war.

Kaum hatten sie das Grundstück betreten, hörte Gustav ein Hundebellen.

»Ist er angekettet?«, fragte Albert.

»Ganz sicher nicht. Welchen Schutz soll ein angeketteter Hund bieten?«, erwiderte Gustav. Er hatte keine Angst vor Hunden, da er selbst Hundebesitzer und sogar Hundetrainer war.

Kurz darauf erblickte er den ausgewachsenen Dobermann. Er steuerte direkt auf Gustav zu.

»Sollten wir nicht doch in Deckung gehen?«, fragte Albert.

»Bleib hinter mir. Den Tag möchte ich erleben, an dem mich ein Hund angreift.«

»Es gibt immer ein erstes Mal«, bemerkte Albert besorgt und trat einen Schritt zurück.

»Ruhig, Brauner«, sagte Gustav laut und blieb still stehen, doch der Hund hielt ungebremst auf ihn zu und dann sprang er. Gustav drehte sich zur Seite, sodass der Hund ihn verfehlte.

»Aus«, sagte Gustav nun deutlich lauter und aggressiver. »Ich bin nicht dein Feind. Aus.«

Der Hund fletschte die Zähne.

»Keine gute Idee«, meldete Albert, der hinter Gustavs breiter Schulter Schutz suchte.

»Aus, Rex«, hörte Gustav nun eine Stimme. Sie gehörte zu einem Mann, der auf sie zugelaufen kam. Rex knurrte jedoch noch immer und irgendwie wurde Gustav das Gefühl nicht los, dass sich der Hund nicht beruhigen wollte.

»Sei brav, Rex, hör auf dein Herrchen.«

Aber Rex interessierte das nicht die Spur, er sprang Gustav erneut an, der den Angriff mit einer gekonnten Rechtsdrehung abwehren konnte. So einen aggressiven Hund hatte er schon lange nicht mehr gesehen.

»Ich habe *Aus* gesagt«, brüllte der Besitzer, der nun neben Gustav stand, und ehe er sich's versah, holte der Mann mit einer Holzstange aus und traf Rex am Hals. »Verdammter Köter, warum hörst du nie!«

Rex winselte und lief weg.

Jetzt hatte Gustav die Antwort, warum der Dobermann so aggressiv war. Nicht der Hund war das Problem, sondern sein Besitzer, der glaubte, das Tier mit Gewalt erziehen zu können.

»Verzeihen Sie, aber es ist selten eine gute Idee, ein Grundstück zu betreten, an dem das Schild ›Warnung vor dem Hunde‹ steht.«

»Das war sehr knapp. So einen Hund habe ich noch nicht erlebt«, sagte Albert, dem der Schreck sichtlich in den Knochen saß.

»Das liegt nicht an dem Hund, sondern an Ihren Erziehungsmethoden«, gab Gustav knapp zurück. Er hatte Mitleid mit Rex. Es war leider ein weitverbreitetes Problem, dass jeder einen Hund halten konnte, ohne eine Eignungsprüfung dafür abzulegen.

»An mir? Was meinen Sie?«

»Ein Stock hat noch nie geholfen, einen Hund sinnvoll zu erziehen.«

Der Mann lachte spöttisch. »Er soll auch kein braver Hund sein, sondern mir Gesindel vom Leib halten, genauso wie Füchse und Wölfe, die meine Tiere reißen wollen. Einen Schoßhund brauche ich nicht.«

Eine Diskussion mit diesem uneinsichtigen Mann war nicht zielführend, daher ging Gustav zu ihrem eigentlichen Anliegen über: »Sind Sie Werner Lafleur?«

»Der bin ich. Und wer sind Sie?«

»Mein Name ist Gustav Johannsen, Leiter der Ostseekriminalpolizei.«

Lafleur sah zu Albert. »Sie kenne ich doch von irgendwoher.«

»Ich bin der Bürgermeister der Gemeinde Timmendorfer Strand«, erwiderte der.

»Genau, dieser aalglatte Politiker.«

Albert lächelte gequält. Gustav sah ihm an, dass ihn dieser Vorwurf traf.

»Was wollen Sie von mir?«, fragte Lafleur.

Bevor Gustav antworten konnte, hörte er wieder Hundegebell. Rex näherte sich.

»Hau ab, du verdammter Trottel«, brüllte Lafleur und erhob seine Holzstange. Rex schien zu kapieren und lief weg.

»Wir haben ein paar Fragen zu Klaus Achner«, fuhr Gustav fort.

»Hat der Idiot mich angezeigt?«

»Nein, er wurde ermordet.«

Lafleur wirkte kurz überrascht, dann glaubte Gustav, ein Lächeln um seinen Mund spielen zu sehen, aber er setzte sofort wieder eine gleichgültige Miene auf.

»Wie ist er gestorben?«, fragte Lafleur.

»Er wurde abends auf offener Straße mit einem Messer tödlich verletzt«, antwortete Albert.

»War zu erwarten«, stellte Lafleur fest. »Ich wünschte, ich könnte sagen, dass es mich betroffen macht.«

»Der Tod eines Menschen ist Ihnen egal?«, fragte Albert.

»Das nicht. Aber Klaus weine ich keine Träne nach. Der hat sich doch mit allen angelegt. Hatte eine verdammt kurze Zündschnur und sah sich immer im Recht. Je älter er wurde, desto schwieriger wurde er. Mir ein Rätsel, wie seine Frau es so lange mit ihm ausgehalten hat. Zumal sie so ganz anders ist, liebevoll und reserviert.«

»Was heißt, ›mit allen angelegt‹?«, hakte Gustav nach.

»Was ist daran nicht zu verstehen? Jeder, der Klaus kannte, hatte Ärger mit ihm, egal mit wem ich sprach.«

»Wurde dabei von körperlichen Auseinandersetzungen berichtet?«

»Nicht, dass ich wüsste. Oder man schwieg darüber. Nur der Unmut war riesig.«

»Wie kam es, dass Sie so ein schwieriges Verhältnis zu Herrn Achner hatten? Sie sollen ihm gegenüber handgreiflich geworden sein«, bohrte Gustav weiter.

»Weil er ein Idiot ist«, schnaufte Lafleur. »Das Ganze fing vor drei Jahren an. Seine Frau hatte eine Halbtagsstelle bei mir angenommen. Ihm passte es nicht, dass sie arbeitete, aber Birgit wollte sich ein bisschen Taschengeld dazuverdienen, um nicht mehr von ihrem Mann abhängig zu sein. Das hat er ihr sehr übelgenommen. Irgendwann ist er hergekommen und hat von mir gefordert, dass ich Birgit entlassen solle, sonst würde es Probleme geben. Ich lasse mich aber sicherlich nicht von jemandem wie Klaus erpressen. Birgit hat ihre Arbeit gut gemacht. Da ist er auf mich los und hat mir eine verpasst, da verteidige ich mich natürlich. Seitdem konnte er mich nicht riechen.«

»Als was hat sie denn bei Ihnen gearbeitet?«

»Ich habe einen kleinen Verkaufsraum hier im Bauernhof, ich verkaufe Bio-Produkte. Sie war an der Kasse. Die Kunden haben sie geliebt.«

»Sie arbeitet demzufolge nicht mehr bei Ihnen?«, erkundigte sich Gustav.

Er fand es merkwürdig, dass Birgit nicht erwähnt hatte, dass sie für Lafleur gearbeitet hatte. Vielleicht lag das an dem Schock wegen des plötzlichen Todes von Klaus.

»Nein, sie hat vor sechs Monaten gekündigt, der Druck, den ihr Mann auf sie ausübte, wurde zu hoch. Sie lagen sich wohl oft wegen des Jobs in den Haaren. Ich fand es sehr schade, aber ich bin ihrem Wunsch natürlich nachgekommen.«

»Hatte es vielleicht etwas damit zu tun, dass Sie Herrn Achner gedroht haben?«

»Ich sagte Ihnen doch, dass wir nur eine kleine Schlägerei hatten, das war's. Wie kommen Sie auf diesen Mist?«

»Also haben Sie Klaus Achner nicht mit dem Tod bedroht?«, wiederholte Gustav.

»Hat Birgit das erzählt?« Lafleurs Augen blitzten wütend auf. »Jetzt bin ich wirklich enttäuscht von ihr.«

»Also ist es der Grund?«

»Ganz sicher nicht. Sie wollte sich von Klaus trennen, hat aber kalte Füße bekommen. Birgit und ich hatten eine Affäre.«

13

20. September, Niendorf

Mads hatte Lena zum Arzt gebracht, da ihre Routineuntersuchungen anstanden, und da er jetzt etwas Zeit hatte, beschloss er, zum Hafen zu gehen und sich einen Coffee-to-go im Ahoi Kaffee zu gönnen.

»Moin, Thor«, hörte er Jörn Hansen rufen, als er schon in der Schlange stand. Der junge Mann kam auf ihn zugerannt.

Jörn gehörte zum Inventar in Niendorf. Er war den ganzen Tag draußen und trieb sich in Mads' Augen herum. Auch wenn er ihn des Öfteren mit seiner vorlauten Art nervte, mochte er ihn.

»Moin, Jörn. Ist es möglich, dass du mich mal mit meinem Namen und nicht mit Thor begrüßt?«, erwiderte Mads. Er wusste, dass er dem Thor-Darsteller Chris Hemsworth von Statur und Optik her ähnelte, aber manchmal war es ihm lästig, dass Jörn ihn deshalb ständig mit Thor ansprach.

»Seid ihr schlecht gelaunt, eure Gottheit?«, fragte Jörn lachend. Er schien bester Laune.

»Nein, bin ich nicht. Aber ein ›Moin, Mads‹ wäre doch auch mal nett.«

»Verstehe, es darf niemand wissen, dass du ein Avenger bist.« Jörn, der zwei Köpfe kleiner war als Mads und eine leichte geistige Behinderung hatte, zwinkerte ihm zu.

»Vergiss es einfach. Warum bist du denn so auffällig gut gelaunt?«

»Weil ich mich nachher mit Tolga treffe.«

»Ach, ist Emres Bruder hier?«

Mads hatte Tolga über seinen ehemaligen Studienkollegen Emre Aydin kennengelernt, der jetzt Kripobeamter in Köln war. Emres Familie hatte zusammen mit Lasse Brandt, ebenfalls Kriminalpolizist in Köln, an der Ostsee Urlaub gemacht und so waren sie wieder in Kontakt gekommen. Inzwischen verband sie eine enge Freundschaft, die noch einmal vertieft worden war, als die Johannsens den Kölnern dabei geholfen hatten, ihren verschwundenen Freund Walter wiederzufinden.

»Ja, Tolga kommt mit seiner Gruppe aus dieser Behindertenwerkstatt – ich komme gerade nicht auf den Namen …«, setzte Jörn an.

»Du meinst die Lebenshilfe in Hamburg«, half Mads ihm auf die Sprünge.

»Genau.«

»Wann ist er denn hier?«

»Um 13 Uhr. Er wollte mich zu einem Eis einladen.« Jörn strahlte.

»Er dich? Warum lädst du ihn nicht ein? Er ist doch hier zu Besuch und nicht du in Hamburg.« Mads schüttelte den Kopf. Vermutlich freute sich Jörn, der sich gerne durchschnorrte, mehr über das Eis als über Tolga. Mads konnte das nicht nachvollziehen, er hatte Emres Bruder, der Trisomie 21 hatte, fest in sein Herz geschlossen, weil er das genaue Gegenteil von Jörn war. Er war sehr empathisch und lieb und teilte wirklich alles, was er besaß, mit anderen, ohne Hintergedanken.

»Warum sollte ich für ihn bezahlen, wenn er mich schon einlädt? Das ist doch Quatsch.« Jörn schüttelte verständnislos den Kopf.

»Nein, ist es nicht. Du bist zu geizig. Du solltest Tolga zu einem Eis einladen, das gehört sich so.«

»Du hast leicht reden. Als ob das Geld auf den Bäumen wachsen würde. Weißt du, was zwei Becher mit vier Kugeln Eis kosten? Ich sage nur: Inflation.«

Mads glaubte nicht, dass Jörn erklären konnte, was das Wort Inflation bedeutete, doch das war nun auch egal. Er zückte seine Geldbörse, zog einen Zehneuroschein heraus und reichte ihn Jörn. Dieser wollte gerade danach greifen, aber Mads hielt den Schein fest.

»Nicht so schnell. Mit diesem Geld kaufst du für dich und Tolga je einen Eisbecher und du richtest liebe Grüße aus. Haben wir uns verstanden?«

»Bisschen wenig. Vier Kugeln kosten sechs Euro. Dann könnte Tolga also wohl nur zwei Kugeln nehmen, glaube ich«, bemerkte Jörn, der wohl schnell die Kosten überschlagen hatte.

»Mensch, Jörn, irgendwann kriegen wir beide ein Problem.« Mads legte einen Fünfeuroschein dazu. »Das sollte reichen, und wehe, du tust nicht, was ich gesagt habe, dann schnappe ich dich und schüttele dich ordentlich durch. Kapiert?« Mads spannte unbewusst seinen Bizeps an.

»Deine Armmuskeln sagen mir, dass ich die Drohung ernst nehmen sollte«, sagte Jörn grinsend. »Kannst du mir einen Kaffee mitbringen, wenn du zum *Ahoi* gehst?«

Nun musste Mads lachen, die Dreistigkeit von Jörn kannte wirklich keine Grenzen. »Nein, kann ich nicht«, sagte er und atmete einmal tief durch.

»Ich bringe dir einen mit«, hörte er da Emmas Stimme. Sie war plötzlich neben ihm aufgetaucht.

»Das ist sehr lieb von dir. Mads ist immer so negativ, dabei möchte ich doch nur positive Vibes um mich.«

»Du setzt dich jetzt auf die Bank und sagst mal für ein paar Minuten gar nichts mehr«, wurde Mads deutlich, seine Geduld war so langsam am Ende.

»Siehst du, immer angespannt, der gute Thor. Vermutlich zu viel Verantwortung als Gottheit auf der Erde. Wäre lieb, wenn ich einen großen Milchkaffee bekommen könnte«, sagte Jörn und setzte sich auf die Bank, die ein paar Schritte weiter rechts stand.

»Du bist zu nett zu Jörn«, bemerkte Mads.

»Er weiß es nicht besser, und es macht mir Freude, andere Menschen glücklich zu machen«, entgegnete Emma.

»Jörn kennt seine Grenzen nicht. Ich habe ihm gerade erst fünfzehn Euro gegeben, und glaubst du, er hat sich bedankt? Nein, stattdessen möchte er noch zu einem Kaffee eingeladen werden.«

»Warum hast du ihm so viel Geld gegeben?«

Mads klärte sie kurz auf.

»Ein Stück weit bewundere ich Jörn«, sagte Emma nachdenklich.

»Warum?«, fragte Mads überrascht.

»Trotz seiner Behinderung macht er das Beste aus seiner Situation. Statt in irgendeinem Wohnheim zu versauern, lebt er sein eigenes Leben und ist sehr eigenständig. Er ist immer draußen an der frischen Luft und nimmt aktiv am Leben teil. Das ist doch bewundernswert.«

»Das stimmt alles, aber es ist trotzdem kein Grund, sich ständig schamlos durchzuschnorren.«

»Er ist sich dessen bestimmt nicht bewusst.«

»Du hörst dich an wie Lena. Ihr seid zu leicht zu manipulieren«, stellte Mads fest.

»Ganz sicher nicht. Wir helfen eben gern, das ist ja wohl keine schlechte Eigenschaft.«

Da Mads jetzt an der Reihe war, erwiderte er nichts darauf, stattdessen gab er auch die Bestellung für Emma und Jörn auf, und als Emma gerade ihre Geldbörse zücken wollte, sagte er: »Ich bezahle das.«

»Aber ich habe Jörn eingeladen.«

»Jetzt lade ich eben dich ein und damit auch die kleine Nervensäge.«

»Danke.« Emma lächelte.

Mads bezahlte, dann stellten sie sich an die Seite und warteten auf die Getränke.

»Darf ich dich was fragen?« Mads sah Emma an.

»Klar.«

»Du bist doch eine emanzipierte Frau.«

»Glaube schon. Worauf möchtest du hinaus?«

»Wie ist das in deinen Beziehungen, jetzt zum Beispiel mit Stefan. Wer zahlt da die Rechnung, wenn ihr essen geht?«

»Meistens Stefan, warum?«

»Würde es dich stören, wenn du immer zahlen müsstest? Ganz ehrlich.«

»Ich weiß nicht.« Emma verzog den Mund. »Wenn mein Freund knapp bei Kasse wäre, würde es mich vermutlich nicht stören. Worauf willst du hinaus?«

Mads sah ihr in die Augen. »Versprich mir, dass du darüber nicht mit Lena redest.«

»Mach ich.«

»Sie ist doch wieder mit Christian zusammen, und ich habe zufällig mitbekommen, dass sie ihn nicht nur zu einem Wochenende nach Kopenhagen eingeladen hat, sondern auch sonst fast immer die Rechnungen übernimmt.«

»Und das stößt einem Gentleman der alten Garde wie dir bitter auf?« Emma schmunzelte.

»Findest du das nicht verdächtig?«

»Nein. Lena verdient mehr Geld als Christian, soviel ich von ihr weiß. Außerdem muss er einen alten Kredit abstottern. In einer seriösen und ernsthaften Beziehung sollte Geld kein Streitthema sein. Ich finde es toll, wie Lena sich verhält.«

Das mit dem Kredit wusste Mads nicht, das hatte Lena mit keiner Silbe erwähnt. Vermutlich weil sie ahnte, dass er dann noch skeptischer sein würde, was Christian anbelangte. Etwas stimmte mit diesem Kerl nicht und Emmas Worte hatten sein Gefühl nur bestärkt.

»Wahrscheinlich hast du recht und ich mache mir unnötig Sorgen um Lena«, sagte er dennoch leichthin. Er wollte nicht, dass Emma sich Gedanken darüber machte.

»Du kommst einfach nicht aus der Rolle des Beschützers raus«, erwiderte Emma, und so, wie sie es sagte, klang es positiv, als gefiele ihr diese Einstellung.

»Sie wird immer meine kleine Schwester sein. Egal was ist, ich bin für sie da.«

Und auch für dich bin ich da, egal was ist, hätte er fast hinzugefügt, aber diese Worte klangen dann doch zu kitschig und so behielt er sie für sich.

»Ich weiß. Das ist eine Seite, die ich sehr an dir schätze.« Emma schenkte Mads ein Lächeln, dabei wurden ihre Grübchen sichtbar, die Mads so mochte. Sie wischte sich ein paar Haarsträhnen aus dem Gesicht und Mads war froh, dass in diesem Moment ihre Getränke abholbereit waren. Mit den Bechern in der Hand gingen sie zu Jörn zurück.

»Das ist sehr lieb von dir«, sagte Jörn, als Emma ihm den Kaffeebecher reichte.

»Mads hat ihn spendiert.«

»Echt?« Jörn sah Mads überrascht an. »Thor ist halt immer für eine Überraschung gut. Danke.«

»Sei nett zu Tolga, sonst gibt es Ärger«, mahnte Mads.

»Das bin ich immer.«

Sie verabschiedeten sich von Jörn und beschlossen, ein wenig am Hafen spazieren zu gehen.

»Waren die Infos von Amir eigentlich nützlich?«, erkundigte sich Emma.

»Wir sind noch dabei, sie auszuwerten.«

»Also habt ihr sie gar nicht angeschaut?«

Mads fühlte sich ertappt. Das waren die Momente, in denen ihm klar wurde, warum er in Emma etwas ganz Besonderes sah. Sie war direkt und durchschaute ihn häufig mühelos.

»Wir haben gerade echt eine Menge um die Ohren.«

»Du musst dich nicht entschuldigen.«

»Das war auch keine Entschuldigung, sondern eine einfache Erklärung.«

»Höre ich da einen Anflug von Beleidigtsein?«, fragte Emma schmunzelnd.

»Ganz sicher nicht. Ich bin die gechillteste Person auf der Erde.«

»Du?« Emma hob die Augenbrauen.

»Ja, ich.«

»Da ist jedes Huhn gechillter.«

»Du vergleichst mich tatsächlich mit einem Huhn?« Mads versuchte, sich ein Lachen zu verkneifen.

»Na gut, mit einem Hahn.« Nun lachte auch Emma. »Der Hahn im Korb, das gefällt dir doch sicherlich.«

»Der Korb ist aber leer.«

Emma sah ihn schweigend an und Mads erwiderte den Blick. Plötzlich war wieder diese Magie zwischen ihnen, die Mads nicht mit Worten beschreiben konnte. Es war, als würde eine Energie von einem zum anderen fließen, das hatte er so noch mit keiner Frau erlebt.

Emma war die Erste, die etwas verlegen wegschaute.

»Wie hat Daniela es aufgenommen?«, fragte sie.

»Es war für sie schwerer, als ich angenommen hatte.«

»Meldet sie sich noch bei dir?«

»Ja«, gab Mads zu. »Sie versucht es jetzt über die Freundschaftsschiene.«

»Ich hoffe nicht, dass du darauf eingehst. Sie klammert sich an jeden Strohhalm.«

»Das weiß ich, deshalb tue ich es nicht. Ich wünsche ihr einen warmherzigen, ehrlichen Freund, der ihre Liebe erwidert. Sie ist ein toller Mensch.«

»Das finde ich auch.« Sie sah Mads wieder direkt in die Augen. »Und, hast du schon was Neues am Start? Ein Mads Johannsen lässt doch nichts anbrennen.«

»Du scheinst mich schlecht zu kennen«, blieb er vage.

Mit dieser Antwort schien Emma nicht gerechnet zu haben. Sie wirkte unsicher.

»Wie läuft es denn mit dir und Stefan? Die große Liebe?«, fragte er daher.

»Es ist schön mit ihm, das Zusammensein fühlt sich gut an. Aber du solltest mich so gut kennen, dass ich keine bin, die sich Hals über Kopf verliebt. Das braucht Zeit.«

»Vernünftige Einstellung. Lass dir die Zeit. Stefan ist ein ganz Lieber. Ein bisschen langweilig vielleicht, aber herzensgut. Kein Player.«

»Wie Mads?«

»Ich bin auch kein Player. Mir wird ständig unterstellt, etwas zu sein, was ich nie war. Ja, ich hatte viele Möglichkeiten, aber ich habe immer fair gespielt und ich muss niemandem mehr etwas beweisen. Ich bin gerade glücklicher Single und das darf gerne noch eine Weile so bleiben.«

»Bist du also auf One-Night-Stands aus?«

»Überhaupt nicht. Ich möchte nur Zeit für mich. Oma und Lena haben recht, vielleicht ist es so weit, ein Nest zu bauen.«

Emma schluckte. »Die Seite an dir gefällt mir sehr«, sagte sie ein wenig heiser. Dann lächelte sie und sah ihn mit einem verträumten Blick an, als suchte sie nach einer Antwort auf eine Frage, die sie nicht laut gestellt hatte.

Das Tuckern eines Schiffsmotors lenkte sie ab, sie wandte ihren Blick zum Hafen, wo gerade ein Boot einlief.

»Glaubst du, dass ich noch keine Bootstour gemacht habe, seit ich hier bin?«

»Da hast du was verpasst«, antwortete Mads und war kurz davor, ihr anzubieten, einmal gemeinsam hinauszufahren.

»Stefan hat mich jetzt auf eine Bootstour eingeladen«, fuhr sie fort, »ich freue mich riesig darauf.«

Es war, als hätte ihm jemand in die Magengrube getreten. Er fühlte sich ein wenig benommen, wollte es sich aber nicht anmerken lassen und versuchte zu lächeln. »Das ist schön. Tja, ich muss los, Lena abholen und dann zur Dienststelle.«

»Amir schaut noch, ob er weitere Informationen hat. Falls ja, schicke ich sie dir.«

»Mach das.« Mads stand auf.

»Keine Verabschiedung?«, fragte Emma.

Mads wandte sich um, umarmte sie und gab ihr einen Kuss auf die Wange. Ein Hauch ihres dezenten Parfüms umspielte seine Nase, viel angenehmer aber war der Geruch nach ihr selbst, nach Emma.

Sie verabschiedeten sich und Mads eilte mit schnellen Schritten zu seinem Wagen.

Emma würde immer etwas Außergewöhnliches für ihn bleiben, das stand außer Frage, und er nahm an, dass er bei ihr ebenfalls einen besonderen Stellenwert hatte. Dennoch schien es, als würden sie niemals ein Paar werden. Jemand wie Stefan würde sich keinesfalls von Emma trennen und Emma machte auch nicht den Eindruck, als würde sie bei der nächsten Gelegenheit vor Stefan Reißaus nehmen.

»Schade«, murmelte Mads, als er in seinen Wagen stieg, um Lena abzuholen.

Zwanzig Minuten später saßen seine Schwester und er in ihrem Büro.

»Wir sollten Amirs Informationen auswerten und mit denen von uns abgleichen«, sagte Lena.

»Was hältst du davon, wenn du alles Relevante ausdruckst, und ich hole uns einen Kaffee«, schlug Mads vor.

»Da drückt sich einer vorm Ausdrucken.« Lena grinste.

»Das siehst du falsch, du bist einfach die Kompetentere.«

»Na, hol schon den Kaffee, Bruderherz.«

»Dein Wort ist mir Befehl.« Mads stand auf, gab seiner Schwester einen Kuss auf den Kopf und verließ das Büro.

Alles könnte so schön sein, dachte er, *wenn Lena eine Beziehung mit einem anständigen Kerl und ich nicht zu lange gezögert hätte, Emmas Herz für mich zu gewinnen.* Aber das Leben schrieb seine eigenen Geschichten, ob es einem gefiel oder nicht. Dass er irgendwann sein Glück finden und eine eigene Familie haben würde, stand für ihn außer Frage, doch wer die Frau an seiner Seite sein würde, wusste er nicht. Klar war nur, dass sie eine Frau sein musste wie …?

»Emma«, rutschte es ihm heraus.

Er atmete schneller. Wie ferngesteuert füllte er zwei Becher mit Kaffee und ging zurück ins Büro, wo Lena noch fleißig Dokumente ausdruckte.

»Wir können«, sagte sie schließlich und nahm die Blätter aus dem Drucker.

Sie setzten sich an Lenas Schreibtisch und gingen die gesammelten Informationen durch.

»Glaubst du, dass es sinnvoll wäre, die Anwohner in der Nähe des Tatortes und des Fundortes zu befragen?«

»Das sollten die Kollegen von der Streife übernehmen«, erwiderte Mads. »Man kann zwar nie wissen, aber ich glaube, es war zu dunkel. Viele Bäume säumen die Straße, die Anwohner sehen ja schon am Tage kaum, was da vor sich geht. Na ja, schaden kann es trotzdem nicht.«

»Ich sage Gustav Bescheid.«

»Sicherlich hat er das schon angeleiert.«

Lena nickte und sie konzentrierten sich wieder auf die Ausdrucke.

»Unglaublich, der scheint sich wirklich mit jedem angelegt zu haben. Wir müssen aussortieren. Alle aufzusuchen, hat keinen Sinn«, bemerkte Mads nach einer Weile und Lena stimmte ihm zu.

»Wir sollten uns auf die fokussieren, bei denen die Vorfälle eine dumme Gegenreaktion erklären würden. Vielleicht auch die, bei denen eine Gegenanzeige erstattet wurde.«

»Schätze mal, Krampe steht da ganz oben auf der Liste«, sagte Lena, nahm ein Stück Papier und schrieb Krampes Namen darauf.

»Auf jeden Fall. Er wurde mit einem Gewehr bedroht und hat nur ein Alibi bis 22 Uhr, das macht ihn mehr als verdächtig.«

»Der hier auch«, sagte Lena und zeigte auf den Text, den sie gerade durchlas. Sie notierte den Namen und nach der weiteren Analyse fanden sie noch zwei Personen, die interessant genug erschienen, um sich mit ihnen näher zu beschäftigen. Mittlerweile hatten sie vier potenzielle Verdächtige.

»Worüber die Menschen streiten, ist schon gestört. Da haben wir es mit unseren Nachbarn und Kollegen deutlich besser erwischt«, kommentierte Mads das Gelesene. »Schau mal hier, da zeigt Klaus Achner eine Person am Ende der Straße an, weil die Äste von dessen Baum zu weit über den Gehweg ragen.«

»Und einmal, weil die Hecke nicht richtig geschnitten ist.«

»Oder hier, weil der Wagen eines Anwohners zu weit auf dem Bürgersteig parkt. Dem muss echt langweilig gewesen sein.« Mads schüttelte verständnislos den Kopf.

»Ist doch oft so. Menschen, die mit sich unzufrieden sind, lassen ihren Dampf an anderen ab. Das ist auf Facebook oder Instagram genauso.«

»Stimmt.«

Lena tippte sich mit dem Kugelschreiber gegen die Nasenspitze, dann sagte sie: »Gustav war doch gestern Abend bei Werner Lafleur, richtig?«

»Genau. Er hat auch schon einen kurzen Bericht ins System eingetragen.«

»Lafleur – hört sich irgendwie sexy an«, sagte Lena.

»Nur, weil es Französisch ist«, erwiderte Mads. »So ein Name ist selten im Norden. Zeig mal, was unser Onkel geschrieben hat.«

Lena öffnete den Bericht und beide lasen ihn sich durch.

»Lafleur hat also auch kein Alibi«, sagte Mads. »Wir müssen unbedingt mit Gustav sprechen.«

»Was ich noch interessanter finde, ist, dass er angeblich eine Affäre mit Birgit Achner hatte. Der Hinweis, dass Lafleur sich mit Klaus Achner geprügelt hätte, kam doch von Birgit Achner. Warum gibt sie uns diesen Hinweis, wenn sie eine Affäre mit ihm hatte?«

»Gute Frage. Vielleicht ist ihr das unter Schock unbewusst rausgerutscht, oder ihr ist es egal, dass wir von der Affäre wissen. Möglich ist natürlich auch, dass Lafleur lügt, wie Gustav annimmt. Wir sollten Frau Achner noch mal besuchen.«

»Das wird Gustav sicher selbst übernehmen wollen.«

»Das halte ich für einen Fehler, er ist nicht objektiv genug, weil er mit ihr und dem Opfer befreundet ist.«

»Dann sag ihm das bitte. Und ich rufe Tim an, damit er uns weitere Informationen über Krampe und die anderen Personen besorgt.«

»Deal«, antwortete Mads, nahm an seinem Schreibtisch Platz und wählte die Durchwahl von Gustav.

14

Gustav schloss kurz die Augen. Er hatte in der vergangenen Nacht schlecht geschlafen, denn das Gespräch mit Lafleur hatte ihm keine Ruhe gelassen. Konnte es wirklich sein, dass Birgit eine Affäre mit ihm gehabt hatte? Bisher war er davon überzeugt gewesen, dass sie und Klaus eine glückliche Ehe geführt hatten. Sicher hatte es mal Streit gegeben, aber in welcher Ehe gab es das nicht? Das Entscheidende war doch, dass man sich danach wieder in die Augen schauen und einander verzeihen konnte, weil man die Person liebte, gerade wegen ihrer Schwächen. Außerdem schätzte er Birgit nicht so ein, dass sie über Jahrzehnte mit einem Tyrannen zusammenleben würde.

Gustav kannte die beiden, und ja, Klaus war nicht einfach, aber er hatte auch seine guten Seiten. Er war immer hilfsbereit und zur Stelle, wenn irgendwo Not am Mann war.

Sein Bürotelefon klingelte. Es war Mads.

»Was gibt es?«, fragte er.

»Lena und ich sind gerade dabei, mögliche Verdächtige aus den Unterlagen herauszufiltern, in dem Zuge sind wir auch auf deine Notizen zu Werner Lafleur und Birgit Achner gestoßen.«

»Und was soll damit sein?«

»Lena und ich würden Frau Achner gerne noch mal befragen. Du hast in die Fallakte eingetragen, dass sie möglicherweise eine Affäre mit Lafleur hatte.«

»Möglicherweise, genau. Da steht aber ebenso, dass dies die Aussage von Lafleur ist. Hast du den Absatz gelesen, in dem ich geschrieben habe, dass Lafleur kein Alibi hat und Birgit vielleicht als Verdächtige ins Spiel bringen will?«

»Habe ich. Deswegen wollte ich ja gerne selbst mit ihr sprechen. Du könntest ihr gegenüber befangen sein.«

»Ich und befangen?« Gustav spürte, wie sein Puls sich beschleunigte. »Solange ich hier der Polizeichef bin, entscheide ich, wer befangen ist und wer nicht«, polterte er los, obwohl er genau das hatte vermeiden wollen. »Ihr kümmert euch um alle anderen Personen, Lafleur und Birgit Achner sind meine Baustelle. Habe ich mich klar genug ausgedrückt?«

Für einen Moment herrschte Schweigen am anderen Ende, und Gustav glaubte, im Hintergrund Lenas Stimme zu hören, die sagte: »Ich habe dir doch gesagt, dass Gustav den Vorschlag nicht gutheißen wird.«

Wie recht sie hatte! Warum musste Mads immer mit dem Kopf durch die Wand, statt auf seine vernünftige Schwester zu hören?

»Mads, habe ich mich deutlich genug ausgedrückt?«, wiederholte Gustav, seine Stimme hatte an Schärfe verloren.

»Ist angekommen. Eine andere Frage.«

»Und die wäre?«

»Werden die Anwohner noch befragt? Wäre doch möglich, dass jemand etwas gesehen oder gehört hat.«

»Werden sie, natürlich. Leider ist bisher nichts dabei rumgekommen. Tim wird auch die sozialen Medien und unsere Internetauftritte mit einem Aufruf füttern. Eventuell kriegen wir über diese Kanäle Hinweise zu diesem barbarischen und feigen Mord.«

»Wir haben Tim gebeten, uns Informationen über Krampe zu besorgen. Wir wissen, dass er und Albert sich wohl gut kennen.«

»So gut nun auch nicht. Von Albert aus sind das rein wirtschaftliche Interessen für seine Gemeinde.«

»Das heißt, wir können Krampe mit harter Hand anfassen?«

»Würdest du es nicht tun, wenn ich dir sagen würde, dass Albert besondere Rücksicht erwartet?«

»Doch, würde ich, wenn ich es für nötig halte.«

»Warum fragst du dann?«

Wieder Schweigen am anderen Ende.

»Schickt mir bitte die Namen der Personen, von denen ihr glaubt, dass wir sie uns genauer anschauen sollten. Ich seh sie mir später an.«

»Machen wir.«

»Danke«, antwortete Gustav und beendete das Gespräch.

»Hätte Mads doch etwas mehr Feingefühl wie Lena«, murmelte er. Im selben Moment öffnete sich die Tür und Petra trat mit einem Tablett ein.

»Da kommt er ganz nach seinem Onkel«, bemerkte sie, offensichtlich hatte sie seine letzten Worte gehört. »Hier, das hilft dem Nervenkostüm, dazu zur Feier des Tages zwei Kekse.«

»Danke.«

»Was, ein einfaches Danke? Kein Spruch? Muss ich mir Sorgen machen?« Petra sah ihn prüfend an.

Gustavs Mundwinkel hoben sich ungewollt. »Ich bin nur müde.«

»Deswegen habe ich den Espresso heute besonders stark gemacht. Erwartest du noch den Herrn Bürgermeister?«

»Er hat Termine, die er nicht aufschieben kann. Zum Glück.«

»Ich finde, in seiner Gegenwart wirkst du wie ein sehr angenehmer Chef.« Sie grinste schelmisch.

»Danke, Petra, du kannst gehen, bevor mein Temperament mich meine Höflichkeit vergessen lässt.«

Petra hob abwehrend die Hände und verließ das Büro.

Gustav trank den Espresso in einem Zug leer, danach steckte er sich die zwei Kekse gleichzeitig in den Mund und ließ sich gegen die Lehne seines Sessels sinken, um noch einmal kurz die Augen zu schließen.

Nach einer Weile öffnete er sie wieder, stand auf und ging in sein Vorzimmer. Er verabschiedete sich von Petra und gab ihr Bescheid, dass er Birgit Achner besuchen würde, dann verließ er die Dienststelle und fuhr zu der Witwe.

Der Gedanke, dass sie in den Mord ihres Mannes verwickelt sein könnte, bereitete ihm arge Bauchschmerzen.

Als er vor der Haustür stand, holte er kurz Luft und betätigte dann die Klingel.

Ihm wurde sogleich geöffnet.

»Moin, Gustav«, sagte Birgit. Ihre Augen waren gerötet, vermutlich hatte sie wieder viel geweint.

»Darf ich eintreten?«, fragte Gustav. Die Frau seines Freundes so leiden zu sehen, machte ihm zu schaffen, und er erinnerte sich an eine längst vergessene Zeit, als er noch ein Junge gewesen war und Birgit gern gehabt hatte.

Sie bat ihn in die Wohnung.

»Möchtest du was trinken?«

»Gerade nicht. Danke.«

»Hast du Neuigkeiten?«, fragte sie. Die Anspannung war nicht zu übersehen.

»Noch nicht. Ich war gestern Abend bei Werner Lafleur«, antwortete er.

»Was hat er gesagt?«

»Dass er eine Affäre mit dir hatte«, erwiderte Gustav offen. Er sah keinen Grund, Birgit anzulügen.

»Das hatten wir nicht!« Sie sah ihn abwehrend an.

»Birgit, lüg mich nicht an. Du hast uns den Hinweis auf Lafleur gegeben, dabei muss dir doch bewusst gewesen sein, dass er uns von der Affäre erzählen würde.«

»Er lügt. Gustav, ich bin eine treue Ehefrau gewesen. Auch wenn es mit Klausi nicht immer einfach war, ich habe meinen Mann niemals betrogen. Lafleur hat mir Avancen gemacht, ja, aber ich habe sie unterbunden. Das war übrigens der Grund, warum ich nach einigen Monaten gekündigt habe.«

15

Das Gespräch mit der Polizei ließ Lafleur nicht los.

»Die verdächtigen dich«, schimpfte er vor sich hin, als er aus dem Stall kam.

Rex bellte.

»Kannst du nicht ein Mal die Fresse halten«, brüllte Lafleur, der versuchte, endlich wieder einen klaren Gedanken zu fassen.

Rex bellte noch lauter.

»Du kleiner Bastard, dir zeig ich es.« Lafleur griff nach einer Eisenstange, die am Boden lag, und rannte auf Rex zu.

Dieser knurrte ihn an, als ahnte er, welche Züchtigung ihm drohte, aber er lief nicht weg.

»Dir werde ich zeigen, wer dein Herr ist. Nur mir sollst du gehorchen, dämlicher Köter.«

Rex knurrte weiter, also zögerte Lafleur nicht, holte mit der Eisenstange aus und traf Rex am Kopf. Der winselte vor Schmerz und lief weg.

»Immer auf die harte Tour, dummer Hund.«

Lafleur ging ins Haus, er musste sich abduschen, da er nach Stall roch. Er war nun schon seit 5 Uhr morgens auf den Beinen. Einen Biobauernhof zu führen, war kein Kindergeburtstag.

Nachdem er sich geduscht und angezogen hatte, ging er in die Küche, machte sich einen Kaffee und setzte sich.

Auf dem Tisch lag die Ostseezeitung, in der über den Mord berichtet wurde.

Er las sich den Artikel, der von einer Emma Falk geschrieben war, durch.

»Feiger Mord, dass ich nicht lache. Kein Wort darüber, was für ein Arschloch und Tyrann Klaus war. Dem weint doch keiner eine Träne nach, nicht mal seine Ehefrau.« Lafleur schüttelte den Kopf und schmiss die Zeitung in die Ecke.

Nachdem er seinen Kaffee ausgetrunken hatte, stand er auf, hob die Zeitung auf und legte sie auf den Stapel anderer Zeitungen, dann beschloss er, Richtung Timmendorf zu fahren.

Zwanzig Minuten später erreichte er sein Ziel, er parkte seinen Wagen und sah dabei, wie eine ihm wohlbekannte Person in ein Auto am Straßenrand stieg.

»Gustav Johannsen, welches Spiel treibst du?«, murmelte er und wartete, bis der andere weggefahren war. Der Polizeichef hatte ihn offenbar nicht gesehen, also stieg er aus und ging zur Haustür.

Er klingelte und kurz darauf wurde ihm geöffnet.

»Werner?«, hörte er die Frau überrascht fragen.

»Moin, Birgit. Darf ich eintreten?«

»Ja, komm doch bitte rein.«

Lafleur folgte ihr ins Haus.

»Möchtest du was trinken?«

»Ein Kaffee wäre lieb, wenn es nicht zu viel Mühe bereitet.«

»Mach ich dir. Nimm doch auf der Terrasse Platz.«

Lafleur nickte und ging nach draußen.

Birgit Achner wirkte gefasst, da hatte er schon ganz anderes erlebt. Ehefrauen, die nach dem Tod ihres Mannes völlig aus der Bahn geworfen waren.

Kein Wunder, ihr Mann war ja auch ein echtes Arschloch, dachte er. *Vielleicht bedeutet sein Tod einen neuen Anfang für sie*, meldete sich ein hoffnungsvoller Gedanke.

Er ließ den Blick über den kleinen Garten wandern. Man sah sofort, mit wie viel Liebe und Mühe Birgit das Grundstück pflegte. Sie war ungemein fleißig und bescheiden zugleich. Das gefiel Lafleur, er war genauso. Ganz im Gegensatz zu seiner

Exfrau. Sie war furchtbar verschwenderisch gewesen, glaubte, das Geld würde auf den Bäumen wachsen. Die Arbeit auf dem Bauernhof war so gar nicht ihr Ding gewesen.

Warum hat mich die Schlampe dann überhaupt geheiratet?, dachte er verärgert.

Birgit betrat die Terrasse mit einem Tablett, auf dem zwei Becher und ein kleiner Teller mit Keksen waren.

Wie aufmerksam, dachte Lafleur.

Sie reichte ihm einen Becher, dann nahm sie Platz.

»Danke.«

»Bedien dich.«

»Mach ich. Selbst gebacken?«

Sie nickte. »Heute Morgen, ich brauchte Ablenkung.«

Lafleur nahm sich einen Keks, er schmeckte vorzüglich.

Als sie noch für ihn gearbeitet hatte, hatte sie ihm häufig Kekse mitgebracht. Er vermisste ihre Anwesenheit. Nicht nur, weil sie eine verdammt fleißige Mitarbeiterin war, sondern weil er sie gerne um sich hatte.

»Mein Beileid wegen deines Mannes«, sagte er.

»Danke.« Birgit schluckte und presste die Lippen zusammen, dabei wurden ihre Augen feucht, aber sie weinte nicht. Etwas verkrampft griff sie nach ihrem Kaffeebecher, gönnte sich einen Schluck daraus und schaute erst kurz zur Seite, dann zu Lafleur.

»Du weißt, dass du immer zu mir kommen kannst. Ich bin für dich da in dieser schweren Stunde. Du musst das nicht allein durchstehen.«

»Ich komme zurecht, danke.«

Eine Antwort, die ihn nicht verwunderte. Sie hatte sich schon immer schwer damit getan, Hilfe von anderen anzunehmen. Klaus hatte nie zu schätzen gewusst, was er an ihr hatte, und ihre Zuneigung als selbstverständlich angesehen.

»Hat die Polizei schon eine Spur?«, erkundigte er sich.

»Ich weiß es nicht. Waren sie bei dir?«

»Ja, gestern Abend. Sie wissen von meinem Streit mit Klaus und dass du für mich gearbeitet hast. Du hast ihnen aber nicht erzählt, dass ich Klaus bedroht habe, oder?«

»Nein, das war ein Streit, für den du nichts konntest. Klaus hat dich provoziert.«

»So war es. Du weißt, dass ich ein friedlicher Kerl bin. Ich suche keinen Ärger. Aber wie er mit dir umgegangen ist, das war nicht in Ordnung, das hast du nicht verdient«, sagte Lafleur. Er wollte ihr glauben, dass sie Johannsen nicht auf ihn gehetzt hatte.

»Es war nicht deine Schuld. Klaus kannte seine Grenzen nicht«, entgegnete Birgit.

»Ich habe nie verstanden, wie ein solcher Idiot, verzeih mir den Ausdruck, eine so tolle Frau wie dich erobern konnte. Du hast was Besseres verdient. Ich weiß, dass es gerade nicht passend erscheint, aber – da war doch etwas zwischen uns.«

»Das ist Vergangenheit. Es war töricht.«

»Es war echt!« Lafleur beugte sich vor. »Es war schön und endlich bist du frei, zu tun, was du möchtest. Du kannst glücklich sein.«

»Mit dir?«

»Ja, mit mir.«

Sie runzelte die Stirn. »Werde nicht kindisch. Wie sieht das denn aus, wenn ich kurz nach dem Tod meines Mannes mit dir zusammenkomme?«

»Das ist mir egal. Du weißt, dass ich nie aufgehört habe, dich zu lieben.«

»Du solltest jetzt gehen.« Sie schaute weg.

Lafleur stand auf und sah auf sie herunter. »Ich weiß, dass du mich auch liebst«, sagte er so sanft wie möglich, doch Birgit starrte nur in ihren Kaffeebecher.

»Komm nicht wieder«, erwiderte sie.

16

»Dein Artikel stößt auf große Resonanz«, sagte Amir.

»Klaus Achner war vielen bekannt.«

»Wahrscheinlich, weil er sich mit jedem angelegt hat«, erwiderte Amir scherzhaft.

»Ich habe mir deine Informationen über ihn und die Nachbarschaftsstreitigkeiten durchgelesen. Mir ein Rätsel wie man wegen Kleinigkeiten derart aus der Haut fahren kann.«

»Der alltägliche Wahnsinn in Deutschland.« Amir lehnte sich in seinem Bürostuhl zurück und sah aus dem Fenster des Großraumbüros in der Redaktion der Ostseezeitung. »Hast du nicht die Schlagzeile letzte Woche in der Blöd-Zeitung gelesen?«

»Muss mir entgangen sein.«

»Ein Siebzigjähriger hat seinen Nachbarn erschlagen, weil der nach 22 Uhr seine Musik zu laut aufgedreht hat.«

»Nicht dein Ernst.«

»Leider doch. Die Menschen sind sehr dünnhäutig geworden, und statt vernünftig miteinander zu reden, wird direkt die Faust ausgestreckt oder noch schlimmer, wie in diesem Fall, das Messer gezückt.«

Emma nickte gedankenvoll. »Ich sollte mich mal mit seiner Frau unterhalten.«

»Willst du einen zweiten Artikel über die Sache schreiben?«

»Ich denke schon. Irgendwie möchte ich wissen, warum er sterben musste. Dass bloß ein Nachbarschaftsstreit dahintersteckt, ist in meinen Augen nicht schlüssig.«

»Hat die Skandaljournalistin Witterung aufgenommen?«, fragte Amir schmunzelnd.

Emma lachte. »Manchmal liegt einem sinnlosen Tod wie diesem gar kein Skandal oder irgendetwas Bedeutenderes zugrunde. Glaubst du denn, er wurde von einem Nachbarn ermordet?«

»Ich neige dazu. Er hatte mit richtig vielen Leuten Streit und ich erinnere dich gern an die Geschichte von eben aus der Bild. Die Menschen sind bekloppt. Ich habe damals einiges zum Fall Achner recherchiert, der war unverbesserlich, hat sich immer im Recht gesehen. Es war unmöglich, ein ordentliches Gespräch mit ihm zu führen.«

»Ich werde trotzdem mal mit der Frau sprechen. Tobias hat mir freie Hand gegeben«, sagte Emma. Tobias war der Herausgeber der Ostseezeitung und damit ihr Chef.

»Mach das. Wundert mich nicht, dass Tobias nichts dagegen hat. Der Artikel kollidiert weder mit dem Bürgermeister noch mit dem Polizeichef.«

»Die beiden interessieren mich auch nicht, ich möchte nur meine Arbeit machen.«

»Gute Einstellung. So langsam glaube ich übrigens, dass du über Mads hinweg bist.«

»Wie meinst du das?«

»Na, unser Treffen auf der Terrasse in der *Seaside Lounge*. Du hast sehr entspannt gewirkt und hattest nur Augen für Stefan. Fast jedenfalls.«

»Ich bin immer entspannt in Gesellschaft von Mads und Stefan ist mein Freund. Logisch, dass ich nur bei meinem Schatz bin.«

»Du und entspannt mit Mads?« Amir lachte.

»Ja, genau so.« Emma verschränkte die Arme vor der Brust.

»Ich mag es, wenn du eingeschnappt bist, Schatz.«

Jetzt beugte Emma sich zu Amir. »Ich bin nicht eingeschnappt. Nur fürs Protokoll, ich hatte nie Gefühle für Mads. Ich fand ihn nur interessant.«

»Wenn du das sagst.« Amir machte eine wegwerfende Handbewegung. »Am Ende sind wir alle glücklich, dass du dich für Stefan entschieden hast.«

Emma schwieg. Ihre Gedanken wanderten zu Mads und ihrer Unterhaltung am Hafen. Es war ein so schönes Gespräch gewesen, sie hatten sich einmal nicht gestritten und sie hatte das Gefühl gehabt, dass sich Mads endlich von der Seite zeigte, die ihn wirklich ausmachte.

Warum hat er das nicht schon früher getan?, dachte Emma. Sie hoffte, dass sie und Mads richtig gute Freunde werden würden. Vor einigen Wochen hatte sie diesen Wunsch ihm gegenüber bereits geäußert und sie hatte diese Worte ernst gemeint, weil sie tief in ihrem Herzen wusste, dass Mads für sie immer ein ganz besonderer Mensch bleiben würde. Er hatte ihr schließlich das Leben gerettet, damals, als sie das Opfer einer Entführung hier in der Lübecker Bucht geworden war.

Sie schüttelte die Gedanken ab und sah Amir an. »Weißt du, wo Frau Achner wohnt?«

»Klar, ich habe ihr nicht nur einmal einen Besuch abgestattet. Ist im System hinterlegt.«

Emma schaute in ihren Computer, notierte sich die Anschrift und stand auf.

»Bevor ich es vergesse, Gregor hat mir vorhin geschrieben. Wollen wir heute Abend alle zusammen was essen gehen?«

»Gregor Tackenberg?«, fragte Amir.

Vor einigen Wochen hatte Emma den Sohn des Investors Frank Tackenberg kennengelernt. Sie hatte ihm in schwerer Stunde beigestanden und seitdem verband sie eine Freundschaft, die Amir und dessen Freund Pietro mit einschloss.

»Genau. Ich bringe auch Stefan mit.«

»Klar, gerne. Wo?«

»Das darfst du dir aussuchen. Ich bin dann mal weg.«

Emma hob die Hand zum Abschied, verließ die Redaktion und ging zu ihrem Fahrrad.

Birgit Achner wohnte gute zehn Minuten Radweg entfernt.

Auf dem Weg dorthin kam ihr Mads' Oma Jutta entgegen. Sie grüßten sich und hielten ein kurzes Schwätzchen, bei dem Jutta sie für die nächsten Tage zu Kaffee und Apfelkuchen einlud, dann fuhr sie weiter.

Emma mochte Jutta sehr und sie war sich sicher, dass das auf Gegenseitigkeit beruhte. Vermutlich wusste Mads gar nicht, was für eine wunderbare Großmutter er hatte.

So in Gedanken erreichte sie ihr Ziel. Während sie ihr Fahrrad abstellte, sah sie, wie jemand mit einem Porsche auf das Nachbargrundstück fuhr. Aus dem Haus von Birgit Achner kam fast gleichzeitig ein Mann heraus, er ging an ihr vorbei, ohne sie zu beachten, geschweige denn zu grüßen. Er wirkte verärgert.

Emma ging zur Haustür und klingelte.

Niemand öffnete. Emma wartete kurz und klingelte erneut, denn dass Birgit Achner nicht zu Hause war, hielt sie für ausgeschlossen, sie hatte ja gerade erst Besuch gehabt.

Endlich wurde die Tür geöffnet. »Ja, bitte?«

»Hallo, Frau Achner. Mein Name ist Emma Falk. Ich arbeite für die Ostseezeitung und wollte Ihnen mein Beileid aussprechen.«

»Ich danke Ihnen«, kam die zögerliche Antwort.

»Darf ich mich kurz mit Ihnen unterhalten?«

»Worüber?«

»Über Ihren Mann.«

»Warum?«

»Ich halte den feigen Mord für keinen Zufall.«

»Sie meinen, es war ein geplanter Mord?«

»Ich denke schon. Deswegen wollte ich mich kurz mit Ihnen unterhalten.«

»Lassen Sie den Toten ihren Frieden«, sagte Birgit Achner und schlug Emma die Tür vor der Nase zu.

17

»Hoffentlich steht uns Gustav nicht im Weg«, sagte Mads, als er und Lena aus ihrem Dienstwagen stiegen. Lena zog ihre Krücke vom Rücksitz.

»Wie meinst du das?«

»Du hast selbst am Telefon gehört, dass er nicht möchte, dass wir die Frau von Klaus Achner befragen.«

»Damit steht er uns doch nicht im Weg. Du kennst Gustav. Er hat seine eigene Methode, was ihn am Ende bisher überaus erfolgreich gemacht hat. Wir haben die beste Aufklärungsquote bei Mordfällen bundesweit, noch vor der Kölner Polizei.«

»Es ist unser Fall. Er sollte unsere Kompetenzen nicht derart beschneiden.«

»Möchtest du dir eine blutige Nase holen?«, zog Lena ihren Bruder auf.

Mads schnaubte frustriert.

»Nimm's nicht persönlich. Wir können unseren Onkel nicht mehr ändern. Lass uns unsere Arbeit machen, du und ich im Team.«

»Das sowieso.« Mads drückte auf die Klingel.

Ein Summer ertönte und er schob die Tür auf. Dem Namensschild an der Klingelanlage nach zu urteilen, befand sich die Wohnung im Erdgeschoss. Kaum hatten sie den Hausflur betreten, öffnete sich rechts von ihnen eine Tür. Lena und er gingen hin.

»Moin«, grüßte eine Frau sie, die etwa Mitte, Ende dreißig sein musste. Sie war einen ganzen Kopf kleiner als Mads und etwas füllig. Es war die Mutter des Jungen, den Achner geschlagen haben sollte.

»Moin«, antwortete Mads und stellte Lena und sich vor.

»Hat Jonas wieder was angestellt?«, fragte die besorgte Mutter.

»Nein, wir sind wegen etwas anderem hier. Dürfen wir eintreten?«, erwiderte Mads. Er wollte nicht zwischen Tür und Angel über den Grund ihres Besuches sprechen.

Die Frau bat beide Beamten in die Wohnung.

»Ist etwas mit meinem Mann?«, fragte sie mit leicht besorgter Stimme.

»Nein, alles gut. Wir sind wegen Klaus Achner hier.«

»Der schon wieder«, rutschte es ihr heraus.

»Wir wissen, dass vor allem Ihr Sohn immer wieder Ärger mit Herrn Achner hatte«, begann Mads. Er wollte noch nicht erzählen, dass Achner tot war. Dass die Mutter etwas mit dem Mord zu tun haben könnte, wollte er nicht glauben.

»Ich weiß, leider. Ich habe Jonas schon so oft gebeten, dass er den Mann in Ruhe lassen soll, und ich dachte, er hätte endlich auf mich gehört …« Sie brach ab. »Warten Sie, hatten Sie nicht gesagt, dass Sie nicht wegen Jonas hier sind? Was ist denn los?«

»Klaus Achner wurde am Sonntagabend ermordet«, erklärte Mads ruhig.

»Was?« Die Mutter schlug die Hand vor den Mund. Ihre Bestürzung schien nicht gespielt zu sein, dafür kam sie zu spontan.

»Er wurde tot auf der Strandstraße gefunden.«

»Das ist ja furchtbar.« Die Mutter sammelte sich kurz, dann richtete sie sich auf und ihre Augen wurden etwas schmaler, als sie es ohnehin schon waren. »Und was haben wir damit zu tun?«

»Im Rahmen unserer Ermittlungen müssen wir alle Personen befragen, die mit Herrn Achner Kontakt hatten«, antwortete Lena. »Wir wissen, dass Ihr Sohn immer wieder mit ihm angeeckt ist, weil er ihm Klingelstreiche gespielt hat.«

»Verdächtigen Sie etwa meinen Sohn?«

»Nein, ganz sicher nicht. Wie gesagt, wir gehen nur Hinweisen nach und ermitteln. Bitte beantworten Sie einfach unsere Fragen«, beruhigte Mads sie.

»Mein Gott, er ist noch ein Kind«, sagte die Mutter fassungslos.

»Wann haben die Streiche denn begonnen?«

»Woher soll ich das wissen?«

»Sind Sie sicher, dass Sie sich nicht erinnern können?«

»Ihre Fragen nerven. Glauben Sie allen Ernstes, dass ich meinen Sohn belasten würde? Sie haben wohl keine Kinder.« Die Stimme der Mutter klang schrill. In diesem Zustand erinnerte sie Mads an ein aufgescheuchtes Huhn, was durch ihre kurzen roten Haare und die dicken Bäckchen noch unterstrichen wurde. Mads musste sich zusammenreißen, um bei dem Gedanken nicht zu schmunzeln.

»Es tut mir leid, dass unsere Fragen Sie nerven«, sagte er dann. »Allerdings wissen Sie, dass ein Mann brutal ermordet wurde. Dass Sie sich jetzt durch unsere Fragen, die der Aufklärung des Falles dienen, angegriffen fühlen, passt da für meine Begriffe nicht so recht ins Bild.«

Die Mutter wirkte plötzlich unsicher. Mads sah ihr an, dass sie sich unter Druck gesetzt fühlte.

»Laut unseren Unterlagen hat Klaus Achner Ihren Sohn geschlagen, aber Sie haben von einer Anzeige abgesehen. Warum?« In Amirs Aufzeichnungen stand zwar einiges dazu, doch Mads wollte das Ganze noch einmal von der Mutter persönlich hören. Nicht nur, um Amirs Quellen zu verifizieren, sondern auch, um zu schauen, ob die Mutter die Wahrheit sagte.

Die Frau knetete nervös ihre Hände und sah zu Mads auf. »Genau. Wir haben ihn nicht angezeigt, weil Klaus sich angeblich wegen Jonas den Arm gebrochen hatte.«

Diese Info war neu. Bisher war Mads davon ausgegangen,

dass sie von einer Anzeige abgesehen hatten, weil sie Jonas für seine Taten indirekt bestrafen wollten.

»Warum hat dann Herr Achner keine Anzeige gegen Jonas erstattet?«

»Wegen Birgit. Sie hat sich bei ihrem Mann dafür starkgemacht, dass er von einer Anzeige absieht. Er ist ihrem Rat glücklicherweise gefolgt, wobei ich sehr sicher bin, dass mein Sohn unschuldig war. Ein Klingelstreich ist eine Sache, aber einem Mann den Arm zu brechen, das ist etwas ganz anderes.«

»Wie soll das denn passiert sein?«, fragte Lena.

»Klaus sagte, er hätte gerade Rasen gemäht, als Jonas ihn angeblich mit einem Stein beworfen hat. Er ist gestolpert, und als er ausweichen wollte, ist er unglücklich gestürzt.«

»Wie alt ist Jonas?«, wollte Mads wissen. Sie hatten diese Informationen noch nicht recherchiert.

»Er ist gestern sechzehn geworden.«

»Gab es in letzter Zeit weitere Vorfälle zwischen Ihrem Sohn und Klaus Achner?«

»Aus dem Alter ist Jonas raus.«

»Wissen Sie das sicher oder nehmen Sie das nur an?«

»Sie verdächtigen meinen Sohn also doch«, entrüstete sich die Mutter. »Ich glaube, ich spinne. Er hat Klaus nicht den Arm gebrochen.«

»Einmal tief durchatmen«, sagte Mads. »Wo ist Ihr Sohn gerade?«

»Woher soll ich das wissen? Er ist sechzehn.«

»Sollte man als Mutter nicht wissen, wo das eigene Kind ist?«

»Wir erziehen unseren Sohn antiautoritär. Ist das jetzt ein Verbrechen?«

Genau mit so einer Antwort hatte Mads gerechnet. Er seufzte innerlich und war froh, dass Lena nun übernahm.

»Ist es nicht«, sagte sie. »Sie haben sicherlich seine Handynummer. Wir würden gerne kurz mit ihm sprechen.«

»Nur in meiner Gegenwart. Er ist noch minderjährig. Ich denke, wir sind fertig.«

»Eine letzte Frage: Wo ist der Vater des Jungen?«, erkundigte sich Mads.

»Der Feigling hat sich vor der Verantwortung, einen Jungen großzuziehen, gedrückt und fickt jetzt so eine Thaischlampe.«

Mads hatte genug gehört. Es hatte keinen Sinn, der impulsiven Mutter weitere Fragen zu stellen, also verabschiedeten sie sich und gingen zurück zum Wagen.

»Kein Wunder, dass Jonas seiner Mutter auf der Nase rumtanzt. Wenn man Kindern keine Grenzen setzt, werden sie total verzogen«, bemerkte er ärgerlich.

»Möglich. Ich frage mich nur, ob Jonas überhaupt eine Spur ist. Die Mutter war dermaßen aufgebracht und überrascht über Achners Tod, dass ich sie als Täterin ausschließen möchte«, sagte Lena.

»Da stimme ich mit dir überein, Schwesterherz.« Sie stiegen ein und Mads startete den Motor. »Trotzdem sollten wir Jonas noch genauer unter die Lupe nehmen. Vielleicht gibt es den einen oder anderen Eintrag über ihn in unserer Datenbank.«

»Seinen Vater können wir wohl ausschließen.«

»Hast ja gehört, der vögelt lieber irgendeine süße Thaibraut, als sich Zeit für die Erziehung seines missratenen Sohnes zu nehmen«, schimpfte Mads. Er hatte kein Verständnis für diese Familienverhältnisse. »Wir sollten ihn trotzdem kurz durchleuchten und schauen, ob er noch in der Gegend wohnt.«

»Bei so einem Drachen als Exfrau ist er sicherlich weit weggezogen«, gab Lena lachend zurück.

»Vermute ich auch.« Mads schaute auf die Uhr. »Super. Das sollten wir schaffen.«

»Was?«

»Tolga ist in Niendorf. Er macht mit seiner Gruppe von der

Lebenshilfe eine Hafenbesichtigung, danach haben sie noch etwas Freizeit, da trifft er sich mit Jörn.«

»Woher weißt du das?«

»Jörn hat es mir erzählt und ich habe gestern Abend kurz mit Emre telefoniert. Tolga wird sich bestimmt freuen, wenn er uns sieht.«

»Ich mich auch. So ein lieber Junge. Ich rufe Tim an, während du zum Hafen fährst.«

Wenig später waren Mads und Lena, die diesmal in ihrem Rollstuhl saß, am Niendorfer Hafen und bewegten sich Richtung Promenade zur Terrasse der einzigen Eisdiele in diesem Abschnitt.

Wie Mads vermutet hatte, saßen die beiden jungen Männer dort. Jeder hatte einen großen Eisbecher vor sich auf dem Tisch, wobei der von Jörn deutlich voluminöser war.

»Moin, Jungs«, machte sich Mads bemerkbar, als sie die Terrasse erreicht hatten. Die beiden standen auf, Tolga lief auf Mads und Lena zu. Dann umarmte er zuerst Lena, anschließend Mads.

»Was für eine tolle Überraschung!«, rief Tolga strahlend.

»Das finde ich auch«, erwiderte Mads. Er sah Tolga an, dass er sich aufrichtig freute.

»Ich dachte, du kannst heute nicht. Böse Jungs fangen und so«, meldete sich Jörn weniger begeistert zu Wort.

»Eine kurze Mittagspause dürfen sich auch Superhelden gönnen«, hielt Mads dagegen.

»Dürfen wir uns zu euch setzen?«, fragte Lena.

»Natürlich, ich freue mich riesig, euch zu sehen«, antwortete Tolga, der noch immer neben Mads stand.

»Klar, eigentlich wollen Tolga und ich über Männersachen reden, aber kein Problem.«

Mads schwante Übles. Jörn hatte bestimmt etwas ausgefressen.

Sie nahmen Platz und der Kellner kam zu ihnen.

»Das sind meine besten Freunde, ich möchte sie zu einem Eis einladen«, sagte Tolga, der aus dem Strahlen gar nicht mehr rauskam. Er lachte übers ganze Gesicht.

»Der Tisch geht auf mich«, entgegnete Mads. »Für mich bitte einen Espresso und ein stilles Wasser. Du, Schwesterherz?«

»Ich nehme einen Latte.«

Der Kellner nickte und entfernte sich.

»Hast du Jörn eingeladen?«, fragte Mads an Tolga gerichtet, während Jörn unruhig auf seinem Stuhl herumrutschte.

»Das habe ich gern getan«, antwortete Tolga, nicht ahnend, warum Mads ihm diese Frage stellte.

Mads sah sich leider in seiner Annahme bestätigt. Da Tolga so unglaublich selbstlos war, war er ein gefundenes Fressen für Menschen wie Jörn.

»Und du hast dich gerne einladen lassen, ja?«, fragte Mads an Jörn gerichtet. Am liebsten hätte er ihn jetzt sofort rundgemacht.

»Nicht wirklich, aber du kennst Tolga, er duldet kein Nein. Mir blieb nichts anderes übrig«, verteidigte sich Jörn.

Mads glaubte ihm kein Wort. »Tolga, hat Jörn dir angeboten, dich einzuladen?«

»War gar nicht nötig, Mads, ich hatte ihn doch schon eingeladen. Das wäre ja doppelt gemoppelt.«

Jörn schien auf seinem Stuhl zu schrumpfen.

»Das ist sehr lieb von dir, Tolga, aber es gibt da ein ungeschriebenes Gesetz: Wenn jemand irgendwo zu Besuch ist, sollte der Gastgeber einladen, nicht der Gast.«

Tolga nickte. »Verstehe. So macht das Papa auch, oder Emre und Lasse und natürlich Onkel Walter. Wenn ich zu ihm in den Imbiss komme, lässt er mich niemals eine Currywurst bezahlen, obwohl ich immer so viele davon esse, die sind einfach sooo lecker. Manchmal habe ich ein ganz schlechtes Gewissen deshalb.«

Mads sah, dass Lena gerührt schluckte, Jörn schaute indes verlegen zur Seite,

»Das musst du nicht. Du weißt, dass es für Onkel Walter nichts Schöneres gibt, als wenn du dich an seinen Currywürsten sattisst. Da musst du dir keine Gedanken machen. Und nächstes Mal, wenn du wieder nach Niendorf kommst, wird dich Jörn zu einer leckeren Pizza einladen. Ist das nicht lieb von Jörn?«

»Echt? Wow, das muss er doch gar nicht. Ist aber echt nett von Jörn. Ich habe ihn sehr lieb.« Tolga drehte sich zu Jörn, der neben ihm saß, und umarmte ihn spontan.

So eine Liebe hat dieser Trottel gar nicht verdient, dachte Mads. Er war bitterenttäuscht von Jörn.

»Ich dich auch«, antwortete Jörn und erwiderte die Umarmung. Als er sich von Tolga löste, sah er Richtung Promenade und verdrehte die Augen. »Nicht der«, stöhnte er.

»Was ist los?«, fragte Lena und folgte seinem Blick.

»Der ärgert mich immer.«

»Und wieso?«

»Keine Ahnung. Jonas und seine Freunde waren schon immer gemein zu mir. Wie gut, dass Thor bei mir ist.«

»Jonas? Etwa Jonas Pahle?«, fragte Mads.

18

Mit so einer Reaktion hatte Lafleur nicht gerechnet.

»Warum?« Die Frage wollte ihn einfach nicht loslassen, auch jetzt nicht, als er längst wieder auf der Terrasse seines Bauernhofes saß, in der Hand ein Pils.

Ob sie Angst hat?

Er konnte Birgit überhaupt nicht mehr einschätzen. War es möglich, dass sie tatsächlich um diesen Idioten trauerte?

Soll einer die Frauen verstehen. Dabei hat sie mir immer erzählt, dass sie sich bei ihm wie in einem Gefängnis fühlt, dachte er bitter.

Lafleur gönnte sich einen großen Schluck aus der Bierflasche.

War das also alles gelogen?

Er schüttelte den Kopf. Gefühle konnte man nicht vortäuschen, jedenfalls nicht so. An sich war er doch jemand, der Menschen schnell durchschauen konnte.

»Ob es an Johannsen liegt?«, fragte er sich.

Der Polizeichef war bei ihr gewesen, deshalb war es durchaus denkbar, dass sie nur vorsichtig gehandelt hatte. Wie sie schon gesagt hatte, gerade erst war ihr Mann ermordet worden, da konnte sie sich nicht gleich dem Nächstbesten an den Hals werfen.

Wobei das sicherlich jeder verstehen würde, der Klaus kannte. Er war ein Monster. Zumindest in Lafleurs Augen.

Seine Liebe zu Birgit war nie erloschen, wenn er sie also für sich gewinnen wollte, wann, wenn nicht jetzt?

»Heißt es nicht, dass man am erfolgreichsten um eine Frau wirbt, wenn sie am verletzlichsten ist?«

Er glaubte, so etwas einmal gelesen zu haben.

Aber wie lange sollte er dann noch warten? Das war noch nie seine Stärke gewesen. Er konnte auch nicht glauben, dass Birgit ihn tatsächlich nicht mehr sehen wollte. Das war ein Spiel, das Frauen gerne spielten, um sich interessanter zu machen. Dass sie vielleicht doch ernsthaft um ihren Mann trauerte, konnte er sich nicht vorstellen.

»Ich muss mich ablenken«, sagte er zu sich, nachdem er die Flasche geleert hatte. Es hatte keinen Sinn, Birgit zu viel Platz in seinen Gedanken einzuräumen.

»In ein paar Tagen besuche ich sie noch mal, und dann wie ein Gentleman mit Blumen.« Lafleur lachte. »Als Halbfranzose sollte Romantik doch zu meinem Repertoire gehören.«

Dabei war er eigentlich überhaupt kein romantischer Mann. Die Arbeit auf dem Bauernhof, die er verrichtete, seit er ein kleiner Junge war, hatte viel von dieser Romantik zerstört, wenn sie denn je ein Teil von ihm gewesen war.

Schon sein Vater war Landwirt gewesen, daher war es selbstverständlich, dass er den Hof übernommen hatte. Dabei hatte er frühzeitig erkannt, dass Bio sehr gefragt sein würde, und den Hof dementsprechend umgerüstet, was sich heute bezahlt machte. Viele Landwirte in dieser Region hatten im Gegensatz zu ihm in den letzten zwanzig Jahren aufgegeben, weil es sich einfach nicht mehr rechnete.

Aber ich bin noch da, weil ich clever und fleißig bin, dachte er stolz.

Er stand auf und beschloss, den Rasen im Vorgarten zu mähen, das hatte er eine ganze Zeit lang nicht getan.

In dem Moment bellte Rex, doch da er an der Metallkette angeleint war, konnte er nicht weit laufen. Ein Motorgeräusch verriet Lafleur jedoch den Grund. Ein Wagen hielt vor seinem Zaun und der Fahrer stieg aus. Es war Gustav Johannsen.

»Was will der denn schon wieder?«, murmelte Lafleur missmutig. Da schoss ihm ein gemeiner Gedanke durch den Kopf. Er ging zu Rex und löste die Metallkette, dabei konnte er seine Vorfreude schwer verbergen.

Rex lief los, laut bellend, genau so, wie es Lafleur von seinem abgerichteten Hund erwartete.

Den Polizeichef schien das allerdings nicht zu stören, er betrat gelassen das Grundstück. Da er Lafleur von seiner Position aus nicht sehen konnte, würde er diesen kleinen Spaß noch ein wenig auskosten. Erst wenn Rex zubeißen wollte, würde er einschreiten. Oder ein bisschen später.

»Aus, Rex«, rief der ungebetene Besucher. Er hielt etwas in der Hand. Lafleur konnte nicht erkennen, was es war, aber Rex schien davon unbeeindruckt zu sein, er lief bellend auf den Polizeichef zu, sehr zu Lafleurs Vergnügen.

Soll er halt zubeißen, dachte er hämisch. *Niemand hat ihn dazu aufgefordert, mein Grundstück zu betreten.*

Doch plötzlich verlangsamte Rex sein Tempo und näherte sich Gustav Johannsen in gemächlichem Trott. Lafleur wollte nicht glauben, was er da sah. Zornig musste er beobachten, wie der Polizist Rex fütterte. Wie es schien, hatte er den Dobermann mit einem Leckerli erpresst.

»Dummer Hund«, rief Lafleur aufgebracht und lief auf die beiden zu.

»Braver Rex. Ich wusste doch, dass du ein ganz Lieber bist«, sagte der Polizeichef und kraulte Rex, der das sichtlich zu genießen schien.

»Hau ab«, reagierte Lafleur gereizt und machte eine Bewegung, als wollte er Rex treten. Der Hund rannte davon.

»Spinnen Sie?«, sagte Johannsen aufgebracht. »Warum treten Sie nach Rex?«

»Habe ich gar nicht. Ich habe ihm nur klargemacht, wer das Herrchen ist. Rex soll ein Wachhund und kein Schoßhund sein. Jetzt muss ich ihn wohl einschläfern lassen.«

Der Polizeichef machte einen Schritt auf Lafleur zu. »Ich werte das mal als ganz schlechten Scherz. Wenn Sie dem Hund etwas antun, kriegen wir beide ein Problem, ein richtig großes.«

»Entspannen Sie sich. Natürlich war das ein Scherz. Wir Franzosen haben manchmal einen trockenen Humor. Ich würde Rex niemals etwas antun«, beeilte sich Lafleur zu erwidern.

»Das möchte ich Ihnen auch raten, sonst sind Sie ihn schneller los, als Sie glauben.«

»Beruhigen Sie sich. Mir ist klar, dass der Scherz etwas daneben war. Ich wusste nicht, dass Sie so ein Hundeflüsterer sind.«

Sein Gegenüber schaute ihn wie versteinert an, als wollte er in seinem Gesicht lesen, ob er die Wahrheit sagte.

»Sie sind doch sicherlich nicht wegen des Hundes hier«, setzte Lafleur mit einem misslungenen Lächeln neu an. Er hoffte, dass sich der Polizeichef wieder beruhigte, denn er hatte begriffen, dass es wohl nicht so clever war, Johannsen gegen sich aufzubringen.

»Es geht um Ihre gestrige Aussage«, erklärte dieser jetzt kühl.

»Welche?«

»Dass Sie eine Affäre mit Birgit Achner hatten.«

»Was soll damit sein?«

»Stehen Sie weiter zu der Behauptung?«

»Ja, warum sollte ich heute meine Meinung ändern? Das ist die Wahrheit.«

Der Polizeichef musterte ihn abschätzig, dann sagte er: »Birgit Achner behauptet, dass Sie lügen. Sie hatten nie eine Beziehung, vielmehr hätten Sie sie bedrängt.«

Lafleur stockte der Atem, er wollte nicht glauben, was er da hörte. War Birgit ihm wirklich derart in den Rücken gefallen?

19

»Moin«, sagte Mads, als er den drei Jugendlichen entgegentrat. Lena war bei Jörn und Tolga geblieben.

»Moin. Bist du nicht Mads?«, fragte einer von ihnen, den Mads vom Sehen her kannte.

»Der bin ich. Und du bist Simon.«

»Genau. Das sind meine Freunde Friedrich und Jonas.«

Die Runde grüßte Mads, Jonas wirkte sehr nervös.

»Was machst du denn bei den Mongos?«, fragte Simon lachend. »Oder sind das Freunde von deiner Schwester?«

»Jörn ist echt eine Nervensäge«, sprang Friedrich sofort darauf an, »und der andere Mongo ist nur am Grinsen, voll schräg der Typ, irgendwie spooky.«

»Wenn ich einen von euch noch mal so reden höre oder mir zu Ohren kommt, dass einer von euch Jörn anmacht oder sich einen Scherz mit ihm erlaubt, dann verspreche ich euch, dass ich euch eine verpassen werde, dass man das Echo noch in München hört. Schämt ihr euch gar nicht, so über Jörn und Tolga zu reden?«, wurde Mads laut. »An Tolga könnt ihr euch alle ein Beispiel nehmen, er ist tausendmal mehr wert als ihr.«

Mads machte einen Schritt auf die Jungs zu und spannte dabei seinen Bizeps an. Die Jungs erschraken, vermutlich hatten sie angenommen, dass Mads in ihre dummen Witzeleien einsteigen würde.

»Bro, das war nicht so gemeint, wir haben nur rumgealbert«, versuchte Simon sich herauszureden.

»Selbst als Scherz ist das unpassend. Habe ich mich klar genug ausgedrückt?«

»Ja, ist ja gut. Passiert nicht noch mal.«

»Das möchte ich für euch alle hoffen.« Mads schaute jedem Einzelnen mahnend in die Augen. »Ihr solltet euch wirklich schämen.« Dann wandte er sich Jonas zu. »Du bist doch Jonas Pahle.«

»Ja, wieso?« Der Junge sah ihn skeptisch an.

»Jede Wette, Jonas hat wieder Scheiße gebaut, deswegen ist Mads hier. Der ist doch Bulle«, sagte Simon grinsend und klopfte Jonas auf die Schulter.

Dieser zögerte keine Sekunde und lief los.

»Jonas, bleib stehen!«, rief Mads und sprintete hinterher.

»Verdammt, ich habe doch nur einen Witz gemacht. Dass der gleich so aggro reagieren muss …«, hörte Mads Simon noch sagen, während er die Verfolgung aufnahm.

Jonas war schnell, er wirkte schlank und trainiert, zudem war er für seine sechzehn Jahre mit über einen Meter achtzig sehr groß. Dennoch blieb Mads an Jonas dran, der fast eine Frau umgerannt hätte, die ihm entgegenkam.

Jetzt lief der Junge zum Strand, wo um diese Zeit recht viele Menschen unterwegs waren.

Mads rannte hinterher, machte aber keinen Meter gut.

»Jonas, bleib doch endlich stehen. Ich will dir nichts Böses«, rief Mads.

Seine Worte hinterließen jedoch keinen Eindruck bei Jonas, er lief einfach weiter Richtung Timmendorfer Strand, dafür wechselte er wieder auf die Promenade. Den Hafen hatten sie mittlerweile hinter sich gelassen.

So langsam meldete sich bei Mads das erste Seitenstechen, und der Gedanke, dass diese halbe Portion ihn beim Laufen abschütteln könnte, nagte an seinem Ego, sodass er das Tempo erhöhte und seine Reserven aktivierte.

Sein Wille half ihm, den Abstand endlich zu verringern.

Jonas drehte sich kurz um. Als er sah, dass Mads näher kam, bog er von der Strandstraße rechts ab und bewegte sich wieder Richtung Strand.

Dieser Trottel, warum rennt der weg, dachte Mads verärgert und erhöhte erneut das Tempo.

Jonas erreichte den Strand, Mads hatte noch mal ein paar Meter gutgemacht.

Als Jonas sich das nächste Mal umdrehte, übersah er einen Jogger, der ihm entgegenkam, stieß mit ihm zusammen, stolperte und stürzte zu Boden.

Der Jogger schimpfte, lief aber weiter.

Mads zögerte nicht, er packte Jonas und zog ihn mit einer schnellen Bewegung hoch, dabei löste sich dessen Bauchtasche, der Verschluss ging auf und eine Menge Zeug fiel daraus auf den Sand.

»Was soll der Mist?«, schimpfte Mads.

»Entspann dich. Warum verfolgst du mich?«, keuchte Jonas.

»Die Frage sollte eher lauten, warum du wegläufst?«

Jonas schaute auf den Boden, er wirkte nervös.

»Jetzt verstehe ich.« Mads machte Anstalten, sich zu bücken, um die kleine durchsichtige Tüte aufzuheben, da machte Jonas eine heftige Bewegung, um sich loszureißen. Aber nicht mit Mads.

»Du bleibst schön hier«, sagte Mads und packte Jonas' Handgelenk etwas fester.

Der Junge schrie auf.

»Stell dich nicht so an. Und jetzt heb die Tüte auf.«

»Warum?«

»Weil ich es dir sage und sie dir aus der Tasche gefallen ist.«

»Ist sie gar nicht.«

»Jonas, es reicht langsam. Wir beide wissen, was das ist, und das ist auch der Grund, warum du weggelaufen bist. Hast du dich mit deinen Jungs getroffen, um ihnen Ecstasypillen zu verkaufen?«

»Das sind nicht meine.«

»Lass den Kindergarten. Wer Pillen verticken kann, muss

auch bereit sein, mit den Konsequenzen zu leben. Jetzt heb diese verdammte Tüte auf.« Mads erhöhte den Druck auf Jonas' Handgelenk, damit dieser begriff, dass er nicht zum Scherzen aufgelegt war.

»Ist ja gut, ich mach es. Trotzdem ist das nicht meine Tüte.«

Jonas hob den Klarsichtbeutel auf und reichte ihn Mads.

»Das sind mindestens zwanzig Pillen,«, stellte Mads fest. »Dürften um die 150 Euro wert sein.«

»Bitte, das darf meine Mutter nicht wissen«, jammerte Jonas nun, augenscheinlich änderte er seine Taktik.

»Und warum machst du dann so einen Mist?«

»Wie meinst du das?«

»Warum verkauft ein Sechzehnjähriger Pillen?«

»Wegen der Kohle, warum sonst.«

»Sparst du für etwas?«

»Für den Führerschein. Meine Mama kann mir den nicht bezahlen.«

»Wie wäre es da mit einem Schülerjob? Du lebst in einer Urlaubsregion, am Strand, da gibt es jede Menge Jobs. Da muss man doch nicht so dämlich sein und Drogen verticken.«

»Kriege ich deswegen jetzt Ärger? Woher wusstest du überhaupt, dass ich Drogen dabeihabe?«

»Das mit dem Ärger hängt von dir ab.« Auf die zweite Frage ging Mads nicht ein, er wollte Jonas im Unklaren darüber lassen, denn natürlich hatte er es vorher nicht gewusst. Diesen kleinen Vorteil wollte er nicht aus der Hand geben.

»Du willst doch was von mir? Ich verpetze ganz sicher nicht meine Kunden«, sagte Jonas.

»Um die geht es mir nicht. Trotzdem rate ich dir, sofort mit diesem Scheiß aufzuhören. Wenn ein Kollege von mir dich erwischt, wird er bestimmt nicht so nachsichtig sein.«

»Du bist es doch auch, weil du was von mir willst. Als ob Bullen je nett wären«, ätzte Jonas. Mads fand ihn für sein Alter ganz schön frech. Er hatte als Jugendlicher viel mehr Respekt gegenüber Polizisten gehabt.

»Genug geschnackt«, schwenkte Mads auf das eigentliche Thema um. »Mir geht es um Klaus Achner.«

»Hat der Idiot mich wieder verpetzt?«, entfuhr es Jonas. Offensichtlich hatte es zwischen den beiden zuletzt erneut Spannungen gegeben.

»Erzähl mir doch deine Version«, schlug Mads vor.

»Jeder weiß, dass Klaus einen an der Waffel hatte. Ich habe echt nichts gemacht.«

»Das sieht er anders.«

»Der ist gestört. Ehrlich, ich habe die Autoscheibe nicht eingeschlagen. Ich bin zufällig da lang gegangen, als er auf mich zugerannt kam und mir vorwarf, ich hätte die Scheibe zerbrochen, nur deshalb bin ich weggerannt. Hat er mich angezeigt?«

Von einer eingeschlagenen Autoscheibe wusste Mads nichts, das würde er über die Kollegen klären.

»Wieso hat er deine Mutter nicht benachrichtigt, wenn er davon ausging, dass du das warst?«

»Keine Ahnung, das war am Freitag. Vermutlich kommt da noch was.«

»Und du warst es wirklich nicht? Ehrenwort?«

»Nein, ich war's nicht. Ich bin nur da langgelaufen.«

»Und warum?«

»Darf ich nicht mal mehr spazieren gehen?«

»Wieso glaube ich dir nicht?«, sagte Mads zweifelnd.

»Nur weil ich hier und da ein paar Pillen verticke, bin ich automatisch der Bad Boy?«, schimpfte Jonas sichtlich angesäuert.

Insgesamt vermittelte er immer mehr den Eindruck, als hätte er seine Nerven nicht im Griff, und Mads wurde das Gefühl nicht los, dass er jeden Moment explodieren könnte. Alles, was Mads sagte, wertete er als direkten Angriff auf sich, gleichzeitig war er sich nicht zu schade, Mads verbal anzugreifen, als wüsste er nicht, dass er Polizist war. Augenscheinlich würde er bei dem Jungen andere Saiten aufziehen müssen.

»Geht es nicht in deinen kleinen dämlichen Schädel rein, oder möchtest du es einfach nicht kapieren, dass man dich mit sechzehn ganz schnell in den Jugendknast stecken kann, wenn du weiter Drogen verkaufst? Dass du mir gegenüber so frei darüber sprichst, ist selten dämlich. Ich behalte dich im Auge. Und deine Aussage, was den Schaden an dem Auto anbelangt, werde ich überprüfen. Wenn sich herausstellt, dass du lügst, kriegen wir beide ein großes Problem.«

Jonas schluckte, Mads' Worte schienen endlich Eindruck zu hinterlassen.

»Ich war das wirklich nicht. Das Fenster war schon eingeschlagen, ich schwöre, Mads. Klaus hatte doch mit allen Ärger. Vor allem mit Sebastian Krampe.«

»Du kennst Herrn Krampe?«

»Wie man jemanden aus der Nachbarschaft halt kennt.«

»Und inwiefern hatten die beiden Ärger miteinander?«

»Weil Achner ein Arschloch ist.«

»Geht das etwas genauer?«

»Der hat Sebastian ständig gereizt, dabei ist der echt ein cooler Typ, hat mich schon mal zu einer seiner Poolpartys eingeladen. Einmal ist Klaus an so einem Abend völlig betrunken zu ihm rüber, hat bei ihm Sturm geklingelt und wollte ihn verprügeln. Aber Sebastian hat ihn ausgeknockt.« Jonas lachte.

»Wann war das?«

»Keine Ahnung, vor ein paar Wochen, sonntagabends.«

»Und warum hast du das gesehen?«

»Wie?«

»An dem Sonntagabend. Warst du auf der Party?«

»Nee, bin spazieren gegangen.«

»Du gehst recht häufig spazieren.«

»Willst du mir was unterstellen?«

»Wäre es möglich, dass du Herrn Krampe mit Drogen versorgst?«

»So ein Quatsch«, erboste sich Jonas und verdrehte dabei die Augen, wagte es aber nicht, Mads direkt anzuschauen.

Auch wenn Jonas in dieser Sache vermutlich log, hatte Mads jetzt wenigstens einige neue Hinweise, denen er nachgehen würde. Er würde nicht nur mit Krampe, sondern auch mit Birgit Achner reden müssen, obwohl er wusste, dass Gustav das nicht wollte. Allerdings musste er die Informationen von Jonas verifizieren. Das über seinen Onkel laufen zu lassen, hielt er nicht für förderlich.

Je länger sie ermittelten, desto mehr rückte Krampe als Verdächtiger in den Vordergrund, denn offenbar hatte es zuvor schon einige Handgreiflichkeiten zwischen ihm und Achner gegeben. Aus den Polizeiakten hatte Mads bislang nicht unbedingt herauslesen können, dass die beiden sich derart spinnefeind waren – abgesehen von der Eskalation am vergangenen Wochenende.

Vermutlich hat Krampe Angst um seinen Ruf als Unternehmer und hat deshalb keine Anzeige erstattet, überlegte er.

»Weißt du, ob Klaus Achner in den letzten Wochen weiteren Ärger auf sich gezogen hat, wodurch es zu körperlicher Auseinandersetzung kam?«

»Nein. Solltest du das nicht seine Frau fragen? Die müsste das doch alles wissen.«

»Wie gut kennst du Frau Achner eigentlich?«

»Nicht wirklich gut. Aber sie ist nett, wegen ihr hat ihr Mann damals von der Anzeige abgesehen, als sich der Idiot den Arm gebrochen und mir die Schuld dafür in die Schuhe geschoben hat.«

»Was ist damals denn genau vorgefallen?«, fragte Mads und Jonas erklärte das Geschehen aus seiner Sicht. Wie schon während des gesamten Gesprächsverlaufs neigte er zu Beschönigungen. Insgesamt machte der Junge einen abgebrühten und berechnenden Eindruck. Für seine sechzehn Jahre wirkte er überdurchschnittlich reif.

»Kann ich gehen?«, fragte er, nachdem er geendet hatte.

»Eine Frage zum Abschluss«, sagte Mads.

»Was denn jetzt noch?«, erwiderte Jonas genervt.

»Entspann dich. Sei froh, dass ich dich wegen der Pillen nicht mit auf die Dienststelle nehme. Beim nächsten Mal kommst du nicht so glimpflich davon. Und meine Drohung, was Jörn und Tolga angeht, meine ich ernst. Wenn ich dich oder deine Jungs dabei erwische, dass ihr einen von beiden ärgert, kriegt ihr es mit mir zu tun.«

»Was willst du denn wissen?«, lenkte Jonas ab.

»Wo warst du am Sonntagabend zwischen 22 Uhr und Mitternacht?«

»Warum?«

»Beantworte nur meine Frage.«

»Keine Ahnung, joggen.«

»Joggen?«

»Ja, ich jogge immer abends, kannst meine Mutter fragen.«

»Lass mich raten, du joggst an der Promenade Richtung Niendorf, die Strandstraße entlang?«

»Ja, warum?«

Mads nickte nur. Es war genau die Straße, auf der Klaus Achner ermordet worden war.

20

Was könnte es schaden, den Nachbarn zu befragen?, überlegte Emma.

Dass Birgit Achner ihre Fragen doch irgendwann beantworten würde, glaubte sie nicht. Sie war zu aufgewühlt gewesen, vermutlich noch in Trauer um ihren Ehemann. Emma konnte das leider sehr gut nachempfinden, denn auch sie hatte ihren Verlobten im vergangenen Jahr auf brutale Weise verloren. Ihre Gedanken wanderten zurück – der gemeinsame Urlaub an der Ostsee, dann Daniels Tod … Dem Grauen war ihre Entführung gefolgt. Emma bekam Gänsehaut und ihr wurde kalt.

Noch immer suchten die Erlebnisse von damals sie heim, dazu die Angst. Sie versuchte, beides zu verdrängen, so oft es ging, aber in diesem Moment wollte es ihr nicht gelingen.

Sie zitterte am ganzen Körper und musste sich an der Straßenlaterne festhalten, da sie fürchtete, durch die Panikattacke ohnmächtig zu werden.

Wie durch einen Schleier nahm sie wahr, wie ein Auto am Straßenrand stoppte, jemand ausstieg und sie festhielt. Gerade noch rechtzeitig, denn nun wurde alles schwarz um sie.

Als sie wieder zu sich kam, spürte sie, dass starke Arme sie sanft und doch sicher umschlossen.

»Geht es dir gut?«, hörte sie eine vertraute Stimme.

»Mir war nur schwindelig«, antwortete sie schwach und dann erkannte sie die Person. Es war Mads. »Was machst du hier?«, fragte sie irritiert.

Ihre Blicke trafen sich. Emma schluckte, es war ein seltsames Gefühl, dass sie in seinen Armen lag, aber es war zugleich unglaublich schön. Sie fühlte sich beschützt.

»Diese Frage sollte ich eher dir stellen«, entgegnete Mads. Seine Augen strahlten Sorge aus.

Emma kam langsam auf die Beine und nun gesellte sich auch Lena an ihren Krücken zu ihr.

»Geht's dir gut?«, fragte sie.

»Geht schon wieder. Mir war nur kurz schwindelig, keine Ahnung warum«, log sie. Sie wollte nicht, dass sich die Geschwister Sorgen um sie machten.

»Hast du was Schlechtes gegessen?«, fragte Lena. »Oder zu wenig getrunken?«

»Das wird es sein. Ich hatte den ganzen Tag noch nichts zu trinken«, schwindelte Emma weiter, obwohl es ihr unangenehm war.

»Ich habe eine Flasche Wasser im Auto.«

»Sehr lieb von dir, aber es geht mir schon besser. Nur ein dummer, unbedeutender Schwächeanfall.«

»Fällt mir schwer, das zu glauben«, bemerkte Mads und sah sie mit einem Blick an, als durchschaute er sie. »Sollen wir dich zum Arzt oder zur Redaktion fahren?«

»Sehr lieb von euch, aber ich muss zu Krampe.«

Obwohl Emma es abgelehnt hatte, war Lena zum Auto gegangen und kam nun mit der Wasserflasche zurück. »Trink mal was, das stabilisiert deinen Kreislauf. Nicht, dass du am Ende noch schwanger bist.«

»Ganz sicher nicht«, lachte Emma. Der versteinerte Blick von Mads entging ihr nicht.

»Was möchtest du denn bei Krampe?«, fragte er.

»Vielleicht habt ihr meinen Artikel heute Morgen gelesen. Ich möchte ihn fortsetzen und wollte mich deshalb mit den Nachbarn unterhalten, mal hören, was für ein Mensch Klaus Achner war.«

»Und warum fragst du das nicht seine Frau?«

»Um ehrlich zu sein, habe ich das bereits, aber sie war nicht gesprächig. Was ich ihr übrigens nicht übelnehme.«

»Hältst du es für klug, mit Krampe zu reden?«

»Das ist meine Entscheidung«, entgegnete Emma und spürte, wie Missmut in ihr aufstieg. Dass Mads ihr mal wieder ihre Arbeitsmethoden madig machen wollte, war typisch für ihn.

»Entspann dich, war nicht böse gemeint«, lenkte er gleich ein.

»Danke für das Wasser«, sagte Emma zu Lena. »Ich sollte jetzt zu Krampe gehen.«

»Sicher, dass du nicht lieber zum Arzt möchtest?«, fragte Lena. »Mit Kreislaufproblemen ist nicht zu spaßen.«

»Ganz sicher. Es war nur die fehlende Flüssigkeit. Ich fühle mich schon wieder richtig gut.«

»Okay. Wenn was ist, du weißt, dass du Mads und mich immer anrufen kannst«, sagte Lena und schenkte ihr erneut einen sorgenvollen Blick.

»Das weiß ich, das ist sehr lieb von euch.«

Emma verabschiedete sich von beiden und wartete, bis sie im Auto saßen und weiterfuhren.

»Ausgerechnet Mads«, murmelte sie und musste an ihr Erlebnis im letzten Jahr auf der Seebrücke in Niendorf denken. Auch da hatte Mads ihren Sturz abgefangen. Auf wundersame Weise war er immer da, wenn sie ihn brauchte.

Emma seufzte und ging zum Haus von Krampe, das im Gegensatz zu dem kleinen Haus der Achners viel moderner und beeindruckender wirkte. Sicher war Krampe da, zumindest hatte sie vorhin einen Porsche auf das Grundstück fahren sehen, der bestimmt ihm gehörte.

Sie ging zur Haustür, betätigte die Klingel und wartete.

Krampe ließ sich Zeit.

Sie klingelte ein zweites Mal.

Endlich wurde ihr geöffnet.

»Ja bitte?«, sagte ein großgewachsener Mann um die dreißig. Das konnte nur Krampe sein. Er beäugte sie so auffällig, als würde er mit einem Scanner über ihren Körper fahren. Emma fühlte sich unbehaglich.

»Guten Tag, mein Name ist Emma Falk, ich bin Journalistin bei der Ostseezeitung. Haben Sie fünf Minuten?«

»Ostseezeitung? Ist Tobias Wichmann Ihr Chef?«

»Ist er.«

»Interessant. Ich habe Tobias vor einiger Zeit kennengelernt. Wusste gar nicht, dass er eine so hübsche Mitarbeiterin hat. Kommen Sie doch bitte rein.«

Ich bin nicht wegen meines Aussehens hier, wäre es Emma fast herausgerutscht, aber sie konnte sich gerade noch bremsen. Sie wusste, dass sie das dämliche Machospiel eine Weile würde mitspielen müssen, damit Krampe ihre Fragen beantwortete.

Sie folgte ihm in das großzügige Wohnzimmer.

»Möchten Sie was trinken?«, fragte er.

»Ich habe mein Wasser, das reicht«, antwortete Emma und zeigte auf Lenas Wasserflasche, die sie noch in der Hand hielt.

»Sicher? Kein Gläschen Champagner?«

»Ganz sicher. Ich möchte mit Ihnen über Ihren Nachbarn Klaus Achner sprechen.«

Krampes Miene veränderte sich schlagartig, er wirkte angespannt.

»Schreiben Sie über den Mord?«

»Deswegen bin ich hier. Ich möchte die Hintergründe verstehen. Soviel ich weiß, war Klaus Achner ein sehr schwieriger Nachbar.«

»Schwierig?« Krampe lachte höhnisch auf. »Der war unmöglich, wie ein Arschpickel, den man nicht loswird.«

»Inwiefern?«

»Seit ich hergezogen bin, hat er nur Ärger gesucht. So ein penetranter Pedant, der nach den kleinsten Fehlern sucht, um anderen das Leben zur Hölle zu machen. Mir ein Rätsel, wie seine Frau es so lange mit ihm ausgehalten hat. Ich an ihrer Stelle hätte ihn längst erdolcht.«

»Glauben Sie, dass seine Frau so etwas im Sinn gehabt haben könnte?«

»Soviel ich weiß, waren sie über dreißig, vierzig Jahre verheiratet. Wenn ein Mensch Sie so lange tyrannisiert, kann man schon mal die Nerven verlieren. Ich frage mich wirklich, wie sie überhaupt so lange mit ihm unter einem Dach wohnen konnte. Vermutlich war sie finanziell von ihm abhängig.«

Emma wunderte sich, dass Krampe so offensiv war und versuchte, Achners Frau in ein schlechtes Licht zu rücken. Ob er sich damit selbst aus der Schusslinie holen wollte? Emma hielt es für möglich.

»Und Sie?«

»Ich?«

»Hatten Sie Gründe, Herrn Achner beiseitezuschaffen?«

Krampe lachte und fuhr sich mit der Hand durch dic Haare. »Ich bin erfolgreicher Unternehmer, reich. Glauben Sie allen Ernstes, dass ich das alles für jemanden wie Achner aufs Spiel setzen würde?« Er schnaubte abfällig. »Mal was anderes. Wie kommt eine schöne Frau wie Sie zu so einem Lokalblättchen? Haben sie keine Ambitionen, Höheres zu erreichen?«

Emma glaubte Spott in seiner Stimme zu hören.

»Bei Tobias habe ich alle Freiheiten, die ich als Journalistin brauche. Außerdem fühle ich mich an der Ostsee sehr wohl«, antwortete sie kühl, obwohl sie auf die Frage am liebsten gar nicht eingegangen wäre. Da sie Krampe jedoch selbst unangenehme Fragen stellte, war es sicher vernünftiger, auch seine zu beantworten, sonst hätte er das Gespräch möglicherweise schnell beendet.

»Sie sind bestimmt nicht an der Ostsee aufgewachsen. Sie haben nicht diesen typisch norddeutschen Akzent«, bemerkte Krampe.

»Ich komme aus Köln.«

»Wie lustig ist das denn? Ich bin gebürtiger Düsseldorfer.«

»Und was hat Sie hierher verschlagen?«

»Ich habe in Kiel studiert und anschließend mein Unternehmen gegründet. Irgendwie bin ich dann hier hängengeblieben. Aber sagen Sie jetzt nicht, dass Sie Köln wegen eines unbedeutenden Blattes wie der Ostseezeitung verlassen haben?« Krampe lachte erneut. Es schien ihm zu gefallen, sich über Emmas Arbeit lustigzumachen.

»Auch wenn Sie es nicht glauben, genau deswegen bin ich nach Niendorf gezogen und eine so unbedeutende Zeitung ist sie nicht. Hier wird echte journalistische Arbeit noch wertgeschätzt, und das bedeutet, dass wir auch den gutbetuchten Herrschaften ganz genau auf die Finger schauen, damit sie nicht das Gefühl haben, dass sie sich alles erlauben können. Wenn Sie die Zeitung lesen würden, wüssten Sie, dass ich manchem dieser Herrschaften schon ein Bein gestellt habe, was sie auf direktem Wege ins Gefängnis geführt hat.«

Krampe schien Emmas Botschaft zu verstehen. Seine Miene versteinerte. Mit so einer Antwort hatte er von der hübschen Blondine, als die er sie wohl sah, sicher nicht gerechnet, und Emma bereute sofort, dass sie sich zu diesem kleinen Ausbruch hatte hinreißen lassen. Krampe hatte ihre Geduld über Gebühr strapaziert.

»Ich muss Sie jetzt leider nach draußen begleiten. In einer Stunde muss ich in Lübeck sein, ein wichtiger Kunde erwartet mich in meiner Firma.«

Wenn es unangenehm wird, kneifen die feinen Herren immer, dachte Emma bitter. Eine Erfahrung, die sie nicht zum ersten Mal machte, und ihr Gefühl sagte ihr, dass Krampe etwas verschwieg. Die Frage war nur: warum? Und vor allem: was?

Sie würde an ihm dranbleiben. So oder so.

21

»Dämliche Fotze«, entfuhr es Sebastian Krampe, nachdem er die Tür hinter dieser unsäglichen Emma Falk geschlossen hatte.

»Was glaubt die, wer sie ist? Bestimmt hat sie Tobias mit ihrem süßen Arsch bezirzt. Die kann mir nicht drohen.« Krampe schnaufte und versuchte sogleich, mit einer Atemtechnik seine Wut zu kontrollieren.

Was regte er sich überhaupt so sehr wegen einer unbedeutenden Journalistin auf?

Er ging in seine offene Küche, holte eine Champagnerflasche aus dem Kühlschrank und schenkte sich ein Glas voll ein, dann gönnte er sich einen großzügigen Schluck.

»Ich lasse mir weder von Klaus Achner noch von dieser Fotze mein Leben zerstören«, sagte er und zog die Nase hoch.

Selbst der Alkohol half nicht, dass er sich beruhigte.

»Was ärgerst du dich?«, sagte er erneut zu sich.

Doch es half nichts. Krampe stand unter Strom, nicht nur wegen Emma, sondern wegen der Situation in seinem Unternehmen. Er konnte sich gerade wirklich keine schlechte Presse leisten.

»Ob ich Tobi anrufe?«, überlegte er. Der könnte ihr einen Maulkorb verpassen. »Quatsch. Wenn Tobias dadurch wie diese Emma eine Story riecht, weil ich sie mundtot machen will, habe ich nichts gewonnen.«

So dicke war er mit ihrem Chef nun auch nicht. Am besten, er würde mal mit ihm essen gehen und die Sache ganz beiläufig in einem Nebensatz erwähnen.

Krampe gönnte sich ein zweites Glas Schampus.

»Es war nicht besonders clever, kein Alibi vorzuweisen. Du

hättest das der Polizei nicht sagen dürfen.« Krampe presste die Lippen zusammen und überlegte.

Alisa hätte ihm eines besorgt, ganz sicher. Russinnen taten alles für ihre Kerle, so war zumindest seine Erfahrung. Er und Alisa waren seit einem Jahr ein Paar. Er hatte sie im Casino in Baden-Baden kennengelernt. Von Beruf war sie Tochter, ein Luxus, den sich Krampe nie hatte leisten können. Er hatte jeden Cent hart verdient und würde sich seine Existenz, die er sich Stück für Stück selbst aufgebaut hatte, weder von der Polizei noch von dieser neunmalklugen Journalistin kaputt machen lassen.

»Vernascht hättest du sie trotzdem«, sagte er zu sich und grinste. »Dumm fickt gut, frag Alisa.«

Allerdings hatte er das Gefühl, dass diese Emma nicht dumm war, so gerne er das glauben wollte. Sie war hübsch und klug und genau das machte sie in seinen Augen so gefährlich, denn wenn sein Name in irgendeiner Weise mit einem Mord in Verbindung gebracht werden würde, riskierte er, dass die Investoren absprangen, ehe die Tinte auf dem Papier trocken war.

Er schaute auf seine sündhaft teure Armbanduhr. Ihm blieb noch eine gute Stunde, bevor er ins Büro musste. Insofern hatte er nicht mal gelogen, als er Emma gesagt hatte, dass er zur Arbeit müsse.

Krampe ging ins Bad, wusch sich das Gesicht, trocknete sich ab, cremte sein Gesicht ein und legte etwas Eau de Toilette auf.

Da hörte er die Türklingel.

»Die Falk wird ja wohl nicht gleich wieder auf der Matte stehen«, murrte er und ging zur Tür.

Als er sie öffnete, blickte ihm tatsächlich nicht Emma entgegen.

»Komm rein«, sagte Krampe.

»Wir müssen reden«, antwortete Jonas.

22

Mads musste immer wieder an den Vorfall mit Emma denken. Er wollte nicht glauben, dass es nur ein Schwächeanfall gewesen war. Sein Gefühl sagte ihm, dass es etwas mit ihrer Entführung zu tun hatte. Irgendeine Erinnerung musste sie heimgesucht haben, wegen der sie die Kontrolle über ihren Körper verloren hatte. Es hatte dem Erlebnis auf der Brücke im vergangenen Jahr geähnelt, kurz nachdem Emmas Verlobter ermordet worden war. Auch da hatte er ihren Sturz abgefangen.

Sie ist viel emotionaler, als sie es sich eingestehen möchte, dachte Mads, dabei mochte er diese Seite so sehr an ihr. Sie sagte ihm, dass sie seine starken Schultern brauchte. Ihn. Wie naiv der Gedanke war, war ihm sofort klar. Emma hatte Stefan. Nur, warum war er eben wieder zur Stelle gewesen und nicht Stefan?

Die rationale Antwort war: purer Zufall. Aber was war schon rational zwischen ihm und Emma?

Der Moment, als er ihren Sturz gerade noch aufgehalten hatte, war sehr intim für ihn gewesen. Wie sie sich an seinen starken Oberarmen festgehalten hatte, dazu dieser Blick, der Freude darüber ausdrückte, dass er ihr beistand …

Egal, was mit Stefan ist, ich bin für dich da. Immer, dachte er.

Lena trat ein.

»Gustav möchte uns in fünfzehn Minuten in seinem Büro sehen.«

»Sollten wir hinkriegen«, antwortete Mads. »Lass uns vorher schnell die gesammelten Informationen durchgehen.«

Er stand auf und beide traten an das großzügige Whiteboard an der Wand, auf dem sie bereits jede Menge Hinweise und Querverbindungen angebracht hatten. Davor stand ein

Tisch mit einem Stapel Zettel und Stiften, damit sie jederzeit weitere Hinweise dazuheften konnten.

»Jonas Pahle vertickt Pillen. Gerade erst hatte er erneut Ärger mit Klaus Achner, davon steht allerdings nichts in unserer Datenbank, weil Achner angeblich wegen seiner Frau von einer Anzeige abgesehen hat«, begann Mads.

»Na ja, Jonas ist sechzehn. Glaubst du wirklich, dass er Achner nur wegen des bisschen Ärgers gleich ermordet?«

»Warum nicht? Er ist ein Heißsporn. Wäre doch möglich, dass er ihm Sonntagabend über den Weg gelaufen ist, es zu einer verbalen Auseinandersetzung kam und Jonas im Affekt zugestochen hat. Er hat zumindest kein Alibi für die Tatzeit. Wir müssen unbedingt mit Birgit Achner sprechen.«

»Was Gustav nicht erlauben wird«, widersprach Lena.

»Was albern ist.«

»Dann erklär ihm das.«

»Werde ich machen, Schwesterherz. Ich bin vorbereitet.« Mads ballte die Faust.

»Dein trainierter Körper beeindruckt vielleicht die jungen Mädels, die du datest, aber sicher nicht Onkel Gustav«, scherzte Lena.

Mads grinste. Sie hatte ja recht, dennoch hielt er ihre bisherige Vorgehensweise nicht für effektiv genug.

»Ich notiere Jonas trotzdem als potenziellen Verdächtigen.«

»Danke.«

Lena nahm einen Zettel, schrieb Jonas' Namen darauf und heftete ihn an das Whiteboard mit einem Verweis zu Klaus Achner.

»Wir sollten auch das Verhältnis zwischen Krampe, Jonas und Achner durchleuchten. Ich finde es seltsam, dass ein Sechzehnjähriger bei Krampe abhängt.«

»Du meinst, er ist sein Dealer?«

»Wäre möglich. Ist doch ein komischer Zufall, dass Jonas Pillen verkauft, findest du nicht? Außerdem müssen wir unbedingt Krampe in die Mangel nehmen. Jonas meinte, dass es vor einigen Wochen erneut zu Handgreiflichkeiten zwischen ihm und Achner gekommen sei. Nun gibt es darüber keine Aufzeichnungen in unserer Datenbank, was für mich bedeutet, dass viele Streitereien zwischen Achner und anderen Personen gar nicht aktenkundig sind.«

»Das wiederum könnte bedeuten, dass wir komplett ins Leere ermitteln, weil der Täter eine ganz andere Person ist.«

»Das Risiko gehen wir immer ein«, seufzte Mads. »Aber welche Wahl haben wir?«

Lena stimmte ihm zu.

»Na komm, lass uns losgehen, bevor der Alte schimpft«, sagte Mads.

Beide verließen das Büro und betraten kurz darauf Gustavs Vorzimmer, wo Petra Wiese gerade etwas ausdruckte.

»Der Alte erwartet uns«, sagte Mads.

»Ich weiß. Aber nenn ihn nicht immer so, das treibt nur unnötig seinen Blutdruck in die Höhe«, antwortete Petra.

»Ich werde brav sein.«

»Wollt ihr was trinken?«

»Ein Espresso wäre lieb und mein Schwesterherz will bestimmt einen Kaffee, oder?«

»Wenn es keine Umstände macht«, sagte Lena lächelnd.

»Was für eine Frage, das ist mein Job, das mache ich doch gern. Im schlimmsten Fall schmeißt mich der Alte noch raus.«

»Was sollte er denn ohne dich anfangen?«, entgegnete Mads und zwinkerte ihr zu, dann klopfte er kurz an die Tür und beide traten ein.

Lena schloss die Tür hinter sich.

»Nehmt bitte am Besprechungstisch Platz, ich komme gleich zu euch«, sagte Gustav, der in seinen Bildschirm vertieft war.

Lena und Mads taten, wie geheißen, und wenig später trat Petra mit den Getränken ein.

»Braucht ihr noch was?«, fragte sie, nachdem sie serviert hatte.

»Wunschlos glücklich«, antwortete Mads und Petra entfernte sich.

Er sah, dass sie auch für Gustav einen Espresso samt Keks mitgebracht hatte. Kurz überlegte er, ob er seinem Onkel den Keks mopsen sollte, entschied sich aber dagegen, er wollte Gustavs gemäßigte Laune nicht aufs Spiel setzen.

Im selben Moment stand Gustav auf und setzte sich zu ihnen, um sogleich den Espresso und den Keks zu genießen. Er strahlte Zufriedenheit aus, was ungewöhnlich war. Normalerweise wirkte er ständig gestresst.

»Wir sollten uns in kleiner Runde abstimmen, daher habe ich euch zu mir gebeten«, begann Gustav. »Ich hatte vorhin ein Gespräch mit Ole. An dem Kugelschreiber konnten leider keine Spuren gesichert werden, dennoch bleibt er ein starkes Indiz, das in Zusammenhang mit dem Mord stehen könnte. In welchem genau, können wir derzeit nicht sagen. Von den Kollegen der Streife kamen bisher keine verwertbaren Hinweise. Die Anwohner wollen nichts gesehen haben, was nicht wirklich verwundert. Die Straße ist schlecht einzusehen und es war dunkel.«

Es klopfte an der Tür und Petra trat ein.

»Der Herr Bürgermeister ist da.«

»Dann soll er bitte reinkommen«, sagte Gustav und schaute zu Mads. »Sei nett, er hat als Bürgermeister dieser Stadt jeden Grund, dieser Besprechung beizuwohnen.«

»Ich wollte auch gar nichts sagen«, erwiderte Mads. Er fand es nicht okay, dass sein Onkel ihn mal wieder als Buhmann darstellte, wobei er es ebenso wenig in Ordnung fand, dass sich Albert in zunehmendem Maße in ihre Ermittlungsarbeit einmischte.

Der Bürgermeister trat ein und bat auf Petras Frage hin um einen Espresso und ein Glas stilles Wasser.

»Bringen Sie für den Brummbär am besten auch gleich einen Espresso mit«, scherzte Albert mit Blick auf Gustav.

»Der hatte schon einen«, erwiderte Petra.

»Ach, und deswegen darf ich keinen zweiten trinken?«, mokierte sich Gustav.

»Um Himmels willen, dann kriegst du eben noch einen«, gab Petra trocken zurück.

»Sehr lieb von Ihnen«, sagte Albert.

»Sie wissen ja, von Ihnen kann er sich eine große Scheibe abschneiden.«

Sie verließ das Büro und Albert nahm Platz.

»Musst du sie immer anstacheln?«, fragte Gustav gereizt.

»Du machst es mir einfach zu leicht«, entschuldigte sich Albert.

»Wir haben einen Toten, den wir beide seit Jugendtagen kennen. Verzeih, dass ich da nicht so zum Scherzen aufgelegt sein kann wie du.«

Albert schwieg darauf, was vermutlich das Vernünftigste war. Gustav schien im Grunde tatsächlich schlecht gelaunt zu sein. Es gab Momente, da wurde Mads das Gefühl nicht los, dass meckern einfach Teil von Gustavs Persönlichkeit war und man seine Sprüche nicht jedes Mal ernst oder persönlich nehmen durfte. Leider war das nicht immer leicht.

Gustav holte kurz Luft und fuhr in seinem Bericht fort: »Auch die öffentliche Fahndung hat bisher keiner verwertbaren Ergebnisse geliefert. Wir stochern quasi nach wie vor im Dunkeln. Ich erwarte daher höchste Konzentration von euch. Hat sich Tim schon gemeldet?«

»Nein, er sammelt noch sämtliche Informationen. Ich hatte vorhin, als wir ins Büro gekommen sind, ein kurzes Gespräch mit ihm«, antwortete Lena.

»Sehr gut. Wenigstens eine, auf die ich mich blind verlassen kann«, sagte Gustav anerkennend.

Es klopfte und Petra trat mit einem Tablett ein, um Gustav

und Albert ihren Espresso zu servieren. Gustav nahm seine Tasse mit leuchtenden Augen entgegen und Petra ging wieder ins Vorzimmer.

»Ich hatte heute ein Gespräch mit Birgit und mit Werner Lafleur«, fuhr Gustav fort und rückte die Tasse näher zu sich heran. Dann erzählte er der Gruppe alles ausführlich.

»Glaubst du, Lafleur lügt?«, fragte Lena, als er geendet hatte.

»Schwer zu sagen. Warum sollte er vortäuschen, eine Affäre mit Birgit gehabt zu haben?«

»Möglicherweise, um sich aus der Schusslinie zu holen«, antwortete Albert.

»Stimmt, wir könnten ihm Eifersucht unterstellen, was ein starkes Motiv für einen Mord wäre. Er beseitigt Klaus, um endlich Birgit für sich zu haben.«

»Oder er möchte Birgit verdächtig machen. Die unterdrückte Frau, die sich endlich von ihrem tyrannischen Mann befreit«, überlegte Mads laut.

»Damit wären wir wieder bei dem Motiv Eifersucht und Lafleur rückt auf der Täterliste nach oben. Er ist impulsiv, aber nicht dumm. Wie auch immer, wir müssen dem nachgehen. Einer von beiden lügt, die Frage ist nur, warum.« Gustav massierte sich die Stirn, dann schaute er zu Mads. »Was habt ihr?«

Noch bevor Mads antworten konnte, leerte Gustav seinen Espresso und schloss kurz die Augen. Ein Ritual, das Mads schon öfter beobachtet hatte und das er immer wieder amüsant fand.

»Wir hatten ein interessantes Gespräch mit Jonas Pahle«, sagte er. »Ach, bevor ich es vergesse, ich soll dich ganz lieb von Tolga grüßen. Er war mit seiner Gruppe heute am Niendorfer Hafen.«

»Ach, wie schön ist das denn!« Gustav machte ein erstaunntes Gesicht. Mads sah ihm an, dass er sich aufrichtig darüber freute. »So ein lieber Junge. Ich hoffe, ihr habt ihn zu einem Eis eingeladen.«

»Das haben wir«, antwortete Mads, der aus den Reaktionen seines Onkels manchmal nicht schlau wurde.

»Was hat das Gespräch mit Jonas nun ergeben?«, fragte Gustav.

Mads klärte seinen Onkel kurz auf. Dass Jonas Pillen vertickte, erwähnte er allerdings nicht. Noch nicht. Bisher wusste nur Lena davon. Erst wenn es für den Fall wirklich relevant werden sollte, würde er es zur Sprache bringen.

»Mir fällt es schwer, zu glauben, dass ein sechzehnjähriger Lausbub jemanden wie Klaus ermordet«, sinnierte Gustav.

»Sebastian Krampe können wir übrigens auch ausschließen«, fügte Albert hinzu.

»Warum?«, wollte Gustav wissen.

»Nicht dein Ernst? Krampe ist vermögend, er ist ein Genie in dem Bereich, in dem er forscht und tätig ist. Der wird doch nicht seine Zukunft für jemanden wie Klaus aufs Spiel setzen. Das ist geradezu lächerlich.«

»Wäre nicht das erste Mal, dass ein einflussreicher, gut betuchter Mensch jemanden aus niederen Gründen tötet«, hielt Mads dagegen.

»Es gibt keine bevorzugte Behandlung für Krampe«, stellte Gustav klar.

»Das halte ich für einen großen Fehler, bei den wenigen Ressourcen, die uns zur Verfügung stehen«, beharrte Albert.

»Uns? Seit wann bist du Polizeibeamter? Hast du von Bürgermeister auf Polizist umgeschult?« Gustav schüttelte verärgert den Kopf. »Ich möchte darüber nicht diskutieren. Ihr beiden bleibt an Krampe dran, Jonas sollte eine geringere Priorität haben. In einer Hinsicht hat Albert allerdings recht, wir haben leider eine dünne Personaldecke, und der Fall ist weder für Lübeck noch für Kiel interessant genug, um uns mit weiteren Arbeitskräften zu unterstützen.« Gustav presste die Lippen zusammen und atmete geräuschvoll durch die Nase aus.

»Wir würden uns auch gern mit Birgit Achner unterhalten«, hakte Mads ein in der Hoffnung, dass sein Onkel hier ebenfalls einsichtig und rational entscheiden würde.

»Warum?«

»Weil wir nach dem Gespräch mit Jonas näher an der Sache dran sind. Das macht Sinn, allein um keine Reibungsverluste zu haben.«

»Reibungsverluste? Ich dachte, ich hätte mich deutlich genug ausgedrückt«, erhob Gustav seine Stimme.

»Es ist einfach folgerichtig«, beharrte Mads. »Lena und ich sind die leitenden Ermittler in diesem Fall und du beschneidest aus persönlichen Gründen unsere Befugnisse.«

»Ich beschneide gar nichts.«

»Mads hat recht. Es wäre klug, wenn wir nach dem Gespräch mit Jonas direkt bei Birgit ansetzen. Wir informieren dich umgehend und du entscheidest anschließend über das weitere Vorgehen«, sprang Lena Mads bei. Sie schaute ihren Onkel beinahe bittend an.

Gustav setzte zu einer Erwiderung an, hielt dann aber inne und sah seiner Nichte in die Augen, schließlich sagte er: »Gut, so machen wir das.«

Mads bemerkte, dass Albert über den plötzlichen Sinneswandel Gustavs ebenso überrascht zu sein schien wie er.

»Wenn du nichts weiter zu besprechen hast, würden wir gerne weiterarbeiten«, sagte Mads – nicht ohne Hintergedanken. Sie hatten die Zustimmung ihres Onkels und die wollte er nicht durch Zögern gefährden.

»Ihr könnt gehen. Haltet mich auf dem Laufenden.«

»Machen wir. Danke«, sagte Lena und gemeinsam gingen sie zurück in ihr Büro.

»Ich musste mich kurz kneifen. Dass unser Onkel nachgegeben hat, hätte ich nie für möglich gehalten. Schwesterherz, das war eine taktische Meisterleistung.«

»Es war nur die Wahrheit. Ich glaube, wir tun Gustav manchmal unrecht. Er opfert sich in seiner Position als Polizeichef auf, dabei möchte er uns bestimmt nicht ärgern, sondern …«

»Bei Letzterem wäre ich mir nicht so sicher«, unterbrach Mads sie. »Komm, lass uns zu Birgit fahren, bevor wir doch noch eine böse Überraschung erleben.«

Lena schmunzelte und sie packten ihre Sachen zusammen, um zu ihrem Dienstwagen zu gehen, Lena nahm den Rollstuhl zu Hilfe.

Wenige Minuten später erreichten sie die Anschrift von Birgit Achner. Mads war auf das Gespräch mit ihr gespannt, vor allem darauf, welche Antworten sie ihnen liefern würde.

Nach der Besprechung mit Gustav wurde er das Gefühl nicht los, dass die Ermittlungen noch Wahrheiten zutage fördern würden, die mancher gerne im Verborgen gehalten hätte.

Sie stiegen aus, Lena nahm die Krücke vom Rücksitz, dann gingen sie zur Haustür.

»Ist das da nicht Jonas auf dem Fahrrad?«, fragte Lena.

Mads folgte ihrem Blick und sah wie sie, dass Jonas von ihnen wegradelte.

»Der war bei Krampe, jede Wette«, erwiderte Mads. »Ob das etwas mit meinem Gespräch mit ihm zu tun hat?«

Wieder meldete sich sein Bauchgefühl, das ihm deutlich sagte, dass hier etwas nicht stimmte.

Nur, was?

23

»Das war ein Fehler«, sagte Albert.

»Was?«

»Dass du Lena nachgegeben hast. Dir ist doch klar, dass Mads sie vorgeschickt hat, weil er weiß, dass du ihr gegenüber nachsichtiger bist.«

»So ein Quatsch, da kennst du Mads schlecht. Er liebt seine Schwester und beschützt sie. Er würde sie niemals vorausschicken, um etwas zu erreichen, dafür hat er ein viel zu großes Ego. Oder was glaubst du, warum wir so oft aneinandergeraten?«

»Weil ihr zwei Sturköpfe seid.«

Gustav verdrehte die Augen.

»Wegen Krampe müssen wir aber noch mal reden.«

»Müssen?« Gustav legte die Stirn in Falten.

»Mensch, Gustav, jedes Mal ist das ein Kampf mit dir. Krampes Firma hat unglaubliches Potenzial. Weißt du überhaupt, was er macht?«

»Du sagtest was von künstlicher Intelligenz.«

»Hast du dir gut gemerkt, aber in diesem speziellen Fall reden wir von einer revolutionären Technologie. Ich hatte vorhin ein sehr interessantes Gespräch mit dem Lübecker Bürgermeister. Es geht da nicht um irgendeine langweilige künstliche Intelligenz, sondern um eine, die selbstständig lernt. Sollte der Algorithmus weiter in diesem Tempo lernen, werden sie in zehn Jahren den ersten vollständig autarken menschlichen Roboter haben, der eigenständig handelt und agiert. Tesla und Elon Musk sind auch an der Technologie dran. Musk hat großes Interesse an Krampes Entwicklung gezeigt.

Auf der letzten Robotworld in Seoul hat er sie persönlich als Meilenstein angepriesen.« Alberts Augen leuchteten auf.

»Du denkst immer nur an die Kohle. Mich interessiert nicht, dass Krampe ein Genie ist, und ehrlich gesagt, macht es mir ein wenig Angst, dass wir bald Roboter haben werden, die eigenständig denken. Wofür brauchen die dann noch uns Menschen?«

»Deswegen bin ich der Bürgermeister und du ...«

»... nur der Polizeichef, schon klar«, fiel Gustav seinem Freund ins Wort. »Aber sag mal, was interessiert dich Lübeck? Du hast hier doch keinen Vorteil von Krampes Firma. Raus mit der Sprache, was heckst du wieder aus.«

»Krampe wohnt in meiner Gemeinde, somit ist er ein ehrenwerter Bürger ...«

»Lass diesen politischen Werbemist«, wurde Gustav ruppig. »Was planst du, dass du Krampe aus der Schusslinie haben möchtest?«

Albert antwortete nicht gleich, sondern legte nachdenklich den Zeigefinger an seine Lippen.

»Albert, raus damit. Du hattest mir schon erklärt, dass du gerne an Elon Musk ran möchtest, was für mich bloß darauf hindeutet, dass du langsam größenwahnsinnig wirst. Der Bau des Luxushotels scheint deine Gier nach mehr gefördert zu haben.«

»Ich bin nicht gierig, ich möchte meiner Gemeinde eine rosige Zukunft garantieren und das geht nur, wenn man der Konkurrenz einen Schritt voraus ist. Wenn man ein Visionär ist.«

»Welche Rolle spielt Krampe dabei?«

»Es gibt doch da dieses Stück Grundstück, hinter dem Bahnhof. Es gehört der Gemeinde und liegt seit Jahren brach.«

»Jetzt dämmert es. Touristen sind dir nicht mehr gut genug, du willst Krampe mit dem Grundstück ködern in der Hoffnung, durch ihn an den ganz großen Fisch, den Wal der Szene zu kommen: Elon Musk. Dazu passt deine dämliche Idee mit dem Jachthafen ja hervorragend. Du hast komplett den Boden unter den Füßen verloren.«

Albert schien sich ertappt zu fühlen, er schmunzelte verdächtig breit und seine Augen leuchteten auf. »Und jetzt denk mal weiter: Warum sollte so jemand einen Niemand wie Klaus töten? Bloß weil er wütend auf ihn ist? Begreifst du, wie lächerlich das ist? Wir, also du solltest dich an Lafleur halten. Ich habe ein paar Informationen über ihn eingeholt.«

»Du hast was?«

»Guck nicht so pikiert. Als Bürgermeister habe ich meine Informanten. Lafleur ist kein Unbekannter. Ich weiß aus zuverlässiger Quelle, dass er vor gut zehn Jahren schon mal eine Affäre mit einer verheirateten Frau hatte.«

»Und das soll heißen?« Gustav wollte nicht zeigen, wie überrascht er über Alberts Wissen war, dabei hatte er selbst unlängst gescherzt, dass Albert ein effektiveres Informationsnetz habe als die Stasi.

»Lafleur hat sie gedrängt, sich von ihrem Ehemann zu trennen, und als sie das nicht getan hat, hat er ihr gedroht, dass er alles ihrem Mann verraten werde. Daraufhin hat sie das einzig Richtige getan und die Affäre ihrem Mann gebeichtet.«

»Wo ist die Frau jetzt?«

»Leider nicht mehr in meiner Gemeinde. Vor fünf Jahren hat sie sich von ihrem Mann getrennt und wohnt in Köln.«

Gustav nickte nur, zugleich überlegte er, ob ein Gespräch mit dieser Frau sinnvoll wäre. Er könnte Lasse Brandt bitten, das für ihn zu übernehmen, er hatte einen sehr guten Draht zu dem Kölner Polizeibeamten.

»Wir sollten das im Hinterkopf behalten«, sagte er daher. »Noch sehe ich keinen dringenden Grund, dem nachzugehen, die Sache liegt mittlerweile zehn Jahre zurück, und welche Verbindung das zu Klaus' Tod haben sollte, sehe ich auch nicht.«

»Sicherlich keinen. Aber das Ganze sagt mir, dass Lafleur

gefährlich ist. Was, wenn er Birgit genauso unter Druck gesetzt hat?«

»Warum musste dann Klaus sterben?«

»Der Mord könnte ein Liebesbeweis sein. Birgit macht ihm einen Gegenvorschlag zum Thema Trennung und erklärt, dass sie sich nicht von Klaus scheiden lassen könne, weil sie so lange zusammen wären.«

»Du meinst, sie stiftet ihn zum Mord an? Unsere Birgit, die mit allen gut steht, selbst mit jemandem wie Krampe, den Klaus gehasst hat?« Gustav schüttelte den Kopf. Das klang kein bisschen logisch, sondern eher danach, dass Albert krampfhaft versuchte, Lafleur zu belasten, um Krampe aus dem Schussfeld zu holen.

»Wir sollten Lafleur mit der Affäre konfrontieren und schauen, wie er darauf reagiert. Vielleicht begeht er einen Fehler«, schlug Albert vor.

»Hast du den Namen der Frau?«

Albert runzelte die Stirn. »Bin ich ein Amateur? Natürlich habe ich ihren Namen. Gehen wir jetzt?«

»Mein Gefühl sagt mir, dass ich die Sache allein in Angriff nehmen sollte. Du sagst mir den Namen und ich fahre zu Lafleur.«

»Genau deswegen verrate ich dir den Namen nicht. Ich komme mit. Du brauchst mich.«

»Wieso habe ich da meine Zweifel? Es war beim letzten Fall schon ein Fehler, dass ich dich so oft mitgenommen habe.« Gustav wurde das Gefühl nicht los, dass Albert den Kick beim Ermitteln mochte, vermutlich weil sein Alltag im Rathaus auf die Jahre gesehen recht eintönig war. »Hast du als Bürgermeister nicht genug um die Ohren?«, schob er deshalb hinterher.

»So ein Käse. Ich möchte nur nicht, dass uns ein unverzeihlicher Fehler unterläuft. Außerdem bin ich nicht nur multitaskingfähig, sondern auch geübt im Aufgabendelegieren und

Prioritätensetzen, und dieser Fall hier hat eine sehr hohe Priorität für meine Gemeinde.«

»Meinst du mit Fehler, dass in der Presse erwähnt werden könnte, dass wir Krampe verdächtigen?«

»Diese Falk und Mads stehen sich leider nahe und wir wissen, dass Mads bei schönen Frauen schon mal zu Dummheiten neigt.«

»Du übertreibst. In der Hinsicht müssen wir ohnehin nichts mehr befürchten. Sie hat einen Freund. Mads ist raus.«

»Das sind ja mal gute Neuigkeiten. Einer wie Mads findet doch an jeder Ecke eine Bessere. Habe nie verstanden, warum er sie unbedingt ins Bett kriegen wollte.«

Gustav wiegte den Kopf. »Tja, Jutta meinte, dass er sie wirklich mögen würde, dass es nichts Sexuelles sei. Jutta ist ein großer Fan von Emma.«

»Mads, ernsthaft? Dass Jutta ein Fan von Emma ist, ist kein Wunder, sie hat ihrem Enkel schon immer alles verziehen und sein Handeln nie infrage gestellt, weil sie ihn über alles liebt. Ihr kann ich das zu keiner Sekunde übelnehmen, jeder wünscht sich eine Oma wie sie.« Albert lachte. »Aber Mads kann doch seine Finger nicht von den Mädels lassen, erzähl mir nichts.«

Das Telefon auf dem Besprechungstisch klingelte, es war Petra, die einen Anruf von Tim durchstellen wollte. Gustav gab ihr grünes Licht und begrüßte Tim.

»Hast du was für uns?«, fragte er dann.

»Es hat sich jemand auf die öffentliche Fahndung gemeldet. Die Person hat Klaus Achner und eine andere Person um die fragliche Zeit auf der Strandstraße gesehen.«

24

Birgit Achner hatte Lena und Mads wie gewohnt gleich ins Haus gebeten.

»Was kann ich für Sie tun?«, fragte sie. Ihre Stimme klang noch immer schwach und passte zu ihrer allgemeinen Verfassung. Lena wollte nicht glauben, dass die Witwe ihnen etwas vorspielte.

»Wir haben leider noch ein paar Fragen«, antwortete Mads. »Es geht um das Verhältnis zwischen Ihrem Mann und Herrn Krampe.«

»Was genau wollen Sie denn da wissen? Gustav hat doch selbst gesehen, wie zerrüttet die Nachbarschaft gewesen ist.«

»Wann hat das angefangen?«

»So genau weiß ich das nicht, aber mein Mann hatte schon ein schlechtes Bauchgefühl, als Hasan das Haus verkauft hat. Da meinte er: ›Das kann ja was werden‹. Irgendwie seltsam. Und dann zog Herr Krampe ein. Anfangs hat sich mein Mann bemüht und Herr Krampe auch.« Birgit Achner brach ab und holte kurz Luft. »Krampe ist eine ganz andere Generation, ein anderer Nachbar, als es Hasan war. Er strotzt nur so vor Selbstbewusstsein und er feiert gerne auf seinem Grundstück.«

»Was Ihren Mann gestört hat?«

»Leider«, seufzte sie und schnaubte leise.

»Was war der Auslöser, dass er sich so auf Herrn Krampe eingeschossen hat?«, erkundigte sich Lena.

»Das weiß ich nicht. Eins kam zum anderen. Ich erinnere mich, dass mein Mann sich fürchterlich darüber aufgeregt hat, dass Krampe es mit der Mülltrennung nicht so genau nahm.«

»Ihr Mann hat in den Müll des Nachbarn geschaut?«

»Ja, mein Mann war da etwas eigen. Er verstand es nicht, wenn andere Menschen nicht so tickten wie er. Sich nicht so korrekt verhielten wie er. Man kann meinem Mann einiges vorwerfen, aber nicht, dass er gegen die Regeln verstoßen hat. Er nahm vieles sehr genau, und wenn andere Personen in der Hinsicht nicht so waren, war das ein Grund für ihn, sich fürchterlich aufzuregen.«

»Wusste er, dass er es übertreibt?«

»Das wusste er, aber er konnte nichts dagegen tun. Immer wieder sagte er zu mir, dass dieser Impuls in ihm wohne, dass er machtlos gegen diese Dämonen sei.«

»Hat er wirklich Dämonen gesagt?«, fragte Mads.

»Ich weiß es nicht mehr. Auf jeden Fall meinte er, dass er machtlos dagegen sei. Ist das am Ende nicht auch egal?«

»Er hat sich aber nicht therapieren lassen?«

Birgit Achner lachte höhnisch auf. »Die Generation meines Mannes hält nichts von Psychologen, obwohl er am Sonntag noch versprochen hatte, endlich einen aufzusuchen, und dann …« Sie sprach das Offensichtliche nicht aus. »Ich frage mich, ob er es wirklich getan hätte oder ob es nur eine der vielen leeren Versprechungen war, die er mir in den Jahren unserer Ehe zuvor schon gegeben hatte.«

»Wir wissen, dass es vor einigen Wochen bereits zu Handgreiflichkeiten zwischen Herrn Krampe und Ihrem Mann kam.«

»Das stimmt. Krampe hatte mal wieder eine Party geschmissen und meinen Mann aus seinem Mittagsschlaf geweckt. Er war wie von Sinnen und ist rausgerannt. Was dann genau passiert ist, weiß ich nicht, weil ich im Haus geblieben bin, aber als mein Mann zurückkam, hatte er ein blaues Auge und Blutergüsse am ganzen Körper.«

»Trotzdem hat er keine Anzeige erstattet, ebenso wenig wie Herr Krampe.«

»Ehrlich gesagt, war ich froh, dass Krampe ihn nicht angezeigt hat. Immerhin war es mein Mann, der losgestürmt ist. Mich würde es nicht wundern, wenn unser Nachbar sich nur verteidigt hat.«

»Hat Herr Krampe mit Ihnen über Ihren Mann gesprochen?«, fragte Lena.

»Nein, wir haben uns nur respektvoll gegrüßt, wenn wir uns gesehen haben. Der Streit mit meinem Mann war nie ein Thema.«

Diese Antwort überraschte Lena. Würde man sich mit seinem Nachbarn nicht über den jähzornigen Partner unterhalten?

»Und der Streit ist nie von Herrn Krampe ausgegangen?«

»Nein, so leid es mir tut. Mein Mann hat ihn jedes Mal angefangen. Unser Nachbar ist ein junger Mann, der gerne feiert und immer gute Laune hat. Eine andere Generation eben, da sollte man etwas nachsichtiger sein, finde ich. Wenn ich ihn gebeten habe, die Musik leiser zu stellen, hat er das gemacht.«

»Ich dachte, sie hätten sich nur gegrüßt«, warf Mads ein.

»Verzeihen Sie, ich stehe noch immer etwas neben mir. Ab und zu habe auch ich ihn gebeten, die Musik leiser zu stellen, damit mein Mann nicht wieder eine Szene macht. Aber wir haben uns nie über meinen Mann unterhalten.«

»Bei Ihnen hat Herr Krampe also jedes Mal sofort reagiert?«

»Ja.«

»Und bei Ihrem Mann nicht.« Mads nickte nachdenklich, dann sagte er: »Wäre es möglich, dass er Ihren Mann provozieren wollte, weil er wusste, dass er eine kurze Zündschnur hatte, und sich einen Spaß daraus machen wollte?«

»Ich denke nicht. Ich vermute, es war eher so, dass er bei meinem Mann nicht nachgeben wollte. Wahrscheinlich so ein Männerding, aber das sollten Sie ihn persönlich fragen.«

»Neben Herrn Krampe hatte Ihr Mann auch ein schwieriges Verhältnis zu Jonas.«

Die Witwe gab ein verächtliches Geräusch von sich.

»Daran trägt Jonas einen ebenso großen Anteil. Total verzogen, der Bengel. Hat ständig Klingelstreiche gemacht bei uns, bis mein Mann ihn zu packen bekam und ihm eine ordentliche Abreibung verpasst hat.«

»Was ungefähr drei Jahre zurückliegt, richtig?«, fragte Lena.

»Kann schon sein, so genau weiß ich das nicht. Er war da ein Kind. Jetzt ist er ja richtig in die Höhe geschossen, aber immer noch unanständig.«

»Inwiefern?«

»Mein Mann war der Meinung, dass er Drogen verkauft.«

»Und wie kam er zu dieser Annahme?«

»Jonas hat sich immer bei Krampe aufgehalten, vorwiegend am Wochenende. Und mein Mann behauptete, dass er gesehen hätte, wie er Krampe eine Tüte mit weißem Pulver gegeben hätte.«

»Ist er sich da ganz sicher gewesen?«, fragte Mads. Lena sah ihm an, dass er überrascht zu sein schien, denn bisher hatten sie nur angenommen, dass Jonas ab und an ein paar Pillen verkaufte, um sein Taschengeld aufzubessern. Pulver dagegen sprach eher für Kokain, das war ein ganz anderes Kaliber.

»Als er es mir erzählt hat, gab es für ihn keinen Zweifel daran.«

»Haben Sie denn auch gesehen, wie Jonas Drogen verkauft hat?«

»Nein, ich schnüffle den Menschen nicht hinterher.«

»Was wissen Sie über den Vorfall von Freitag?«, schwenkte Mads um.

»Welchen Vorfall?«

»Die eingeschlagene Scheibe am Auto. Ihr Mann hat Jonas verdächtigt, das getan zu haben.«

»Woher wissen Sie das?« Birgit Achner wirkte irritiert.

»Es ist unser Job, Informationen und Hinweise zu sammeln«, blieb Mads vage. »Was wissen Sie über den Vorfall?«

»Nicht viel. Mein Mann hat abends die Mülltonnen rausgebracht, da hat er die eingeschlagene Scheibe gesehen, und weil Jonas in der Nähe war, hat er angenommen, dass er es war.«

»Und was glauben Sie?«

»Es ist schon ein seltsamer Zufall, dass ausgerechnet Jonas in der Nähe war.«

»Wurde Ihr Mann handgreiflich?«, schaltete sich Lena wieder ein.

»Er hat Jonas ein paar gescheuert, wohl in der Hoffnung, dass er dann zugeben würde, dass er die Scheibe eingeschlagen hat. Jonas konnte sich allerdings befreien und ist weggelaufen.«

»Seine Mutter hat er aber nicht darüber informiert?«, fragte Lena. Ihr erschien es nicht ganz schlüssig, dass er seiner Mutter nichts davon erzählt hatte, dass Klaus Achner ihn angegriffen hatte.

»Nein, weil ich auf ihn eingeredet habe, es nicht zu tun. Ich war es so leid, dass mein Mann sich mit der ganzen Welt anlegen musste.«

»Wenn Jonas die Scheibe wirklich eingeschlagen hat, ist das aber kein Kavaliersdelikt«, wandte Mads ein.

»Wir wissen es doch nicht. Ich traue es Jonas zu, ja, aber wir hatten keinen Beweis dafür und ich wollte nur meine Ruhe. Diese ewigen Kleinkriege haben so unglaublich an mir gezehrt.«

»Hat Ihr Mann Ihnen gegenüber jemals die Hand erhoben?«, fragte Mads behutsam.

Birgit Achner schaute beschämt zur Seite, dann sah sie Mads an. »Nein, das hat er nicht. Aber wir hatten oft Streit wegen absurder Kleinigkeiten.«

»Wie haben Sie es all die Jahre mit ihm ausgehalten?«

»Ich schätze mal, weil ich ihn geliebt habe. Mein Mann war ja nicht ständig jähzornig oder auf Krawall gebürstet. Er konnte unglaublich lieb sein und er war ein toller Gastgeber.

Wenn wir Besuch hatten, hat er immer groß aufgetischt und er war stets hilfsbereit. Wenn irgendwo Not am Mann war, war er der Erste, der zur Stelle war. Ich glaube, diesen Jähzorn hat er von seinem Vater vererbt bekommen, der war auch so.«

»Hat das Ihre Ehe nie belastet?«

Die Witwe zögerte mit einer Antwort, dann sagte sie: »Wollen Sie wissen, ob ich unglücklich war?«

»Das wäre zumindest nachvollziehbar, wenn man einen Mann hat, der sich mit der gesamten Nachbarschaft anlegt.«

Birgit Achner presste die Lippen zusammen, verengte die Augen zu Schlitzen und atmete hörbar durch die Nase ein und aus. »Es gab Tage, da habe ich ihn verflucht und mich ebenso. Ich habe mich gefragt, warum ich mir das alles antue. Ja, ich habe sogar mit dem Gedanken gespielt, meinen Mann zu verlassen.«

»War das die Zeit, in der Sie eine Affäre mit Werner Lafleur hatten?«, fragte Mads.

Lena war über diese unvorbereitete Frage nicht minder überrascht als die Witwe. Birgit Achners Augenlider bewegten sich schnell und ihre Mundwinkel zuckten kurz, als wüsste sie nicht, was sie darauf erwidern sollte. Dann senkte sie den Kopf und antwortete kaum hörbar: »Ja.«

Jetzt wussten sie, dass Lafleur ihren Onkel nicht belogen hatte. Die Frage war nur, inwiefern sie diese Erkenntnis dem Täter näher brachte?

Hatte Lafleur Klaus Achner aus Eifersucht ermordet, damit Birgit frei war, oder hatte etwa Birgit selbst ihren Mann ermordet, um sich von den ständigen Übergriffen ihres Mannes zu befreien?

25

»Lafleur hat also nicht gelogen«, sagte Mads, als er und Lena wieder draußen auf dem Bürgersteig standen.

»Das muss aber nicht heißen, dass Birgit die Mörderin ist«, erwiderte Lena.

»Habe ich auch nicht behauptet. Die Frage ist trotzdem: Warum hat sie gelogen?«

»Andere Generation. Sie ist die treue, loyale Ehefrau, die die Eskapaden ihres Mannes geduldet hat bis zum Schluss. Dieses Bild wollte sie für die Gesellschaft aufrechterhalten. Erst jetzt hat sie eingesehen, dass es keinen Sinn hat, zu lügen, weil ihr vermutlich bewusst wurde, dass wir die Wahrheit eh herausfinden, und das hätte sie erst recht verdächtig gemacht.«

»Also verschwindet sie von unserer Liste?«

»Das habe ich nicht gesagt, Bruderherz.«

»Okay, lass uns Krampe besuchen«, schlug Mads vor. Er wollte überprüfen, in welcher Verbindung er und Jonas standen. »Willst du den Rollstuhl?« Mads hatte bereits im Haus von Frau Achner bemerkt, dass sich Lena immer wieder an der Wand abgestützt hatte.

»Das wäre sehr lieb, irgendwie habe ich heute Schmerzen im Knie. Vielleicht liegt es am Wetter.«

»Kann sein«, erwiderte Mads und holte den Rollstuhl aus dem Kofferraum. Dass seine Schwester seit der schweren Verletzung noch immer nicht richtig laufen konnte, tat ihm in der Seele weh, denn eigentlich war Lena so sportverrückt wie er.

Ob sie je wieder ohne Hilfe würde laufen können, konnte Mads immer weniger einschätzen. Von Gustav, der mit Lenas Hausarzt gesprochen hatte, wusste er, dass auch dieser keine

Antwort darauf hatte. Doch neben der sportlichen Seite gab es noch einen weiteren Grund, warum Mads hoffte, dass seine Schwester schnell wieder ganz gesund wurde: Ihr Selbstwertgefühl litt unter ihren Einschränkungen, auch wenn sie das ihm gegenüber gern herunterspielte. Mads kannte seine Schwester jedoch besser als jeder andere, und er nahm an, dass es eben dieses mangelnde Selbstwertgefühl war, das sie direkt in die Arme von Christian geführt hatte.

Sie hatte ihm nämlich einmal gesagt, dass Christian sie so akzeptieren würde, wie sie war, und dass sie sehr dankbar dafür sei. Dieser Satz hallte bei Mads noch immer nach.

Nachdem Lena sich in den Rollstuhl gesetzt hatte, begaben sie sich zu Krampes Haustür und Lena klingelte.

Niemand öffnete.

Lena betätigte erneut die Klingel.

Keine Reaktion.

»Ausgeflogen?«

»Möglich, wahrscheinlich ist er in der Firma.«

»Ich kann ihn anrufen.«

»Nein, wir überraschen ihn. Er soll sich keine Antworten zurechtlegen«, widersprach Mads.

»Und wenn er nicht im Büro ist?«

»Dann rufen wir ihn an.«

Etwa eine halbe Stunde später erreichten sie Krampes Firma in Lübeck.

»Mit Blick auf die Trave«, bemerkte Mads, als er ausstieg.

»Das Gebäude ist ganz schön futuristisch, soll sicherlich unterstreichen, welche Technologie das Unternehmen herstellt.«

In der Tat war der Bau, gerade für Lübecker Verhältnisse, beeindruckend. Die Außenwände bestanden durchgehend aus schwarzem Glas, das durch das reflektierende Sonnenlicht dunkelblau schimmerte. Es sah fast aus wie eine Kugel.

»Das soll ein Atom sein, Bruderherz«, sagte Lena, als hätte sie erraten, dass Mads sich genau diese Frage gerade stellte.

»Stimmt.«

»Jetzt verstehe ich auch, warum Albert so beeindruckt von Krampe ist.«

»Albert ist von allem begeistert, was Geld in seine Gemeindekasse spült«, erwiderte Mads trocken.

Er öffnete den Kofferraum, holte den Rollstuhl heraus und Lena setzte sich, dann begaben sie sich zum Empfang, wo drei junge Frauen arbeiteten.

»Wurden die durch ein Modelcasting eingestellt?«, wisperte Lena.

Tatsächlich sahen die Empfangsmitarbeiterinnen wie Models aus. Groß, schlank und keine älter als dreißig, dazu ein sehr gepflegtes äußeres Erscheinungsbild. Der erste Eindruck vermittelte nicht, dass hier Hightech produziert wurde.

»Moin«, machte sich Mads bemerkbar.

»Herzlich willkommen bei Mars-AI, wie kann ich euch helfen?«, fragte die blonde Empfangsdame in der Mitte. Sie wirkte unglaublich sympathisch und hatte ein bezauberndes Lächeln.

»Mein Name ist Mads«, antwortete er und lächelte zurück.

»Freut mich, Mads. Wie kann ich euch helfen?«

»Wir sind von der Polizei«, grätschte Lena in seinen Flirtversuch hinein und stellte sie beide vor. »Wir müssten uns kurz mit Herrn Krampe unterhalten.«

»Eine Sekunde bitte, mal schauen, ob Sebastian zu sprechen ist«, antwortete das Model und bestätigte damit wenigstens, dass Krampe im Gebäude war.

»Danke«, sagte Mads.

Die Frau telefonierte kurz, dann legte sie auf. »Seine Sekretärin holt euch gleich ab. Setzt euch doch so lange bitte in den Wartebereich.«

»Machen wir«, sagte Mads.

»Möchtet ihr was trinken?«

»Nein, möchten wir nicht«, kam Lena ihrem Bruder erneut mit einer Antwort zuvor und drehte ihren Rollstuhl Richtung Wartebereich, Mads folgte ihr.

»Einen Espresso hätte ich schon getrunken«, murrte er.

»Dass du immer so offensiv flirten musst.«

»Habe ich doch gar nicht.«

»Ach nee?« Lena hob die Augenbrauen.

»Sie ist hübsch. Wann kriegt man so was schon mal zu sehen, vor allem in Lübeck.«

»Und da wunderst du dich, dass Emma sich nie auf dich einlassen wollte.«

Der Vorwurf saß. Mads schwieg, weil Lena recht hatte. Emma war keine Frau, die es toll fand, wenn ihr Mann zu flirty unterwegs war.

Mads blickte zum Empfang und sah, wie die drei Frauen miteinander tuschelten. Die Blondine schaute ebenfalls in seine Richtung, lächelte ihn an und legte eine Haarsträhne hinters Ohr.

Lena schmunzelte. »Ich glaube, die findet dich wirklich interessant.«

»Dafür kannst du mich jetzt aber nicht verantwortlich machen. Ist nicht meine Schuld, wenn die Mädels mich anziehend finden.«

»Vermutlich, weil sie in dir Thor sehen und nicht Mads, den Dorfjungen«, zog Lena ihren Bruder auf.

»Komm mir nicht wie Jörn. Außerdem sehe ich viel besser aus als Thor.« Mads grinste und schaute erneut zum Empfang. Die Blondine sah ebenfalls zu ihnen, und als Mads ihr kurz zuwinkte, wandte sie verlegen den Blick ab.

»Ich hab die Hoffnung aufgegeben. Ehrlich gesagt finde ich es auch ziemlich unpassend, wenn man die Polizei duzt.«

Mads konnte nichts mehr darauf erwidern, da jetzt eine Frau auf sie zusteuerte, die rein äußerlich mit den anderen

Frauen locker mithalten konnte. Sie war groß, hatte einen dunklen Hauttyp und legte einen Hüftschwung hin, der Mads schon wieder komplett ablenkte.

Reiß dich zusammen, ermahnte er sich. Krampe schien einiges richtig zu machen. Ein Unternehmen mit so vielen hübschen Frauen zu führen, war vermutlich der heimliche Traum vieler Männer.

»Hey, seid ihr Lena und Mads?«, fragte die Frau.

»Das sind wir.«

»Schön, euch kennenlernen zu dürfen. Ich heiße Jacqueline. Sebastian erwartet euch im Meetingraum. Folgt mir doch bitte.«

Das taten sie und wenig später betraten sie den Besprechungsraum.

Krampe stand auf, als sie hereinkamen, und begrüßte zuerst Lena, dann Mads.

»Jackie, du kannst gehen«, sagte er zu seiner Sekretärin.

Diese nickte und verließ den Raum.

»Sie sind sicherlich mit Gustav Johannsen verwandt. Die Kinder?«, begann Krampe im Plauderton.

»Nein, wir sind seine Nichte und sein Neffe«, sagte Mads.

»Interessant. Eine Polizistenfamilie, sieht man selten. Möchten Sie etwas trinken?«

»Nein, danke.«

Krampe nahm eine Colaflasche, öffnete sie und gönnte sich einen Schluck. »Wie kann ich Ihnen helfen?«

»Wir ermitteln im Mordfall Klaus Achner und haben noch ein paar Fragen an Sie.«

»Schickt Sie Ihr Onkel? Ich dachte, er wäre der leitende Ermittler.«

»Das sind wir. Unser Onkel ist der Polizeichef«, korrigierte Mads ihn.

»Aha. Haben Sie schon eine heiße Spur?«

»Wir geben grundsätzlich keine Wasserstandsmeldungen zu unseren Ermittlungen.«

»Gut. Wie kann ich Ihnen denn nun helfen, den Mörder zu finden?« Krampe lächelte, aber Mads sah ihm an, dass er angespannt war.

»Es geht um Ihr Verhältnis zu Klaus Achner.«

»Verhältnis? Sie übertreiben. Wir hatten gar kein Verhältnis. Er war einer dieser Nachbarn, die auf Krawall aus waren. Ein ewiger Nörgler und Querulant.«

»Wieso haben Sie ihn nie angezeigt?«

»Das ist doch offensichtlich.«

»Und das heißt?« Mads wusste zwar von Gustav, dass Krampe wegen seines Unternehmens um sein Ansehen besorgt war, aber das wollte er nicht erneut hören, er verfolgte einen anderen Gedanken.

»Ich wollte Achner keine Bühne bieten. Das ist dasselbe wie mit Stalkern. Wenn man ihnen zu viel Aufmerksamkeit schenkt, fühlen sie sich ermutigt, weiterzumachen.«

»Aber eine Anzeige hätte dafür gesorgt, dass Klaus Achner zu spüren bekommt, dass auch er nicht in einem rechtsfreien Raum lebt.«

»Möglich. Aber, ich bewege mich in einem sehr sensiblen Umfeld, da kann ich keinerlei schlechte Presse gebrauchen.«

»Sie waren doch im Recht, warum sollten Sie da eine schlechte Presse fürchten?«, bohrte Mads weiter.

Krampe lachte auf. »Da kennen Sie die Medien nicht. Solange es so niederträchtige Journalisten wie diese Falk aus Niendorf gibt, wird nie objektiv berichtet werden. Fakenews, das ist der Trend unserer Zeit.«

»Sie kennen Frau Falk?«

»Leider, ich habe heute eine sehr unangenehme Begegnung mit ihr gehabt. Dass der Bürgermeister sie in ihrem Handeln nicht einschränkt, ist mir ein Rätsel. Es muss doch in seinem Interesse liegen, dass die lokale Presse sich den Leitlinien der Gemeinde unterordnet.«

»Wir haben Pressefreiheit«, erwiderte Mads kühl. Er fand

es nicht in Ordnung, dass Krampe so schlecht über Emma sprach. Allerdings bestätigte es nur sein Bild von ihr, dass sie sich nicht zu schade war, sich mit den Mächtigen dieser Welt anzulegen.

»Deswegen wandern auch so viele schlaue Köpfe aus. Deutschland schafft sich selbst ab«, beharrte Krampe.

»Wann haben Sie Klaus Achner das letzte Mal gesehen?«, erkundigte sich Lena.

»Das war am Sonntag, als er mich mit einer Waffe bedroht hat. Ihr Onkel war Zeuge dieser feigen Tat.«

»Danach nicht mehr?«

Krampe verdrehte die Augen. »Sie verdächtigen mich doch nicht allen Ernstes, nur weil ich kein Alibi habe?«

»Wir ermitteln nur.«

»Dann verschwenden Sie nicht Ihre Ressourcen. Es gibt keinen Grund, mich zu verdächtigen. Ich führe eines, wenn nicht *das* innovativste Unternehmen Deutschlands. Unsere Technologie wird von Visionären wie Elon Musk gefeiert. Wissen Sie, mit was für Personen ich mich umgebe? Sicherlich nicht mit einem Querulanten wie Klaus Achner. Welchen Grund sollte ich haben, ihn zu töten?« Krampe schüttelte den Kopf. »Lächerlich.«

»Wut ist ein starkes Motiv«, reizte Mads ihn weiter.

»Ich handle rational, immer. Deswegen stehe ich da, wo ich heute stehe, und ein Achner da, wo er steht, und Sie da, wo Sie sind.«

Krampes Überheblichkeit war kaum auszuhalten, er hielt sich tatsächlich für einen besseren Menschen, weil er so viel erreicht hatte.

»Sie glauben gar nicht, wie viele erfolgreiche Menschen aus niederen Instinkten wie Mord, Gier, Hass oder Wut andere, in ihren Augen einfachere Menschen töten«, entgegnete Mads. »Ab einem bestimmten Punkt unterscheiden sich diese Leute nicht von gewöhnlichen Mördern.«

»So langsam habe ich das Gefühl, dass ich mir einen Anwalt nehmen sollte.«

»Das ist Ihr gutes Recht und das ist ja das Schöne an unserem Rechtsstaat. Allerdings wissen Sie sicherlich, dass das Einschalten eines Anwalts oft den Eindruck erweckt, jemand hätte etwas zu verheimlichen. Erst recht, wenn gegen diese Person gar nicht ermittelt wird.«

Krampe hatte Mühe, sich zu beherrschen, das war nicht zu übersehen. »Sie, Sie …«, begann er, doch er fing sich wieder und sagte: »Sie machen nur Ihre Arbeit, und ich bin gewillt, Sie nach bestem Wissen und Gewissen zu unterstützen.«

Mads musterte Krampe. Es war schwer, den Mann einzuschätzen. Äußerlich wirkte er gelassen, aber vorhin hatte es einen Augenblick gegeben, da hatte Mads gemeint, in seinen Augen sein wahres Gesicht gesehen zu haben.

Es klopfte kurz an der Tür und Krampes Sekretärin betrat den Raum.

»Tut mir leid, dass ich stören muss, aber ich brauche dich für eine Minute.«

»Sie entschuldigen mich«, sagte Krampe und verließ mit ihr den Raum. Fast schien es, als würde er sich freuen, hinausgehen zu können.

»So ein arroganter Idiot«, fluchte Mads und griff nach einer kleinen Colaflasche auf dem Tisch.

»Das ist unser Job, wir müssen auch mit überheblichen Menschen klarkommen.«

»Möchtest du?«, fragte Mads an seine Schwester gerichtet.

»Danke«, antwortete sie und Mads öffnete ihr ebenfalls eine Flasche, dann gönnte er sich einen kräftigen Schluck.

»So arrogant Krampe auch sein mag, sein Einwand ist berechtigt. Er hat keinen Grund, Achner zu ermorden«, stellte Lena fest.

Mads schaute zur Decke.

»Auch wenn er sehr ruhig und besonnen rüberkommen

mag, glaub mir, in dem tobt ein Vulkan. Wir sollten unseren Finger genau in die Wunde legen, die ihn so nervös macht. Ich jedenfalls traue ihm einen Mord zu.«

Erneut sah er nach oben, dann zu Lena. Seine Schwester nickte unauffällig, augenscheinlich hatte sie verstanden. In dem Raum war eine Kamera angebracht. Mads hielt es durchaus für möglich, dass Krampe die Aktion eben geplant hatte. Vermutlich wollte er lauschen, was sie über ihn sagten, wenn er nicht dabei war.

»Gut, wir behalten ihn im Auge«, antwortete Lena und nahm einen Schluck aus der Flasche.

Wenig später betrat Krampe wieder den Raum und entschuldigte sich für die kurze Verzögerung.

»Wir wollen Sie auch nicht länger aufhalten. Uns würde noch Ihr Verhältnis zu Jonas Pahle interessieren«, begann Mads.

»Jonas Pahle?«, tat Krampe unwissend.

»Wir haben gesehen, wie er aus Ihrem Haus kam, als wir vorhin zu Ihnen wollten.«

»Ach, Sie meinen den Nachbarsjungen. Was ist mit dem Kid?«

»In welchem Verhältnis stehen Sie zu ihm?«

»In keinem. Er kommt ab und zu rum. Glaube, dem gefällt mein Lebensstil, und ich erlaube ihm, ein wenig Spaß auf den Partys zu haben.« Krampe befeuchtete seine Oberlippe. »Aber jetzt, wo Sie es sagen … Jonas ist immer mit Klaus angeeckt und ich habe ihn Sonntagabend gesehen.«

»Wo?«

»Er ist an meinem Fenster vorbeigejoggt. Er nimmt immer die Strandstraße Richtung Niendorf für seine Runde. Wer sagt denn, dass er an diesem Abend nicht auf Achner getroffen ist? Die beiden sind emotional nicht gerade gefestigt.«

»Verkauft Jonas Ihnen Drogen?«, fragte Mads und ging auf Krampes Einwand nicht ein.

»Ganz sicher nicht. Ist er etwa ein Dealer?«, gab Krampe empört zurück.

»Wir halten es für möglich, daher frage ich mich, warum ein sechzehnjähriger Junge bei Ihnen ein- und ausgeht.«

»Er geht nicht bei mir ein und aus«, stellte Krampe klar. Seine Stimme gewann an Schärfe.

»Und warum war er dann heute Mittag bei Ihnen? Es gab keine Party.«

»Weil er niemanden zum Quatschen hatte.«

»Jonas kommt zu Ihnen zum Quatschen? Ich dachte, Sie wären ein vielbeschäftigter Mann und Jonas hätte Sie nur ab und zu besucht.«

»Ich wüsste nicht, was es Sie angeht, mit wem ich mich in meiner Freizeit unterhalte.«

»Wissen Sie, was ich glaube? Jonas versorgt Sie und Ihre Freunde mit Drogen, deswegen ist er gern bei Ihnen gesehen. Und er wollte Ihnen auch vorhin Drogen verkaufen.«

»Das ist eine sehr gewagte Unterstellung. Absolut haltlos. Glauben Sie nicht, dass Sie es sich zu einfach machen? Wahrscheinlich gönnen Sie mir meinen Erfolg nicht. Es muss schwer sein für jemanden wie Sie, wenn er sieht, dass ein Gleichaltriger viel mehr erreicht hat. Sich all das leisten kann, wovon er träumt.« Er sah Mads scharf an. »Sie gehen mit Ihren Fragen weit über Ihre Befugnisse hinaus. Ich muss mir das hier nicht antun, ich mache das nur, weil ich Ihnen helfen möchte, den Mörder zu finden, den Fall aufzuklären. Auch wenn ich kein Freund von Klaus Achner war, zumindest seine Frau hat es verdient, zu wissen, wer der Mörder ist.«

»Hat Jonas Pahle versucht, Ihnen heute Drogen zu verkaufen?«, zeigte sich Mads unbeeindruckt.

»Nein, verdammt noch mal. Der Junge ist komplett neben der Spur. Er hat mir erzählt, dass Sie ihn heute hart rangenommen haben, dabei ist er minderjährig. Er wusste nicht, an wen er sich wenden sollte, deshalb ist er zu mir gekommen.

Wollte wissen, ob es klug wäre, einen Anwalt einzuschalten, aber ganz sicher nicht, weil er mir Drogen verkaufen wollte. Jonas ist unglaublich labil und unsicher. Leider auch leicht reizbar, daher hat es mich gewundert, dass es zwischen ihm und Achner noch nicht richtig geknallt hat. Vielleicht sollten Sie sich mit dem Jungen mal etwas länger unterhalten.«

Mads verstand Krampes Taktik nicht. Auf der einen Seite stellte er Jonas als unreifen Jugendlichen dar, der seines Rates bedurfte, auf der anderen Seite versuchte er auf subtile Weise, den Verdacht auf Jonas zu lenken.

»Ich denke, wir sind fertig. Mein nächster Termin wartet auf mich.« Krampe stand auf und zeigte damit, dass er nicht gewillt war, weiterzusprechen.

Mads und Lena verabschiedeten sich ebenfalls von ihm und begaben sich nach unten.

Als Mads am Empfang seinen Blick zu der Blondine wandern ließ, die ihn sogleich wieder anvisiert hatte, fiel ihm etwas auf.

Er ging zu ihr, obwohl er aus dem Augenwinkel sah, dass Lena die Augen verdrehte. Vermutlich dachte sie, er wolle nur wieder flirten, aber das hatte er gar nicht vor.

»Ja, bitte?«, sagte die Angestellte. So, wie sie ihn anschaute, hätte er am liebsten nach ihrer Nummer gefragt.

»Verzeih, aber mir ist gerade einer eurer Kugelschreiber aufgefallen. Ich habe auch so einen von Lamy. Sag nicht, dass der Chef euch die sponsert? Auf der Dienststelle müssen wir unsere leider selbst kaufen. Wir bekommen nur Billigkugelschreiber.«

»Das tut mir leid«, sagte sie lächelnd und schob sich eine Strähne aus dem Gesicht. »Sebastian legt viel Wert auf Design und Qualität. Wir schreiben alle mit Lamy Kugelschreibern.« Sie griff unter die Theke. »Ich schenke ihn dir.«

»Das ist sehr lieb von dir«, erwiderte Mads und beobachtete, wie die Blondine unauffällig auf einen kleinen gelben

Post-it-Zettel ihre Nummer schrieb. Sie klebte ihn an den Kugelschreiber und reichte beides Mads.

Dass er ihre Nummer hatte, war ein schöner Nebeneffekt, viel wichtiger war aber der Kugelschreiber. Es war der gleiche wie der, der am Tatort gefunden worden war.

26

Sebastian Krampe war außer sich. Er wollte etwas zerbrechen, zerquetschen, doch stattdessen schlug er mit der Faust auf den Tisch.

»Wie kann er es wagen, so mit mir zu sprechen?«, brüllte er.

Mads Johannsen hatte ihn gefressen, das stand außer Frage, und es war auch vollkommen klar, warum: Weil er eifersüchtig auf seinen Erfolg war.

»Dann hättest du halt härter arbeiten sollen, statt ein langweiliger Beamter zu werden!«, fluchte er.

Jacqueline trat ein.

»Was regst du dich wegen den Bullen so auf? Du solltest dein Nervenkostüm schonen«, sagte sie. Krampe vertraute ihr, nicht nur, weil er vor vier Jahren mit ihr zusammen gewesen war, sondern weil sie mehr über ihn wusste als irgendjemand anderer.

»Du hast recht, trotzdem. Was glaubt der, wer er ist?«

Krampe nahm den Kaffee entgegen, den Jackie ihm gebracht hatte, und stellte ihn auf seinen Schreibtisch.

»Kann ich was für dich tun?«

»Möchtest du mir einen blasen?«, fragte Krampe, da er bemerkte, wie ihr Blick seinen Schritt gestreift hatte.

»Wenn es dir hilft.«

»Das hilft immer, aber ich habe mir vorgenommen, diesmal treu zu sein.«

»Gute Entscheidung.« Jacqueline zwinkerte ihm zu und verließ sein Büro.

Krampe schaute ihr nach. Er fand seine Sekretärin immer noch rattenscharf.

Unter anderen Umständen hätte er nicht gezögert und sie

sofort vernascht, deshalb hatte er extra für diese Zwecke hinter seinem Büro ein kleines Zimmer inklusive Bad bauen lassen, damit er dort jederzeit ein Schäferstündchen halten konnte. Eine Zeit lang hatte er sogar geglaubt, sexsüchtig zu sein, aber seit er Alisa kannte, hatte er sich im Griff. Vermutlich hing das mit seinen Gefühlen zu ihr zusammen.

Und weil ihr Papa reich ist, dachte er schmunzelnd. Er hatte nämlich die leise Hoffnung, dass ihr Vater in sein Unternehmen investieren könnte, und mit Fremdvögeln würde er dieses Vorhaben aufs Spiel setzen. Wenn es um sein Unternehmen ging, konnte Krampe sehr enthaltsam sein. Nichts war ihm wichtiger als der Erfolg seiner Firma.

Doch in diesem Moment wollte es ihm einfach nicht gelingen, runterzukommen. Selbst der Kaffee half nicht.

Krampe ging in das Hinterzimmer und weiter ins Badezimmer, öffnete dort eine Schublade und holte eine kleine Tüte mit weißem Pulver heraus: Koks.

Er formte eine schmale Linie daraus und zog sie mit einem Zug durchs Nasenloch.

»Das war gut«, sagte er aufseufzend, dann ging er zurück in sein Büro, nahm an seinem Schreibtisch Platz und hörte sich erneut die Aufzeichnung aus dem Konferenzraum an.

Verdammt. Dieser Mads möchte mich ans Messer liefern, nur seine Schwester glaubt mir.

Frauen glaubten ihm immer. Das mit Mads dagegen war so ein Alphatierding. Er wollte offensichtlich unbedingt, dass er der Mörder war. Mit Vernunft würde er bei dem nicht weiterkommen.

Sein Bürotelefon klingelte. Jacqueline war am Apparat.

»Was gibt es?«, fragte er und spürte, wie die schlechte Laune allmählich verflog. Das Koks fing an zu wirken.

»Albert Lange, der Bürgermeister von Timmendorfer Strand ist am Telefon. Er möchte dich sprechen, soll ich ihn auf einen anderen Tag vertrösten?«

»Nein, das kommt mir sehr gelegen. Stell bitte durch.« Wie automatisch hoben sich seine Mundwinkel. Vielleicht konnte Lange den übermotivierten Mads Johannsen zurückpfeifen. Soweit Krampe informiert war, verband Lange und den Polizeichef eine tiefe Freundschaft.

Eine Spende für die Gemeinde wird bestimmt Wunder bewirken, sagte er sich und begrüßte den Bürgermeister besonders freundlich.

27

»Krampe ist ein widerlicher Macho«, sagte Emma. Sie saß mit Amir auf der Terrasse der *Seaside Lounge* und aß zu Mittag.

»Meinst du Sebastian Krampe? Diesen Unternehmer, der irgendwas mit künstlicher Intelligenz macht?«, fragte Jule, die in diesem Moment an ihren Tisch getreten war, um ihnen ihr Mittagessen zu servieren.

»Kennst du ihn?«, gab Emma erstaunt zurück.

»Leider. Er isst hier ab und zu. Ein wirklich arroganter Schnösel.«

»Hat er zufälligerweise mal etwas über Klaus Achner gesagt?«

»Das ist doch der Nachbar, mit dem er immer Streit hatte. Der ermordet wurde. Glaubst du, Sebastian steckt da mit drin?«

»Keine Ahnung, aber irgendetwas stimmt mit dem nicht.«

»Wie kommst du darauf?«

»Journalistische Intuition«, gab Emma zurück.

»Sebastian ist abgehoben, er macht hier immer einen auf dicke Hose und hat mich auch schon angebaggert. Aber warum sollte ausgerechnet jemand wie er, der alles hat, einen wie Achner ermorden? Was soll ihm das bringen?«

»Kaum ein Mord ergibt Sinn«, entgegnete Emma. Sie fand, dass Jule zu kurzsichtig dachte. Morde geschahen aus den unterschiedlichsten Gründen. Dass Krampe etwas zu verbergen hatte, stand für sie nach dem Gespräch, das sie mit ihm geführt hatte, außer Frage. Nur, was konnte das sein?

»Kennst du auch Klaus Achner?«, erkundigte sich Amir.

»Ehrlich gesagt nicht. Keine Ahnung, ob er hier schon mal zu Gast war. Man kann sich nicht jedes Gesicht merken.«

»Erst recht nicht, wenn es sich um einen älteren Herrn mit Bauch handelt«, zog Amir Jule auf.

»An Krampe kann ich mich nur erinnern, weil er sich ständig so aufgespielt und mir Avancen gemacht hat«, verteidigte sich Jule. »Wollt ihr noch was?«

»Nein, gerade nicht. Danke, Süße«, antwortete Emma und Jule ging zum nächsten Tisch.

»Was willst du jetzt tun?«, fragte Amir.

»Wenn ich das wüsste. Weder Birgit Achner noch Krampe waren für ein Gespräch zu haben, und Mads fragen, wer sonst als Verdächtiger infrage kommt, kann ich auch nicht.«

»Ermittelst du etwa? Ich dachte, du willst einen Artikel über Klaus Achner und sein Zerwürfnis mit der Nachbarschaft schreiben. Darüber, dass solche unnötigen Streitereien im schlimmsten Fall zu diesen Tragödien führen können.«

»Möchte ich auch, und deswegen wäre es interessant, zu wissen, wer noch verdächtigt wird. Was, wenn es am Ende doch kein Mord wegen eines Streits war?«

»Dann würde dein ganzer Artikel keinen Sinn ergeben. Manchmal habe ich das Gefühl, dass du als Polizistin auch einen guten Job machen würdest.«

»Ich? Bei der Ostseekriminalpolizei? Mit Mads in einem Team?« Emma schmunzelte. Sie hielt das für vollkommen absurd, obwohl ihr der Gedanke tief in ihrem Herzen gefiel. Wieder musste sie an ihren Schwächeanfall vor dem Haus der Achners denken, wo Mads sie gerade im rechten Moment aufgefangen hatte.

»Besser nicht. Du hast recht. Iss deine Nudeln, sonst werden sie kalt.« Amir setzte ein breites Grinsen auf.

»Was denkst du wieder Schmutziges?«

»Früher hätte ich gesagt: Iss die Nudeln, dann hast du wenigstens etwas, was genudelt wird. Jetzt hast du ja Stefan, der dich nudelt.«

»Ha, ha, der war gar nicht lustig, mein Schatz«, sagte Emma und wollte schon ihre Gabel in den Nudeln versenken, als sie kurz innehielt und überlegte.

»Du heckst was aus, das sehe ich an deinem Blick.« Amir sah sie prüfend an.

»Ich muss mehr über Krampe herausfinden, vor allem über sein Unternehmen. Irgendwas ist nicht sauber bei dem.«

»Wenn du mich so ansiehst, möchtest du bestimmt meine Hilfe.«

»Genau. Du bist doch bestens vernetzt. Wir müssen herausfinden, was es mit seinem Unternehmen auf sich hat. Ob er nicht ein paar Leichen im Keller hat, die eine Erklärung dafür wären, dass er so dünnhäutig ist. Vielleicht war genau das der Grund, warum er seinen Nachbarn ermordet hat? Es kommt nicht selten vor, dass erfolgreiche Unternehmer zu Tätern werden, weil es Schwierigkeiten in ihrer Firma gibt.«

»Da sehe ich aber keine Verbindung zu Achner.«

»Die gilt es zu finden. Oder sicherzustellen, dass ich mich irre.«

28

»Hast du denn gar keine Termine? Hände schütteln mit der Schickeria? Fotos machen, irgendwas?«, fragte Gustav, während er mit Albert im Auto saß.

»Gib's doch zu, du freust dich, dass ich bei den Ermittlungen helfe«, entgegnete Albert.

»Meine Freude hält sich in Grenzen«, erwiderte Gustav, obwohl das, wenn er ehrlich war, nicht ganz der Wahrheit entsprach, da dieser Fall ihm durch seine persönliche Komponente ziemlich an die Nieren ging. Deshalb war es gut, jemanden an seiner Seite zu haben, so gewann er etwas Abstand zu dem Fall und konnte sich ein wenig ablenken.

»Eins konntest du noch nie gut: Schauspielern. Du hast kein Pokerface.« Albert lachte.

»Was gibt es da zu lachen?«

»Ich sage nur: Baden-Baden.«

»Was meinst du?«

»Tu nicht so, als wüsstest du das nicht mehr. Wie alt waren wir, zwanzig?«

»Einundzwanzig«, korrigierte Gustav, was Albert nur noch mehr zum Grinsen brachte.

»Genau, das Pokerturnier, wo du ein gutes Blatt hattest, aber glaubtest, bluffen zu müssen. Mann, ging das in die Hose, du konntest ja dein Grinsen gar nicht mehr unterdrücken.«

»Aber nur, weil ich besoffen war.«

»Nein, weil du nicht das perfekte Pokerface wie dein bester Freund hast.« Albert setzte eine strenge Miene auf.

»Das sieht einfach lächerlich aus. Damit beeindruckst du niemanden«, zog Gustav nun seinerseits den Freund auf.

»Nur kein Neid.«

Gustav schüttelte den Kopf. »Manchmal frage ich mich, wer mehr von sich überzeugt ist, Mads oder du? Wobei ich es bei Mads noch verstehe, er sieht ungemein gut aus und hat Charisma.«

»In der Hinsicht reicht keiner an dich heran«, konterte Albert.

»Dass du immer das letzte Wort haben musst.«

»Alte Gewohnheit«, kommentierte Albert mit einem süffisanten Blick. »Übrigens, ich hatte vorhin ein interessantes Telefonat.«

»Mit wem?«

»Mit Sebastian Krampe.«

»Mit Krampe? Obwohl wir gegen ihn ermitteln?«

»Das ist mir neu. Bisher ist er doch nur ein Zeuge.«

»Einfache Regel der Polizeiarbeit: Jeder Zeuge ist auch ein Verdächtiger.«

»Jeder?« Albert hob die Augenbrauen.

»Du weißt, was ich meine. Was hattest du mit Krampe zu bereden? Sag mir bitte nicht, dass du den Anruf angestoßen hast.«

»Und wenn schon.«

»Albert, das könnte einen Interessenkonflikt geben«, mahnte Gustav ernst.

»Ach was, die Sache hat weder was mit deiner Arbeit noch mit deiner Position zu tun. Dieses Gespräch habe ich als Bürgermeister und Repräsentant meiner Gemeinde geführt. Ich musste es führen.«

»Du musstest es führen? Vermutlich glaubst du diesen Mist auch noch.«

»Wie sonst wäre ich der beliebteste Bürgermeister meiner Gemeinde – ach was, ganz Deutschlands?«

»Da fliegt er wieder. Komm lieber ganz schnell runter und erzähl mir von dem Telefonat.«

»Krampe ist ein unglaublich interessanter junger Mann. Er hat sich mehrmals dafür entschuldigt, dass er bisher kaum Gelegenheit hatte, sich enger mit mir auszutauschen, weil er gerne etwas für meine tolle Gemeinde tun würde. Er fühle sich hier doch so wohl.«

Gustav schnaubte entrüstet. »Ist er dir so tief in den Arsch gekrochen? Das ging sicher runter wie Öl.« Er konnte nicht verstehen, dass Albert für so oberflächliche Schmeicheleien empfänglich war.

»Nur kein Neid. Ich freue mich, wenn man meine Arbeit würdigt, vor allem, wenn das Lob von Herzen kommt«, widersprach Albert.

»Von Herzen? Sag mir nicht, dass du wirklich so naiv bist. Er fühlt sich unter Druck gesetzt. Sicherlich hat Mads ihn hart rangenommen, und jetzt klammert er sich an den stärksten Strohhalm, den er hat: dich!«

»Lächerlich. Ja, wir sind auf die Ermittlungen zu sprechen gekommen, und er hat erwähnt, dass Mads und Lena bei ihm waren, und auch, dass er es gut findet, dass sie ohne Rücksicht auf seinen Namen und seine gesellschaftliche Stellung ermitteln. Er will mit ganzem Einsatz dabei helfen, den Mörder zu finden, weil er Mitleid mit Birgit hat und sich wünscht, dass sie ihren Frieden findet.«

»Der hat dich echt an den Eiern. Das ist doch alles nur Taktik.« Gustav schüttelte entrüstet den Kopf.

»Wieso musst du jedes Mal den Personen, die für unsere Gemeinde wichtig sind, etwas unterstellen?«

»Tue ich gar nicht.«

»Doch!«

»Wann?«, wurde Gustav lauter.

»Ich erinnere dich gerne an Frank Tackenberg. Du hast ihm unterstellt, dass er den Campingplatzbesitzer Fritz Vogl ermordet hätte, um an dessen Grundstück zu kommen, damit er darauf sein Luxushotel bauen kann.«

»So ein Quatsch. Ich habe bloß ermittelt, und sicherlich bin ich der Letzte, der irgendjemandem unterstellt, ein Mörder zu sein. Ich bewerte nur Beweise und Hinweise. Erklär mir nicht, wie ich meine Arbeit zu machen habe, ebenso wenig wie ich dir erkläre, wie du als Bürgermeister zu funktionieren hast.«

»Dann halte dich an deine Worte«, erwiderte Albert schlicht.

»Tue ich.«

»Das sieht man wohl. Egal, ich habe ausschließlich in meiner Eigenschaft als Bürgermeister mit Krampe telefoniert, alles andere ist eine boshafte Unterstellung.«

Gustav verkniff sich einen weiteren Kommentar. So gerne er Albert mochte, manchmal brachte ihn sein ältester Freund zur Weißglut.

Kurz herrschte Schweigen und Albert schaute aus dem Beifahrerfenster.

»Dann muss ich dich wohl gar nicht mehr fragen«, sagte er schließlich leise.

»Was musst du mich nicht fragen?«, erwiderte Gustav, um einen ruhigen Tonfall bemüht, auch wenn sein Puls deutlich erhöht war.

»Ich habe Krampe und Tackenberg heute Abend zum Essen eingeladen, ins *Wolkenlos*. Wäre schön, wenn du als Polizeichef dabei wärst, um unsere Gemeinde zu repräsentieren.«

Plötzlich musste Gustav lachen. Albert war immer für eine Überraschung gut und brachte Ideen vor, mit denen er nicht rechnete. Er glaubte ihm, dass er nur ehrenvolle Absichten hatte mit diesem Vorschlag, aber da Krampe Teil der Ermittlungen war, erschien es ihm nicht so sinnvoll, dass er gemütlich mit ihm essen ging.

Er sah Albert an.

»Es wäre mir sehr wichtig«, sagte Albert. »Tackenberg ist ja auch dabei, damit sollte keiner in irgendwelche Gewissensnöte geraten.«

Gustav atmete hörbar aus. »Na gut, warum nicht.«

»Danke, alter Freund. Ich wusste es. Wenn es darauf ankommt, kann ich mich auf dich verlassen.« Albert klopfte ihm auf die Schulter.

Gustav hatte nicht ganz ohne Hintergedanken zugesagt. Er hatte die leise Hoffnung, dass er bei einem entspannten Abendessen mehr aus Krampe herausbekommen könnte, um einschätzen zu können, ob er nur ein Zeuge oder doch ein Verdächtiger war.

»Ich habe was gut bei dir.«

»Dafür, dass ich dich zum Essen einlade?« Albert hob die Augenbrauen.

Gustav schaute ihn mit gespielt launischem Blick an und sagte: »Ist gut, das nächste private Dinner geht auf mich.«

»Ich suche die Location aus.«

»Deal.«

Inzwischen hatten sie ihr Ziel erreicht und Gustav parkte den Wagen.

Steffen Jacobsen, der potenzielle Zeuge, wohnte in einem Einfamilienhaus in der Gorch-Fock-Straße, die unweit des Tatortes lag. Der Vorgarten sah sehr gepflegt aus. Gustav konnte den frisch gemähten Rasen riechen.

Sie traten vor die Haustür und Gustav klingelte.

»Hinterm Haus«, hörte er eine Frauenstimme rufen.

Er und Albert gingen außen herum und betraten den hinteren Teil des Grundstücks, wo ein großer Garten an das Haus angrenzte. Eine Frau, etwa Ende vierzig, war dort gerade dabei, Unkraut zu zupfen.

»Ich dachte, Steffen wäre ein Männername«, scherzte Albert.

»Das wird sicherlich seine Ehefrau sein«, reagierte Gustav trocken.

»Ach, wenn das nicht unser Herr Bürgermeister ist«, sagte sie. Sie wirkte positiv überrascht.

»Hocherfreut, Frau Jacobsen«, sagte Albert und schaltete sofort in den Politikermodus. Zuvorkommend streckte er ihr die Hand entgegen.

»Ich würde Ihnen sehr gerne die Hand reichen, aber sie ist schmutzig. Einer muss sich ja um das Unkraut kümmern«, erklärte sie entschuldigend.

»Das bisschen Erde stört mich doch nicht«, blieb Albert gelassen und lachte breit.

»Was kann ich denn für Sie tun?«, fragte sie. »Einen Strauß Blumen bringen Sie bestimmt nicht mit, oder?«

»Wir sind wegen Ihres Mannes Steffen Jacobsen hier. Er wollte mit uns sprechen.«

»Stimmt, wegen Klaus. Schlimme Sache, kann immer noch nicht begreifen, dass er ermordet wurde.«

»Sie kannten Klaus Achner?«, fragte Gustav, obwohl er sich noch gar nicht vorgestellt hatte.

»Ja, wir teilen ein gemeinsames Hobby, den Anbau von Gemüse. Klaus hat mir da manch wertvollen Tipp gegeben. Ich habe immer wieder gehört, dass er sich mit seinen Nachbarn angelegt hätte, aber das kann ich nicht bestätigen. Mir und meinem Mann ist er in sehr guter Erinnerung.«

»Wo ist Ihr Mann?«, fragte Gustav, doch im selben Moment hörte er Geräusche hinter sich, und als er sich umdrehte, sah er, dass ein Mann auf sie zusteuerte.

»Gut, dass du da bist, Steffen. Die Herren möchten mit dir sprechen«, sagte seine Frau.

»Moin, Herr Jacobsen. Johannsen von der Ostseekriminalpolizei und das ist …«

»Unser Herr Bürgermeister, den kennen wir. Er kann sich seit Jahrzehnten unserer loyalen Stimme sicher sein«, sagte Jacobsen.

»Ich fühle mich geehrt«, antwortete Albert und setzte sofort wieder sein eingeübtes Lächeln auf.

Jetzt macht er am besten noch einen Diener, dachte Gustav, und genau das tat Albert, nur angedeutet, aber erkennbar, dabei reichte er Jacobsen die Hand.

»Wir fühlen uns geehrt! Wann hat man schon mal so einen hohen Besuch im Haus? Möchten Sie etwas trinken?«

»Danke für das Angebot, aber wir müssen gleich wieder zurück zur Dienststelle«, kam Gustav Albert zuvor, denn er sah ihm an, dass er zu gern zugesagt hätte.

»Sicher? Ich habe frischen Apfelsaft von unseren Obstbäumen«, startete Jacobsen einen zweiten Vorstoß.

»Wie könnten wir dazu Nein sagen«, kam Albert ihm nun zuvor.

»Das gefällt mir an Ihnen. Sie sind so unglaublich nahe am Volk. Nicht wie diese hochnäsigen Politiker aus der Bundesregierung. Meine Frau und ich haben uns oft gefragt, warum jemand wie Sie nicht längst in der Bundespolitik mitmischt. Sie wären sicherlich ein verdammt guter Bundeskanzler.«

»Diese Frage stellt man mir oft«, gab Albert mit einem Strahlen zurück. »Aber ich bin durch und durch ein Küstenkind. Hier fühle ich mich zu Hause. Ich kann mir keinen besseren Beruf vorstellen, als den des Bürgermeisters von Timmendorfer Strand.«

»Das kann ich nur zu gut verstehen. Meiner Frau und mir geht es nicht anders. Wir würden dieses Paradies niemals für die Hektik der Stadt verlassen. Unsere Tochter ist nach Berlin gezogen. Mir unerklärlich.«

»Am Ende kehren sie alle zurück, auch Ihre Tochter wird das tun.«

»Davon bin ich überzeugt. Ich hole schnell den Apfelsaft.«

Gustav sah ihm nach. Der Mann legte sich richtig ins Zeug, er schien über die Maßen erfreut, dass ein echter Würdenträger bei ihm zu Gast war.

»Deswegen bin ich Bürgermeister geworden. Kannst dir ruhig eine Scheibe von Jacobsen abschneiden«, flüsterte Albert.

»Was für ein Geschleime«, entgegnete Gustav leise, damit die Frau sie nicht hörte.

Jacobsen kam mit einem Tablett zurück, darauf vier Gläser Apfelsaft und vier kleine Schnäpse.

»Apfelschnaps, den müssen Sie mir zuliebe probieren. Meine Frau und ich haben ihn selbst gebrannt, nach einem Rezept von Klaus«, sagte Jacobsen breit lächelnd. Er wirkte wie ein lebensfroher Mensch, jemand, mit dem man gerne mal ein Bier trinken würde.

»Wie könnten wir auch da Nein sagen«, erwiderte Albert und alle vier stießen an.

Der Schnaps brannte in der Kehle, aber er war wirklich sehr gut für einen Selbstgebrannten.

»Klaus war gar nicht so ein Miesepeter, wie viele sagen. Er war genau und direkt, typisch norddeutsch. Er hat die Missstände angeprangert. Wir kamen bestens mit ihm zurecht. Ohne ihn hätten wir niemals diesen Garten und keinen selbstgebrannten Schnaps.« Jacobsen reichte ihnen den Apfelsaft.

»Sie haben meinem Mitarbeiter gesagt, dass Sie am Sonntagabend etwas gesehen haben«, kam Gustav endlich auf den Grund ihres Besuches zu sprechen.

»Genau. Ich jogge dreimal die Woche, wie eben an besagtem Sonntagabend. Möglicherweise hat es gar nichts zu bedeuten, was mir aufgefallen ist, aber man kann ja nie wissen.«

»Was ist Ihnen denn aufgefallen?«

29

Was für ein Spiel spielt Johannsen? Und warum sollte mir Birgit in den Rücken fallen?, überlegte Lafleur zum wiederholten Mal. Er war gerade dabei, den Schweinestall zu säubern, er schnaufte und schwitzte, aber das nahm er kaum noch wahr. Die Arbeit auf seinem kleinen Hof war kein Zuckerschlecken. Er hatte nur einen festen Mitarbeiter, doch der hatte sich seit einer Woche krankgemeldet.

»Fauler Drecksack«, entfuhr es Lafleur.

Je nach Jahreszeit hatte er noch Saisonarbeiter, die ihm bei der Ernte halfen, aber momentan stand nichts an, sodass er die Arbeit allein bewältigen musste. Das war nicht leicht, doch er war fleißig, daher war ihm Fleiß bei seinen Mitarbeitern auch sehr wichtig.

Eine von Birgits Stärken, dachte er. Sie war sich für keine Arbeit auf dem Hof zu schade gewesen. Zwar hatte sie vorrangig im Verkauf gearbeitet, aber auch auf dem Hof mit angepackt, wenn er sie brauchte.

»Tolle Frau und ausgerechnet die soll mich gegenüber Johannsen verleugnet haben?« Lafleur wollte das nicht glauben. Als der Polizeichef ihm das gesagt hatte, war er kurz zu keiner Reaktion fähig gewesen, hatte sich dann jedoch schnell gesammelt und an seiner Aussage festgehalten, weil sie der Wahrheit entsprach.

»Wenn du die Wahrheit sagst, kann dir keiner ans Bein pinkeln«, das hatte schon sein alter Herr gesagt. Recht hatte er.

Dennoch gab es da ein paar Dinge, die nie ans Licht der Öffentlichkeit kommen durften, sie mussten sein Geheimnis bleiben.

»Was mache ich nur?«, überlegte er und stellte die schwere Eisenschippe an die Stalltür.

Er hatte nur sechs Schweine, die er aufwendig aufzog, um sie anschließend für teures Geld als Biofleisch zu verkaufen. Die Schweine brachten nicht viel ein, sie waren verfressen ohne Ende, dennoch reichte der Ertrag, um die Kosten der Aufzucht zu rechtfertigen. Natürlich hätte Lafleur es sich leicht machen und seinen Hof verkaufen können. Vor einem Jahr hatte ihm ein Investor zwei Millionen Euro dafür geboten, viel Geld für ihn. Aber was hätte er dann gemacht? Er war gerne Landwirt, er fand in dieser Tätigkeit seine Bestimmung.

Er schloss die Stalltür hinter sich, und kaum hatte er den Hof betreten, bellte Rex und knurrte ihn an, obwohl er an der Eisenkette angeleint war.

»Seit dieser Johannsen hier war, tickst du nicht ganz sauber, dämlicher Hund«, fluchte Lafleur.

Er betrat das Haus, zog seine Schuhe aus und ging direkt ins Bad, wo er sich den Dreck abduschte.

Danach zog er frische Wäsche an, ging in die Küche und gönnte sich ein Feierabendbier. Nach harter Arbeit schmeckte nichts besser als so ein kühles Blondes.

»Und wenn Birgit mir tatsächlich in den Rücken gefallen ist?«, murmelte er und spürte, wie Wut in ihm aufstieg.

Er schüttelte den Kopf und zog die Nase hoch, aber der Gedanke an den Verrat wollte ihn nicht loslassen, die Wut nicht weichen. Er gab ein röchelndes Geräusch tief aus dem Rachen von sich und zog ein weiteres Mal die Nase hoch.

»Nein, nein, nein«, sagte er dann und atmete laut, während er rhythmisch die Hände zu Fäusten ballte und wieder öffnete.

»Das würde ich dir sehr übelnehmen, Birgit, nach allem, was ich für dich getan habe.« Seine Augen wurden zu Schlitzen, sein Atem noch unruhiger. Er starrte ins Nichts.

»Ich habe mich für dich mit Klaus geprügelt«, presste er hervor.

30

21. September, Niendorf

»Sag nicht, du hast es getan?«, fragte Lena.

»Was?«

»Die Blonde getroffen?«

Mads grinste breit.

»Ach, Bruderherz, wie willst du je die große Liebe finden, wenn du jedes Mal schwach wirst?«

»Das Treffen war ja auch beruflich«, verteidigte sich Mads.

»Jetzt schwindelst du. Ich kenne dich, sie hat dir gefallen und du bist gerade wegen Emma gefrustet, da kam Blondchen genau richtig.«

»Das siehst du falsch. Okay, ich gebe zu, dass ich einfach Bock auf Blondchen hatte, die übrigens auch einen Namen hat …«

»Als ob dich ihr Name oder ihre Persönlichkeit interessieren würde«, fiel Lena ihrem Bruder ins Wort. »Was hast du dir von diesem Sexabenteuer erhofft? Dass sie über Krampe auspackt?« Lena schüttelte den Kopf. »Du hast sie doch sicherlich nicht mal auf ihren Boss angesprochen.«

»Schuldig im Sinne der Anklage.« Mads hob die Hände. »Wenn es dich glücklich macht: Ja, ich war wirklich auf ihren Body scharf und sie war dabei genauso entspannt wie ich.«

»Seht ihr euch wieder?«

»Nein, das war eine einmalige Sache. Sie hat einen Freund, der für ein paar Monate im Ausland war, und nächste Woche zurückkommt.«

»Wie billig.« Lena schnaubte abfällig.

»Wieso?«

»Wie würdest du es finden, wenn deine Freundin sich an

den Hals des Nächstbesten wirft, bloß weil du mal im Ausland bist.«

»Ich würde mich trennen«, gab er freimütig zu.

»Gut, alles andere hätte ich dir übelgenommen«, erwiderte Lena.

Sie konnte solche Frauen nicht verstehen. Sie nahm Treue in einer Beziehung sehr ernst und erwartete das auch von ihrem Partner, ohne Bedingung. Der Sex mit dem, den man liebte, war ohnehin viel intensiver als ein One-Night-Stand, deshalb hatte sie nie verstanden, was Mads daran fand.

»Nur fürs Protokoll, der One-Night-Stand hatte nichts mit Emma zu tun. Nicht, dass da irgendwelche dummen Gerüchte die Runde machen.«

Lena lachte. »Mein liebster Ego-Bruder, was hältst du davon, wenn wir irgendwo frühstücken, bevor wir zur Dienststelle fahren? Das Wetter ist so schön, und wer weiß, wie lange das noch so bleibt.«

»Mit irgendwo hast du sicherlich die *Seaside Lounge* gemeint, oder?«

»Das wäre am sinnvollsten, sie liegt direkt um die Ecke und damit auf dem Weg zum Büro, außerdem hat sie eine tolle Terrasse.«

»Alles Schöne hat auch einen Haken und der heißt in diesem Fall Jule«, scherzte Mads. »Aber dein Wunsch ist mir Befehl.«

»Sei nicht immer so gemein zu ihr.«

»Na ja, eigentlich kommen die dummen Sprüche jedes Mal von ihr. Das ist das Problem mit der Emanzipation, ihr Frauen wollt Gleichberechtigung, aber die Wahrheit ist, dass ihr privilegierter als wir Männer sein wollt.«

»Möchtest du jetzt eine Diskussion über Emanzipation starten?« Lena lachte und Mads stieg in das Lachen mit ein.

»Nein, lass uns frühstücken.«

Als sie am Niendorfer Hafen ausstiegen, kam ihnen Jörn entgegen.

»Schon so früh auf?«, fragte Lena. Sie ließ sich in ihren Rollstuhl sinken.

»Klar doch, der frühe Wurm fängt den Vogel.«

»Es heißt: Der frühe Vogel fängt den Wurm, du Wurm«, korrigierte Mads ihn.

»Als Thor hast du natürlich wieder recht. Ich habe mich übrigens noch gar nicht bei dir bedankt.«

»Wofür?«

»Dass du mich vor Jonas und seinen Freunden gerettet hast. Ist manchmal schon cool, der beste Freund von Thor zu sein. Und natürlich sein Schüler, aber das ist ja unser Geheimnis.«

»Sag mal, wie gut kennst du Jonas?«, erkundigte sich Lena.

Sie mochte Jörn und sie wusste, dass es Mads nicht anders ging, auch wenn er den jungen Mann immer wieder kritisierte, um ihn zu erziehen. Lena lag das fern, sie akzeptierte ihn mit all seinen Ecken und Kanten. Jörn war Jörn und selbst ihr Bruder würde bestimmte Eigenschaften an ihm nicht ändern können.

»Man sieht sich halt am Strand«, antwortete Jörn.

»Weißt du, ob er Drogen verkauft?«

Jörn sah zu Boden und presste die Lippen zusammen, dann sagte er: »Ich glaube nicht.«

»Jörn, lüg uns nicht an«, mahnte Mads.

»Na gut. Er verkauft schon irgendwas, aber ich weiß nicht, ob es Drogen sind, so Tabletten, glaube ich.«

»Hast du ihn mal dabei erwischt?«

»Erwischt hört sich so nach spionieren an, wenn du das meinst, Thor.«

»Hast du ihn dabei gesehen?«, änderte Mads die Frage.

»Klar, einige Male. Einmal hat er mich dabei bemerkt.«

»Wann war das?«

Jörn verzog das Gesicht. »Ehrlich gesagt, möchte ich nicht darüber sprechen. Dass du mir geholfen hast, war sehr cool von dir. Aber der Ort ist klein, ich laufe ihm bestimmt noch mal über den Weg und da möchte ich echt keinen Ärger. Je älter er wird, desto fieser werden seine Tritte. Das tut inzwischen richtig weh.«

»Ich verspreche dir, dass er dir nie wieder wehtun wird, aber als dein Meister brauche ich deine Hilfe. Du möchtest Thor sicher helfen, oder?«, spielte Mads nun offenbar doch seine Avengerskarte aus.

»Ich weiß nicht.« Jörn schob seine Fußspitze unschlüssig über den Boden. »Manche Geheimnisse sollte man für sich behalten.«

»Und wenn ich dich zu einem Eis einlade?«, fragte Lena und zückte einen Fünfeuroschein.

Jörn pfiff leise durch die Zähne und griff nach dem Geldschein. »Das bleibt aber unter uns«, sagte er dann mit wichtiger Miene.

»Hat er dir wehgetan, als er dich erwischt hat? Hast du deswegen Angst?«, fragte Lena. Jörn tat ihr leid.

»Er hat mir ein paar Mal in den Bauch getreten und mir mehr in Aussicht gestellt, wenn ich es jemandem erzähle. Allein bei dem Gedanken daran tut mir wieder alles weh.« Wie um seine Worte zu unterstreichen, legte sich Jörn die Hand auf die Magengegend.

»Hast du ihn vielleicht dabei erwischt, wie er aus einem Haus kam?«, fragte Mads.

Jörn nickte.

»Und wo war das Haus?«

»In Timmendorf.«

»War es ein modernes Haus mit großen Fenstern vorne und war es weißgrau angemalt?«

»Ja, genau. War Thor auch da?« Jörns Augen weiteten sich.

»Unter uns: Ja, das war ich. Ich durfte nur nicht darüber

sprechen. Bist du dir sicher, dass Jonas dort ebenfalls Tabletten verkauft hat?«

»Klar, ich bin vielleicht nicht der Schlauste, aber Jonas ist gestolpert und da ist ihm die Tüte aus seiner Hand gefallen, daneben auch ein paar Tabletten und so weißes Pulver, glaube das war Zucker oder so. Dieser Zuckerjunkie.« Jörn hielt sich die Hand vor den Mund und lachte.

»Weißt du, welche Farbe die Haustür hatte?«, wollte Lena wissen. Es gab in Timmendorf viele Häuser, die weißgrau gestrichen waren.

»Klar, bin ja nicht ganz blöd.« Wieder kicherte Jörn. »Sie ist rot, das kann ich mir leicht merken.«

»Das hast du gut gemacht. Erzähl niemandem, dass wir darüber gesprochen haben.«

»Werde ich nicht, sonst gibt es nur Haue. Aber Jonas tut mir nicht mehr weh, oder?«

»Nein, das verspreche ich dir, Großer. Hast du gut gemacht«, antwortete Mads und reichte Jörn die Faust zum Abschlagen.

Der schlug ein und sagte: »Ich muss weiter. Danke für das Geld, Lena, sehr lieb von dir. Mads kann sich eine große Scheibe von dir abschneiden. Wenn er mir mal was gibt, was so gut wie nie vorkommt, stellt er immer Bedingungen, die sich niemand merken kann, und meckert rum. Nimm dir ein Beispiel an deiner lieben Schwester. Geben ist seliger denn nehmen.«

»Sieh zu, dass du Land gewinnst«, erwiderte Mads und seine Mundwinkel hoben sich.

»Bis bald.« Jörn winkte und entfernte sich.

Lena sah ihm nach, dann wandte sie sich zu Mads um. »Wir müssen mit Jonas reden. Es ist nicht in Ordnung, dass er und seine Freunde Jörn wegen seiner Behinderung ärgern oder schlagen.«

»Ich hatte deswegen ja schon ein Gespräch mit ihm, aber

keine Sorge, das werde ich ihm noch mal sehr deutlichmachen. Keiner dieser Holzköpfe wird Jörn je wieder ein Haar krümmen. Ein glücklicher Zufall, dass wir ihm über den Weg gelaufen sind.«

»Mit dem Haus kann er nur Krampes Haus gemeint haben«, bemerkte Lena.

Mads nickte. »Alles andere wäre ein sehr seltsamer Zufall. Die rote Haustür ist mehr als eindeutig, und es erklärt auch, warum Jonas ausgerastet ist und Jörn verprügelt hat.«

»Willst du Jörn etwa bei Jonas verpfeifen?«

»Nein, das ist nicht notwendig. Nach dem Frühstück schnappen wir uns den Jungen, und glaub mir, er wird gestehen, dass er Krampes Dealer ist. Damit hätten wir auch ein Motiv.«

»Ein Motiv?« Lena konnte ihrem Bruder nicht folgen. »Meinst du, Jonas hat Klaus Achner ermordet, weil er ihn beim Dealen erwischt und zur Rede gestellt hat?«

»Das wäre eine Möglichkeit, ich meine aber etwas anderes. Der Lamy-Kugelschreiber vom Tatort, der identisch mit dem ist, den mir Blondchen geschenkt hat, spricht dafür, dass Sebastian Krampe unser Täter ist. Er könnte im Drogenrausch seine Wut an Achner ausgelassen und ihn im Affekt ermordet haben.«

31

War die Lösung am Ende wirklich so einfach? Hatten sie es einmal mehr einem Hinweis von Jörn zu verdanken, dass sie dem Täter auf die Spur kamen?

Jörn war ein Streuner, und da er nichts zu tun hatte, hielt er sich oft am Strand auf. Meistens zwischen Timmendorf und Niendorf. Daher kannte er unglaublich viele Leute und sah auch eine Menge. Etwas, was Mads vor allem bei Ermittlungen, die nicht wirklich an Fahrt gewannen, schon hin und wieder geholfen hatte. So wie in diesem Fall, bei dem es zu viele unterschiedliche Anhaltspunkte gab, die in Verbindung mit Achner standen und zu ihren Tatverdächtigen führten.

Achner hatte einfach zu viele Feinde, auch wenn es Ausnahmen wie die Familie Jacobsen gab, mit denen Gustav am vergangenen Nachmittag gesprochen hatte. Sie hatten Klaus Achner in den höchsten Tönen gelobt, das jedenfalls hatte Gustav ihnen noch erzählt, als sie sich telefonisch über die neuesten Erkenntnisse ausgetauscht hatten.

Inzwischen hatten Mads und Lena die Terrasse der *Seaside Lounge* erreicht und nahmen Platz. Um diese Zeit war wenig los.

Als Jule sie sah, kam sie für Mads' Geschmack ein wenig zu euphorisch zu ihnen geeilt und umarmte zuerst Lena, dann deutlich zurückhaltender ihn.

»Was für eine tolle Überraschung! Wollt ihr frühstücken oder will Mads die Sucht der Johannsens nach Espresso stillen?«, fragte Jule schmunzelnd.

»Frühstücken, die letzten schönen Tage dieses Sommers genießen«, antwortete Lena.

»Braucht ihr die Karte?«

»Überrasch uns, mach uns eine hübsche Platte.«

»Sicher?« Mads hob die Augenbrauen. »Willst du Jule diese Verantwortung wirklich übertragen?«

»Ich sehe schon, dein Bruder hat das Dasein als Gentleman in dem Moment abgelegt, als er unsere Terrasse betreten hat.«

»Das ist nur seine Art, dir zu zeigen, dass er dich mag. Du kennst ihn doch«, entgegnete Lena.

»Nur zu gut. Frage mich noch immer, was ich damals an ihm so faszinierend fand, dass ich mit ihm zusammen war.« Jule legte die Stirn in Falten, dann lächelte sie. »Ich mache euch was Leckeres. Übrigens wollten auch Amir und Emma gleich zum Frühstück kommen.«

»Das passt wunderbar«, sagte Lena. »Unsere Getränkewünsche kennst du ja.«

»Klar.« Jule entfernte sich.

Mads ließ seinen Blick zur Promenade wandern. Dahinter behinderten ein paar Dünen den direkten Blick auf das Meer, doch das störte Mads nicht. Die Dünen hatten eine wichtige Aufgabe und vermittelten den Eindruck unberührter Natur. Über der Szenerie spannte sich der strahlendblaue Himmel, keine einzige Wolke war zu sehen. Ein paar Möwen zogen über ihnen hinweg und rundeten das typische Küstenbild ab.

Mads atmete die frische Ostseeluft tief ein, sie versprach ihm wie das Meer Freiheit und Seelenfrieden. Nirgends fühlte er sich unbeschwerter und freier als auf einem Surfbrett in der Ostsee, wenn er seine Wellen reiten durfte und eins wurde mit dem Wasser.

Sein Blick wanderte vom Meer zurück zur Promenade und da sah er auch schon Amir mit Emma die Terrasse betreten.

»Stalkst du uns oder vermisst du mich nur?«, scherzte Amir, als er die beiden erblickte.

»Witzig«, antwortete Mads grinsend und die Runde begrüßte sich.

»Setzt euch doch zu uns, wir wollen auch gerade frühstücken«, sagte Lena.

Emma und Amir waren einverstanden und alle nahmen Platz.

Amir saß neben Mads und Emma ihm gegenüber neben Lena. Ihre Blicke trafen sich kurz. Jule kam zu ihnen und begrüßte auch die beiden überschwänglich, dann nahm sie ihre Bestellung entgegen und entfernte sich wieder.

»Man könnte glatt meinen, ihr hättet euch monatelang nicht gesehen«, kommentierte Mads die Szene.

»Wir mögen uns halt und sind uns nicht zu schade, unsere Gefühle zu zeigen«, sagte Amir. »Du solltest mehr aus dir rauskommen. Für Umarmungen bin ich immer zu haben.«

»Ich bleibe bei meiner Art, das Übertriebene überlasse ich euch Frauen«, gönnte sich nun Mads einen Scherz auf Amirs Kosten.

»Kein Problem, wir sind uns ja einig, dass Frauen die besseren Menschen sind.«

»Dem ist nichts hinzuzufügen«, sagte Emma und Lena nickte.

»Bei drei gegen einen weiß jeder vernünftige Mann, dass es besser ist, die Klappe zu halten«, erwiderte Mads.

»Amir, du weißt ja, dass Mads dich nur ärgern will«, sagte Lena.

»Anders kenne ich den selbstverliebten Gockel doch gar nicht. Er bleibt trotzdem ein Schnucki«, erklärte Amir und strahlte Mads an.

Das mochte Mads an Amir, sie eckten sich gegenseitig an, ohne dass es der andere krummnahm.

»Was machen die Ermittlungen?«, erkundigte sich Emma.

»Es gibt nichts wirklich Neues. Wie steht es mit deinem Artikel?« Mads wollte Emma nicht über die neuesten Erkenntnisse informieren, als Mitarbeiterin der Presse musste sie nicht alles wissen.

Emma sah ihn zweifelnd an und wischte sich eine Haarsträhne aus dem Gesicht, dann lächelte sie, dabei erschienen ihre Grübchen, denen Mads schwer widerstehen konnte.

»Tja, ich habe auch nicht wirklich was Neues. Momentan recherchiere ich im Umfeld von Sebastian Krampe. Vielleicht gibt es einen Zusammenhang zwischen seinem Unternehmen und dem Mord.«

»Mach das«, antwortete Mads, allerdings nicht, weil er die Spur zielführend fand, sondern weil er annahm, dass es ungefährlich wäre und Emma nicht unnötig in Gefahr brächte. Außerdem stand sie ihm so bei den Ermittlungen nicht im Weg.

Jule kam und servierte ihnen die Getränke und das Frühstück.

»Setz dich doch zu uns, Maus«, sagte Amir.

»Liebend gern, aber ich habe Schicht. Lasst es auch schmecken.«

Mads' Handy leuchtete kurz auf. Er hatte eine WhatsApp-Nachricht bekommen, die er nicht weiter beachtete, da er gesehen hatte, von wem sie kam.

»Wer ist denn Michelle? Muss ja eine heiße Nacht gewesen sein«, bemerkte Amir, der die Nachricht offensichtlich gesehen und die ersten Zeilen gelesen hatte – sehr zum Ärger von Mads, denn ihm entging der seltsame Blick von Emma nicht.

»Nicht der Rede wert«, sagte er leichthin.

»So kennen und lieben wir ihn. Legt eine hübsche Frau nach der anderen flach und bricht die Herzen dieser jungen Dinger, aber dann ist es ihm nicht der Rede wert«, stichelte Amir weiter.

»Das ist doch Quatsch. Sie ist alt genug, um selbst zu entscheiden, was sie tut«, reagierte Mads genervt.

»Wie alt ist sie denn?«

»Ist doch egal.«

Amir klatschte in die Hände. »Du wirst dich niemals ändern, mein Lieber. Ich war früher auch wie du. Du würdest perfekt in unsere oberflächliche Schwulenszene passen. Ach, ich bin jedes Mal dankbar für den Tag, an dem mir der liebe Gott Pietro geschickt hat.«

»Seit wann bist du denn gottesfürchtig?«

»Du weißt, wie ich das meine.«

»Vielleicht hatte ich mit Michelle gar keinen Sex.«

»Jetzt hältst du uns aber zum Narren«, bemerkte Emma und schenkte ihm einen missbilligenden Blick. »Hast es ja lange ausgehalten nach der Trennung von Daniela.«

»Was soll das hier werden? Ein Tribunal gegen mich?«

»Hättest du sicherlich verdient.«

»Na, so ein schlimmer Finger ist mein liebster Bruder nun auch nicht«, sprang Lena ihm zur Seite. »Er wollte Informationen aus Michelle herausholen, der Sex ist halt so passiert.« Sie schmunzelte.

»Ich hab ein dickes Fell, haut nur drauf.« Mads grinste. »Und ja, ich stehe auf Sex, daran ist nichts Verwerfliches. Ich bin Single und da erlaube ich es mir, Sex zu haben. Mit wem und wann ist allein meine Angelegenheit, und bevor ihr wieder einen dummen Spruch raushaut: Sie ist vierunddreißig.«

Lena schaute ihn überrascht an, weil sie wie er wusste, dass Michelle jünger war, das hatte sie ja selbst gesehen. Trotzdem musste Mads zu dieser kleinen Notlüge greifen, da er Amir sicherlich keine Steilvorlage liefern wollte, indem er zugab, dass Michelle vierundzwanzig war.

»Ich bin überrascht, dass so eine reife Frau sich auf einen ONS mit dir eingelassen hat.«

»Bin halt ein cooler Typ.«

»Willst du der lieben Michelle nicht antworten?«, fragte Amir.

»Das kann warten.«

Dass Michelle sich gemeldet hatte, überraschte Mads. Er hatte angenommen, dass sie es ernst gemeint hatte, als sie ihm sagte, dass das mit ihnen eine einmalige Sache bleiben würde. Aber Mads war nicht abgeneigt, sie ein zweites Mal zu treffen.

Für einen Moment trat Stille ein und alle widmeten sich ihrem Frühstück, was Mads nur recht war. Er wollte nicht, dass Emma glaubte, er würde ständig Dates haben und wild in der Gegend herumvögeln. Immerhin hatte er ihr gegenüber erwähnt, dass er es gerade genoss, keine Frauen zu daten. Obwohl er wusste, dass sie sich für Stefan entschieden hatte, wollte er, dass sie ihn so sah, wie er tief in seinem Herzen wirklich war. So wie Lena und seine Oma ihn sahen.

Deine Taten machen dich zu dem, der du bist, nicht deine Worte, hatte wiederum seine Oma ihm einmal vor Jahren gesagt und ihn ermahnt, ein guter Mensch zu sein, zuerst seinen Mitmenschen zu helfen und dann sich.

»Wir sollten Mads nicht weiter ärgern, er ist alt genug, um zu wissen, dass die Bettgeschichten die Leere im Herzen eines Menschen nicht auf Dauer füllen können«, sagte Emma und sah Mads seltsam an. Als suchte sie in seinen Augen sein wahres Ich, das, was sie möglicherweise lieber hatte als das, welches die Frauen reihenweise flachlegte.

»Du hast recht, außerdem habe ich einen Bärenhunger«, stimmte Amir zu und schaufelte sich einen Löffel aus seiner Bowl in den Mund.

Kurz herrschte wieder Stille und alle konzentrierten sich auf ihr Frühstück.

Eine Möwe nahm auf dem Nachbartisch Platz und schien die Runde zu betrachten, dann flog sie schreiend davon.

»Ich glaube, die findet uns langweilig«, sagte Amir.

Die anderen stimmten lachend zu, dann widmeten sie sich anderen, belangloseren Themen, dabei trafen sich die Blicke von Emma und Mads immer wieder.

Da Lena und Mads bald in die Dienststelle mussten, verabschiedeten sie sich als Erste, in dem Moment betrat Gregor

Tackenberg, der Sohn des Immobilieninvestors Frank Tackenberg, die Terrasse. Er war wie Amir homosexuell und in Mads' Augen immer etwas zu schrill gekleidet. Emma hingegen fand, dass genau das Gregors sensiblem Charakter zugutekam, so hatte sie es Mads gegenüber einmal erwähnt.

»Geht ihr schon?«, fragte Gregor.

»Wir müssen«, antwortete Lena.

»Sehr schade, ich hoffe, wir sehen uns die Tage.«

»Bestimmt.«

Mads und Lena verließen die Terrasse und Mads hörte noch, wie Gregor zu Amir sagte: »Was für ein hübscher Mann, er ist sogar noch schöner als Chris Hemsworth.«

Mads musste schmunzeln.

»Das gefällt dir, nicht wahr, Bruderherz?«

»Er sagt nur die Wahrheit«, erwiderte Mads achselzuckend.

»Jetzt hebst du wieder ab.«

»Keine Angst, Schwesterchen, ich werde die Bodenhaftung nicht verlieren.«

»Das möchte ich für dich hoffen. Warum hast du Amir wegen des Alters von Michelle belogen?«

»Möchtest du jetzt auch noch Salz in die Wunde streuen?«

»Vielleicht.« Ein Lächeln breitete sich über Lenas Gesicht.

»Jonas dürfte um diese Zeit in der Schule sein, oder?«, lenkte Mads ab.

»Denke ich auch.«

»Und wie finden wir heraus, welche Schule …« Lena unterbrach sich und fügte schnell hinzu: »Seine Mutter wird es wissen.«

»Genau, aber sie wird uns sicherlich nicht erlauben, dass wir allein mit ihm sprechen. Er ist noch minderjährig.«

»Dann müssen wir in der Gemeinde fragen, auf welche Schule er geht. Soll ich Albert anrufen?«

»Nein, ich habe eine bessere Idee. Ich frage Simon, er ist Jonas' Kumpel, er wird es wissen.«

Mads nahm sein Handy, öffnete Instagram und suchte Simons Profil, dann schrieb er ihm eine Nachricht, dass er ihn dringend zurückrufen solle.

»Jetzt heißt es warten«, sagte Lena.

Doch in diesem Fall hatte sie unrecht, kurz darauf bekam Mads einen Anruf.

Simon hatte schneller reagiert, als er erwartet hatte, und nannte ihm bereitwillig die Schule.

»Er geht auf die Europaschule«, sagte Mads, nachdem er aufgelegt hatte.

Als Lena und Mads das Schulgelände betraten, waren viele Schüler auf dem Pausenhof, sie waren also genau zur rechten Zeit da. Jonas musste sich hier irgendwo aufhalten.

Nach einer Weile entdeckten sie ihn, er unterhielt sich mit ein paar anderen Jungs, die sich sehr über etwas zu amüsieren schienen.

Mads ging zu ihm, Lena rollte in ihrem Rollstuhl neben ihm her.

»Jonas, wir müssen kurz mit dir reden«, sagte Mads.

»Ich habe Schulunterricht«, erwiderte der, er schien keine Lust auf ein Gespräch zu haben.

»Die fünf Minuten hast du. Komm bitte mit.«

»Brauchst du Hilfe?«, fragte einer der Jungs aus der Gruppe.

»Nein, nein. Mads ist Bulle.«

»Wurdest du beim Verticken erwischt?«, rutschte es einem anderen heraus.

»Trottel«, giftete Jonas den Jungen an, der sofort erschrocken zur Seite schaute. Es war offensichtlich, dass er Angst vor Jonas hatte.

»Komm. Ich bitte dich nicht noch einmal«, sagte Mads und endlich folgte Jonas ihm und Lena.

Sie gingen in eine ruhige Ecke.

»Ich habe euch doch alles gesagt. Was ist denn jetzt schon wieder?«, murrte der Jugendliche.

»Wir müssen uns über dein Verhältnis zu Sebastian Krampe unterhalten.«

»Was für ein Verhältnis? Ich bin ab und an auf seinen Partys. Der nimmt mich doch gar nicht ernst. Da gibt es kein Verhältnis.«

»Das glauben wir nicht.«

»Ich sage aber die Wahrheit. Ab und an darf ich zu seinen Partys, mehr nicht. Ich verstehe auch überhaupt nicht, was das Ganze mit Klaus Achner zu tun hat. Glaubt ihr, dass Sebastian da irgendwie mit drin hängt?«

»Wir glauben nicht, wir ermitteln, und hier stelle ich die Fragen, nicht anders herum. Noch mal: Welches Verhältnis hast du zu Krampe?«

»Keines, wirklich.«

»Jonas, lüg mich nicht an«, erhob Mads seine Stimme. Sein Blick wanderte zu der Bauchtasche, die Jonas trug.

»Ich habe keine Drogen bei mir«, gab Jonas nun ebenfalls gereizt zurück.

»Dann hast du sicherlich nichts dagegen, wenn ich da mal hineinschaue.«

Noch bevor Jonas etwas sagen konnte, hatte Mads die Bauchtasche gepackt und den Klettverschluss gelöst.

»Spinnst du? Das ist illegal!«

»Halt doch einfach mal die Fresse«, grollte Mads.

»Gib mir meine Tasche wieder.«

Aber Mads dachte gar nicht daran, er untersuchte den Tascheninhalt, konnte jedoch tatsächlich keine Drogen darin finden. Er gab sie Jonas zurück.

»Bist du jetzt glücklich? Ich sagte doch, dass ich keine Drogen habe.«

»Und ich sagte, du hältst die Klappe.«

»Jonas, wir wissen aus sicherer Quelle, dass du Herrn

Krampe Drogen verkauft hast. Wir haben eine belastbare Zeugenaussage, das hier ist kein Kavaliersdelikt mehr. Wenn du jetzt nicht mit uns kooperierst, werden wir Ermittlungen gegen dich aufnehmen müssen. Ich weiß nicht, was deine Mutter darüber denken würde, wenn sie davon erfährt«, schaltete sich nun Lena in ihrer ruhigen Art ein.

Jonas schluckte. »Haltet meine Mutter da raus.«

»Dann arbeite mit uns zusammen. Du persönlich bist mir ehrlich gesagt scheißegal, ich möchte nur wissen, inwieweit Krampe in unseren Fall verwickelt ist«, erklärte Mads.

»Und was hat das damit zu tun, dass ich ihm Drogen verkaufe?«, fragte Jonas.

»Wenigstens hätten wir das nun geklärt«, stellte Mads fest.

»Es war nur eine Frage.«

»Lass das. Ich gebe dir mein Wort, dir passiert nichts. Welche Drogen verkaufst du ihm?«

Jonas zögerte, er schien abzuwägen.

»Mensch, du Trottel, willst du dich nicht aus der Schusslinie holen? Möchtest du, dass wir wegen Mordes an Klaus gegen dich ermitteln?«

»Gegen mich?« Jonas schien Mads nicht folgen zu können.

»Krampe hat dich in keinem guten Licht dastehen lassen. Er hat ausgesagt, dass er dich am Sonntagabend beim Joggen gesehen hätte, und er hat erwähnt, dass du ein sehr schwieriges Verhältnis zu Klaus hattest.«

»Das hat er wirklich?«

»Er ist clever. Cleverer als du oder ich. Glaubst du, dass er wegen dieses Mordes seinen guten Ruf aufs Spiel setzen wird? Er würde dich ohne mit der Wimper zu zucken ans Messer liefern, egal ob du schuldig bist oder nicht. Einen neuen Dealer findet er immer.«

»Aber keinen, der in seiner Nähe wohnt«, verriet sich Jonas nun endgültig.

»Wann hast du ihm das letzte Mal Drogen verkauft?«, wollte Mads wissen.

Jonas zögerte erneut, er schaute auf den Boden, dann zu Mads. »Das war am Samstag.«

»Auch Koks? Lüg mich nicht an, sonst kriegen wir wirklich ein Problem.«

»Nein, nur Ecstasy, ehrlich.«

»Ich sagte, lüg mich nicht an.«

»Ich lüge nicht. Ja, Sebastian wollte Koks, weil sein Dealer aus Hamburg an dem Tag nicht konnte, sondern erst am Montag, aber ich verkaufe so was nicht, das ist mir zu heikel.«

Mads war unschlüssig, ob er Jonas glauben sollte.

Konnte es sein, dass Krampe am Sonntag etwas zu viel Koks konsumiert hatte, nachdem ein anderer Dealer es ihm besorgt hatte, und es daraufhin am Abend zu der tragischen Begegnung mit Klaus Achner gekommen war?

Mads hielt es für möglich, nur wie konnte er das beweisen?

»Ihr erzählt Sebastian aber nichts, oder? Ehrlich, mit dem möchte ich mich nicht anlegen.«

»Ich habe dir mein Wort gegeben. Sonst hätte ich längst wegen Drogenbesitzes und -handels gegen dich ermittelt«, antwortete Mads. »Hast du schon mal mit Herrn Krampe zusammen Drogen genommen?«

»Nein, ich habe noch nie welche genommen, ich habe immer nur welche vertickt, um mein Taschengeld aufzubessern.«

»Hast du schon mal beobachtet, wie Herr Krampe sich verhält, wenn er auf Drogen ist?« Mads glaubte Jonas nicht, dass er nichts konsumierte, wollte vorerst jedoch nicht darauf eingehen.

»Klar, deswegen habe ich ja Schiss vor ihm.«

»Wie benimmt er sich denn dann?«, fragte Lena.

»Er ist außer Kontrolle, komplett größenwahnsinnig, glaubt, alle müssten ihm zu Füßen liegen. Das ist jemand, der

Killer anheuert, ohne mit der Wimper zu zucken, wenn er merkt, dass er verarscht wird.«

»Hat er dir gegenüber schon mal Drohungen gegen Klaus Achner ausgesprochen?«

Jonas schaute Mads an, er schluckte, dann sagte er heiser: »Ich will echt keinen Ärger.«

»Was hat Herr Krampe gesagt?«

»Dass Klaus echt aufpassen müsse, mit wem er sich anlegt. Er könnte Klaus jederzeit verschwinden lassen, mit einem Fingerschnippen, wenn er nicht aufhören würde, ihm auf die Eier zu gehen. Da war er aber so richtig drauf, ich glaube, er hatte gekokst.«

32

»Ich will sie. Ich brauche sie«, murmelte Werner Lafleur. Er hatte soeben den letzten Kunden in seinem kleinen Hofladen verabschiedet und schon kreisten seine Gedanken wieder nur um Birgit Achner, sie flehten ihn regelrecht an, den Worten von Gustav Johannsen keinen Glauben zu schenken, ebenso wenig wie den Worten von Birgit.

Sie ist gerade erst Witwe geworden, sie ist eine anständige Frau, sie wird sich dir nicht gleich an den Hals werfen, genau deswegen liebst du sie doch. Weil sie weiß, was Anstand ist und was es bedeutet, eine respektable Frau zu sein.

Es klopfte an der Tür.

»Geschlossen«, rief er, doch es klopfte erneut.

Verdammt, was ist nicht daran zu verstehen?, dachte er verärgert, öffnete aber dennoch die Tür.

»Verzeihen Sie vielmals, ich glaube, Sie haben geschlossen, oder?«

»Das haben wir. Sehen Sie dieses Schild hier?« Lafleur zeigte auf das Schild mit den Öffnungszeiten, er hatte jetzt Mittagspause.

»Fünf Minuten zu spät«, sagte die junge Frau betrübt, Lafleur schätzte sie auf Ende zwanzig. »Kann ich vielleicht trotzdem ein paar Sachen kaufen?«, fragte sie.

»Ein paar Sachen?«

»Ich bin extra aus Lübeck gekommen, weil meine Freundin so von der Qualität Ihrer Bioprodukte geschwärmt hat.«

»Soso.« Lafleur beruhigte sich. »Spricht man also über mich?«

»Nur das Beste, man lobt Sie in den höchsten Tönen. Ich

brauche auch nicht lange, ich weiß genau, was ich möchte.« Sie lugte an ihm vorbei in den kleinen Hofladen, dabei beugte sie sich etwas nach vorn und ein Teil ihres Busens, der straff und groß war, blitzte auf.

»Gut, fünf Minuten«, antwortete Lafleur, obwohl er das Gefühl nicht loswurde, dass die junge Frau absichtlich ein wenig Brust gezeigt hatte, um ihn mit ihren Reizen gnädig zu stimmen.

»Danke, vielen lieben Dank«, sagte sie und schlüpfte hinein, nahm sich einen Einkaufskorb und füllte ihn großzügig. Als sie bezahlte, bedankte sie sich noch einmal überschwänglich und verließ den Hof.

»Siebzig Euro«, sagte Lafleur zufrieden. »Genug, um Birgit zum Essen einzuladen.«

Er schloss den Hofladen hinter sich ab, ging ins Haus, zog sich um und legte ein wenig Eau de Toilette auf, was er eigentlich gar nicht mochte.

»Manchmal machst du deinem französischen Nachnamen eben keine Ehre«, scherzte er und stellte die noch volle Flasche, die er schon lange besaß, zurück in den Schrank.

Während er anschließend im Auto zu Birgit fuhr, wurde er zusehends nervöser. Sein Herz pochte heftig, als er den Wagen vor ihrem Haus parkte. Er hatte so feuchte Hände, dass er sie an seinem T-Shirt trockenwischen musste, dann stieg er aus und ging mit langsamen, immer schwerer werdenden Schritten zur Haustür.

Bist du sicher?, fragte er sich, denn sofort kamen die Erinnerungen an sein letztes Gespräch mit Birgit wieder, als sie ihm gesagt hatte, dass sie ihn nie wiedersehen wolle.

»Sei kein Feigling«, machte er sich Mut und drückte auf die Klingel.

Das Warten, bis die Tür geöffnet wurde, kam ihm wie eine Ewigkeit vor. Sein Herzschlag wurde immer lauter und schneller.

Dann ging die Tür endlich auf.

Birgit stand vor ihm und schaute ihn an, als wäre er ein Geist.

»Bevor du mich wieder wegschickst, sollst du wissen, dass ich dich liebe und dich immer geliebt habe, von dem Augenblick an, an dem wir uns das erste Mal getroffen haben. Ich kann mir ein Leben ohne dich nicht mehr vorstellen«, gestand er in der Hoffnung, dass Birgit die Wahrheit zu würdigen wüsste und nicht auf seinen Gefühlen herumtrampelte. Denn es gab da etwas in ihm, was manchmal außer Kontrolle geriet, und dieses Etwas flüsterte ihm zu: *Wenn sie dich noch mal abweist, wird sie es bitter bereuen.*

33

Gustav war sich nicht sicher, ob Krampe ihr Täter war. Das Essen mit ihm, Tackenberg und Albert am vergangenen Abend hatte jedenfalls den Verdacht, den vor allem Mads vertrat, nicht erhärtet. Der Unternehmer hatte während des Treffens nicht ein Mal über den Fall gesprochen, geschweige denn versucht, irgendwie Einfluss auf Gustav zu nehmen.

Jetzt saß Gustav auf der Terrasse des Café Wichtig, er hatte bereits seine Bestellung aufgegeben und freute sich auf ein gutes Mittagessen. Wie verabredet stieß Albert kurz darauf zu ihm.

»Was machst du denn für ein Gesicht?«, sagte er zur Begrüßung.

»Wie sehe ich denn aus?«, reagierte Gustav mit einer Gegenfrage, stand auf und begrüßte den Bürgermeister.

»Als würdest du versuchen, komplexe Probleme zu lösen.«

»Traust du mir das nicht zu?«

»War das eine ernstgemeinte Frage?« Albert nahm Platz.

»Du und Höflichkeit, ihr beide werdet keine Freunde mehr.«

»Da irrst du dich gewaltig, mein Bester, ich bin der Inbegriff der Höflichkeit, frag nur meine Wähler.«

»Das ist doch alles Schmeichelei und keine Höflichkeit.«

Albert war kurz abgelenkt, da er seine Bestellung aufgab, dann wandte er sich wieder Gustav zu: »Von wegen. Dass du gestern Abend dabei warst, hat mich sehr gefreut, und das ist bestimmt keine Schmeichelei. Es war wirklich ausgesprochen angenehm.«

»Stimmt, es war ein schöner Abend. Das Menü und die Weinauswahl waren vorzüglich.«

»Du kennst mich doch, ich überlasse nichts dem Zufall.«

»Vor allem dann nicht, wenn du deinen wichtigsten Investor bei der Stange halten willst.«

»Tackenbergs Bedeutung für diese Gemeinde kann man gar nicht hoch genug bewerten. Mir ist zu Ohren gekommen, dass der Sylter Bürgermeister bereits seine Fühler nach Tackenberg ausgestreckt hat, mit einem besonders günstigen Grundstück.«

»Das schmeckt dir nicht, oder?«

»Natürlich nicht. Was ist das für eine Art.«

»So wie du dich echauffierst, könnte man meinen, Tackenberg wäre dein Privateigentum«, spottete Gustav.

»Er sollte sich meiner Gemeinde verpflichtet fühlen, erst recht nach dem, was ich alles für ihn getan habe.«

»Wird dein geliebter Immobilienmogul denn auf das verlockend böse Angebot eingehen?«

Albert schmunzelte. »Wird er nicht. Er hat mir von sich aus davon erzählt und mir zugesichert, dass für ihn ein weiteres Engagement in Norddeutschland nur in meiner Gemeinde infrage käme. Außerdem würde das aktuelle Luxushotel schon seine volle Aufmerksamkeit fordern.«

»Du hast ihn wirklich gut in der Hand.«

»Ich verstehe mein Handwerk, so wie du deines. Jetzt muss ich nur noch Krampe auf Spur bringen«, erklärte Albert und lehnte sich zufrieden zurück.

»Der hat dir doch gestern schon aus der Hand gefressen.«

»Lieber Freund, nur der unterschriebene Vertrag zählt für mich. Alles andere ist reine Augenwischerei. Aber ich sehe eine rosige Zukunft für die Gemeinde Timmendorfer Strand.«

»Tja, auch wenn ich dir ungern recht gebe, in diesem Punkt muss ich dir zustimmen.«

»Dann sind wir uns also einig, dass Krampe auf keinen Fall mit dem Mord in Verbindung gebracht werden darf.«

»Worauf willst du hinaus?«

»Es ist doch offensichtlich, dass er keinen Grund hatte, Klaus zu ermorden. Er ist ein Visionär, ein Genie. Du musst Mads zurückpfeifen, Sebastian Krampe ist ab jetzt meine Baustelle. Gib mir zwei Monate und er wird in meiner Gemeinde eine Forschungsanlage bauen, dazu eine Repräsentanz. Und wer weiß, in ein paar Jahren vielleicht sogar seine neue Firmenzentrale. Du hast ja von seinen ehrgeizigen Plänen gehört. Die Zentrale in Lübeck wird dafür zu klein werden.«

Der Kellner kam mit der Bestellung und die beiden stießen mit einem Glas Weißwein an.

»Ich muss dich wohl von deinem hohen Ross herunterholen«, sagte Gustav dann.

»Inwiefern?«

»Ob und wie gegen Krampe ermittelt wird, entscheide ich allein.«

»Krampe weiß, dass wir Freunde sind. Was glaubst du, was er denken wird, wenn Mads ihn weiter nervt?«

»Was er denkt oder nicht, ist mir herzlich egal. Ich nehme grundsätzlich keine Rücksicht auf die Befindlichkeiten von Verdächtigen.«

»Seit wann ist er denn ein Verdächtiger?«

»Das habe ich so gar nicht gesagt, das war allgemein gehalten.«

»Du bist echt ein sturer Esel«, murrte Albert.

»Sagt der sturste Esel der Gemeinde.«

Albert widmete sich seinem Fischfilet, während Gustav eine Portion Salat auf seine Gabel spießte.

»Was ist das denn für ein Hasenfutter?«, zog Albert ihn auf.

»Ich hatte Lust auf einen Salat«, antwortete Gustav leichthin.

»Hat dich Mads wieder aufgezogen, dass du zugenommen hast?«

»Das muss er gar nicht.« Gustav seufzte. »Die Waage beschönigt nichts. Ein Gerät, das du sicherlich lange nicht gesehen hast.«

Gustav hatte tatsächlich ein paar Kilo zugenommen und versuchte, sich dem entgegenzustemmen, indem er auf seine Ernährung achtete.

»Ich bin mit meinem Körper mehr als zufrieden, und im Gegensatz zu dir habe ich keinen Bauch, den ich einziehen müsste.«

»Märchenonkel. Deine Weste und dein Jackett kaschieren das doch nur.«

»Das ist Stil, mein Lieber. Ein Bürgermeister sollte immer gut gekleidet sein. Einem Polizeichef würde das übrigens auch nicht schaden. Wenn ich daran denke, wie dein Vater gekleidet war. Er trug stets Weste und Jackett. Da hatte man allein aufgrund seiner Kleidung einen Heidenrespekt vor ihm.«

»Ich trage auch immer Hemd und Anzughose, was ist daran verkehrt?«

»Ist nicht dasselbe.«

Gustav legte genervt das Besteck zur Seite und trank einen Schluck Wein. »Den Tag möchte ich erleben, an dem du mal nicht meckerst.«

»Das wird der Tag sein, an dem du mir keine Steilvorlagen servierst.« Albert grinste und gönnte sich ebenfalls einen Schluck Wein. »Was ist jetzt mit Krampe? Kommst du mir entgegen? Er ist wichtig für mich.«

»Nervensäge.« Gustav schüttelte den Kopf. »Aber gut, ich kümmere mich um ihn. Wollte ihn nach dem Mittagessen eh aufsuchen.«

»Sehr gut. Bei dir weiß ich wenigstens, dass du keine Dummheiten machst. Ich komme mit.«

»Ganz sicher nicht. Ich habe gesagt, dass ich ihn nachher besuche und nicht, dass Mads ihn nicht mehr aufsuchen darf«, stellte Gustav klar. Diesmal wollte er Alberts Spielchen nicht nachgeben.

»Passt doch. Ich begleite dich, ich wollte ohnehin noch ein paar offizielle Dinge mit ihm besprechen.«

»Das kannst du gerne machen. Nachdem ich mit ihm gesprochen habe.«

»Was heckst du wieder aus?« Albert sah ihn prüfend an.

»Gar nichts. Ich übe nur meinen Job aus.«

»Und warum darf ich dann nicht mit?«

»Mensch, Albert, weil das einen Interessenkonflikt geben könnte und du der Bürgermeister dieser Gemeinde bist und kein Polizist. Ist dir so langweilig?«

»Da haben wir es. Krampe ist als Verdächtiger doch nicht raus«, schimpfte Albert.

»Ich mache meine Arbeit, Herrgott noch mal. Erst wenn wir den Täter gefasst haben, sind alle anderen entlastet. Was ist daran so schwer zu begreifen?«

»Ich erinnere dich nur an Tackenberg. Damals hast du ihn verdächtigt, Fritz ermordet zu haben, um an den Campingplatz zu gelangen, und was war?« Er legte eine rhetorische Pause ein. »Manchmal werde ich bei dir das Gefühl nicht los, dass dir die Erfolgreichen ein Dorn im Auge sind.«

»Jetzt wirst du beleidigend, und egal was du sagst, diesmal bleibe ich hart und nehme dich nicht mit. Du bist Bürgermeister in diesem Ort und kein Polizist. Wann begreifst du das endlich?«

»Als Bürgermeister ist es mein gutes Recht und meine Pflicht, bei den Ermittlungen auf dem Laufenden zu sein«, hielt Albert dagegen.

»Aber sicherlich nicht, mit zu ermitteln«, stellte Gustav klar.

Albert konnte wie ein kleines Kind sein, wenn er seinen Willen nicht durchsetzen konnte, doch diesmal würde Gustav nicht nachgeben.

»Du machst einen großen Fehler. Mir unbegreiflich, wie man immer schimpfen kann, dass man keine Ressourcen hat, und dann bei den Ermittlungen trödelt.«

»Albert!«, erhob Gustav seine Stimme. Jetzt ging die Diskussion endgültig in die völlig falsche Richtung.

»Entspann dich«, sagte Albert und hob die Hände. »Sag aber später nicht, ich hätte dich nicht darauf angesprochen.«

»Werde ich mit Sicherheit nicht«, erwiderte Gustav. »Eher friert die Hölle ein«, fügte er leise murrend hinzu.

»Bei deinem Glück tut sie das«, sagte Albert.

»Manchmal bist du lästiger als jede Schmeißfliege.«

»Danke für die Blumen. Soll ich nun mit?«

»Nein!«

Albert presste die Lippen zusammen, dann leerte er sein Glas und schaute auf seine Armbanduhr.

»Ich muss zurück, die Pflicht als Bürgermeister ruft. Du wirst sicherlich gerne die Rechnung übernehmen.«

»Wenn ich dann meinen Frieden habe, mit Vergnügen.«

Albert stand auf und wollte schon gehen, da drehte er sich doch noch einmal zu Gustav um. »Sehen wir uns heute Abend?«

»Selbstverständlich.«

»Gut. Und danke für die Einladung.«

Mit diesen Worten stapfte Albert davon.

Gustav sah ihm nach. So sauer Albert sein konnte, so schnell beruhigte er sich auch wieder. Nur ganz selten vergaß er in solchen Momenten seine Manieren. Eine Eigenschaft, die Gustav ebenfalls auszeichnete und die vermutlich mit dafür verantwortlich war, dass sie seit Jahrzehnten so gut befreundet waren.

Eine Stunde später saß Gustav im Büro von Sebastian Krampe. Die Unterschiede zu seinem schlichten Büro in der Dienststelle fielen sofort ins Auge. Es war auffallend modern, viel Weiß, moderne Kunst, dazu ein futuristischer, vermutlich recht unbequemer Sessel.

»Das war ein sehr schöner Abend gestern«, sagte Krampe.

»Vielen Dank nochmals für das Essen und das Bekanntmachen mit Frank Tackenberg. Wir haben uns bereits für ein weiteres Abendessen verabredet.«

»Das freut mich, aber der Dank gebührt Albert. Er hat das Ganze organisiert.«

»Sie und der Bürgermeister kennen sich schon eine ganze Weile, richtig?«

»Wir kennen uns, seit wir Kinder sind. Haben beide die Gemeinde nie verlassen.«

»Schön, wenn man so heimatverbunden ist. Das erdet einen ungemein.«

Es klopfte kurz an der Tür und Krampes Sekretärin Jacqueline trat mit einem Tablett ein, servierte die Getränke und verließ mit einem gewagten Hüftschwung das Büro.

Gustav war schon beim Eintreten aufgefallen, dass die Angestellten durch die Bank ausgesprochen attraktiv waren. Es passte zum Bild und sagte ihm, dass Krampe dem Aussehen seiner Belegschaft hohe Bedeutung beimaß.

Mads hat das sicherlich erfreut, dachte er amüsiert. Bei ihm war das anders, er war an der Persönlichkeit eines Menschen interessiert, nicht an seinem Aussehen.

»Albert hatte gestern Abend bereits erwähnt, dass Sie ein absoluter Espressogenießer wären. Genau wie ich. Ich kann kaum noch zählen, wie viele ich trinke. Für diesen Espresso hier benutzen wir Bohnen aus Tokio, aus der Rösterei von Katsuyuki Tanaka. Der Espressogott schlechthin. Die genaue Zubereitung der Bohnen einschließlich der Auswahl der richtigen italienischen Kaffeemaschine habe ich von ihm höchstpersönlich gelernt. Waren Sie schon mal in Tokio?«

»Ehrlich gesagt noch nicht, aber danke für den Tipp«, gestand Gustav. Er war angenehm überrascht von Krampe, denn er teilte dessen Bewunderung für guten Espresso.

»Einen exzellenten Espresso zuzubereiten, ist sehr schwer, weil man bei keinem Getränk eher herausschmeckt, ob er gelungen ist oder nicht. Einen Kaffee kann man strecken, aber beim Espresso funktioniert das nicht. Tanaka röstet die Bohnen zwölf Minuten bei unter zweihundert Grad statt der üblichen Zwei-Minuten-Schockröstung bei über sechshundert Grad. Er hat Jahre für die perfekte Bohne gebraucht. Selbst das Wasser, mit dem der Espresso aufgekocht wird, ist fast fünfzig Grad heißer als üblich.«

»Beeindruckend.«

»Ich bin auf Ihr Urteil gespannt.«

Gustav gönnte sich einen vorsichtigen Schluck, da er die Erwartungen nicht zu hoch schrauben wollte. Doch Krampe hatte nicht übertrieben, der Espresso war fantastisch.

»Unglaublich. Perfekt, mehr fällt mir dazu nicht ein.«

»Ich gebe Ihnen eine Packung und die Anleitung für die Zubereitung mit.«

»Sehr freundlich von Ihnen«, antwortete Gustav, da er nicht so unhöflich sein wollte, abzulehnen. Außerdem freute er sich wirklich darauf, diesen Espresso bei sich im Büro und zu Hause genießen zu dürfen. Den Gedanken, dass es sich dabei um eine Form von Bestechung handeln könnte, wischte er schnell beiseite. Er hielt sich für unbestechlich.

»Es ist immer schön, wenn man jemanden findet, der eine Leidenschaft mit einem teilt«, sagte Krampe lächelnd.

Gustav leerte seine Espressotasse und wollte intuitiv nach dem dazugehörigen Keks greifen, doch da war keiner. Er versuchte, seine Enttäuschung zu überspielen. Ein Espresso ohne Keks war für ihn kein richtiger Espresso.

Krampe griff indessen nach dem Hörer und bat seine Sekretärin, zwei Packungen von Tanakas Espresso für Gustav vorzubereiten.

»Vielen Dank«, sagte Gustav, nachdem Krampe aufgelegt hatte. »Leider müssen wir uns jetzt noch einmal kurz über den Mord an Klaus Achner unterhalten. Ich möchte Ihre kostbare Zeit auch nicht zu lange in Anspruch nehmen.«

Krampe nickte ernst. »Schlimme Sache. Sie waren ja dabei, als mich Achner mit der Waffe bedroht hat. Dass er nur einen Tag später selbst Opfer eines feigen Angriffs wurde, ist sehr tragisch und bedauerlich. Hoffentlich hat seine Frau den ersten Schock überwunden.«

»Birgit ist tapfer.«

»Ich hoffe, Sie finden den Täter schnell, dann ist dieser ganze Spuk vorbei. Ich investiere derzeit viel zu viel Zeit und Energie in mein Bemühen, Ihren Neffen bei Laune zu halten.«

Gustav verstand die Anspielung, doch davon würde er sich nicht beeindrucken lassen.

»Er macht nur seinen Job, nach meinen Anweisungen«, erwiderte er daher.

»Wirklich? Den Eindruck hatte ich gestern nicht. Seine Schwester wirkte deutlich sachlicher als er. Ich habe das Gefühl, dass er seine persönlichen Vorbehalte gegen mich offen zeigt.«

»Warum sollte er Vorbehalte gegen Sie haben?«

»Das müssen Sie ihn fragen.«

»Wie dem auch sei. Jetzt bin ich hier und ich habe noch ein paar offene Fragen.«

»Die ich nach bestem Wissen und Gewissen beantworten werde. Wie gesagt, ich habe höchstes Interesse daran, dass Sie den Mörder finden, weil ich mich dann endlich wieder voll auf mein Unternehmen konzentrieren kann«, erklärte Krampe mit leicht frostigem Unterton.

»Sie sagten, dass die Grillparty am Sonntag bis gegen 22 Uhr ging«, begann Gustav.

»Richtig.«

»Und danach waren Sie allein zu Hause.«

»Stimmt.«

»Meinem Neffen gegenüber haben Sie ausgesagt, dass Sie Jonas Pahle gegen 22 Uhr vom Fenster aus beobachtet hätten.« Mads und Lena hatten ihn bei ihrem Telefonat am vergangenen Abend darüber informiert, die Uhrzeit hatte Gustav auf gut Glück hinzugefügt, um Krampe aus der Reserve zu locken.

»Ich habe gesagt, dass ich Jonas gesehen habe, aber ich habe nicht die Uhrzeit genannt«, widersprach Krampe.

»Welche Uhrzeit war es denn?«

»Müsste nach 21 Uhr gewesen sein. Die Party war noch im Gange.«

»Dabei wurde sicherlich viel Alkohol konsumiert, oder?«

»Das ist so üblich auf Partys. Worauf wollen Sie hinaus?«

»Waren Sie betrunken?«

»Ich war gut dabei«, erwiderte Krampe mit einem kritischen Blick, er schien Gustav nicht folgen zu können.

»Wäre es möglich, dass Sie sich deshalb in der Zeit vertan haben?«

»Nein, ganz sicher nicht. Ich bin ein Zahlenmensch. Kurz nachdem ich ihn gesehen hatte, bin ich wieder raus zur Party und ein Kumpel hat mich etwas später nach der Uhrzeit gefragt, da war es vielleicht 21:13 Uhr. Ich habe Ihrem Neffen gesagt, dass Jonas und Achner sich spinnefeind waren. Jonas ist eines dieser Problemkinder, hat eine alleinerziehende Mutter, die völlig überfordert ist. Würde mich nicht wundern, wenn er eine Akte bei Ihnen hat.«

Mads hatte also recht gehabt, als er sagte, dass Krampe versuche, Jonas auf subtile Weise zu belasten.

»Waren Sie nach der Party noch einmal draußen?«, erkundigte sich Gustav.

»Nein, ich bin zu Hause geblieben. Ich war müde und am nächsten Tag standen wichtige Termine an. Ich feiere gerne, aber ich arbeite auch hart und bin mir meiner Verantwortung sehr wohl bewusst. Sie werden nicht erleben, dass ich wegen einer Party einen Termin sausen lasse.«

Es klopfte an der Tür und Jacqueline trat wieder ein. In ihrer Hand eine kleine Papiertüte.

»Hier, der Kaffee«, sagte sie und reichte ihn Krampe. »Ich

muss dich leider daran erinnern, dass du in zehn Minuten den nächsten Termin hast.«

»Danke dir. Was wäre ich nur ohne dich.«

Jacqueline lächelte und verließ den Raum.

»Gute Angestellte sind heute so schwer zu finden«, sagte Krampe und gab Gustav die Tüte.

In diesem Moment fühlte sich Gustav nun doch etwas unwohl, dass er das Geschenk annahm, aber er konnte nicht mehr zurück.

»Danke.«

»Haben Sie noch Fragen?« Krampe rückte mit seinem Stuhl ein wenig vom Schreibtisch weg. »Ansonsten müsste ich Sie leider verabschieden. Der nächste dringende Termin steht an. Als CEO und Gründer fordern alle ein Stück von Ihnen. Sie glauben gar nicht, wie mich das in solchen Zeiten nervt. Ich beneide Sie als Beamte manchmal. Sie wissen, dass Sie unkündbar sind und welches Gehalt Sie jeden Monat fix bekommen, komme, was wolle. Da kann man sich doch ganz entspannt zurücklehnen.«

»Unterschätzen Sie nicht die Arbeit der Polizei. Die Jagd nach Mördern geht an die Substanz, denn sie zeigt, dass Mord und Brutalität in allen gesellschaftlichen Schichten vorkommen. Trotzdem möchte ich natürlich nicht Ihre wertvolle Zeit weiter in Anspruch nehmen. Erlauben Sie mir nur eine letzte Frage: Dass Sie auf Ihrer Feier getrunken haben, ist mir bekannt, aber sind Sie ganz sicher, dass Sie nicht sehr betrunken waren?«

»Nein, war ich nicht.«

»Andere Substanzen, wie beispielsweise Kokain, würde jemand wie Sie bestimmt auch nicht konsumieren, oder?«

»Ich?«, sagte Krampe erschrocken. »Ich fahre eine Null-Drogen-Politik in meiner Firma. Sind wir fertig? Ich muss leider wirklich los.«

»Mich verwundert das Ganze, weil wir einen Zeugen haben, der behauptet, dass er Sie kurz nach 22 Uhr auf der Strandstraße gesehen hat.«

»Mich?«

»Ja, Sie. Waren Sie vielleicht doch noch mal draußen?«, baute Gustav ihm eine Brücke.

»Nein, das sagte ich bereits.«

»Sehr komisch. Vermutlich irrt sich der Zeuge.«

»In der Dunkelheit kann das schon passieren. Ich muss Sie jetzt leider nach draußen bitten.«

Krampe stand auf und Gustav folgte seinem Beispiel.

»Danke noch einmal, dass Sie mir Ihre knappe Zeit geschenkt haben. Und natürlich für den vorzüglichen Espresso.«

»Gerne.«

Krampe reichte ihm die Hand zum Abschied. Gustav ergriff sie und hielt den Händedruck ein wenig länger als nötig.

»Wissen Sie, was noch seltsam ist?«, sagte er schließlich.

»Was?« Krampe wirkte genervt.

»Dass am Tatort ein Lamy-Kugelschreiber gefunden wurde. Genau so ein Modell, wie es Ihre Angestellten benutzen. Dasselbe Modell, das auf Ihrem Schreibtisch liegt.«

34

»Verdammte Johannsens«, brüllte Krampe, als er wieder allein in seinem Büro, genauer gesagt, im Nebenzimmer war. Er schlug mit der Faust gegen die Wand.

»Wozu bin ich gestern mit denen überhaupt essen gewesen? Dieser einfältige, von sich selbst überzeugte Bürgermeister hat mich mit seiner Arschkriecherei total abgefuckt, und wofür das Ganze, wenn Johannsen mir doch ans Bein pinkelt? Wissen die denn nicht, was ich hier gerade für die Menschheit tue, welcher Druck auf meinen fucking Schultern lastet?«

Krampe versuchte es mit einer Atemübung, die aber kaum half. Er hatte noch ganz andere Baustellen, die ihm weit mehr Kopfzerbrechen bereiteten als die Johannsens. Trotzdem musste er vorsichtig sein.

Die Johannsens hatten sich als überaus hartnäckig erwiesen, weniger beeinflussbar als der Bürgermeister.

»Ich frage mich, wer dieser vermeintliche Zeuge ist«, murmelte Krampe. Oder war das nur ein billiger Trick der Polizei gewesen?

Er betrat das kleine Badezimmer, zog die Schublade auf und gönnte sich eine Linie Koks. Für einen Moment schloss er die Augen und atmete durch.

»Sei clever, Basti. Du bist nicht so weit gekommen, um dir das alles wegnehmen zu lassen.«

Er biss sich auf die Unterlippe.

Das Kokain wirkte langsam. Am liebsten hätte er Jacqueline zu sich gebeten und sie gebumst, oder sich wenigstens von ihr einen blasen lassen. Doch das durfte er nicht, weil er kurz davor war, den Vater seiner Freundin als Investor zu gewinnen.

»Reiß dich zusammen«, ermahnte er sich. »Wenn ihr Vater investiert, gibt es keinen Grund mehr für die anderen, abzuspringen. Dann ist deine Firma wieder flüssig.«

Jetzt schlug das Koks richtig ein. Es war sehr sauberer, hochwertiger Stoff, darauf legte er viel Wert. Qualität war für ihn essentieller Bestandteil in seinem Leben. Er war eben ein Genussmensch mit hohen Ansprüchen.

»Wer ist dieser verfickte Zeuge?«, fluchte er. Er hatte niemanden auf der Straße gesehen. Verdammt.

Unvermittelt lachte er auf, die Erklärung war zu einfach. »Du hast niemanden gesehen, weil du in deinem eigenen Film warst. Du warst zugedröhnt mit Ecstasy und Koks, du Trottel.«

Krampe spürte, wie ihm die Mimik entglitt. Es kam nur ganz selten vor, dass er plötzlich keine Kontrolle mehr über sein Gesicht hatte. Es sah aus, als würde es verrutschen.

»Lass dir was einfallen.« Es war schließlich nur eine Frage der Zeit, bis sie dahinterkommen würden, dass der Zeuge recht hatte. Dieser verdammte Kugelschreiber war sein Damoklesschwert. Wie hatte er den nur verlieren können.

»Du musst was tun.«

Die Frage war nur, was?

Er konnte es sich nicht erlauben, dass die Polizei ihn verdächtigte. Die kommenden Wochen waren eine unglaublich sensible Zeit und entscheidend für die Zukunft seiner Firma.

»Denk nach, Superhirn. Denk nach.« Er schlug sich wie automatisiert mit der Hand gegen die Schläfe, dann ließ er seinen Kopf rhythmisch gegen die Wand knallen.

»Denk nach, verdammt noch mal, Basti, denk nach.«

Plötzlich schmeckte er Blut an seinen Lippen.

Es war sein Blut.

Er hielt inne und schaute sich sein Spiegelbild an.

»Warum nicht gleich so?« Er lachte gequält und seine

Augen wurden schmal. »Ich kann nicht in den Knast, aber Jonas, der kann, und ich weiß auch schon, wie ich ihn in die Falle locke, diesen kleinen Trottel.«

35

Gustav hatte sein Team zur Besprechung gebeten, daher waren Mads und Lena in ihrem Büro noch einmal alle Hinweise durchgegangen, die sie bisher gesammelt hatten.

»Jeder von ihnen könnte es sein«, sagte Lena mit Blick auf das Whiteboard, das über und über mit Notizzetteln und Fotos gepflastert war.

»Oder jemand, den wir noch gar nicht auf dem Schirm haben«, hielt Mads dagegen.

»Bin gespannt, was Gustav aus dem Gespräch mit Krampe mitgebracht hat.«

»Nicht nur du, Schwesterherz. Wobei es mir lieber gewesen wäre, wenn wir Krampe besucht hätten.«

»Können wir doch immer noch machen.«

»Bei Gustav und seinen Launen weiß man nie.«

»Lassen wir uns überraschen. Wir sollten los«, sagte Lena, nahm ihre Krücke und beide verließen ihr Büro, um zum Besprechungsraum zu gehen.

Als Lena die Tür öffnete, hörte sie, wie Gustav zu Albert sagte: »Hast du dich also wieder in das Meeting reingedrängelt?«

»Ich gedenke nicht, zu gehen«, antwortete Albert. Es klang, als würden sich zwei Kinder um ein Stück Kuchen streiten.

Lena musste sich das Grinsen verkneifen, bevor sie und Mads den Raum betraten.

»Gut, dass ihr da seid. Albert wird an der Besprechung in seiner Funktion als Bürgermeister teilnehmen«, erklärte Gustav sogleich.

»Langsam habe ich eher den Eindruck, als wäre er deine rechte Hand«, kommentierte Mads. Lena sagte nichts.

Beide nahmen Platz.

»Mads, baust du bitte die Leitung zu Tim auf? Ole ist bei ihm. Dann können wir die Besprechung starten«, bat Gustav.

Mads tat wie geheißen und kurz darauf war das Bild von Tim und Ole auf der Leinwand zu sehen.

»Moin, Jungs, seht und hört ihr uns?«, fragte Gustav.

»Klar und deutlich«, bestätigte Ole.

»Gut, dann wollen wir keine Zeit verlieren. Ole, fängst du bitte an?«

»Wirklich viel habe ich nicht für euch. Das Opfer starb aufgrund mehrerer Messerstiche in den Bauch. Bei der Tatwaffe handelt es sich um ein Taschenmesser mit einer Klinge von unter zwölf Zentimetern. Wir gehen von etwa zehn Zentimetern aus.«

»Ein Messer, das man legal überall kaufen kann?«, fragte Albert.

»Genau, es lässt somit keinen Rückschluss auf den Täter zu.«

»Was ich mich gerade frage: Wenn Achner mit mehreren Stichen ermordet wurde, hätte er doch schreien müssen. Dass niemand die Schreie gehört hat, ist schon seltsam«, überlegte Lena laut. Gleichzeitig fragte sie sich, warum ihr das nicht vorher aufgefallen war.

»Nicht unbedingt«, hielt Ole dagegen, »wenn die Stiche überraschend und sehr präzise waren wie in diesem Fall. Das Opfer trug zwar eine dünne Jacke, aber der Reißverschluss war nicht hochgezogen. Unter der Jacke trug er bloß ein T-Shirt, somit gab es kein Hindernis für die Klinge. Gut möglich, dass er unter Schock stand, stürzte, ohnmächtig wurde und anschließend verblutete. Die finale Auswertung der Obduktion wird noch einige Zeit in Anspruch nehmen.«

»Aber du schließt nicht aus, dass er doch geschrien haben könnte?«

»Ich schließe grundsätzlich nichts aus, was ich nicht beweisen kann, halte es aber für unwahrscheinlich. So weit ist die Technologie heute noch nicht, dass wir den gesamten Ablauf lückenlos nachvollziehen können.«

»Der Tatort ist durch die Bäume gut geschützt und die Häuser liegen nach hinten versetzt. Selbst wenn Klaus geschrien hat, ist es wahrscheinlich, dass ihn niemand gehört hat«, sagte Gustav.

Lena fragte sich indes, warum der Täter die Leiche nicht am Tatort gelassen, sondern anschließend in dem Waldstück versteckt hatte. War es ihm nur darum gegangen, dass man sie nicht gleich fand, und hatte er unterschätzt, dass das Waldgebiet doch öfter von Spaziergängern besucht wurde?

»Könnte der Täter gewusst haben, dass ihn dort niemand hören würde, weil er hier aus der Ecke stammt, und Klaus deshalb absichtlich an diesem Abschnitt der Strandstraße abgepasst haben?«, mischte sich Albert ein.

»Ich denke nicht. Klaus war jeden zweiten Sonntag in der Kneipe, um sich mit seinen Freunden zu treffen, danach ist er immer auf direktem Weg nach Hause gegangen. Es war eine Ausnahme, dass er Richtung Niendorf gelaufen ist. Wenn er vorsätzlich abgepasst worden wäre, dann in der anderen Richtung«, widersprach Gustav. »Ole, habt ihr noch eine Möglichkeit gefunden, Spuren auf dem Lamy-Kugelschreiber sicherzustellen?«

»Leider nicht.«

»Und was ist mit dem Kugelschreiber, den ich dir geschickt habe?«, wollte Mads wissen.

»Meinst du den, an dem noch Lippenstift dran war?«, scherzte Ole, obwohl er unmöglich wissen konnte, dass Mads ein Date mit Michelle gehabt hatte. Lena jedenfalls schloss das aus.

»Gibt es Hinweise, dass es sich um dieselbe Charge handelt?«, griff Gustav den Faden auf, ohne auf Oles Scherz einzugehen.

»Nein, das können wir leider nicht feststellen. Lamy verkauft zehn Millionen Kugelschreiber im Jahr, der Firmensitz ist in Heidelberg. Was wir wissen, ist, dass Farbe und Modell mit dem am Tatort gefundenen Kugelschreiber übereinstimmen. Allerdings ist es unmöglich, herauszufinden, ob genau dieser Kugelschreiber Krampe gehört.«

»Wurden an der Leiche weitere Hinweise auf den Täter festgestellt?«

»Nein, auch das leider nicht. Das Opfer wurde von dem Angriff überrascht und konnte vermutlich weder reagieren noch sich wehren. Aber auch hier müssen wir den finalen Obduktionsbericht abwarten.«

»Was dafürsprechen könnte, dass der Täter sein Opfer kannte«, warf Albert ein.

»Wäre möglich.«

»Könnte es dann aber nicht genauso gut sein, dass Achner nicht mit einem Angriff von dieser einen Person gerechnet hatte und deswegen von dem Messerstich überrascht wurde?«, spann Albert den Faden weiter.

»Du meinst, es ist jemand, der mit ihm befreundet war?«

»Genau.«

»Könnte sein.« Olaf strich über seine Glatze. »Sag mal, bist du jetzt fester Bestandteil von Gustavs Team? Langsam gewöhne ich mich an deine Anwesenheit.«

»Nein, ist er nicht«, stellte Gustav grummelnd klar. »Er ist noch immer der übereifrige Bürgermeister unserer kleinen Gemeinde an der Lübecker Bucht.«

»Klein, aber bundesweit von Bedeutung«, korrigierte Albert, dann wandte er sich wieder Ole zu. »Wenn ich deine Worte richtig interpretiere, ist es also sehr wahrscheinlich, dass Klaus sich nicht gewehrt hat, weil er ein freundschaftliches Verhältnis zu dem Täter hatte. Möglicherweise hat er geglaubt, dass der Täter auf ihn zusteuert, um sich mit ihm zu unterhalten, stattdessen hat er ihn feige ermordet. Klaus hatte nicht mit der Tat gerechnet, er war überrascht und geschockt zugleich, dazu der hohe Blutverlust. Er stürzt, verliert das Bewusstsein und verblutet.«

»Wäre möglich. Immerhin würde es erklären, warum er sich augenscheinlich nicht gewehrt hat«, antwortete Ole.

»Was wiederum heißen würde, dass Krampe nicht unser Täter ist. Er und Klaus haben sich gehasst, Klaus hat ihn sogar mit einer Waffe bedroht. Wenn Krampe ihm abends aufgelauert hätte, wäre Achner bei der Begegnung sicherlich deutlich vorsichtiger gewesen.«

Lena, die den Wortwechsel ebenso wie Mads bisher schweigend verfolgt hatte, wurde das Gefühl nicht los, dass Albert wie ein Verteidiger von Krampe auftrat, statt wie ein Bürgermeister, der sich sachlich über den Stand der Ermittlungen informieren wollte.

»Kannst du es bitte uns von der Polizei überlassen, zu überlegen, wer der Täter sein könnte?«, ging Gustav dazwischen. »Dein Gedankengang ist nicht falsch, aber Ole kann auch nicht ausschließen, dass Klaus von dem Täter einfach nur überrascht wurde und sich deswegen nicht verteidigt hat. Mehrere schnelle Messerstiche in die Bauchgegend sind nicht zu unterschätzen. Außerdem war er leicht angetrunken, was die Reaktionszeit noch einmal verlangsamt, oder irre ich mich?«

»Nein, tust du nicht. Wir haben im Blut des Opfers einen Promillewert von 0,7 gemessen«, antwortete Ole und hielt kurz inne, bevor er fortfuhr: »Ob der Alkohol dafür verantwortlich ist, dass sich das Opfer nicht nennenswert verteidigt hat, kann ich nicht einschätzen, ebenso wenig möchte ich eine Empfehlung aussprechen, welcher Täterkreis infrage kommt.«

»Danke.« Gustav warf Albert einen Blick zu, als wollte er sagen: Siehst du!

»Von meiner Seite war's das auch. Alle weiteren Ergebnisse sende ich über die üblichen Kanäle«, schloss Ole.

Gustav nickte. »Danke dir. Tim, was hast du?«

»Nicht viel. Ich habe Informationen über Jonas Pahle und Sebastian Krampe eingeholt.«

»Was hast du herausgefunden?«

»Das meiste wisst ihr schon, da ich davon ausgehe, dass euch Jonas' Akte ebenfalls vorliegt. Der Junge hat es nicht so mit Autoritäten. Er ist seit seinem neunten Lebensjahr verhaltensauffällig, hatte immer wieder Ärger mit Erwachsenen. Im Alter von dreizehn Jahren hat er einen Elfjährigen fast krankenhausreif geschlagen, daraufhin musste er sich einer Behandlung durch einen Kinder-Psychotherapeuten unterziehen. Da er unter vierzehn war, war er nicht strafmündig. Der Therapeut hat damals vermerkt, dass die Aggressionen vor allem eine Frustrationsreaktion seien. Jonas' Mutter ist alleinerziehend und mit der Erziehung überfordert. Die Gewaltausbrüche seien Ausdruck eines traumatischen Erlebnisses wegen der Trennung der Eltern, heißt es in einem Gutachten.«

»Und was hast du über das Verhältnis zwischen Jonas und Klaus Achner herausgefunden?«, fragte Mads.

»Nicht mehr, als ihr ohnehin wisst. Es war schwierig, die beiden sind immer wieder aneinandergeraten. Allerdings gab es deswegen keine gerichtliche Auseinandersetzung. Es blieb beim üblichen Nachbarschaftsstreit.«

»Der eskaliert ist, als Klaus Jonas abends über den Weg lief«, ergänzte Albert.

»Das ist reine Spekulation, für die uns der Beweis fehlt«, reagierte Gustav schroff. »Tim, was hast du über Krampe herausgefunden?«

»Bei ihm sitze ich noch an der Analyse. Scheint ein Saubermann zu sein, Liebling der Finanzwelt und wahrer Überflieger. Er hat sein Studium mit Bestnoten abgeschlossen, mit siebzehn sein erstes Unternehmen gegründet, mit zwanzig die erste Million auf dem Konto …«

»Und so jemand soll Klaus ermordet haben?«, fiel Albert Tim ins Wort. »Lächerlich.«

Gustav warf dem Bürgermeister einen vernichtenden Blick zu.

»Wann hat er sein aktuelles Unternehmen gegründet?«, fragte er.

»Vor sechs Jahren, zusammen mit drei weiteren Partnern. Mit zweien hat er sich zerstritten, sie sind nicht mehr im Unternehmen.«

»Warum?«

»Genau diese Frage stelle ich mir auch. Offiziell wollten sich die beiden Partner anderen Projekten widmen. Aber was das betrifft, stehe ich noch am Anfang meiner Recherche.«

36

»Gregor scheint dich richtig ins Herz geschlossen zu haben«, sagte Amir, als er und Emma wieder in der Redaktion saßen.

»Er ist ja auch ein ganz Lieber. Hätte nicht gedacht, dass wir uns auf Anhieb so gut verstehen und dass du und Pietro ihn ebenso mögen«, erwiderte Emma.

Nachdem Mads und Lena gegangen waren, waren noch Taner, Gregors Freund, und Pietro zu ihnen gestoßen.

»Du hast recht, er ist schon ein Lieber, aber auch unglaublich naiv.«

»Wie meinst du das?«

»Na, dieser Taner nutzt ihn doch ganz offensichtlich aus.«

»Woher willst du das wissen?«

»Schatz, ich kenne solche Möchtegerninfluencer. Ich habe mir mal sein Instaprofil angeschaut. Er hat knapp 10.000 Follower, das ist nichts, trotzdem präsentiert er einen Lifestyle, den er sich ohne Gregor garantiert nicht leisten könnte.«

»Und deswegen meinst du, er nutzt Gregor schamlos aus? Ich fand ihn sehr sympathisch.«

»Weil er weiß, wie er sich bei jemandem einschmeicheln muss. Mir ist dieser Typ suspekt. Na ja, Gregor ist alt genug, soll er doch tun, was ihn glücklich macht. Papa scheint ja spendabel zu sein.«

»Genau da irrst du dich, die Mama ist spendabel. So wie Gregor es mir erzählt hat, ist sein Vater ein alter Geizhals.«

»Wie auch immer. Mir herzlich egal.«

»Außerdem tut Taner ihm richtig gut«, beharrte Emma. »Ohne ihn hätte er noch immer sehr an dem Mord an seiner Schwester zu knabbern.«

Vor einigen Monaten war Gregors jüngere Schwester missbraucht und ermordet worden. Gregor litt noch immer unter dem Verlust und Emma ahnte, dass man so ein Verbrechen als Bruder vermutlich nie wirklich verarbeiten konnte. Ebenso wie es ihr mit dem Tod ihres Verlobten und ihrer Entführung erging. Wichtig war in ihren Augen dabei vor allem, dass man sich von diesen schrecklichen Erlebnissen nicht beherrschen ließ, dass man trotzdem versuchte, sein Leben zu leben.

»Mag sein. Aber glaub mir, dieser Taner wird Gregor noch das Herz brechen. Sobald ihm einer mit mehr Kohle über den Weg läuft, lässt er Gregor wie eine heiße Kartoffel fallen«, gab sich Amir entschieden.

»Meinst du, ich sollte mit Gregor reden?«

»Bist du verrückt? Damit riskierst du nur deine Freundschaft zu ihm. So dicke seid ihr noch nicht. Lass ihn seine Erfahrungen machen.«

»Du willst wirklich, dass ich ihn ins offene Messer laufen lasse?«

»Aus Fehlern wird man klug, wobei …« Amir schüttelte den Kopf. »Jemand wie Gregor wahrscheinlich nicht. Wir beobachten das Ganze, und wenn mein Verdacht sich erhärtet, rede ich mit ihm. Ich kenne ihn länger.«

»Einverstanden. Trotzdem habe ich keine Angst, mit ihm darüber zu sprechen.«

»Daran zweifle ich nicht. Immerhin bist du eine emanzipierte Frau, ein Grund warum Männer wie Mads ständig mit dir aneinandergeraten.«

»Heute war er doch ganz nett.«

»Klar, nachdem er sich am Abend vorher den Frust rausgevögelt hat. Sex macht den Kopf frei«, lachte Amir. »Frage mich, wie die Schnitte aussah.«

»Ist doch egal.«

»Stört es dich?«

»Quatsch, ich bin mit Stefan glücklich«, antwortete Emma.

»Genau das wollte ich hören, Süße. Du und Stefan seid für mich ein Traumpaar.«

Emma nickte, obwohl die Sache mit Mads doch an ihr nagte, auch wenn sie das nicht zugeben wollte. Sie wollte wissen, wer dieser One-Night-Stand war und wie sie aussah.

Es stört dich eben, dass er dich angelogen hat. Von wegen, er ist gerade mit dem Singledasein glücklich und hat gar kein Verlangen nach einer Frau.

»Das hast du sehr lieb gesagt«, erwiderte sie und lächelte Amir an.

»Weil ich es so meine. Und ich kann es nicht oft genug wiederholen: Mads ist kein Mann, mit dem man eine Familie gründet, geschweige denn einer fürs Herz.«

»Wie könnte ich diese Worte vergessen. Vielleicht sollte ich sie mir tätowieren lassen«, scherzte Emma.

»Gute Idee.« Amirs Mundwinkel hoben sich und er schaute wieder auf seinen Bildschirm. »Ach, das ist ja interessant.«

»Was?«

»Die Informationen über Sebastian Krampe, die ich angefragt hatte, sind gerade in meinem Posteingang angekommen.«

»Dann mal her damit.« Emma war neugierig, ob Krampe irgendwelche Leichen im Keller hatte, ein Geheimnis, von dem niemand wissen durfte. »Bin gespannt, wie gut dein ominöser Informant ist.«

»Wenn einer was herausfindet, dann er. Ich weiß nicht, welche Kanäle er anzapft, aber er ist echt ein Genie«, sagte Amir.

»Mach's nicht so spannend.«

Emma lehnte sich zu Amirs Schreibtisch herüber.

»Ausdrucken oder am Bildschirm?«

»Bitte ausdrucken, dann können wir direkt auf den Zetteln Notizen machen.«

»Okay.« Amir druckte das Dokument aus, es waren sieben Seiten.

Emma stand auf und ging zum Drucker, dabei musste sie

wieder an Mads und seine heiße Affäre denken. Ob sie wirklich über dreißig war? Das entsprach doch gar nicht seinem Beuteschema.

Oder er hat geflunkert, weil er nicht zugeben wollte, dass sie blutjung war wie seine Ex Daniela, überlegte Emma. Aber wenn er das zugegeben hätte, hätte Amir ihn vermutlich nur noch mehr aufgezogen.

Sie setzten sich an den Besprechungstisch und gingen die Dokumente durch.

»Krampe ist ein richtiges Genie«, bemerkte Amir nach einer Weile.

»Das wusste ich bereits. Ich suche das, was aus dem Genie einen Mr. Hyde macht.«

»Nicht in jedem Dr. Jekyll steckt ein Mr. Hyde«, entgegnete Amir.

»Jemand, der so schnell so erfolgreich geworden ist, hat was zu verbergen. Mir war Krampe nicht ganz … wie soll ich das sagen, irgendwie war er seltsam«, beharrte Emma.

»Nur, weil er dich angegraben hat?«, fragte Amir amüsiert. Emma hatte ihm von Krampes plumper Anmache erzählt.

»Nein, es war seine ganze Art. Diese kalten Augen.« Emma schüttelte sich.

»Jetzt übertreibst du.«

Statt zu antworten, vertiefte sie sich in die vor ihr liegenden Zettel.

Krampe hatte eine echte Bilderbuchkarriere hingelegt, darauf konnten viele Menschen neidisch sein.

»Aha, er hatte drei Partner«, murmelte Amir.

Emma las jetzt auch die Zeile.

»Das ist aber interessant«, sagte sie, denn endlich hatte sie das gefunden, was aus Krampe Mr. Hyde machte.

37

»Gustav glaubt wohl, dass es Krampe sein könnte«, sagte Mads und sah nachdenklich auf das Whiteboard. Er und Lena waren zurück in ihrem Büro und ließen die Besprechung Revue passieren.

»Was man von Albert nicht behaupten kann«, erwiderte Lena.

»Bei Albert musst du nur der Gemeinde irgendeinen Vorteil bringen, dann bist du per definitionem unschuldig.«

»Was ist denn deine Meinung?«

»Derzeit spricht einiges gegen Krampe: Der Lamy-Kugelschreiber, und er wurde am Sonntagabend am Tatort gesehen.«

»Laut Gustav hat Krampe geleugnet, an dem Abend dort gewesen zu sein, und was den Kugelschreiber anbelangt, hast du Oles Worte gehört.«

»Wir sollten uns mit dem Zeugen unterhalten.«

»Ja, das wäre sicher sinnvoll.« Lena tippte sich mit dem Finger gegen die Nasenspitze, sie schien zu überlegen.

»Du hast doch was. Los, spuck's aus«, sagte Mads.

»Was, wenn Krampe im Drogenrausch gar nicht mitbekommen hat, dass er draußen war und Klaus Achner ermordet hat?«

»Sehr unwahrscheinlich. Spätestens als er nüchtern wurde, hätte es ihm klar werden müssen. Wenn du mehrmals dein Taschenmesser in den Bauch eines Mannes rammst, wird nicht nur dein Messer voller Blut sein, sondern auch deine Kleidung und deine Hand.«

»Dann lügt Krampe, wenn der Zeuge sich nicht irren sollte.«

»Genau. Und Gustav weiß das.«

»Warum hat er Krampe nicht härter angepackt? Ihn mit

auf die Dienststelle genommen oder in der Direktion in Lübeck verhört?«, fragte Lena.

»Albert.«

»Du meinst aus Rücksicht auf den Bürgermeister?«

»Ich denke schon.«

»Zugegeben, die beiden verstehen sich gut, auch wenn man das manchmal kaum glauben mag, vor allem wenn sie sich wie kleine Kinder zoffen. Aber unser Onkel würde seinen Job nicht wegen Albert vernachlässigen.«

»Und genau da scheiden sich unsere Geister, Schwesterherz. Ich traue Gustav so manches linke Ding zu, wenn es darum geht, Albert oder seine Interessen zu schützen.«

»Du bist zu streng mit ihm.«

Mads antwortete nicht. Er fand es liebenswert, dass Lena so große Stücke auf Gustav hielt. Vermutlich war es genau diese unkritische Sichtweise, weshalb ihr Onkel bei Lena immer viel nachsichtiger war als bei ihm.

Quatsch. Lena ist Gustavs Nichte, ihr gegenüber ist er von Natur aus großzügiger, das war schon so, als sie ein kleines Mädchen war.

Er klopfte ihr auf die Schulter. »Lass uns los.«

Lena nickte. Sie packten ein paar Sachen zusammen, verließen ihr Büro und gingen zum Dienstfahrzeug. Mads verstaute den Rollstuhl, dann fuhren sie los.

»Was ist eigentlich mit Lafleur?«

»Wieso fragst du?« Mads konnte seiner Schwester gerade nicht folgen.

»Laut Gustav hatte er eine Affäre mit Birgit Achner, die Birgit beendet hat. Außerdem hat sie Gustav gegenüber erwähnt, dass er ihren Mann bedroht habe und dass er unberechenbar sein konnte. Sie hält ihn für emotional nicht gefestigt. Wir haben ihm noch keinen Besuch abgestattet.«

»Dann tun wir das. Zuerst unterhalten wir uns mit dem Zeugen, dann fahren wir zu Lafleur«, erwiderte Mads.

Lena war einverstanden.

Wie es schien, hatten sie noch eine Menge Arbeit vor sich. Bisher standen drei potenzielle Verdächtige auf ihrer Liste, für einen Mord war das sehr überschaubar, allerdings bedeutete das nicht, dass die Ermittlungen dadurch einfacher wurden. Ganz im Gegenteil, denn sie hatten bisher so gut wie keinen echten Hinweis.

Wir haben vier Verdächtige!, korrigierte sich Mads. Schließlich gab es noch die Möglichkeit, dass es jemand ganz anderer gewesen war. Die erste Liste mit den infrage kommenden Verdächtigen hatten sie noch gar nicht weiterverfolgt, weil die drei derzeitigen Verdächtigen ihre ganze Aufmerksamkeit verlangten.

Der Zeuge Steffen Jacobsen wohnte nur wenige Minuten entfernt von der Dienststelle.

»Kannst du mir bitte den Rollstuhl rausholen? Irgendwie tun mir meine Knie heute weh«, sagte Lena, als sie ausstiegen.

»Mach ich«, antwortete Mads, bemüht, seiner Schwester nicht zu zeigen, dass er sich automatisch Sorgen machte. Sie wirkte nachdenklich.

»Ist sicherlich das Wetter«, erklärte sie. »Der Herbst kommt, meine Beine sind da immer sehr empfindlich.«

»Bestimmt«, sagte Mads, doch als er den Rollstuhl aus dem Kofferraum holte, ballte er wütend die rechte Hand zur Faust, weil er sich so hilflos fühlte. Er konnte nichts machen, damit es seiner Schwester besser ging, dabei hätte er Berge versetzt, wenn es ihr geholfen hätte.

Sie nahm in dem Rollstuhl Platz und strich Mads über den Arm. »Mach dir keine Sorgen, Bruderherz.«

»Mach ich nicht.«

»Du weißt, dass du für mich wie ein offenes Buch bist«, sagte sie lächelnd. »Vielleicht ist es an der Zeit, dass wir beide akzeptieren, dass dies der beste Zustand ist, den ich je erreichen werde. So sieht das auch Christian, ihn stört es gar nicht, dass ich nie wieder richtig werde laufen können.«

Mads sog die Luft ein. Am liebsten hätte er Christian eine dafür verpasst. Wie konnte er Lena sagen, dass es ihm egal sei, ob sie wieder laufen könne? Für Lena mochte es sich vielleicht so anhören, als wäre das ein Liebesbeweis, dabei war sie eine Kämpferin, genau wie er. Sie brauchte jemanden, der ihr Mut machte und sie dabei unterstützte, dass sie wieder gesund werden würde, und nicht jemanden wie Christian, der ihr die Hoffnung nahm oder sie dazu bewegte, mit dem Erreichten zufrieden zu sein.

Christian kam es bestimmt gelegen, dass Lena durch Ihre Beinverletzung auch emotional leicht angeschlagen war, so konnte er sie besser kontrollieren. Wie konnte Lena erwarten, dass er diesen Idioten je akzeptierte?

Und was, wenn er es wirklich nur aus Liebe gesagt hat? Um ihr zu zeigen, dass er zu ihr steht, egal ob sie laufen kann oder nicht?, meldete sich ein selbstkritischer Gedanke, den Mads jedoch schnell beiseiteschob, er hielt das für unmöglich.

Um sich abzulenken, kraulte er ihr den Rücken und biss sich auf die Unterlippe, weil er wusste, dass er niemals akzeptieren würde, dass Lena sich aufgab.

»Du brauchst nur Geduld, Schwesterherz. Im Herbst sind viele empfindlicher, die Knochen und die Nerven reagieren schneller auf die äußeren Einflüsse.«

Inzwischen waren sie an der Haustür angekommen und Mads klingelte, woraufhin ihnen sogleich geöffnet wurde.

»Moin«, grüßte sie eine Frau.

»Moin. Wir sind von der Ostseekriminalpolizei und müssten mit Herrn Steffen Jacobsen sprechen.«

»Das ist mein Mann, es geht sicherlich um das Gespräch mit Gustav Johannsen.«

»Genau.«

»Mein Mann ist gerade nicht da.«

»Wissen Sie, wo er ist?«

»Ja, am Hafen. Er trifft sich mit einem Freund in der *Seaside Lounge*.«

»Danke, können Sie ihn bitte anrufen und sagen, dass wir

auf dem Weg zu ihm sind? Wir haben nur ein paar Fragen, die wir nicht aufschieben können«, bat Mads.

»Mach ich.«

»Haben Sie vielleicht ein Foto von Ihrem Mann, damit wir ihn gleich erkennen?«, fragte Mads. Die Frau holte bereitwillig ein Bild aus dem Flur und zeigte es ihnen.

Die beiden Beamten bedankten sich und fuhren weiter zur *Seaside Lounge*.

Als sie die Terrasse betraten, entdeckte Mads Jacobsen sofort, er unterhielt sich mit einer anderen Person, die wie der Zeuge vermutlich etwa Mitte fünfzig war.

Mads machte sich bemerkbar und stellte Lena und sich kurz vor.

»Moin«, antwortete Jacobsen. »Sind Sie mit Gustav Johannsen verwandt?«

»Er ist unser Onkel. Verzeihen Sie die Störung, wir haben noch ein paar Fragen zu Ihrer Aussage.«

»Machen Sie sich keinen Kopf. Was möchten Sie denn wissen?«, fragte Jacobsen freundlich.

»Das würden wir gern allein mit Ihnen besprechen«, erwiderte Mads und sah zu Jacobsens Begleitung.

»Ich habe vor Mehmet keine Geheimnisse. Wir kennen uns seit Ewigkeiten.«

»Das mag sein, trotzdem müssen wir mit Ihnen allein sprechen. Datenschutz«, gab Mads zurück.

Jacobsen stand auf und folgte den beiden Beamten zu einem Tisch, der weiter hinten stand und wo niemand ihnen lauschen konnte.

Kaum saßen sie, kam ein Kellner zu ihnen. Jule schien Pause zu haben, jedenfalls konnte Mads sie nicht sehen.

»Darf ich Sie zu einem Getränk einladen?«, fragte Mads.

»Sehr lieb, aber ich habe schon etwas.«

Also bestellte Mads für sich einen Espresso und für Lena ein stilles Wasser.

»Hat meine Aussage etwa hohe Wellen geschlagen?«, scherzte Jacobsen, der mit seinem runden Gesicht und seiner freundlichen Art einen sympathischen Eindruck auf Mads machte.

»Was Sie gesehen haben, ist sehr wichtig, es soll uns dabei helfen, den Tatverlauf und die Tatnacht besser rekonstruieren zu können.«

»Hat sich noch kein anderer Zeuge gemeldet?«

»Um ehrlich zu sein nicht«, antwortete Lena.

Mads entging nicht, dass Jacobsen ein Lächeln über die Lippen huschte, vielleicht freute er sich, dass seine Aussage so wichtig war.

»Das ist sehr schade«, sagte er dann. »Der Verlust von Klaus schmerzt ungemein. Er war ein aufrichtiger, hilfsbereiter und ehrlicher Nachbar. Einer, auf dessen Wort man zählen konnte. Nicht so einer wie dieser Sebastian Krampe, der glaubt, dass sein ganzes Geld ihm einen Sonderstatus verleiht.«

»Waren Sie gut befreundet mit Herrn Achner?«

»Das möchte ich meinen. Wir haben uns regelmäßig getroffen. Er und seine Frau haben uns ab und an zum Essen eingeladen und umgekehrt. Eine ganz liebe Person, diese Birgit. Möchte mir gar nicht vorstellen, was sie gerade durchmacht. Apropos Essen: Klaus war das perfekte Beispiel dafür, dass man auch im Sommer den Grill anschmeißen konnte, ohne seinen Nachbarn zu belästigen wie dieser Krampe.«

»Wie gut kennen Sie Herrn Krampe?«, erkundigte sich Mads.

»Gut genug, um zu wissen, was für ein Arschloch er ist.«

»Haben Sie einmal miterlebt, wie sich Herr Krampe und Herr Achner gestritten haben?«

Jacobsen antwortete nicht gleich, es schien, als würde er abwägen.

»Herr Jacobsen, das ist sehr wichtig für unsere Ermittlungen«, drängte Mads.

»Ja, gut. Einmal. Da war ich zu Besuch bei Klaus. Seine Frau war unterwegs und plötzlich wurde es extrem laut. Krampe hatte irgendeine furchtbare Musik laufen. Man konnte es sicherlich bis Niendorf hören. Klaus ist fast aus seinem Sessel gefallen, so hat er sich erschrocken. Dann ist er rübergestürmt und ich hinterher, ich kenne ja sein Temperament.«

»Was ist dort geschehen?«

»Klaus hat ihn gebeten, die Musik leiser zu stellen.«

»Gebeten?«, unterbrach Mads.

»Na gut, er hat ihn angeschrien. Krampe dagegen hat nur gelacht und ihn nicht für voll genommen. Er hatte Besuch. Einer von denen, so ein Muskelprotz, hat Klaus gepackt und rausgeworfen. Ich konnte Klaus irgendwie beruhigen und bin mit ihm an den Strand gegangen. Sich mit dem Muskelprotz anzulegen, erschien mir nicht klug, aber Klaus traf keine Schuld, dieser Krampe hatte das mit voller Absicht gemacht, um Klaus zu provozieren.«

»Hat Herr Achner Ihnen gegenüber von weiteren Problemen mit Herrn Krampe erzählt?«

»Nein. Klaus war ein feiner Kerl, er hat nie über private Probleme gesprochen, er wollte niemandem zur Last fallen. Aber dieser Krampe, der ist mir nicht ganz geheuer. Er hat so kalte Augen, dazu dieser finstere Blick, der einem sagt, dass er dir gerne die Kehle durchschneiden möchte.« Jacobsens Augen weiteten sich und er schüttelte sich, als würde er frieren.

Mads war sich nicht ganz sicher, wie glaubwürdig Jacobsen war und ob er Krampe am Ende nicht nur eins auswischen wollte.

»Sie haben ausgesagt, dass Sie Herrn Krampe am Tatabend gesehen haben.«

»Richtig. Ich war gerade joggen.«

»Wann fangen Sie an zu joggen?«

»Meistens nach 21 Uhr.«

»Und wie lange?«

»Bis nach 22 Uhr. Ich jogge eine Stunde.«

»Haben Sie eine feste Route?«

»Ich jogge meistens Richtung Niendorf und folge der Promenade, wenn ich Niendorf erreiche, manchmal laufe ich aber auch Richtung Edeka und Brodtener Steilufer. Ich mag es nicht so eintönig.«

»Welche Strecke sind Sie am Sonntagabend gejoggt?«, fragte Lena.

»Als ich loslief, bin ich die Rodenbergstraße runter bis nach Niendorf und dort über die Promenade bis runter zum Edeka. Von da bis zum Vogelpark und wieder zurück. Auf dem Rückweg habe ich dann die Strandstraße genommen.«

»Und auf der Strandstraße haben Sie Herrn Krampe gesehen?«

»Genau.«

»Da sind Sie sich ganz sicher?«, bohrte Mads nach.

»Ja, sehr sicher. Jemanden wie Krampe kann man gar nicht übersehen.«

»Hat er Sie gesehen?«

»Vielleicht. Er war aber irgendwie komisch, er schaute nur auf den Boden und sein Gang war auch seltsam, als wäre er betrunken.«

Oder auf Droge, ergänzte Mads in Gedanken.

»Und das war nach 22 Uhr?«

»Ja, kurz bevor ich zu Hause war. Von da zu mir sind es nur ein paar Minuten. Aber nageln Sie mich bitte nicht auf die exakte Zeit fest.«

»Haben Sie auch Klaus Achner gesehen?«, fragte Lena und kam damit Mads zuvor, weil ihm genau diese Frage ebenfalls auf der Zunge brannte. Gustav hatte das nicht abgefragt, er hatte sich damit zufriedengegeben, dass Jacobsen Krampe gesehen hatte.

»Nein, habe ich nicht. Ich muss ihn verpasst haben. Erst in

der Zeitung habe ich gelesen, dass Klaus auf der Strandstraße auf seinen Mörder getroffen ist.«

»Das stimmt, deswegen versuchen wir, Ihre Angaben zu rekonstruieren«, erklärte Lena.

»Ich wünschte, ich wäre Klaus begegnet, vielleicht hätte ich dann verhindern können, dass …« Jacobsen holte Luft. »Möglicherweise vertue ich mich auch ein wenig in der Zeit. Wie gesagt, nageln Sie mich bitte nicht auf die Minute genau fest. Ich habe nicht auf die Uhr geschaut, aber zeitlich sollten die Angaben ungefähr stimmen.«

»Ist schon gut. Haben Sie noch jemand anderen gesehen?«

»Nein, habe ich nicht, deswegen fand ich das Ganze ja so seltsam. Klaus und sein Nachbar haben sich gehasst und dann sehe ich ausgerechnet ihn an dem Abend, an dem Klaus ermordet wurde an dieser Stelle. Das ist doch mehr als ein komischer Zufall, oder?«

»Das muss nichts heißen. Sollte Ihnen noch etwas einfallen, rufen Sie uns bitte an. Egal zu welcher Uhrzeit.« Mads gab Jacobsen seine Karte, die dieser einsteckte. »Vielen Dank für Ihre Zeit. Sie können wieder zu Ihrem Freund gehen.«

Jacobsen stand auf und ging zurück an den Tisch, wo Mehmet auf ihn wartete.

Lena sah ihm nachdenklich hinterher. »Zeitlich könnte es passen«, sagte sie.

»Stimmt. Es wäre möglich, dass Krampe auf Achner gestoßen ist, als dieser sich auf dem Nachhauseweg befand, weil Krampe um die Zeit ebenfalls auf dem Weg nach Hause war. Der abwesende, torkelnde Eindruck könnte von den Drogen und dem Alkohol herrühren.«

»Aber Krampe bestreitet, Drogen genommen zu haben.«

»Weil er clever ist. Er weiß, wenn er es zugibt, wird es eng für ihn.«

»Dann sollten wir einen Weg finden, dass er es zugeben muss.«

»Genau, Schwesterherz«, stimmte Mads zu, doch er hatte keine Ahnung, wie sie das anstellen könnten. Jacobsen und Achner waren befreundet gewesen, sicherlich wusste Krampe das und leider spielte es ihm in die Hände. Krampes Anwalt würde vor Gericht Zweifel an der Glaubwürdigkeit des Zeugen anmelden.

Mads bat um die Rechnung, und nachdem er gezahlt hatte, verließen beide die Terrasse, dabei kamen sie an Jacobsens Tisch vorbei.

»Warten Sie bitte kurz«, sagte der. Er stand von seinem Platz auf und trat zu ihnen. »Da war noch was.«

38

Manchmal konnte Albert verdammt anstrengend sein. Gustav verstand seine Motivation, im Sinne seiner Gemeinde immer Vollgas zu geben, aber dass er sich ständig aktiv in seine laufenden Ermittlungen einmischte, nervte mittlerweile ungemein.

Anfangs warst du noch froh, dass er an deiner Seite war, als du Birgit die schreckliche Nachricht übermitteln musstest. Du kannst dir nicht immer die Rosinen rauspicken, ermahnte er sich.

Seine Gedanken wanderten zu seinem Vater und der Zeit, als dieser hier Polizeichef gewesen war und Albert schon Bürgermeister. Sein Vater hatte die Dienststelle mit eiserner Hand geführt und es hatte in ganz Deutschland keine niedrigere Verbrechensquote gegeben als in der Gemeinde Timmendorfer Strand. Einmal hatte sein Vater zu ihm gesagt: *»Du und Albert, ihr seid die Speerspitze, vergesst das nicht. Wenn du mich als Polizeichef ablöst, müsst ihr zusammenarbeiten, nur so werden die bösen Jungs begreifen, dass sich keiner mit euch anlegen sollte. Die Speerspitze zu sein, bedeutet, zustechen zu müssen, wann immer es nötig ist, ohne Furcht vor den Konsequenzen.«*

Damals war ihr Einzugsgebiet allerdings noch nicht so groß gewesen wie jetzt. Inzwischen war die offizielle Bezeichnung seiner Dienststelle »Ostseekriminalpolizei 1« und er war für ein Gebiet von der Lübecker Bucht bis nach Kiel zuständig. Außerdem bestand eine enge Zusammenarbeit mit den skandinavischen Ländern, somit trug er unglaublich viel Verantwortung.

»Jammer nicht«, ermahnte sich Gustav und richtete sich

auf seinem Bürostuhl auf. Er hatte eine E-Mail der Polizeidirektion Lübeck aufgerufen, sie kam direkt vom Führungsstab. Schon bevor er sie geöffnet hatte, hatte er gewusst, worum es ging: um Sebastian Krampe.

Natürlich hatte der Führungsstab Zugriff auf die Akte zum Fall Achner und sie wussten Bescheid, dass der Unternehmer verdächtigt wurde. So weit, so unspektakulär, aber dass sie wieder einmal Einfluss auf seine Ermittlungen nehmen wollten, nervte ihn ungemein.

»Wir möchten Sie bitten, bezüglich der Person Sebastian Krampe mit der notwendigen Vorsicht zu agieren und sich mit uns abzustimmen«,

las er erneut.

»Fickt euch ins Knie! Warum kriechen alle in Krampes Arsch?« Gustav atmete hörbar seinen Frust aus.

Es klopfte an der Tür und Petra trat ein, Gustav sah auf.

»Sag bitte nicht, dass der Bürgermeister zu mir möchte.«

»Wusste nicht, dass du jetzt auch Karten legst«, antwortete sie. »Soll ich ihn wegschicken?«

»Damit er mir später den Tag ruiniert? Lass ihn rein«, grummelte er.

»Mach ich. Möchtet ihr einen Espresso?«

»Für mich einen aus dem japanischen Kaffeepulver …«

»Ach und für mich den Fusel, oder was?«, hörte er Albert sagen, als dieser eintrat.

»Ihnen würde ich doch niemals irgendeine Billigbohne unterschieben«, konterte Petra.

»Das würde ich von Ihnen auch nie erwarten. Sie sind ein Schatz, aber dieser störrische Däne ist zu allem fähig.«

»Was mir hier wieder unterstellt wird. Ich wollte Petra nur darauf aufmerksam machen, dass ich möchte, dass sie den japanischen Kaffee benutzt. Deine Unterstellung ist …«

»Entspann dich, alter Mann. Ich bin nicht nachtragend«, unterbrach Albert ihn lachend, als er Gustav gegenüber Platz nahm.

Petra verließ das Büro.

»Alter Mann? Uns trennt ein Jahr.«

»Das sind immerhin 365 Tage oder 8760 Stunden …«

»Ist ja gut. Ist angekommen. Warum bist du hier und vor allem so verdammt gut gelaunt?«

»Weil ich meinen alt…, meinen besten Freund vermisst habe.«

»Sag nichts weiter. Hast du das mit der E-Mail angestoßen?«

»Welche E-Mail?«

»Albert, lüg' mich nicht an.«

Albert hob abwehrend die Hände. »Ich schwöre feierlich, dass ich diesmal unschuldig bin. Es gab heute ein Gespräch mit dem Lübecker Bürgermeister, der wissen wollte, was wir gegen Sebastian Krampe in der Hand haben. Ich habe ihn lediglich über den aktuellen Ermittlungsstand informiert. Dass der gute Kollege besorgt ist, ist verständlich. Krampes Unternehmen ist ein Vorzeigeprojekt, das weitere Investoren nach Lübeck locken soll. So jemanden verärgert man nicht aus purer Langeweile.«

»Du nennst das also Langeweile, was ich hier tue?« Gustav schnaufte. Albert hatte es mal wieder mit nur einem Satz geschafft, sein Blut in Wallung zu bringen.

»Überhaupt nicht. Das war jetzt bloß salopp dahergesagt. Ich entschuldige mich aufrichtig.«

»Dann solltest du dabei weniger dämlich grinsen, sonst kaufe ich dir das nicht ab.«

»Mein Lächeln ist nur meiner freundlichen Grundeinstellung geschuldet.«

Es klopfte kurz an der Tür, Petra servierte die Espressos und verließ den Raum.

Gustav gönnte sich sofort einen kleinen Schluck. Der Geschmacksunterschied war schon gewaltig. Er hatte Petra gebeten, das Kaffeepulver zu googeln und herauszufinden, wo man es beziehen konnte, denn er wollte zukünftig nur noch diese Bohne für seinen Espresso benutzen, da er seinen Kaffee privat bezahlte.

Albert gönnte sich ebenfalls einen Schluck, zog die Brauen hoch und sah Gustav erstaunt an. »Der schmeckt anders als sonst.«

»Wie findest du ihn?«

»Überraschend gut. Was für eine Bohne ist das?«

»Das ist eine spezielle Röstung aus Japan. Von keinem Geringeren als Katsuyuki Tanaka. Er röstet den besten Espresso der Welt.«

»Woher kennst du ihn?«

»Weil ich ein Genussmensch bin, das solltest du langsam wissen.«

»Und warum bist du nicht eher darauf gekommen, diesen Espresso zu trinken?« Albert leerte seine Tasse. Sein Gesichtsausdruck verriet Gustav, dass er mehr als nur begeistert war. »Auf den Punkt. Unglaublich.«

»Weil ich mich vorher nicht wirklich damit beschäftigt habe. Die Bohnen zuvor waren zwar auch von hervorragender Qualität, dazu meine italienische Maschine, da war das Ergebnis schon sehr gut, aber jetzt ist es exzellent.« Gustav würde einen Teufel tun und Albert verraten, dass Krampe damit zu tun hatte, weil er wusste, dass der das nur wieder für eine Steilvorlage nutzen würde, um den Unternehmer in den höchsten Tönen zu loben.

»Schon komisch.«

»Was?«

»Tja, du hast doch ewig für die Kaffeebohnen aus Italien geschwärmt. Wie lange hast du dir das Pulver aus diesem kleinen italienischen Café in Venedig herschicken lassen?«

»Das weißt du doch, du hast das Café damals entdeckt.«

»Stimmt, das ist fast zwanzig Jahre her. Wie die Zeit vergeht«, erwiderte Albert und Gustav sah in seinen Augen, dass er in Gedanken für einen Moment in Italien war. Sie hatten damals eine Woche Venedig gebucht, denn wie Gustav war auch Albert ein großer Italienfan. »Ein toller Urlaub. Haben wir uns zu der Zeit eigentlich auch schon so oft in den Haaren gelegen? Ich möchte es fast nicht glauben.«

»O doch, mein Lieber, damals warst du sogar noch bissiger als jetzt.«

»Sag nicht, dass ich alt werde und meinen Biss verliere.« Albert grinste.

»Alt wirst du, aber keine Sorge, bissig bleibst du und du bist immer noch so sehr von dir überzeugt, dass du glaubst, niemand stünde über dir.«

»Über mir?« Albert hob die Augenbrauen und fügte theatralisch hinzu: »Wenn doch wenigstens jemand auf einer Stufe mit mir stehen würde.«

Einen Moment herrschte Schweigen, dann brach es aus ihm heraus, Albert lachte herzhaft und Gustav stieg in das Lachen mit ein.

In dem Moment klingelte sein Bürotelefon.

»Ja, Petra?«, nahm Gustav den Anruf an und versuchte, sein Lachen zu unterdrücken.

»Kann mich nicht erinnern, Lachgas mit dem Espresso serviert zu haben«, gönnte sich Petra einen trockenen Scherz.

»Was gibt es?«, fragte Gustav.

»Birgit Achner hat eben angerufen und gefragt, ob du vorbeikommen könntest.«

»Wieso hast du sie nicht durchgestellt?«

»Vergessen«, antwortete Petra schnippisch. »Nein, was denkst du wohl? Die Gute hat gleich aufgelegt. Wirkte etwas durch den Wind.«

»Ich kümmere mich darum«, erwiderte Gustav und verdrehte die Augen, während er auflegte.

»Ich liebe Petra«, sagte Albert. »Diese Schlagfertigkeit, dieser trockene Humor, da wird jeder Brite neidisch.« Er seufzte. »Ich wünschte, meine Sekretärin wäre nur ein ganz kleines bisschen wie sie. Meine Vorzimmerdame ist mir echt unheimlich. Seit einer Woche habe ich sie nicht ein Mal lächeln sehen. Wirklich. Nichts, nada.«

»Na ja, für dich zu arbeiten ist kein Zuckerschlecken, da würde ich auch nicht lächeln.«

»Ich bin ein vorbildlicher Boss«, hielt Albert dagegen. »Allein die niedrige Kündigungsrate in meiner Behörde bestätigt das.«

»Wenn du meinst.« Gustav wollte Albert nicht weiter loben, denn er nahm an, dass Albert, so egoistisch er sein mochte, ein fairer Chef war.

Er stand auf und griff nach seiner Jacke. »Ich muss los.«

»Na, dann wollen wir mal.«

»Wir?«

»Ja, du und ich. Birgit Achner wartet doch auf uns, wenn ich das Telefonat richtig verstanden habe.«

»Auf uns?« Gustav sah Albert streng an. »Hast du keine Termine?«

»Was kann es Wichtigeres geben, als sich um das Wohl meiner Gemeinde zu kümmern? Das mit Birgit ist persönlich. Ich kenne Klaus wie du eine Ewigkeit.«

»Wieso kannst du kein Nein akzeptieren?«

»Weil ich besser in deiner Mimik lesen kann als jeder andere. Deine gutmütigen Augen flehen mich geradezu an, dir Sturkopf zu helfen.«

»Unter einer Bedingung«, lenkte Gustav ein und hob den Zeigefinger.

»Welche?«

»Sag deinem lieben Bürgermeisterkollegen aus Lübeck, dass ein Gustav Johannsen sich von niemandem in die Ermittlungen reinreden lässt, nicht von Albert Lange, nicht vom Lübecker Bürgermeister und erst recht nicht von der Direktion in Lübeck.«

»Na ja, er wollte nur die Bedeutung Krampes betonen.«

»Rufst du ihn an oder soll ich es machen?«

»Du übertreibst.«

»Dann trennen sich unsere Wege hier.«

Nun war es Albert, der die Augen verdrehte. »Na gut, ich rede mit ihm. Das heißt aber nicht, dass ich keinen Einwand bringe, wenn du Krampe fälschlicherweise unter Druck setzt.«

»Damit kann ich leben. Du bist Familie, deine Marotten und deine Arroganz sind Teil meines Lebens.«

Albert sah Gustav an, ein Lächeln flog über seine Lippen und Gustav wusste auch warum. Egal wie egoistisch Albert sein mochte, zu hören, dass er Teil der Johannsenfamilie war, erfüllte ihn mit Stolz, vor allem weil er wusste, dass Gustav das nicht nur so dahinsagte.

»So arrogant bin ich gar nicht«, hielt er dennoch dagegen.

Gustav lachte auf. »Birgit wartet.«

Albert legte seinen Arm um Gustavs Schulter und sie gingen hinaus.

»Sie konkurrieren, aber am Ende lieben sie sich doch zu sehr, um einander wirklich zu hassen«, sagte Petra. »Schöner als in jeder Schnulze.«

»Witzig«, murrte Gustav und wollte Alberts Arm von der Schulter schieben, doch der hielt fest.

»Nur keine Scham, alter Freund, die ganze Welt soll wissen, dass ich dich wie einen großen Bruder liebe. Einen deutlich älteren Bruder, mit 8 760 Stunden.«

Birgit Achner hatte rotgeweinte Augen, als sie ihnen die Tür öffnete.

»Kommt doch bitte rein«, sagte sie und zog die Nase hoch.

Ob sie noch immer so sehr durch den Verlust ihres Mannes gebeutelt war? Gustav hielt es für nicht unwahrscheinlich. Die Frage war nur, warum sie da ausgerechnet ihn sehen wollte.

»Meine Sekretärin hat gesagt, dass du mit mir sprechen möchtest«, begann er.

Birgit nickte. »Ich habe Angst.«

»Angst? Was ist geschehen?«, fragte Gustav besorgt.

»Es geht um Werner.«

»Werner Lafleur? Hat er dir was angetan?«, erkundigte sich Albert.

»Nein, aber er ist krank vor falschverstandener Liebe. Ja, ich hatte eine Affäre mit ihm, weil ich einsam und die Ehe mit Klaus alles andere als einfach war. Werner hat mir zu der Zeit das Gefühl gegeben, eine begehrenswerte Frau zu sein, und ich bin darauf reingefallen, habe das Ganze aber schnell beendet, weil er nicht der verständnisvolle Mann war, für den er sich anfangs ausgab. Und ich wollte sicherlich nicht von einer unglücklichen Ehe in die nächste schlittern.« Ihre Augen füllten sich mit Tränen. »Jetzt war er wieder hier und hat mir gedroht, dass was Schlimmes passieren würde, wenn ich seine Liebe nicht erwidere.«

39

»Alles nur Zufall?«, sagte Mads zweifelnd.

»Wir wissen doch auch von Krampe, dass Jonas am Sonntagabend joggen war«, antwortete Lena.

»Genau, und dass ausgerechnet an dem Abend, an dem Klaus Achner ermordet wird, beide auf der Strandstraße waren, finde ich ganz schön seltsam.«

»Gleichzeitig behauptet Krampe, dass er nicht draußen gewesen wäre«, ergänzte Lena.

»Warum sollte Jacobsen uns in der Hinsicht anlügen?«

»Weil er Klaus mochte, denn der hat Krampe und Jonas gehasst, das wusste Jacobsen. Möglich, dass er seinem alten Freund damit helfen will.«

»Glaubst du das? Was hätte Klaus jetzt noch davon?«

»Du hast recht.«

»Eben, und deswegen schnappen wir uns Jonas. Er schuldet uns ein paar Erklärungen«, entschied Mads.

»Und wo finden wir ihn?«

»Wir fahren zu ihm nach Hause. Seine Mutter wird sicherlich wissen, wo sich ihr nichtsnutziger Sohn rumtreibt.«

»Vielleicht sollten wir erst einen kurzen Blick auf sein Instaprofil werfen. Die Jugend von heute postet doch alles.«

»Warum nicht.«

Lena nahm ihr Handy, öffnete Instagram und suchte das Profil von Jonas, dann schaute sie sich seine Storys an. »Vor zehn Minuten war er am Strand.«

»Hier?«

»Ja, da, wo die Boote anlegen.«

»Dann wird er noch in der Nähe sein.«

Sie bewegten sich weiter Richtung Hafen und suchten die Gegend ab. Schon nach wenigen Minuten sahen sie ihn. In Gesellschaft von Jörn.

»Nicht gut«, sagte Mads. Er beschleunigte seinen Schritt, während Lena Mühe hatte, ihm mit dem Rollstuhl zu folgen.

»Was hast du Mads gesagt, kleine Petze?«, hörte sie Jonas schimpfen. Er holte aus, aber Jörn schien den Schlag kommen zu sehen und duckte sich weg, sodass Jonas' Hieb ins Leere ging. Er stolperte und verlor das Gleichgewicht. Eine perfekte Möglichkeit für Jörn, den Faustschlag zu erwidern, doch Jörn lief weg. So war er. Er hatte zwar eine große Klappe, aber er war niemand, der sich mit anderen prügelte.

Auf seiner Flucht stieß Jörn fast mit Mads zusammen und versteckte sich hinter ihm.

»Leg dich doch mit Thor an«, rief er aus seiner sicheren Position, seine Augen strahlten.

»Verdammt, Jonas, was habe ich dir gesagt«, schimpfte Mads, aber Jonas gab nun ebenfalls Fersengeld und lief den Strand entlang. Mads sprintete ihm hinterher, Jörn folgte ihm.

Lena konnte mit ihrem Rollstuhl im Sand unmöglich Schritt halten, sodass sie entschied, auf der Promenade in der Nähe der drei zu bleiben. Vielleicht würde Jonas ja in diese Richtung flüchten, dann würde sie sich ihm in den Weg stellen.

Sie beschleunigte den Rollstuhl, so gut es ging. Ihre Arme fingen an zu schmerzen, aber sie machte verbissen weiter.

Keine Spur von Jonas, ihrem Bruder oder Jörn.

Hatte sie sie verpasst? War Jonas überhaupt noch am Strand oder war ihm die Flucht über die Promenade gelungen?

Unermüdlich flogen ihre Hände über die Handläufe des Rollstuhls, sie mobilisierte all ihre Kraft und ignorierte die Müdigkeit. Ihre Arme wurden immer schwerer und sie spürte, wie sich die Muskeln verhärteten, aber Lena gab nicht auf, sie wollte nicht, dass Jonas ihretwegen entkam. Auch im Rollstuhl war sie eine vollwertige Polizistin, das sollte jeder, ihr Bruder eingeschlossen, endlich akzeptieren. Sie brauchte kein Mitleid, sondern Respekt, wie jeder andere Polizist.

Und dann sah sie, dass Jonas den Strand verlassen wollte. Nur wenige Meter trennten sie.

»Etwas schneller, komm«, feuerte sie sich an, weil sie Jonas abpassen und ihm den Weg abschneiden wollte. Ihre Muskeln brannten, aber sie dachte nicht daran, auf den letzten Metern aufzugeben.

Tatsächlich, es gelang ihr. Kurz bevor Jonas die Promenade erreichte, stellte sie sich vor ihm quer.

»Verdammte Fotze«, brüllte Jonas und wollte dem Rollstuhl ausweichen, aber Lena packte ihn. Jonas geriet ins Straucheln, er drehte sich um und schlug dann auf Lena ein. »Behinderte Tussi, du kannst mir gar nichts.«

Der Jugendliche war wie von Sinnen, seine Augen waren geweitet, als wäre er auf Drogen. Lena wehrte den ersten Schlag ab, aber der zweite traf ihr Gesicht, genauer gesagt ihr rechtes Auge.

Der Schmerz war so groß, dass Lena losließ. Sie kassierte einen dritten Schlag ins Gesicht und spürte, wie Jonas den Rollstuhl mit einem Fußtritt zum Kippen brachte.

Noch im Sturz sah sie, wie Mads die Promenade erreichte, über ihren Rollstuhl sprang und sich dann auf den völlig überraschten Jonas warf.

Wie Jonas wirkte auch Mads nun wie von Sinnen, er schlug ungebremst auf den am Boden liegenden Jugendlichen ein.

»Nimm's mal mit einem auf, der dir gewachsen ist, du kleiner Wichser«, brüllte Mads und prügelte weiter.

»Mads, hör auf!«, rief Lena, fürchtete sie doch, dass ihr Bruder den Jungen totschlagen könnte. »Mads!«, rief sie noch einmal.

Endlich hielt Mads ein, er packte Jonas und riss ihn hoch, als wäre er leicht wie eine Feder.

»Na, möchtest du zeigen, wie mutig du bist?«, schrie er ihn an.

In dem Moment kam auch Jörn angerannt.

»Jetzt bist du wohl nicht mehr so ein Held«, bemerkte er schadenfroh. »Ich habe dir doch gesagt, dass Thor mein Freund ist.«

»Lass mich los«, rief Jonas. »Du hast mich geschlagen, ich zeige dich an.«

»Soll ich die Anzeige für dich aufnehmen?«, blaffte Mads. »Wir beide reden jetzt miteinander, und wenn du mich weiter anlügst, wird es so richtig ungemütlich.«

»Ich sage nichts ohne meine Mutter«, drohte Jonas. »Lass mich los.«

Lena wusste gerade nicht, was sie sagen sollte, aber Jonas hatte recht. Er war minderjährig, daher musste er nicht aussagen ohne das Beisein seiner Mutter.

»Er hat wieder Tabletten verkauft«, sagte Jörn und zeigte auf Jonas' Bauchtasche.

»Dieser behinderte Mongo spinnt doch«, zischte Jonas.

Mads schlug ihm mit der Handfläche auf den Hinterkopf. »Halt einfach mal den Mund.«

Jonas schrie auf, dabei war der Schlag alles andere als fest gewesen, das konnte Lena sehen.

»Jörn, nimm ihm die Tasche ab«, sagte Mads.

»Ich?«

»Ja, du.«

Jörn schien ängstlich, folgte dann aber Mads' Anweisung. Der Jugendliche konnte sich nicht wehren, weil Mads ihn sicher im Griff hatte.

»Zeig mir, was drin ist«, forderte Mads.

»Es ist nicht so, wie es aussieht«, jammerte Jonas jetzt. Seine Wut schien verflogen.

Jörn holte zwei durchsichtige Tüten aus der Tasche. »Das sind die Tabletten und der Zucker, den ich auch letztes Mal gesehen habe«, sagte er und lachte schief.

»Das ist Koks. Willst du noch immer, dass deine Mutter bei dem Verhör dabei ist?«, fragte Mads kalt.

»Ist nicht meins. Hat mir der Mongo untergeschoben.«

»Nein! Ich habe doch nur die Tasche geöffnet, wie Thor es wollte«, sagte Jörn besorgt und schielte unsicher zu Mads.

»Er heißt Jörn und ist tausendmal anständiger als du«, reagierte Mads gereizt und schob Jonas' Arm, den er ihm hinter den Rücken gelegt hatte, etwas höher. Dann wandte er sich an Jörn: »Das hast du gut gemacht, ich bin sehr stolz auf dich. Dieser Idiot kann sich eine große Scheibe von dir abschneiden.«

Jonas schrie erneut auf. Einige Passanten schauten ihnen zu, mittlerweile hatte sich eine kleine Menschentraube gebildet. Lena sah ihnen an, dass sie mit der Situation überfordert waren.

»Polizei, bitte weitergehen«, sagte sie daher laut und zeigte ihren Dienstausweis.

Zwanzig Minuten später saßen sie im Verhörraum. Jonas hatte sich endlich wieder beruhigt.

»Koks ist kein Kavaliersdelikt. Die Menge, die wir bei dir sichergestellt haben, reicht, dass du mindestens fünf Jahre in den Jugendknast wanderst«, sagte Mads. Lena wusste, dass ihr Bruder flunkerte, aber es konnte nicht schaden, Jonas unter Druck zu setzen, da er sich bisher kein bisschen kooperativ gezeigt hatte.

»Du verarschst mich doch.«

»Sehe ich so aus?« Mads fixierte ihn mit seinem Blick. »Was stimmt mit dir nicht? Glaubst du, dass du in meiner Gemeinde einfach Drogen unter die Leute bringen kannst, wie es dir in den Kram passt, und damit davonkommst? Du hast mich angelogen, als ich dich gefragt habe, ob du harte Drogen verkaufst.«

»Das Koks gehört mir nicht.«

»Lächerlich. Lena und ich haben gesehen, wie Jörn es aus deiner Tasche gefischt hat.«

»Er war es.«

»Jörn?« Mads lachte verächtlich. »Was meinst du, wem der Richter glauben wird? Einem verzogenen Bengel wie dir oder zwei Polizeibeamten?«

»Ich deale nicht mit Koks, das war keine Lüge.«

»Lass diesen Mist«, wurde Mads laut.

»Für wen hast du das Koks besorgt?«, fragte Lena ruhig. Sie hielt nicht viel davon, die Leute anzuschreien, erst recht nicht jemanden wie Jonas. Bei ihm kam man mit dieser Machoart nicht weiter, fürchtete sie.

Jonas sah Lena schweigend an, sein Blick verriet ihr jedoch, dass die Drogen für eine bestimmte Person gedacht waren.

»Es ist nicht meins«, wiederholte Jonas.

»Dann bleibt mir nichts anderes übrig, als einen Haftbefehl für dich zu erwirken und dich in die JVA zu fahren«, sagte Mads und stand auf. »Komm.«

»Warte«, beeilte sich Jonas zu erwidern, als begriffe er endlich, dass das hier kein Scherz war.

»Für wen ist das Koks bestimmt?«

Jonas schaute keinen von beiden an.

»Hast du Angst?«, fragte Lena.

»Ihr habt keine Ahnung, wozu Sebastian fähig ist«, platzte er heraus.

»Du musst keine Angst vor Herrn Krampe haben.«

»Das sagt sich so leicht.«

»Wieso hast du denn Angst vor ihm?«, fragte sie.

»Weil er ein Psycho ist. Ich wollte ihm kein Koks verkaufen, aber er hat mir gedroht.«

»Inwiefern?«

»Na ja …« Jonas brach ab. »Ihr werdet das Sebastian nicht erzählen, oder?«

»Nein, werden wir nicht. Alles, was du uns sagst, ist vertraulich.«

»Wenn er rausfindet, dass ich gepetzt habe, bin ich ein toter Mann.«

»Jetzt entspann dich mal«, mischte sich Mads wieder ein.

»Warum ist er ein Psycho?«, fragte Lena. Sie glaubte, dass Jonas übertrieb, vermutlich hatte Krampe ihn unter Druck gesetzt. Ein Beweis, dass Jonas eben doch noch ein Kind war, obwohl er bei den Großen mitspielen wollte. Oder es war eine Taktik, um Krampe zu belasten.

»Ich habe ihm immer mal wieder ein paar Pillen besorgt«, räumte Jonas nun ein. »Als sein Dealer aus Hamburg dann mal nicht konnte und er kein Koks bekam, ist er völlig ausgerastet, hat um sich geschlagen. Wie so ein Drogenjunkie halt. Wirklich beängstigend, dann hat er mich gepackt und mir gedroht, dass er mich kaltmacht, wenn ich ihm kein Koks besorge.«

»Also hast du ihm welches besorgt?«

»Welche Wahl hatte ich denn?«

»Du schwindelst auch nicht, um deinen Kopf aus der Schlinge zu ziehen?«, fragte Mads und sah ihn prüfend an. »Wie bist du so schnell an das Zeug gekommen?«

»Es war nicht gelogen, dass ich nur ab und zu Pillen verticke. Der Typ, von dem ich die Pillen bekomme, hat mir halt auf meine Bitte hin das eine Mal das Koks besorgt. Es sollte eine einmalige Sache bleiben.«

»Ist es aber nicht, da wir dich heute erneut mit Kokain erwischt haben«, erwiderte Lena. »Sicher, dass du das nicht regelmäßig machst und uns doch anschwindelst?«

»Nein, warum sollte ich?«

»Wann hast du Herrn Krampe das letzte Mal Kokain besorgt?«

»Das war am Sonntag.«

Lena zog unmerklich die Brauen hoch. Also hatte Jonas sie

zuvor doch angelogen, als er sagte, dass er Krampe an besagtem Sonntag kein Koks besorgt habe. Er hatte ihn mit der Droge versorgt – an dem Tag, an dem Klaus Achner ermordet worden war. Das würde wiederum zu der Aussage des Zeugen passen, der Krampe angesehen hatte, dass etwas nicht mit ihm stimmte, dass er wie unter Drogen gewirkt habe.

»Bist du Herrn Krampe Sonntagabend noch mal begegnet?«, fragte sie.

Jonas zögerte, er schien zu überlegen.

Mads wollte schon etwas sagen, aber Lena berührte ihren Bruder am Unterarm, er sollte Jonas Zeit geben, denn mit Druck würden sie bei ihm wenig erreichen, das müsste auch ihr Bruder inzwischen bemerkt haben.

»Ja, bin ich. Als ich joggen war, lief er etwas verloren die Strandstraße runter.«

»Hat er dich gesehen?«

»Nein, glaube ich nicht.«

Wenn Jonas die Wahrheit sagte, hatten sie nun zwei Zeugen, die Krampe an dem Abend auf der Strandstraße gesehen hatten. Lena hoffte, dass er diesmal nicht log, um von sich abzulenken und Krampe weiter zu belasten. Auch wenn Jonas jung war, er war mit allen Wassern gewaschen, und, wie es schien, zudem noch skrupellos. Lenas hatte es vorhin am eigenen Leib zu spüren bekommen.

40

Für Albert stand augenscheinlich außer Frage, dass Lafleur ihr Täter war. Gustav sah das Ganze differenzierter, er konnte es sich nicht so einfach machen, er brauchte Beweise. Nur weil Lafleur eifersüchtig war und Birgit drohte, machte ihn das nicht zum Mörder. Zumal kein Zeuge ihn am Tatort gesehen hatte. Bei Krampe lagen die Dinge anders, daher blieb er für Gustav der Verdächtige Nummer eins.

Inwieweit auch Jonas als Tatverdächtiger infrage kam, konnte er derzeit nicht einschätzen, allerdings war er ebenso wie Krampe vom Zeugen Jacobsen auf der Strandstraße gesehen worden, das hatten Mads und Lena ihm zwischendurch per Telefon durchgegeben. Aber war Jonas mit seinen sechzehn Jahren wirklich ein skrupelloser Mörder oder nur ein Jugendlicher, der auf die schiefe Bahn geraten war?

Gustav wählte die Durchwahl zu Petra.

»Mads soll bitte in mein Büro kommen«, sagte er. »Und wenn du mir einen Espresso machen könntest, wäre das auch sehr lieb.«

»Wer so freundlich fragt, kriegt seinen Espresso«, gab Petra zurück. »Ich kümmere mich darum.«

Gustav legte auf und massierte sich die Stirn, während er überlegte, ob er Lafleur nicht doch einen persönlichen Besuch abstatten sollte.

»Nein, Albert hat recht. Du bist zu emotional. Du stehst Klaus und Birgit zu nahe, dir könnte die Hand ausrutschen.«

Es blieb also dabei, Mads sollte sich Lafleur schnappen und herausfinden, was dieser zu Birgits Vorwurf zu sagen hatte.

Es klopfte an der Tür und Petra trat ein.

»Mads kommt gleich«, sagte sie, servierte den Espresso und verließ das Büro.

»Herrlich«, seufzte Gustav und trank genüsslich seinen Espresso.

So glücklich konnten einen die einfachen Dinge machen, man musste nur lernen, sie zu schätzen.

Es klopfte an der Tür und Mads trat ein.

»Du wolltest mit mir sprechen?«

»Richtig.« Gustav sah ihn kritisch an. »Was ist los?« Es war nicht zu übersehen, dass Mads aufgebracht war.

»Ich habe Jonas Pahle festgenommen. Er ist im Verhörraum«, erwiderte sein Neffe.

»Im Verhörraum?« Gustav konnte Mads nicht folgen. »Wieso erzählt mir niemand, dass du einen Minderjährigen festnimmst?«

»Beruhig dich, ich erkläre dir alles.«

»Das ist wohl das Mindeste.«

Mads setzte sich Gustav gegenüber, und während er berichtete, spürte auch Gustav, wie sein Blutdruck in die Höhe schoss.

»Wie geht es Lena? Hat es sie übel erwischt?«, fragte er.

»Sie hat ein blaues Auge, ich konnte rechtzeitig eingreifen. Würde mich aber nicht wundern, wenn die Mutter eine Anzeige gegen mich erstattet. Das führt schnell zu einer internen Untersuchung.«

»Gewalt gegen einen Jugendlichen ist kein Kavaliersdelikt«, sagte Gustav nachdenklich.

»Ich weiß, aber ich habe rotgesehen, als er Lena geschlagen hat und sie sich nicht wehren konnte. Jonas mag sechzehn sein, aber so verhält er sich nicht. Er hat ein Aggressionsproblem.«

Gustav lehnte sich in seinem Bürostuhl etwas nach vorn und legte die gefalteten Hände auf den Tisch. »Ich spreche jetzt zu dir als dein Onkel«, sagte er und machte eine kurze Gedankenpause, bevor er fortfuhr: »Du hast richtig gehandelt. Ich kenne die Akte von Jonas. Wenn sich jemand mit Lena anlegt, legt er sich mit der ganzen Familie an, da ist mir völlig egal, wie alt er ist. Dass dieser kleine Idiot die Behinderung meiner Nichte ausnutzt und auf sie einschlägt, sagt alles über seinen Charakter, und von dir als ihrem älteren Bruder erwarte ich nichts anderes, als dass du deine Schwester beschützt, so wie ich meinen jüngeren Bruder stets beschützt habe und so wie ich es bei euch beiden tun werde.«

Gustav holte Luft. Er hatte zu seinem jüngeren Bruder, der viel zu früh gestorben war, ein unglaublich herzliches und inniges Verhältnis gehabt. Er war wie Lena gewesen, friedfertig und gutmütig. Mads kam in der Hinsicht eher nach Gustav. Sobald sich jemand mit ihm anlegte, sah er rot.

Gustavs Vater Mikkel hatte immer gesagt: *»Ihr seid Polizisten, vergesst das nicht, aber in erster Linie seid ihr Johannsens.«*

Gustav atmete noch einmal tief durch und sah Mads ernst in die Augen. »Mach dir keinen Kopf. Soll die Mutter Anzeige erstatten, du hast meine volle Rückendeckung. Ich kümmere mich darum, auch um die Interne, falls sie glaubt, sich mit uns anlegen zu müssen. Niemand greift Lena an. Aber sag ihr das nicht.«

»Garantiert nicht. Sie würde es nicht gutheißen.«

»Ich weiß. Sie ist zu gutherzig.«

Oder zu rechtschaffen, fügte Gustav in Gedanken hinzu. Abgesehen von seinem Bruder waren die Johannsenmänner in der Hinsicht anders. Im Norden wehte ein rauerer Wind als im Rest der Nation, hier wurden die Dinge anders geregelt, und Gustav war es herzlich egal, ob das den Leuten gefiel oder nicht. Noch war er der Polizeichef.

»Weswegen hast du mich gerufen?«, fragte Mads nun.

»Ich möchte, dass du zu Lafleur fährst.«

»Warum?«

Gustav klärte Mads auf und besprach mit ihm die Vorgehensweise.

»Und was ist mit Jonas und Krampe?«

»Um die kümmere ich mich.«

41

Holzhacken half in der Regel, doch diesmal nicht. Lafleur konnte sich einfach nicht beruhigen. Dass Birgit die Frechheit besaß, ihn ein weiteres Mal abzuweisen, enttäuschte ihn sehr. Nein, es enttäuschte ihn nicht nur, es machte ihn geradezu rasend.

»Und das nach allem, was ich für diese blöde Kuh getan habe!«

Sein Blick wanderte zu Rex, der sich gerade an einem Huhn zu schaffen machte.

»Darwins Law«, murmelte er zufrieden. Er hatte Rex darauf abgerichtet, dass er auch mal seine eigene Beute fing. Zu diesem Zweck ließ er hin und wieder ein Huhn frei herumlaufen. Anfangs hatte Rex nicht kapiert, dass er das Huhn töten musste, um satt zu werden, daher hatte er eine Zeit lang kein Futter bekommen. Jetzt wusste er es.

Fressen oder gefressen werden, lautete die einfache Regel, die für alle Lebewesen auf der Erde galt, fand Lafleur.

Seine Gedanken wanderten wieder zu Birgit und ihrem Gespräch.

»Mensch, Werner, ich habe gerade meinen Ehemann verloren, willst du das denn nicht verstehen?«, hatte sie zu ihm gesagt.

»Aber ich liebe dich, kannst du nicht sehen, wie sehr ich mich nach dir sehne? Ich möchte dich in dieser Stunde nicht allein lassen«, hatte er geantwortet.

Wieso nahm sie seine Großherzigkeit nicht an?

»Ich möchte aber allein sein«, hatte sie stattdessen erwidert, und Lafleur hatte keinen anderen Ausweg gesehen, als sie direkt zu fragen: *»Liebst du mich denn nicht?«*

»Nein, tue ich nicht. Ich bin eine trauernde Witwe, wieso akzeptierst du das nicht?«, hatte sie gesagt.

Für einen Augenblick war er zu keiner Reaktion fähig gewesen und dann war es einfach passiert. Er hatte sie am Hals gepackt und an die Wand gedrückt.

»Ich habe dich geliebt, du Fotze, hast du die ganze Zeit mit meinen Gefühlen gespielt?«, schimpfte er nun laut, anschließend zog er den Rotz aus der Nase tief in den Rachen und spuckte ihn aus.

Brauchte sie vielleicht noch Zeit?

Nein, sie spielt mit deinen Gefühlen, weil sie dich nie geliebt hat. Sie hat dich nur benutzt wie alle Fotzen und ausschließlich an ihren eigenen Vorteil gedacht, weil sie ihren Mann gehasst hat. Du warst nur Mittel zum Zweck, dachte er wütend und schwang die Axt mit voller Wucht in den nächsten Holzklotz, der sich darauf sofort spaltete.

»Wieso möchtest du nicht mit mir glücklich sein?«, rief er seinen Frust hinaus. Er starrte auf das zerhackte Holz. »Manchmal muss man die anderen zu ihrem Glück zwingen.«

Er konnte seinen Blick nicht von dem Holzstück abwenden, seine Augen wurden weit und er spürte, dass Birgit endgültig Besitz von seinem Verstand und seinem Handeln genommen hatte. So sehr er sie hasste, so sehr liebte er sie. Er wollte dieses Glück nicht aufgeben, nur weil sie gerade meinte, die trauernde Witwe spielen zu müssen.

»Sie liebt dich, sie weiß es nur nicht«, sagte er zu sich.

Er konnte kaum noch einen klaren Gedanken fassen. Wie durch eine Wattewolke vernahm er, dass Rex bellte, er hatte das Huhn längst gefressen und sein Wasser getrunken. Aber durch seine soeben vollendete Jagd nach dem Huhn hatte er Blut geleckt, in so einem Moment war er aggressiver und angriffslustiger als sonst, was Lafleur sehr gefiel.

Er hob den Blick und sah nun auch den Grund, warum Rex so aufgeregt bellte.

Ein Mann betrat den Hof.

»Fass, Rex, fass«, rief er, und Rex war ein braver Hund, er gehorchte, bellte weiter und fletschte die Zähne, um sie dem Eindringling in den Körper zu schlagen.

42

So oft er auch mit Gustav aneinandergeriet, in einer Sache waren sie immer einer Meinung: Niemand durfte Lena Schaden zufügen.

Mads hatte die blinde Wut gepackt, als Jonas auf seine Schwester eingeschlagen hatte. Sie hatte sich nicht wehren können in ihrem Rollstuhl.

Vermutlich hatte er Jonas tatsächlich ein paar Schläge zu viel verpasst, aber er bereute es nicht. Er wusste, dass er wieder so handeln würde, da konnte er nicht aus seiner Haut. Außerdem war jemand, der Drogen verkaufte, in seinen Augen kein Kind mehr.

Lena hatte das anders gesehen und ihn im Büro auf die Situation angesprochen. Sie wisse es zu schätzen, dass er sie verteidigen wolle, aber er hätte nicht so hart auf Jonas einschlagen sollen, denn als Polizistin müsse sie auch mit den Gefahren des Jobs leben.

Mads hatte ihr zugehört und Besserung gelobt, weil er wusste, dass eine Diskussion wenig hilfreich gewesen wäre. Dass er jederzeit wieder so handeln würde, war ihm allerdings in dem Moment klar gewesen, als er seiner Schwester das Versprechen gegeben hatte.

Er liebte sie, mehr als jeden anderen Menschen, auch wenn er seine Oma ebenso liebte, aber Lena war seine kleine Schwester, auf die er zeit seines Lebens aufpassen musste. Seit dem Tod ihrer Eltern hatten sie nur noch sich und sicherlich würde Mads nicht zusehen, wie irgendein idiotischer Drogenjunkie Lena wehtat.

Bestimmt würde ein Disziplinarverfahren gegen ihn angestrengt werden, wenn Jonas seiner Mutter davon erzählte und diese Anzeige gegen ihn erstatten würde. Er war darauf gefasst und würde die Konsequenzen seiner Tat tragen. Gleichzeitig wusste er, dass sein Onkel als Polizeichef einen Weg finden würde, damit Mads um diese, in seinen Augen unsinnige, Strafe herumkam.

Ob er einen Deal aushandeln wird?, überlegte Mads. Gustav könnte anbieten, die Sache mit dem Koks nicht weiterzuverfolgen, wenn die Mutter keine Anzeige erstattete. Die Menge Kokain, die Jonas mit sich geführt hatte, würde ihn ohnehin nicht ins Gefängnis bringen, dafür war sie zu gering und Jonas dazu noch minderjährig. Das hatte er dem Jungen gegenüber allerdings nicht erwähnt, weil er den Druck aufrechterhalten wollte, was ja am Ende zu seiner Aussage geführt hatte, die Krampe stark belastete.

Dass er sich jetzt mit Lafleur herumschlagen musste, statt Krampe auf den Pelz zu rücken, passte ihm gar nicht.

Noch ziemlich aufgewühlt von dem eben Geschehenen, stieg Mads am Hof von Lafleur aus. Er hatte seine Dienstwaffe dabei, die unter seiner dünnen Jacke im Holster nicht sofort sichtbar war.

Als er das Grundstück betrat, hörte er sogleich Hundegebell. Nichts Ungewöhnliches, auf den Höfen im Norden waren Wachhunde keine Seltenheit. Ein Dobermann kam mit gefletschten Zähnen auf ihn zu, sein Maul war weit aufgerissen, als sähe er in Mads seine Beute.

»Was hat dich denn so wütend gemacht?«, sagte Mads ruhig und blieb stehen, er zeigte keine Furcht. »Ruhig, ganz ruhig.« Seine Stimme wurde etwas lauter, aber nicht drohend.

Der Dobermann war auf Krawall aus, daher musste er das genaue Gegenteil ausstrahlen: Ruhe und Dominanz. Das schien den Hund jedoch nicht zu beeindrucken, er lief weiter auf Mads zu und knurrte dabei. Als er nahe genug bei ihm war, richtete sich Mads zu voller Größe auf und rief laut, ohne den Dobermann direkt anzuschauen: »Sitz, Aus, Sitz!« Seine Stimme klang jetzt noch tiefer, als sie es ohnehin war.

Einen Meter vor ihm stoppte der Dobermann und schaute Mads abwartend an.

»Wer hat aus dir hübschem Kerl denn so einen aggressiven Hund gemacht?«, sagte Mads und machte einen vorsichtigen Schritt auf das Tier zu. Der Dobermann wirkte jetzt weniger angriffslustig, sondern neugierig und sogar ein bisschen unsicher.

»Ich bin dein Freund, ich tue dir nichts«, sagte Mads mit leiser und gefühlvoller Stimme, dann berührte er den Hund ganz sanft und streichelte ihn.

Der Dobermann genoss das und wedelte plötzlich mit dem Schwanz, sodass Mads ihn weiter kraulte. *Dein Herrchen muss ein echter Idiot sein,* dachte er verärgert.

Als er aufblickte, sah er den Idioten. Lafleur steuerte auf ihn zu, sein Gesicht war wutverzerrt, in der Hand hielt er einen Stock, an dessen Spitze Draht befestigt war.

Armer Hund, dachte Mads, doch ihm war klar, dass er sich jetzt nicht reizen lassen durfte, schließlich war er als Polizist hier und nicht als Tierschützer. Es fiel ihm jedoch schwer, da er mit Hunden aufgewachsen war und schon immer ein besonderes Verhältnis zu ihnen gehabt hatte, irgendwie liebten sie ihn.

»Nutzloser Köter«, zischte Lafleur und ehe Mads sich's versah, ließ er den Stock auf den Hund niedersausen. Der Dobermann jaulte auf, er war sichtlich geschockt wegen des überraschenden Angriffs.

Lafleur holte erneut aus, um einen zweiten gezielten Schlag mit der drahtverkleideten Spitze des Stockes zu landen, aber Mads sah das kommen, machte einen Schritt nach vorn und packte den Stock. Dann riss er ihn Lafleur aus der Hand, der dadurch den Halt verlor und zu Boden stürzte.

Jetzt holte Mads aus, stoppte den Schwung aber wenige

Zentimeter vor Lafleurs Kopf. »Wie würden Sie es finden, wenn ich damit auf Sie einschlage?«, fragte er kalt. Dann warf er den Stock weg und beugte sich zu dem Hund. »Du bleibst keine Sekunde länger bei diesem Wichser.«

»Rex gehört mir. Sie können ihn mir nicht wegnehmen. Er ist mein Eigentum!«, schimpfte Lafleur.

»Einfach mal die Fresse halten. Natürlich kann ich das.«

»Komm, Rex, dir geschieht nichts mehr«, sagte Mads und streichelte den Hund, der sofort seine Nähe suchte. Mads wusste, dass er das Tier nicht allein auf dem Hof zurücklassen konnte. Er würde ihn zu seinem Dienstwagen bringen und sich anschließend mit Lafleur unterhalten.

»Lassen Sie meinen Hund«, rief Lafleur, der wieder auf die Beine kam.

»Sagte ich nicht, dass Sie die Klappe halten sollen?« Mads schüttelte genervt den Kopf.

»Komm, Rex.«

Er drehte Lafleur den Rücken zu und ging zurück zum Wagen, dabei sah er nicht, dass Lafleur einen Stein vom Boden aufhob und damit gegen Mads ausholte.

43

Von Amts wegen hätte Gustav sofort ein Disziplinarverfahren gegen Mads einleiten müssen. Einen Minderjährigen zu schlagen, auch im Dienst, war keine Bagatelle.

»Einen Teufel werde ich tun«, schnaubte er stattdessen. »Jonas soll froh sein, dass ich nicht dabei war.«

Es klopfte an der Tür und Lena kam herein. Sie saß in ihrem Rollstuhl.

Ihr Gesicht sah erschreckender aus, als Mads es beschrieben hatte. Wut stieg in Gustav auf, begleitet von der Sorge, dass sie Lena zu viel zumuteten. Aber sie aus dem aktiven Dienst zu nehmen, wagte Gustav nicht, weil er wusste, dass sie das nur noch mehr demotivieren würde.

»Es ist nicht so schlimm, wie es aussieht«, sagte Lena, als ahnte sie, was Gustav dachte. »Das muss man als Polizistin immer einkalkulieren.«

»Ich weiß. Eine Johannsen haut so schnell nichts um.«

»Hast du mit Mads gesprochen?«

»Ja, vorhin.«

»Er wollte mich verteidigen, dabei hat er Jonas ziemlich heftig angepackt.«

»Ich weiß. Mads hat mir alles erzählt.«

»Muss ich mir Sorgen um ihn machen?«

Das hatte Gustav schon immer an seiner Nichte bewundert: Mads baute Mist und sie machte sich Gedanken darum, dass er zu hart bestraft werden könnte.

»Nein, Mads hat nur das getan, was ein guter Bruder tut«, beruhigte er sie.

»Wäre trotzdem lieb, wenn du ihm sagst, dass er sich zukünftig zurückhalten soll. Er hat es mir zwar versprochen, aber du kennst ihn. In das eine Ohr rein, zum anderen wieder raus.«

»Ich rede mit ihm«, antwortete Gustav, doch es war längst klar, dass er Mads niemals dafür maßregeln würde, wenn er seiner Schwester zur Seite sprang, auch wenn ihm als Polizeichef bewusst war, dass das gegen die ethischen Regeln eines Polizisten verstieß. Mads brach diese Regeln immer wieder, aber Gustav war da keinen Deut besser. Nur Lena hielt sich streng daran.

»Wo ist Mads jetzt?«, fragte sie. »Er ist nicht ins Büro zurückgekommen.«

»Ich habe ihn zu Lafleur geschickt.«

»Und ich?«

»Du warst doch mit Jonas beschäftigt.«

»Nein, wir haben ihn gehen lassen.« Lena sah ihn verständnislos an.

»Das wusste ich nicht. Ich dachte, er wäre noch im Verhörraum«, erwiderte Gustav. Die Wahrheit war, dass er Lena absichtlich nicht mit zu Lafleur geschickt hatte. Der Anblick ihres geschundenen Gesichtes bestätigte ihn nur in dieser Entscheidung.

»Solange ich in diesem Rollstuhl sitze, wird mich Mads nie als vollwertige Polizistin ansehen«, wisperte Lena und Tränen stiegen ihr in die Augen.

»Denk so was nicht. Für Mads bist du eine verdammt gute Polizistin, er würde sich keinen anderen Partner an seiner Seite wünschen, geschweige denn akzeptieren, und ich sehe das wie er. Du bist viel besser in deinem Job als ich oder Mads es je sein könnten.«

»Wirklich?« Die Antwort kam spontan und erfreute Gustav. Er hatte offensichtlich den richtigen Ton getroffen.

»Ganz sicher«, bestätigte er. »Aber du kennst die Johannsenmänner. Wir beschützen unsere Frauen, dabei tun wir manchmal eben auch dumme Dinge.«

»Manchmal?« Lena lächelte.

Gustav wurde warm ums Herz, er konnte es nicht ertragen, seine Nichte traurig zu sehen.

»Du hast recht, Mads reizt mich oft, aber ich weiß, dass er das nicht aus Böswilligkeit tut, sondern weil er von seinem Handeln überzeugt ist. Du bist die Besonnenere, du benutzt deinen Verstand, genau deswegen braucht dich Mads an seiner Seite und ich dich hier in meinem Team.«

Lena nickte kurz und presste die Lippen leicht zusammen.

»Und jetzt erzähl mir bitte, was genau vorgefallen ist«, bat Gustav sanft.

»Hat dir Mads nicht alles erzählt?«

»Doch, aber er war sehr emotional. Ich möchte es aus deinem Mund hören.«

Also berichtete Lena alles, von der Sache am Strand bis zum Verhör.

»Wir haben uns dann entschieden, Jonas gehen zu lassen, weil es uns klüger erschien, damit wir uns erst einmal Krampe vorknöpfen können«, schloss sie.

»Klingt sinnvoll«, bemerkte Gustav, der aufmerksam zugehört hatte.

Im Großen und Ganzen hatte Mads fast dasselbe erzählt, nur hier und da hatte er wohl ein wenig geflunkert, zumindest traute Gustav seiner Nichte eher zu, dass sie die ungeschönte Wahrheit sagte.

»Was machen wir jetzt?«, fragte Lena.

»Du wartest auf Mads und ich schnappe mir Krampe.«

»Soll ich dich begleiten?«

»Nein, es wäre möglich, dass Mads deine Unterstützung braucht«, entgegnete Gustav. Die Enttäuschung in Lenas Gesicht war nicht zu übersehen. Es fiel ihm schwer, Lena so abspeisen zu müssen, doch er wollte nicht nachgeben.

»Brauchst du mich noch?«, fragte sie.

»Nein, du kannst gehen.«

Lena nickte und verließ das Büro. Gustav schloss kurz die Augen, nachdem sie die Tür hinter sich geschlossen hatte.

Dass seine Nichte noch immer nicht ganz genesen und auf den dummen Rollstuhl angewiesen war, beunruhigte ihn zutiefst. Der Rollstuhl würde ihr beim Dienst immer im Weg stehen, auch wenn es die letzten Monate den Anschein gehabt hatte, dass es nicht so war.

Kriminelle nehmen keine Rücksicht auf behinderte Polizisten, dachte Gustav bitter.

Trotzdem würde er an dieser Situation nichts ändern können und wollen. Lena sollte weiterhin das Gefühl haben, dass sie ein vollwertiges Teammitglied war. Sie wollte kein Mitleid. Eine Eigenschaft, die tief in der DNA der Johannsens verwurzelt war.

Er öffnete die Augen, nahm seine Waffe, zog seine Jacke an und verließ das Büro.

»Wohin des Wegs?«, fragte Petra.

»Zu Sebastian Krampe.«

»Was ist mit Lena? Ihr Gesicht …«

»Berufsrisiko«, fiel Gustav Petra ins Wort und ging weiter.

Eine halbe Stunde später erreichte er den Hauptsitz von Krampes Unternehmen. Auch bei seinem zweiten Besuch stellte er fest, dass er mit dem futuristischen Gebäude wenig anfangen konnte, ebenso wenig wie mit den vielen hübschen Frauen, die ihn am Empfang freundlich anlächelten und für seinen Geschmack einen viel zu tiefen Ausschnitt trugen.

Nachdem er um ein Gespräch mit Krampe gebeten hatte, nahm er im Wartebereich Platz. Sein Handy summte leise, er hatte eine Nachricht von Albert bekommen.

Bist du bei Krampe?,

las er. Fast hätte er geantwortet: Ja, woher weißt du das? Aber sicherlich hatte sein alter Freund im Büro angerufen und Petra hatte ihm bereitwillig Auskunft gegeben.

Ja, bin ich,

schrieb er daher.

Hättest mir ruhig Bescheid geben können.

Nein, hätte ich nicht. Ich bin Polizist, dachte Gustav verärgert und beschloss, Albert einfach nicht zu antworten und seine nun bestimmt folgenden Nachrichten zu ignorieren. Es war richtig, dass er Krampe allein aufsuchte. Albert war dem Unternehmer gegenüber viel zu voreingenommen. Ein Luxus, den sich Gustav als Polizeichef nicht erlauben durfte.

Ein paar Minuten später kam Krampe persönlich zu ihm.

»Guten Tag, Herr Johannsen. Welch Überraschung«, sagte er übertrieben gutgelaunt.

»Moin, Herr Krampe. Ich müsste Sie kurz sprechen.«

»Gerne doch, wenn Sie mir folgen möchten.«

Sie gingen zum Fahrstuhl.

»Wussten Sie, dass die Grundidee für diesen Bau von mir stammt? Ich habe die Skizze dafür entworfen«, fuhr Krampe im Plauderton fort.

»Sehr interessant. Selbst als Laie wie ich weiß man bei dem Anblick sofort, dass Sie etwas mit Hightech zu tun haben, wenn man das Gebäude betritt.«

»Genau das war meine Intention«, erwiderte Krampe stolz. »Haben Sie schon den japanischen Espresso ausprobiert?«

»Habe ich. Vielen Dank noch mal dafür.«

»Gerne. Wenn Sie mehr davon oder die ganze Bohne benötigen, lassen Sie es mich bitte wissen.«

»Sehr freundlich von Ihnen, aber mein Händler besorgt ihn mir.«

»Er muss gut vernetzt sein«, kommentierte Krampe anerkennend.

»Ist er«, antwortete Gustav in dem Bemühen, keine persönliche Nähe aufkommen zu lassen. Krampe war ein Verdächtiger, kein Freund, und Gustav war – im Gegensatz zu Albert – kein Bittsteller, der hoffte, dass Krampe in seiner Gemeinde investierte. Das war das Angenehme an seinem Job. Er musste sich bei niemandem lieb Kind machen.

Sie betraten ein Besprechungszimmer und nahmen beide Platz.

»Wie kann ich Ihnen helfen?«, fragte Krampe.

»Es geht noch einmal um Ihre Aussage«, begann Gustav.

»Wegen Sonntagabend?«

»Genau.« Er war gespannt, ob Krampe weiterhin behaupten würde, dass er zu Hause und nicht in der Nähe des Tatortes gewesen war.

»Na, dann ist es ja gut, dass Sie da sind. Ich wollte Sie deshalb nämlich ohnehin aufsuchen.«

»Und das heißt?«

»Ich muss gestehen«, begann Krampe und lockerte die Krawatte, die er heute ausnahmsweise trug, »ich war nicht ganz ehrlich zu Ihnen.« Er sah Gustav direkt an. Seine Augen wirkten ausdruckslos, jedenfalls konnte Gustav nichts in ihnen lesen.

Der Polizeichef wartete schweigend ab.

»Ich war draußen«, fuhr Krampe nun fort. »Fragen Sie mich nicht, wann, aber vermutlich vor 22 Uhr. Dass ich die Zeit nicht mehr weiß, hat einen Grund, der mir sehr peinlich ist.« Krampe räusperte sich.

»Sie waren high?«

Keine Antwort, nur ein bitteres Lachen.

»Ja, ich war high«, sagte Krampe schließlich. »Deswegen habe ich nichts gesagt, ich wollte mich nicht selbst belasten. Und ich gestehe, dass es Koks war, aber soweit ich weiß, ist der Konsum nicht strafbar.«

Gustav war überrascht, dass Krampe jetzt so offen sprach. Dass er in die Offensive ging, sah ihm nicht ähnlich, es sei denn, ihm war bewusst geworden, dass er sich nur noch tiefer ins Abseits manövrieren würde, wenn er weiter die Tatsachen verleugnete.

»Da haben Sie recht, trotzdem ist es ein ganz schmaler Grat. Der Besitz der Droge ist strafbar«, erwiderte Gustav streng.

»Ehrlich, ich bin nur Konsument. Keine Ahnung, was da in mich gefahren ist. Jonas hat mich angestiftet.«

»Jonas?« Gustav zog die Brauen hoch.

»Er mag jung sein, aber er hat es faustdick hinter den Ohren. Er hat das Koks mit auf die Party gebracht und dann habe ich es dummerweise konsumiert. Wussten Sie, dass er eine Scheibe an Klaus Achners Wagen eingeschlagen hat?«

»Nein, wusste ich nicht. Sind Sie sicher?«, fragte Gustav. Mads hatte ihm zwar von einer eingeschlagenen Autoscheibe berichtet, aber nicht, dass Jonas dahintersteckte. Und noch etwas anderes gab ihm zu denken: Krampe wollte Jonas am Sonntagabend gegen 21 Uhr beim Joggen gesehen haben, jetzt behauptete er, dass er auf der Party gewesen sei. Er würde sich die Aussagen von Jonas in den Akten noch einmal genau ansehen müssen.

»Er hat es mir selbst erzählt«, bestätigte Krampe. »Hat damit geprahlt, als er stoned war, und erklärt, dass er eine heftige Überraschung für Achner auf Lager hätte. Ich habe mir nichts dabei gedacht, aber jetzt, nachdem Achner ermordet wurde, ergibt das plötzlich alles Sinn. Ich will dem Kleinen nichts unterstellen, aber Jonas hat ein ganz klares Autoritäts- und Aggressionsproblem.«

»Und warum kommen Sie damit erst jetzt zu mir?«

»Ist das nicht offensichtlich?« Krampe lächelte gequält. »Ich hatte Angst, dass Sie mir wegen des Koks nicht glauben, vor allem weil Sie selbst gesehen haben, dass ich und Achner eine heftige Auseinandersetzung hatten. Im Gegensatz zu Jonas habe ich viel zu verlieren.«

Gustav musste sich kurz sammeln. War Jonas wirklich der Mörder oder versuchte Krampe nur, seinen Kopf aus der Schlinge zu ziehen?

»Sie erinnern sich sicher, dass wir einen Lamy-Kugelschreiber am Tatort gefunden haben«, erklärte Gustav. »Von der Sorte, wie Sie ihn hier in der Firma benutzen.«

Krampe zeigte zunächst keine Regung.

»Ich habe Jonas ein paar davon geschenkt«, sagte er schließlich. »Schauen Sie bei ihm nach.« Dann lächelte er, als er hätte er gerade einen Pokal gewonnen.

44

Der Angriff hatte Lena innerlich ziemlich zurückgeworfen. Ja, Jonas hatte sie hart getroffen und die Attacke hatte sie überrascht. Dass sie im Rollstuhl gesessen hatte, hatte es ihr zudem schwer gemacht, sich zu verteidigen, trotzdem hatte Mads in ihren Augen überreagiert. So sehr sie ihren Bruder auch liebte, das war unnötig gewesen.

Ihre Hauptsorge galt dabei noch nicht einmal Mads und den möglichen disziplinarischen Konsequenzen, sondern der Tatsache, dass Mads und Gustav den Vorfall zum Anlass nehmen würden, ihre Befugnisse zu beschneiden. Sie wollte nicht in den Innendienst verbannt werden, weil sie ihren Job liebte, obwohl sie noch auf den Rollstuhl angewiesen war und es Momente gab, in denen sie sich nutzlos vorkam.

»Du schaffst das. Irgendwann wirst du ohne Hilfen gehen können«, sagte sie zu sich und klopfte sich auf ihre Beine. Die aufkommende Enttäuschung, dass ihr Körper nicht so mitspielen würde, wie sie es sich wünschte, versuchte sie zu unterdrücken, doch das war alles andere als einfach. Tränen stiegen in ihr auf und sie wischte sich über die Augen.

Ihr Blick wanderte zu ihrer Uhr. In einer halben Stunde hatte sie einen Arzttermin. Eigentlich fuhr Mads sie meistens dorthin, aber der war noch nicht da und sie wollte ihn nicht anrufen, daher entschied sie, Christian zu fragen, der sofort zustimmte, da er sowieso gleich Feierabend machen wollte.

Eine Stunde später kam sie aus der Praxis, wo Christian noch auf sie wartete.

»Und, was sagt der Doc?«, fragte er.

»Nichts Neues. Ich muss mich weiter in Geduld üben.«

»Das wird schon. Nicht den Kopf hängen lassen. Wollen wir einen Kaffee trinken?«

Lena überlegte kurz. »Warum nicht.«

Die Praxis lag unweit des Niendorfer Hafens, sodass sie entschieden, zur *Seaside Lounge* zu fahren.

Auf der Terrasse des Lokals war wenig los. Jule empfing die beiden herzlich, doch als sie Lenas Blessuren im Gesicht bemerkte, erschrak sie. »Was ist passiert?«

»Nichts Dramatisches. Berufsrisiko, eine Schlägerei.«

»Und wo war Mads?« Jule war sichtlich beunruhigt.

»Er kam etwas zu spät.«

»Unglaublich, aber für einen dummen Spruch ist er immer gut. Brauchst du was?«

»Nein, Süße. Es sieht schlimmer aus, als es ist.«

»Sicher?«

»Ganz sicher. Ein Kaffee wäre sehr lieb.«

»Mach ich. Und für dich?«, fragte sie an Christian gewandt, der nun auch seinen Getränkewunsch aufgab. Jule nickte und entfernte sich.

»Was ist los?«, fragte Christian, nachdem sie sich einen Tisch ausgesucht hatten.

»Nichts.«

»Schatz, ich sehe doch, dass dich was beschäftigt«, erwiderte er. »Und das hat ganz sicher was mit deinem blauen Auge zu tun.«

Lena hatte ihn bereits über den Vorfall aufgeklärt, jedoch ohne zu erwähnen, dass Mads auf Jonas eingeschlagen hatte. Sie atmete tief durch und sah Christian an.

»Ich möchte von Mads nicht als schwach wahrgenommen werden.«

»Warum sollte er das tun? Du bist eine tolle Polizistin.«

»Die bei Einsätzen von einem Sechzehnjährigen vermöbelt wird.«

»Denk so etwas nicht einmal. Ich kenne keine, die stärker ist als du. Du hast dich bis zum Schluss um deine krebskranke Mutter gekümmert. Wo war Mads da?«

»Er war bei einer Spezialeinheit der Bundeswehr.«

»Mag sein, aber er hat sich vor der Verantwortung gedrückt und dich allein gelassen, auch wenn du es dir nicht eingestehen magst, weil du ihn liebst.«

»Mads hätte da eh nichts machen können.«

»Doch, hätte er. Er hätte die Verantwortung von deinen Schultern nehmen können und er hätte für dich und deine Mutter da sein müssen. Das war feige von ihm. Du bist einfach ein zu lieber und umsichtiger Mensch. Mads sieht das leider nicht immer. Sein Ego steht ihm im Weg.«

»Meinst du Mads mit dem Stichwort Ego?«, bemerkte Jule, die gerade mit den Getränken kam. Sie hatte den letzten Satz offensichtlich mitgehört.

»Wen sonst«, antwortete Christian augenzwinkernd.

»Da muss ich dir recht geben. Mads ist wirklich ein sehr egoistischer Mensch, leider.«

Lena schwieg, sie wollte nicht auch noch verbal auf ihren Bruder einschlagen, weil sie ihn kannte und das Ganze differenzierter sah.

»Stimmt. Und er nutzt Lenas Gutmütigkeit schamlos aus«, bestätigte Christian.

»Mads halt. Lena ist zu lieb.«

So wie Jule und Christian sich die Bälle in diesem Gespräch zuwarfen, hatten sie nicht ganz unrecht, trotzdem empfand Lena die Vorwürfe als zu harsch.

»Ich kann mich aber immer auf Mads verlassen«, brach sie deshalb eine Lanze für ihren Bruder.

»Das ist ja wohl das Mindeste, was ein älterer Bruder leisten sollte«, erwiderte Christian. »Ich liebe dich, mein Schatz, und möchte nur nicht, dass du ausgenutzt wirst.« Er drückte Lena einen Kuss auf den Mund.

»Ich lass euch Turteltauben dann mal allein«, sagte Jule schmunzelnd und entfernte sich.

»Was hältst du davon, wenn wir am Wochenende in die Ostsee Therme fahren?«

»Das wäre sehr schön, aber ich kann dir nichts versprechen.«

»Ich weiß, wegen der Ermittlungen. Vielleicht klappt es ja doch.« Christian drückte Lena an sich und gab ihr noch einen Kuss.

Seine Wärme und seine starken Hände zu spüren, tat Lena gut. Ihn an ihrer Seite zu wissen, wollte sie gar nicht mehr missen. Christian war ihr sehr wichtig.

Wichtiger als Mads?, schlich sich plötzlich ein Gedanke ein, auf den sie keine ehrliche Antwort hatte.

Nein, das mit Christian ist anders. Mads ist mein Bruder.

Sie schaute zur Promenade und über die Dünen hinaus aufs Meer. Es wirkte gerade etwas unruhiger als in den vergangenen Tagen.

»Wie schön ist das denn?«, hörte sie da eine Stimme. Emma betrat die Terrasse, Lena hatte sie gar nicht bemerkt. »Darf ich mich zu euch setzen, bis Gregor kommt?«, fragte sie.

»Natürlich!«

Emma umarmte Lena und nahm ihr gegenüber Platz, Christian gab sie die Hand, sie hatten bisher noch nicht so viel Kontakt zueinander gehabt.

»Was ist mit deinem Gesicht passiert?«, erkundigte sie sich dann besorgt.

»Frag nicht. Betriebsunfall.«

»Was heißt das?«

»Mads hat Jonas verfolgt, dann ist Jonas mit mir zusammengestoßen und es kam zu einer Keilerei.«

»Jonas? Meinst du Jonas Pahle?«, hakte Christian nach.

»Genau.«

»Wieso hast du mir das nicht gleich gesagt?«

»Kennst du ihn?« Lena hatte den Namen nicht erwähnt, als sie Christian von dem Vorfall erzählt hatte, sie hatte es nicht für wichtig erachtet.

»Klar kenne ich den. Der Junge vertickt Drogen und hat nur Flausen im Kopf. Die Mutter ist komplett überfordert mit ihm. Den schnappe ich mir.«

»Nein, das wirst du nicht. Wir haben ihn festgenommen und die Sache geklärt. Das ist Aufgabe der Polizei.«

»Verdächtigt ihr Jonas?«, fragte Emma.

»Nein, der ist nur ein kleiner Dealer. Achner ein Messer in den Bauch zu rammen, ist da eine ganz andere Nummer.«

»Also verdächtigt ihr Krampe.«

»Möglich.«

»Dann habe ich vielleicht was für euch. Du kannst mir später danken«, sagte Emma und lächelte wissend.

45

Krampe war clever, verdammt clever. Indem er selbst in die Offensive ging, hatte er sich aus der Schusslinie geholt. Gustav blieb also nichts anderes übrig, als sich mit Jonas zu unterhalten. Gleichzeitig würde er die Mutter auf den Zwischenfall mit Mads ansprechen und die Sache klären.

Sein Autotelefon klingelte. Es war Tim. Gustav nahm das Gespräch an.

»Ich habe einiges über Krampe und sein Unternehmen herausgefunden«, sagte Tim nach der kurzen Begrüßung.

»Schieß los.«

»Ich hatte ja die zwei Partner erwähnt.«

»Was ist mit ihnen?«

»Wie es ausschaut, läuft das Patent für die Erfindung gar nicht auf Krampe, sondern auf Igor Zalewski. Krampe hat ihn und den anderen Partner ausgebootet.«

»Hört sich wie die Geschichte von Apple an«, bemerkte Gustav. Er sah darin allerdings keine Verbindung zu dem Mord an Klaus.

»Ähnlich. Steve Jobs war ein Marketinggenie, aber das eigentliche Genie war Steve Wozniak.«

»Und was hat es jetzt mit Zalewski auf sich?«

»Er hat still und leise ein ähnliches Produkt entwickelt, das noch besser ist als die Lösung von Krampe. Außerdem hat er Krampe verklagt.«

»Soll vorkommen, ich sehe da aber keinen Zusammenhang zu unserem Mord.«

»Kommt noch. Intel Capital ist als größter Investor vor zwei Wochen bei Krampe ausgestiegen und wird sich wegen des ausstehenden Rechtsstreites an einer weiteren Finanzierungsrunde nicht beteiligen. Krampes Firma schreibt indes tiefrote Zahlen und sucht händeringend einen Investor, sonst können sie spätestens Ende des Jahres die Schotten dichtmachen, dann geht Krampe das Kapital aus.«

»Verstehe. Krampe steht mächtig unter Druck, und ausgerechnet in dieser Phase funkt der lästige Nachbar, der ihn auch noch mit einer Waffe bedroht, dazwischen. Da können einem schon mal die Sicherungen durchbrennen.«

»Wäre nicht das erste Mal, dass ein erfolgreicher Unternehmer durchdreht.«

»Leider. Das war gut, danke dir«, sagte Gustav und beendete das Gespräch.

Er sah auf den fließenden Verkehr der Bundesstraße und dachte nach. Krampe hatte soeben zugegeben, unter dem Einfluss von Drogen gestanden zu haben, hinzu kam der Kugelschreiber vom Tatort und die Aussage des Zeugen, der Krampe auf der Strandstraße gesehen hatte. So viele Zufälle konnte es doch nicht geben.

Gustav presste die Lippen zusammen. »Trotzdem reicht es nicht für einen Haftbefehl.«

Er brauchte einen echten Beweis, zumindest ein stichhaltiges Indiz, sonst würde Albert ihn wegen Krampe noch mehr nerven, als er es ohnehin schon tat. Sogar der Lübecker Bürgermeister schien ein Krampe-Befürworter zu sein.

Von wegen nur der Bürgermeister. Die Polizeidirektion in Lübeck kriecht ihm doch auch in den Arsch, dachte Gustav bitter. Er durfte sich keinen Fehler erlauben, deswegen war es gut und richtig, dass er sich persönlich weiter um Krampe kümmern würde. Mads interessierten politische Spielchen nicht, er hätte den Unternehmer vermutlich allein aufgrund der neuen Hinweise festgenommen. Gustav als Polizeichef dagegen konnte sich das nicht leisten.

Gerade als Gustav das Zuhause von Jonas erreichte, klingelte sein Handy.

Es war Albert. Gustav nahm das Gespräch an.

»Wieso hast du mir nicht geantwortet?«

»Worauf?«, tat Gustav unwissend, dabei wusste er genau, was Albert meinte.

»Auf meine Frage, warum du mich nicht informierst, wenn du Krampe einen Besuch abstattest.«

»Das hat sich nicht wie eine Frage gelesen.«

»Erzähl mir doch nichts. Du wolltest mir keine Antwort darauf geben.«

»Und wenn schon. Ich als Polizeichef entscheide allein, wen ich mitnehme, und du bist kein Polizeibeamter.«

»Ich bin der Bürgermeister der Gemeinde, daher habe ich jedes Recht, stets über den Ermittlungsstand informiert zu sein.«

»Erstaunlicherweise interessiert dich das aber nur, wenn es um Schwergewichte wie Tackenberg oder Krampe geht, von denen du dir Investitionen versprichst.«

»Nicht ich, sondern meine Gemeinde«, stellte Albert klar.

»Was bist du so aufgebracht?«, erwiderte Gustav ruhig.

»Weil du einfach nicht kapieren willst, wie wichtig Krampe für unsere Gemeinde sein kann.«

Gustav rollte mit den Augen. Dann würde er Albert wohl mit den unangenehmen Tatsachen konfrontieren müssen. »Du solltest wissen, dass Krampes Unternehmen ein Luftschloss ist.«

»Wieso ein Luftschloss?«

»Er ist pleite, und wenn er keinen neuen Investor findet, war's das. Dann gibt es auch keine Investition in deiner Gemeinde.«

»Unserer Gemeinde«, korrigierte Albert. »Wie kommst du überhaupt auf so einen Unsinn? Jeder ist scharf auf Krampes Unternehmen.«

»Jeder war scharf auf Wirecard und keiner wollte gesehen haben, dass sie auch so eine Luftnummer waren.«

Gustav hörte, wie Albert nach Luft schnappte. »Woher hast du die Information?«, fragte er.

»Von Tim.«

Albert schwieg, vermutlich weil er wusste, dass Tims Recherchen immer Hand und Fuß hatten.

»Das macht ihn aber nicht zu einem Mörder«, startete er dennoch einen Versuch.

»Möglich, es würde allerdings in meinen Augen sehr gut erklären, warum er die Nerven verloren haben könnte.«

»Du glaubst wirklich, dass er es war.«

»Ich ermittele, Albert. Ich muss jetzt los.«

»Abendessen um 20 Uhr?«

»Ich kann nichts versprechen.«

»Ich warte.«

Gustav beendete das Gespräch und stieg aus.

Jonas' Mutter, eine kleinere, rundliche Frau, öffnete ihm sogleich die Tür in dem Mehrfamilienhaus.

»Moin. Gustav Johannsen von der Ostseekriminalpolizei«, stellte sich Gustav vor.

»Geht es um Klaus oder meinen Sohn?«

»Darf ich eintreten?«, reagierte er mit einer Gegenfrage.

Die Mutter sah ihn zweifelnd an, bat ihn jedoch schließlich hinein und Gustav folgte ihr ins Wohnzimmer.

»Wo ist Jonas?«, fragte er.

»Am Strand, müsste aber bald reinkommen.«

»Wissen Sie eigentlich, was Ihr Sohn die ganze Zeit so treibt?«

»Wie, treibt? Er trifft sich mit gleichaltrigen Freunden am Strand.« Die Augen der Mutter wurden plötzlich schmal und sie legte die Hände auf die Hüfte.

»Es wäre mir neu, dass Sebastian Krampe in seinem Alter ist.«

»Sebastian – wer?«

»Sie kennen ihn nicht.«

»Nein, wer soll das sein? Ich gehöre nicht zu den Müttern, die ihr Kind an die kurze Leine legen. Jonas und ich haben ein ehrliches Vertrauensverhältnis, auf Augenhöhe.«

Das erklärte für Gustav so einiges. Minderjährige hatten in seinem Verständnis nicht auf Augenhöhe mit ihren Eltern zu sein.

»Dann wissen Sie vermutlich auch nicht, dass Ihr Sohn Drogen verkauft«, setzte er daher eins drauf.

»Drogen?« Die Augen der Mutter weiteten sich. »Jonas verkauft keine Drogen. Ja, er raucht hier und da mal einen Joint, aber er verkauft doch keine Drogen. Er ist sechzehn.«

»Meine Mitarbeiter haben ihn heute mit Drogen erwischt. Dabei ist es leider zu einem Zwischenfall gekommen.«

»Wurde er verhaftet? Was für ein Zwischenfall?« Die Mutter knetete nervös ihre Hände.

»Er wurde nicht verhaftet. Alles Weitere hängt allerdings von Ihnen ab«, erwiderte Gustav und erzählte ihr von dem Vorfall. Dabei erwähnte er auch, dass es zu Handgreiflichkeiten zwischen Mads und Jonas gekommen war. Er verheimlichte ihr nichts, weil sie spätestens am Gesicht ihres Sohnes sehen würde, dass Mads es übertrieben hatte.

»Ich sollte Ihren Mitarbeiter anzeigen. Jonas ist noch ein Kind«, empörte sich die Mutter.

»Das ist Ihr gutes Recht. Jonas wird dann direkt vor den Haftrichter geführt werden. Der Verkauf von Kokain ist kein Kavaliersdelikt, dafür wandert er in den Jugendknast.«

»Und wenn ich von einer Anzeige absehe?« Die Mutter schien schnell begriffen zu haben, was auf dem Spiel stand, und dass Gustav nicht scherzte.

»Dann werde ich es bei einer mündlichen Ermahnung an Ihren Sohn belassen, damit dessen Zukunft nicht ruiniert wird.«

»Das würden Sie tun?«

»Selbstverständlich.«

Der Mutter fiel sichtlich ein Stein vom Herzen. »Danke. Ich rede mit Jonas. Er wird nie wieder Drogen verkaufen. Ich weiß gar nicht, was mit dem Jungen los ist. Irgendeiner muss ihm diese Flausen in den Kopf gesetzt haben.«

»Sie müssen etwas strenger mit ihm sein. Es wäre ratsam, wenn Sie sich professionelle Hilfe suchen. Jonas ist in einem kritischen Alter, da entscheidet es sich oft, welchen Weg er einschlägt.«

Die Mutter nickte nur, sie schien zu verstehen, wie schwierig die Situation mit ihrem Jungen war, aber vermutlich wusste sie sich keinen anderen Rat.

»Ich möchte noch kurz Jonas' Zimmer sehen«, sagte Gustav.

»Glauben Sie, dass er dort Drogen versteckt?«

»Möglich. Wenn ja, muss ich sie beschlagnahmen, sonst wird mir keine andere Wahl bleiben, als ihn festzunehmen.«

»O mein Gott, machen Sie mir keine Angst«, rief die Mutter. »Vielen Dank, dass Sie so nachsichtig sind.«

Dass Gustav in Wahrheit nur seinen Neffen schützen wollte, schien sie nicht zu ahnen. Ebenso wenig, dass er in Jonas' Zimmer nach etwas ganz anderem suchte.

Er folgte der Mutter und betrat das Zimmer. Für das eines Sechzehnjährigen sah es sehr ordentlich aus.

»Schauen Sie nicht so überrascht, ich habe heute erst aufgeräumt«, gab sie zu.

Gustav trat an den Schreibtisch.

Krampe hatte nicht gelogen. Auf dem Schreibtisch lagen zwei Kugelschreiber der Marke Lamy.

46

Als Mads zu sich kam, lag er in einem Bett. Sein Schädel brummte. Er fasste sich an den Kopf und fühlte einen Verband.

Der Stein!

Die Erinnerungen kamen wieder.

Er hatte eine Auseinandersetzung mit Lafleur auf seinem Hof gehabt, es ging um Rex, den Lafleur mit einem Stock gequält hatte. Mads war dazwischengegangen und als er Rex zu seinem Wagen hatte bringen wollen, hatte Lafleur ihn hinterrücks angegriffen.

Mads erhob sich vom Bett, in seinem Kopf drehte es sich, sodass er sich etwas Zeit ließ, bis er aufstand.

Nach einer Weile spürte er immer noch den Schwindel, aber es war erträglich. Er verließ das Zimmer, ging die Treppe hinunter und folgte dem Flur. In einem der Zimmer brannte Licht. Mads trat ein.

»Geht's Ihnen besser?«, fragte Lafleur. Er saß in einem Sessel und las ein Buch. Mads konnte den Titel nicht erkennen.

»Den Umständen entsprechend«, erwiderte er ausweichend.

»Die Sache tut mir aufrichtig leid. Ich weiß nicht, was in mich gefahren ist. Als Sie mir Rex wegnehmen wollten, habe ich einfach rotgesehen. Mein Handeln ist durch nichts zu entschuldigen, aber Rex ist alles, was ich habe.«

»Das rechtfertigt nicht den feigen Angriff auf einen Polizeibeamten. Ich hätte tot sein können.«

»Sie sehen nicht aus, als ob Sie aus Zucker wären.« Lafleur stand auf. »Mehr als entschuldigen kann ich mich nicht.« Er streckte die Hand aus.

Mads ergriff sie nicht, stattdessen sagte er: »Lassen Sie Birgit Achner in Ruhe.«

»Mach ich.«

»Ich habe Ihr Wort darauf?«

Lafleur zögerte und schluckte. »Ja, haben Sie«, versicherte er dann.

»Rex nehme ich trotzdem mit.«

»Bitte nicht. Er bedeutet mir sehr viel«, sagte Lafleur erschrocken.

»Dann quälen Sie Ihren Hund nicht.«

Lafleur schüttelte den Kopf. »Ich weiß nicht, was manchmal mit mir ist. Ich arbeite gegen meinen Jähzorn an, versprochen.«

»Ein Versprechen reicht nicht. Gehen Sie in Behandlung. Ansonsten zeige ich Sie wegen Angriffs auf einen Polizeibeamten an.«

»Lassen Sie mir dann meinen Rex?«

»Ich möchte sehen, dass Sie sich professionelle Hilfe suchen.«

»Mach ich«, beeilte sich Lafleur zu erwidern. »Das heute war mir Lehre genug. Ich habe mich vor mir selbst erschrocken, deswegen habe ich Sie auch sofort medizinisch versorgt.«

Er streckte ihm erneut die Hand entgegen, aber Mads ignorierte die Geste weiterhin.

»Ich nehme Sie beim Wort. Wenn Sie mich anlügen, wird die nächste Begegnung nicht so glimpflich enden.«

»Ein Lafleur hält sich immer an sein Wort.«

»Das möchte ich für Sie hoffen. Wo sind meine Waffe und mein Handy?«

»Im Schrank.«

Lafleur öffnete eine Schublade und holte das Handy und die Waffe heraus. Dann nahm er unvermittelt die Pistole so in die Hand, dass er damit auf Mads zielte.

»Was für eine Macht«, sagte er, gleichzeitig verzog sich sein Gesicht, es wirkte wie eine Fratze.

»Geben Sie mir meine Waffe«, forderte Mads kalt.

»Ich muss nur den Abzug drücken und Sie und Ihre Arroganz sind Geschichte«, zischte Lafleur.

»Geben Sie mir meine Waffe«, wurde Mads laut. Er war gerade überhaupt nicht zum Scherzen aufgelegt.

Doch Lafleur lachte nur hässlich.

47

22. September, Timmendorf

»Was ist mit dir passiert?« Lena versuchte, sich ihren Schreck nicht anmerken zu lassen.

»Bin mit Lafleur aneinandergeraten«, antwortete Mads, der gerade ins Büro gekommen war. Christian hatte Lena in die Dienststelle gefahren.

»Wieso rufst du mich nicht an? Sag bloß, du hast dir den Verband selbst angelegt.«

»Ja, heute Morgen.«

»Warst du beim Arzt?«

»Nein.«

»Das solltest du aber tun. Komm, ich begleite dich.« Lena stand auf.

»Bleib sitzen, Schwesterherz, es ist nichts. Er hat mich nur unglücklich getroffen.«

»Trotzdem sollte sich das ein Arzt anschauen.«

»Es ist okay. Wir haben gerade Dringenderes auf dem Zettel.«

»Dringenderes als deine Gesundheit?« Lena konnte Mads' Reaktion nicht verstehen. »Wieso musst du immer den Starken raushängen lassen, wenn es um dich geht?«

»Weil es nichts ist. Es tut auch nicht weh, glaub mir, bitte.«

Lena nahm ihm das nicht ab, aber sie kannte seinen Starrsinn, er würde nicht zum Arzt gehen.

Es klopfte an der Tür und Gustav trat ein.

»Moin!« Er starrte Mads an. »Sag nicht, dass du jetzt Turban trägst?«

»Sehr lustig. Ich hatte gestern eine unglückliche Auseinandersetzung mit Lafleur.«

»Und wieso werde ich nicht darüber informiert?«

»Es war schon spät.«

»Spät?« Gustav schaute Mads verärgert an. »Was genau ist passiert? Ach …« Er machte eine wegwerfende Handbewegung. »Wir sehen uns in fünfzehn Minuten im Besprechungsraum, um die nächsten Schritte durchzugehen, und du erzählst uns, was genau mit Lafleur geschehen ist.«

»Sollte ich hinkriegen«, erwiderte Mads flapsig, was Gustav mit einem missbilligenden Blick quittierte.

»Der hat ja eine Laune«, bemerkte Mads, als Gustav ihr Büro verlassen hatte.

»So unrecht hat er nicht, Bruderherz. Du hättest uns informieren sollen.«

»Ich habe mir nichts dabei gedacht. Außerdem hat es keine Relevanz für die aktuellen Ermittlungen.«

»Was ist denn nun genau passiert?«

Mads erzählte ihr von dem Vorfall.

»Glaubst du ihm?«, fragte Lena, als er geendet hatte.

»Nein, tue ich nicht. Aber jetzt habe ich wenigstens etwas, wo ich ihn packen kann, wenn er sich Birgit Achner nähert oder sie belästigt.«

»Und Rex?«

»Den hätte ich mitnehmen sollen. Da habe ich es mir zu leicht gemacht.« Mads trat vor das Whiteboard. »Wir sollten uns lieber auf das Gespräch mit Gustav vorbereiten.«

»Glaubst du, dass Lafleur nicht unser Verdächtiger ist?«

»Er ist ein verliebter Gockel und er hat sich aufrichtig bei mir entschuldigt. Auch wenn ich ihm nicht abnehme, dass er sich ändern wird, denke ich nicht, dass er ein eiskalter Mörder ist. Er hat meine Wunde versorgt und mich hingelegt. Er ist nicht so abgebrüht wie Krampe oder Jonas.«

»Jonas?«

»Lass dich nicht von seinem Alter täuschen, er ist berechnend, versteckt sich aber hinter seiner Jugend.«

»Das sehe ich anders«, widersprach Lena. »Aber was Krampe anbelangt, stimme ich dir zu. Ich habe mich gestern mit Emma getroffen.«

»Emma? Was wollte sie?«

»Nichts, im Gegenteil, sie hatte Informationen für mich.«

»Emma für dich? Ohne Hintergedanken?«

»Ja, hatte sie. Über Krampe. Es könnte einiges erklären.«

»Und das wäre?« Mads wirkte überrascht.

»Krampe ist so gut wie pleite«, sagte Lena schlicht.

»Du scherzt?«

»Nein, kein bisschen, und wie es ausschaut, läuft das Patent der Entwicklung, die seine Firma verkauft, auch nicht auf ihn, sondern auf einen Igor Zalewski, einen ehemaligen Partner und Mitgründer. Zalewski ist dabei, ihn zu verklagen.«

»Lass mich raten, deswegen springen seine Investoren ab.«

»Genau. Intel Capital, ein Schwergewicht in der Branche. Jetzt findet er keinen Ersatz.«

Mads pfiff leise durch die Zähne. »Krampe steht mit dem Rücken zur Wand. Da kann er eine Nervensäge wie Achner nicht gebrauchen, der ihn dazu noch mit einer Waffe bedroht.«

»So sehe ich das auch, uns fehlt nur der Beweis.«

»Er wurde in der Nähe des Tatorts gesehen.«

»Was leider nicht reicht, um ihn als Mörder zu überführen.«

»Wir finden den Beweis. Lass uns zur Besprechung gehen, bevor Gustav seine Wut an uns …«

»Du meinst wohl, an dir«, unterbrach Lena.

Mads lächelte.

»Bist du unter die Beduinen gegangen? Oder ist das ein neuer Modetrend?«, begrüßte Albert ihn, als sie den Besprechungsraum betraten, er saß neben Gustav.

»Im Gegensatz zu dir steht mir jede Kopfbcdcckung«, antwortete Mads mit einem süffisanten Lächeln.

»Was ist denn passiert?« Alberts Miene wurde ernster, er schien besorgt.

»Mads wird uns das in Ruhe erzählen, nachdem er die Verbindung zu Ole und Tim aufgebaut hat. Sie werden an der Besprechung teilnehmen.«

Mads griff nach dem Laptop und startete das Onlinemeeting, das Bild von Ole und Tim erschien auf der Leinwand.

»Ist das jetzt Mode?«, fragte Ole scherzhaft.

»Sieht mir eher nach einer Kopfverletzung aus«, stellte Tim trocken fest.

»Schön, dass ihr für diese kurzfristig anberaumte Besprechung Zeit hattet«, begann Gustav, ohne weiter auf die Bemerkungen einzugehen. »Ich möchte, dass wir uns alle auf den aktuellen Stand bringen, denn seit gestern hat sich doch einiges ergeben. Ole, möchtest du anfangen?«

»Macht Sinn, ich habe nämlich nichts Neues.«

»Gab es Spuren von Drogen am Körper oder der Kleidung von Klaus Achner?«, erkundigte sich Gustav.

»Die finale Analyse aus dem Labor steht noch aus. Warum?«

»Wir wissen, dass zwei der Verdächtigen am Tattag Kontakt mit Kokain hatten. Es wäre daher möglich, dass aufgrund dessen Drogenspuren an der Leiche vorhanden sind.«

»Das wäre schon ein großer Zufall. Sollten die verdächtigen Personen Drogen konsumiert haben, hätte man wahrscheinlich Spuren der Substanzen unter deren Fingernägeln gefunden. Dass diese auch auf die Leiche übertragen wurden, ist in meinen Augen sehr unwahrscheinlich, es sei denn, es gab einen richtigen Kampf, bei dem sie einander gekratzt haben oder so. Wir haben am Opfer aber keine Kratz- oder Kampfspuren festgestellt.«

»Und wenn sie aneinander gezerrt haben? Klaus trug eine Jacke«, antwortete Albert.

»Das würde erklären, warum wir keine Kampfspuren gefunden haben. Aber dass minimal vorhandene Kokainspuren unter den Fingernägeln anschließend an der Jacke des Opfers hängen bleiben, ist noch unwahrscheinlicher. Wie gesagt, die finale Analyse liegt nicht vor. Ich möchte euch nur nicht allzu viele Hoffnungen machen, wenn das euer einziger Strohhalm ist, den ihr gerade habt.«

»Versuch bitte trotzdem, Druck zu machen. Wir müssen jede Möglichkeit in Betracht ziehen.«

»Mach ich. Das war's dann von mir.«

»Danke. Tim?«, wandte sich Gustav nun an den Kollegen von der IT.

»Die Informationen zu Krampes finanziell angespannter Situation habe ich mittlerweile vollständig zusammengestellt und schicke sie euch gleich. Wie ich dir gegenüber bereits erwähnt habe, muss Krampe bis Ende des Jahres neue Investoren finden, sonst war's das für seinen Traum.«

»Ist er je mit dem Gesetz in Konflikt geraten?«, fragte Mads.

»Das wollte ich als Nächstes ansprechen. In Deutschland liegt nichts gegen ihn vor, aber vor vier Jahren gab es einen Vorfall in einem Club in Amsterdam, wegen des Konsums von Kokain. Er hat einen Mann krankenhausreif geschlagen. Das Verfahren wurde außergerichtlich geregelt und in der Folge eingestellt.«

»Lass mich raten, er hat das Schweigen des Opfers erkauft?«

»Wenn meine Informationen korrekt sind, hat ihn der Spaß 120.000 Euro gekostet.«

»Daraus abzuleiten, dass er Klaus ermordet haben könnte, halte ich allerdings für sehr gewagt«, entgegnete Albert.

»Es beweist, dass er sich nicht im Griff hat, wenn er unter Drogeneinfluss steht«, erwiderte Gustav.

»Aber nicht, dass er ein brutaler Mörder ist.«

»Er hat ein Aggressionsproblem, wenn er Drogen genommen hat, und er hat mir gegenüber zugegeben, dass er am Tatabend unter Drogeneinfluss stand und im fraglichen Zeitraum auf der Strandstraße war. Außerdem hat er einen Fehler begangen.«

»Welchen?«, fragte Lena.

»Er wollte Jonas verdächtigen. Er hat erzählt, dass Jonas im Rausch gesagt habe, dass er Klaus etwas antun würde, und als ich ihn mit dem Lamy-Kugelschreiber konfrontiert habe, hat er siegessicher gelächelt und erwähnt, dass Jonas diese Kugelschreiber von ihm bekommen hätte.«

»Mal angenommen, es war tatsächlich Jonas …«, ließ sich Albert vernehmen.

»Ich glaube eher, dass Krampe von sich ablenken wollte. Der Zeuge hat ihn in der Nähe des Tatorts gesehen«, ging Gustav dazwischen.

»Und Jonas«, ergänzte Albert.

»Wir bestellen beide ein.«

»Warum?« Albert schien mit Gustavs Entscheidung überhaupt nicht einverstanden zu sein.

»Für ein Kreuzverhör. Es sei denn, Mads hat etwas Belastendes gegen Lafleur vorzubringen.«

»Habe ich nicht«, meldete sich Mads zu Wort.

»Du kannst doch Krampe nicht einfach vorladen«, sagte Albert entrüstet.

»Ich bin der Polizeichef und genau das werde ich jetzt tun. Es interessiert mich einen Scheißdreck, welche politischen Konsequenzen das hat.«

48

Hatte er die Johannsens endlich abgeschüttelt? Das wäre ein brillanter Schachzug von ihm gewesen.

»Jonas zu belasten, war genial«, sagte er zu sich.

Blieb nur zu hoffen, dass die Polizei den Köder schlucken und den kleinen Möchtegerndrogenbaron verhaften würde. Mehr konnte er jetzt nicht tun.

»Wer hätte gedacht, dass der Lamy-Kugelschreiber mir noch so perfekt in die Hände spielt?« Zufrieden lehnte er sich in seinem Stuhl zurück, doch sogleich stiegen auch die Erinnerungen an den Sonntagabend in ihm auf, als er unter starkem Drogeneinfluss auf der Strandstraße spazieren gegangen war. Es gab da ein paar Dinge, an die er sich lieber nicht erinnern wollte.

Ich muss mich auf meine Firma konzentrieren, alles andere ist jetzt unwichtig. Ich lasse mir das, was ich mir aufgebaut habe, von niemandem nehmen. Erst recht nicht wegen einer Dummheit, ermahnte er sich.

Es klopfte an der Tür und seine Sekretärin Jacqueline trat ein.

»Was gibt es?«

»Ein Jonas Pahle möchte dich sprechen.«

»Jonas?« Krampe sah sie überrascht an. Dass der Junge die Eier hatte, ihn aufzusuchen, wunderte ihn. »Sag ihm, dass ich verhindert bin.«

»Mach ich.« Jacqueline drehte sich um und ging.

»Nein, warte«, sagte er dann.

Jacqueline sah ihn verdutzt an.

»Schick ihn rein.« Krampe lächelte. »Das könnte lustig werden.«

»Woher du den Jugendlichen kennst, frage ich lieber nicht, oder?«

»Nein, lass ihn einfach reinkommen. Ich möchte bei dem Gespräch von niemandem gestört werden.«

Jacqueline nickte und verließ das Büro.

»Was der wohl von mir will?«, murmelte Krampe. Ob Gustav Johannsen den Druck auf ihn erhöht hatte und er jetzt Angst bekam, ins Gefängnis zu wandern?

Wenig später klopfte es erneut und Jonas betrat den Raum. Krampe stand auf und ging auf Jonas zu.

»Was führt dich zu mir?«, fragte er in freundschaftlichem Ton. »Hast du Stoff dabei?«

»Nein, habe ich nicht. Ich stecke echt in der Scheiße«, erwiderte Jonas, sein Blick wirkte gehetzt.

»Wieso?«

»Die Bullen waren bei mir zu Hause, haben meiner Mutter erzählt, dass ich Drogen verticke. Die ist komplett ausgerastet.«

Krampe lächelte. Was er hörte, gefiel ihm. »War es Gustav Johannsen?«, fragte er mitfühlend.

»Ja, woher weißt du das?«

»Weil er wie eine Klette ist. Nein, wie ein Bluthund, der eine Fährte aufgenommen hat und nicht eher aufgibt, bis er bekommt, wonach er sucht.«

Krampe ging zu einem Schrank, in dem sich ein Kühlfach verbarg, holte zwei Flaschen Bier heraus, öffnete beide und reichte eine Jonas. Dann stießen sie an und traten auf den Balkon, der an sein Büro angrenzte. Der Blick von hier oben war immer wieder erhebend.

»Man wird nicht erfolgreich, wenn man Angst hat«, erklärte Krampe.

»Ich habe keine Angst.«

Er wandte sich zu Jonas um. »Sicher?«

»Ja, Mann. Ich habe keine Angst, aber ich will nicht in den Knast.«

»Knast? Du bist sechzehn. Was soll dir schon passieren?«

»Auch Sechzehnjährige können in den Knast, ich habe das gegoogelt.«

»Du Idiot. Du bekommst höchstens Bewährung. Sieh dir mal an, was ich hier zu verlieren habe.«

»Ich gehe für niemanden in den Knast«, beharrte Jonas.

»Habe ich das etwa gesagt? Nein, nein, es geht um Verantwortung. Weißt du, was Verantwortung bedeutet?«

»Worauf spielst du an?«

»Diese Ermittlungen sind nicht gut für mein Ansehen und meine Firma …«

Jonas trat einen Schritt zurück und sah ihn fassungslos an. »Du möchtest, dass ich für dich in den Knast gehe?«

»Du wirst nicht ins Gefängnis müssen, die stecken dich in so ein Heim, wo du ein chilliges Leben hast.«

»Niemals.«

»Du wirst danach nie wieder Drogen verkaufen müssen«, sagte Krampe lächelnd.

»Das hatte ich eh nicht vor. Ich gehe nicht in den Knast. Schon gar nicht, weil ich weiß, dass du Klaus ermordet hast.«

»Tickst du noch ganz sauber?«, wurde Krampe nun laut. »Ich habe ihn nicht ermordet.«

»Wer's glaubt.« Jonas schnaubte verächtlich. »Du hast mir doch selbst gesagt, dass du ihn töten würdest, wenn er dich noch mal bedrohen würde. Und ich habe dich am Sonntagabend gesehen, du warst richtig drauf.«

»Spinnst du!«, rief Krampe und packte Jonas am Hemdausschnitt. Versuchte diese halbe Portion gerade ihm, Sebastian Krampe, eine Falle zu stellen? Das würde er sich nicht gefallen lassen, never. »Du möchtest wohl von dir ablenken?«, zischte er. »Erinnerst du dich noch an deine Worte?«

»Was für Worte?«, keuchte Jonas. »Lass mich los.«

»Dass du Achner abstechen wirst, wenn er dich noch mal bedroht.«

»Ja, ich habe ihn gehasst, aber deswegen steche ich ihn doch nicht ab! Du hattest viel mehr Gründe, ihn zu ermorden als ich.«

»Was laberst du für einen Scheiß?«

»Ist doch so. Du hast mir selbst gesagt, dass du ihn tötest, wenn er dich noch mal angreift. Ich habe dich am Sonntagabend gesehen, du warst echt komplett drauf.«

»Bist du bekloppt!« Reflexartig packte er Jonas am Hals. »Wo ist dein Taschenmesser, das du immer bei dir hast?«

»Welches Taschenmesser?«

»Lüg mich nicht an. Das Messer, das du immer bei dir trägst. Hast du Achner damit ermordet und es anschließend verschwinden lassen?« Krampe fixierte ihn mit seinem Blick, er atmete schwer.

»Du bist ja irre, du Psycho. Du warst Sonntagabend auf Koks, das sagt doch alles«, giftete Jonas und ehe Krampe sich's versah, spürte er, wie Jonas mit dem Knie Schwung holte und seinen Intimbereich traf. Krampe ließ ihn los und schrie vor Schmerz auf.

»Ich gehe für dich nicht in den Knast, du Wichser«, brüllte Jonas und verpasste ihm einen Schlag. Doch Krampe konnte sich nach links drehen und erwiderte den Angriff mit einem gezielten Faustschlag, er traf Jonas am rechten Ohr.

»Du hast Achner ermordet, alle wissen es. Nur deswegen waren die Bullen bei dir. Du bist am Arsch«, rief Krampe.

Jonas raste vor Wut, er sprang auf Krampe zu und prügelte auf ihn ein. Krampe schlug zurück, dann packte er Jonas und versuchte, ihn in den Würgegriff zu zwingen, doch Jonas gelang es, ihn von sich wegzudrücken.

Krampe machte einen zweiten Anlauf, aber Jonas drehte sich zur Seite und versetzte ihm einen Hieb auf den Hinterkopf, Krampe taumelte.

In seinem blinden Zorn ging Jonas auf ihn los und schubste ihn mit aller Kraft weg. Krampe stolperte und stürzte vom Balkon.

49

Verrat! Nichts anderes war es für Lafleur.

»Ich habe sie doch geliebt, aber sie hat die Bullen auf mich gehetzt.«

Er zog den Rotz hoch und spuckte ihn aus. Rex, der wieder an der Kette lag, schaute ihn verstört an.

»Du gehörst mir und kein Bulle wird dich mir wegnehmen, eher bringe ich dich um.«

Rex sah jetzt in die andere Richtung, als verstünde er, welche Drohung Lafleur aussprach.

»Das alles hätte dir gehören können, Birgit«, sagte er und ließ seinen Blick über seinen Hof wandern. »Wie konntest du so dumm sein, dazu Nein zu sagen?«

Es wollte ihm einfach nicht in den Kopf gehen, dass Birgit ihn mittlerweile nicht nur das zweite Mal abgewiesen hatte, sondern dass sie auch noch zur verdammten Polizei gelaufen war, damit er die Finger von ihr ließ.

»Welche Finger? Ich habe sie nicht mal berührt, elende Lügnerin.«

Lafleur schluckte, dann musste er plötzlich lachen. »Diesem Bullen hab ich einen ganz schönen Schrecken eingejagt, als ich seine Waffe auf ihn gerichtet habe.«

Er hatte die Angst in den Augen des Schönlings gesehen. Für einen winzigen Augenblick hatte er sich übermächtig gefühlt und hätte am liebsten dieser kleinen, fiesen Stimme nachgegeben, die ihn aufforderte, abzudrücken.

»Nächstes Mal drücke ich ab«, sagte Lafleur und spuckte die nächste Ladung Rotz aus. »Und ich habe ihm noch einen Verband gemacht …«

Er ärgerte sich noch immer über die arrogante Art dieses Mads Johannsen, doch wie sehr Birgit ihn verletzt und enttäuscht hatte, konnte er gar nicht in Worte fassen. Alles in ihm schrie danach, sie zur Rede zu stellen.

Und wenn das eine Falle der Bullen ist?, überlegte er. *Wenn Birgit gar nicht gepetzt hat?*

Seine Vernunft sagte ihm, dass das absurd war, aber etwas tief in ihm, das ihn immer wieder zu Dummheiten verleitete, sprach vehement dagegen, weil er sich nichts sehnlicher wünschte, als dass Birgit an seiner Seite war. Dass sie gemeinsam alt wurden.

Jetzt, wo Klaus tot war, gab es doch keinen Grund mehr, dass sie ihm entsagte. Früher hatte sie Klaus als Ausrede gehabt. Was war es jetzt?

»Mach dich nicht lächerlich. Sie hat dich zweimal abgewiesen, das war deutlich«, ermahnte er sich, keiner falschen Illusion hinterherzutrauern.

Weil sie eine gute Ehefrau ist, die Trauer zeigen muss, deswegen ist sie nicht auf dich eingegangen, meldete sich die Stimme aus seinem Inneren.

»Und warum kommt der Bulle dann zu dir und gibt dir zu verstehen, dass du dich von Birgit fernhalten sollst?«

Lafleur konnte keinen klaren Gedanken mehr fassen, alles in ihm war durcheinander, sprach dafür und dagegen. Ein einziges Chaos.

»Ich brauche Gewissheit.« Entschlossen ging er zu seinem Wagen und fuhr nach Timmendorf.

»Ein letztes Mal werde ich dich vor die Wahl stellen. Wenn du mich wieder enttäuschst, dann …« Lafleur sprach den Gedanken nicht aus, denn er hoffte auf ein Wunder, darauf, dass Birgits Worte ihrer moralischen Zurückhaltung geschuldet waren, weil sie gerade erst ihren Mann verloren hatte und sich nicht sofort in ein neues Liebesabenteuer stürzen konnte.

»Ich will mir nicht vorstellen, dass du wirklich die Polizei auf mich gehetzt hast«, sagte er zu sich und wieder spürte er, dass er, je näher er seinem Ziel kam, umso nervöser wurde. Seine Hände waren schweißnass, als er den Wagen vor Birgits Anschrift parkte und ausstieg. Trotzdem durfte er nicht kneifen.

»Ich habe nicht alles riskiert, um jetzt den Schwanz einzuziehen«, murmelte er und drückte auf die Klingel.

»Du?«, sagte Birgit, als sie die Tür öffnete. Ihr Blick wirkte entsetzt.

»Ja, ich. Lass uns reden, bitte.«

»Es gibt nichts mehr zu reden. Lass mich in Ruhe.«

»Birgit, mir gegenüber musst du die Show der trauernden Witwe nicht abziehen. Ich weiß, was für ein Arschloch dein Mann war und was er dir alles angetan hat.«

»Geh, sonst rufe ich die Polizei«, sagte sie kalt.

»Die Polizei? Hast du sie gestern zu mir geschickt?« Lafleurs rechtes Augenlid zuckte.

»Weil du mich einfach nicht in Ruhe lässt.«

»Du hast das also wirklich getan. Wie konntest du nur? Ich liebe dich!«

»Verlass mein Grundstück. Ich liebe dich nicht«, antwortete Birgit und wollte ihm die Tür vor der Nase zuknallen, doch Lafleur war schneller, er drückte die Tür nach innen auf und trat in den Flur.

»Du kleine dreckige Schlampe, weißt du, was ich für dich riskiert habe?«

50

Sebastian Krampe war tot.

»Ich will wissen, wie das passieren konnte!« Gustav war außer sich. Er hatte Mads und Lena zu sich in den Besprechungsraum gebeten, Jonas Pahle wartete im Verhörraum. »Entweder wusste Krampe, dass Jonas Klaus ermordet hat, oder Jonas hat Krampe zu erpressen versucht. Dass der Sturz vom Balkon ein Unfall war, will und werde ich nicht glauben.«

Es klopfte an der Tür und Petra trat ein.

»Sag nichts. Albert möchte zu mir, also lass ihn rein«, schimpfte Gustav. Er hatte im Moment keine Lust auf eine Diskussion mit dem Bürgermeister, aber dass er herkam, war nur verständlich. Er hatte ihn bereits von unterwegs aus angerufen, als er mit Jonas zur Dienststelle nach Timmendorfer Strand gefahren war.

»Wir haben ein Problem«, sagte Albert, als er eintrat.

»Ach, wirklich?«, reagierte Gustav sarkastisch.

»Die Presse sitzt mir im Nacken. Sie möchte wissen, warum ein Jugendlicher einen einflussreichen Unternehmer wie Krampe vom Balkon stürzt.«

»Krampe wurde in Lübeck ermordet. Soll die Presse sich an den Lübecker Bürgermeister wenden«, murrte Gustav.

»Sie wissen, dass Krampe und Jonas in meiner Gemeinde wohnen. Sogar die Ostseezeitung hat mich offiziell um eine Stellungnahme gebeten.« Albert setzte sich.

»Emma hat doch einen Artikel über den Mord geschrieben und laut Lena recherchiert sie auch wegen Krampe«, sagte Gustav und sah Lena an, die nickte.

»Die Anfrage kommt von einem Amir Kaya. Frau Falk ist sicherlich zu feige …«

»Emma ist alles, aber ganz bestimmt nicht feige«, fuhr Mads Albert ins Wort.

Der verdrehte die Augen und wollte etwas erwidern, als Gustav ihm zuvorkam: »Wir haben zwei Tote und einen Jugendlichen, der gerade dabei ist, seine Zukunft zu ruinieren, ich möchte kein Wort über Emma Falk hören!«

»Was tun wir jetzt?«, fragte Albert.

»Mads und Lena, ihr fahrt zu Birgit Achner. Ich möchte alles über das vergiftete Verhältnis zwischen Klaus und Jonas wissen, und zwar jedes Detail, egal wie unwichtig es erscheinen mag.«

»Sollte ich nicht das Verhör mit Jonas führen?«, entgegnete Mads.

»Nein, das werden Albert und ich tun.«

»Albert? Er ist Bürgermeister, aber kein Polizeibeamter.« Mads schüttelte verständnislos den Kopf.

»Ich bin der Polizeichef und entscheide das, ob es dir passt oder nicht.«

»Genau, es passt mir nicht, weil ich eher zu Jonas durchdringen kann als du, ich bin jung. Du hast doch keine Ahnung, wie …«

»Es reicht! Du hast Jonas zusammengeschlagen, was glaubst du, wie sehr er dir vertraut und sich dir gegenüber öffnen wird? Warum musst du meine Entscheidungen immer infrage stellen?«, wurde Gustav laut.

Mads wollte augenscheinlich zum verbalen Gegenschlag ausholen, da berührte Lena ihn am Arm und sagte: »Komm, Bruderherz, Gustav hat recht. Wir sollten mit Birgit reden. Wenn Jonas der Täter ist, müssen wir alles über die Streitereien zwischen Klaus und ihm in Erfahrung bringen. Jedes kleine Detail kann helfen, die Wahrheit herauszufinden.« Lena wandte sich Gustav zu. »Wir sollten auch versuchen, alles über die Konflikte zwischen Klaus und Krampe herauszubekommen. Wäre ja möglich, dass Krampe doch der Täter war und wir etwas übersehen haben.«

»Gute Idee, Lena. Macht das bitte. Für den heutigen Todesfall haben wir unseren Verantwortlichen, davon bin ich überzeugt. Wir dürfen jetzt nur nicht die Nerven verlieren.«

»Es könnte auch ein völlig Fremder gewesen sein«, warf Albert ein.

»Noch ein Wort von dir und ich schmeiße dich persönlich aus meinem Büro«, giftete Gustav. Er hatte gerade nicht die Nerven, sich Gedanken um weitere Verdächtige zu machen.

Albert hob abwehrend die Hände.

»Was sitzt ihr hier noch rum?«, sagte Gustav an Mads gewandt.

»Entspann dich, alter Mann, wir wollten gerade los.«

»Alter Mann …?«, brüllte Gustav und hätte fast mit der Faust auf den Tisch geschlagen. Mads quittierte das mit einem Schmunzeln, was Gustavs Zorn nur noch mehr befeuerte, er musste extrem an sich halten.

Mads und Lena verließen das Besprechungszimmer und gaben sich mit Petra die Klinke in die Hand, die mit einem Tablett zu ihnen kam.

»Sie sind ein Schatz«, sagte Albert, als er sah, dass Petra jedem einen Espresso mit Keks servierte.

»Das ist das Einzige, was den …«, Petra machte Gänsefüßchen in die Luft, »alten Mann beruhigt. Bei dem Geschrei mache ich mir Sorgen, was die Nachbarn denken.«

Albert lachte. Gustav fand das überhaupt nicht komisch, er konnte nicht begreifen, dass die anderen alle so locker zu sein schienen. Sie hatten einen weiteren Toten zu beklagen, das war kein bisschen lustig.

Petra verließ das Büro und Gustav gönnte sich einen Schluck von seinem Espresso, der sein Gemüt wieder auf Betriebstemperatur brachte. Er leerte die Tasse und aß seinen Keks.

»Hier, nimm. Den brauchst du dringender als ich«, sagte Albert und reichte Gustav seinen Keks, den dieser sich ohne Kommentar in den Mund steckte.

»Lass uns losgehen«, sagte Gustav dann und stand auf.

»Danke, dass ich dabei sein darf«, erwiderte Albert.

»Das habe ich nicht für dich getan, sondern weil ich Mads nicht dabeihaben wollte.«

»Egal, das Ergebnis zählt.«

Sie verließen das Besprechungszimmer und gingen über den Flur zum Verhörraum.

Als sie eintraten, saß Jonas am Tisch und weinte, immer wieder wischte er sich die Tränen vom Gesicht. Er sah unglaublich mitgenommen aus.

Gustav und Albert grüßten ihn und nahmen ihm gegenüber Platz.

»Es tut mir so leid«, schluchzte Jonas.

Albert zog ein Taschentuch aus der Jackentasche und reichte es Jonas, der es dankbar entgegennahm und sein Gesicht damit trocknete.

Es klopfte an der Tür und Petra trat mit einem Tablett ein. Sie hatte ein paar kalte Getränke mitgebracht.

»Das ist sehr lieb von dir«, sagte Gustav. In seinem Ärger hatte er ganz vergessen, Petra darum zu bitten.

Petra nickte und verließ den Verhörraum.

»Möchtest du eine Cola?«, fragte Gustav.

»Danke«, antwortete Jonas. Er griff nach einer Coladose und gönnte sich einen Schluck.

Gustav gab ihm Zeit, sich zu sammeln, das Verhör würde noch anstrengend genug werden.

»Bist du sicher, dass du deine Mutter nicht dabeihaben möchtest?«, fragte er.

Frau Pahle war zwar informiert und wäre gern zugegen gewesen, doch Jonas hatte von seinem Recht Gebrauch gemacht, das Verhör allein zu bestreiten. Als Sechzehnjähriger stand es ihm frei, zu entscheiden, ob seine Mutter anwesend sein sollte oder nicht. Gustav spielte es in die Karten, dass die Mutter nicht hier war, es machte das Verhör weniger kompliziert.

»Ganz sicher. Meine Mutter würde mich nur stressen. Sie hat echt keine Ahnung, was ich durchmache, weil sie immer nur ihre eigenen verdammten Probleme sieht. Was mit mir ist, interessiert sie nicht wirklich.«

Gustav sah das anders, im Gespräch mit der Mutter hatte er eher das Gefühl gehabt, dass sie ihren Sohn liebte, allerdings mit der Erziehung völlig überfordert war. Ansprechen wollte er diesen Umstand jedoch nicht, Jonas sollte kein schlechtes Gewissen bekommen.

»Das Gespräch wird aufgezeichnet. Gustav hatte dich bereits auf der Fahrt hierher darüber informiert, dass du von deinem Recht, die Aussage zu verweigern, Gebrauch machen kannst. In deinem eigenen Interesse solltest du aber lieber kooperieren. Möchtest du uns also erzählen, was vorgefallen ist?«, fragte Albert. Seine Worte klangen sanft und verständnisvoll, nicht so rau wie die Stimme von Gustav.

Jonas blickte auf und zog die Nase hoch. Dann sagte er: »Sebastian wollte mich sprechen.«

»Warum?«, fragte Albert.

»Ich nahm an, dass er Drogen brauchte. Er ist ein Junkie. Aber ich habe Mads und meiner Mutter versprochen, keine Drogen mehr zu verticken und ein besserer Mensch zu werden.« Jonas nahm einen weiteren Schluck aus seiner Dose.

»Also bist du zu ihm. Was ist dort passiert?«, übernahm Gustav.

»Wie ich geahnt hatte, wollte er Drogen. Wir waren auf dem Balkon. Ich habe ihm gesagt, dass ich keine Drogen mehr verkaufe, da ist er sauer geworden und hat mich geschubst. Ich habe mich erschrocken und bin zurückgewichen. Ich glaube, dass er drauf war, irgendwie war er neben der Spur. Dann hat er mich angeschrien, dass er unbedingt mehr

Koks braucht, weil er sonst durchdreht. Die Polizei wäre kurz davor, hinter sein Geheimnis zu kommen, was alles ruinieren würde.«

»Welches Geheimnis?«, fragte Albert.

»Dass er im Drogenrausch Klaus ermordet hat. Er hat das erst am nächsten Morgen bemerkt, als er aufgewacht ist und das Blut an seinen Händen gesehen hat. Es war ein Unfall. Klaus hat ihn wohl angemacht, es kam zu einem Wortgefecht, und dann muss Sebastian das Messer gezückt haben, aber er konnte sich nicht daran erinnern. Er war in Panik, weil damit seine ganze Existenz auf dem Spiel stand. Ich habe ihm gesagt, dass er zur Polizei gehen soll und dass ich keinen Mörder decken kann. Da ist er ausgerastet, hat mich aufs Übelste beleidigt und sogar angegriffen. Ich habe mich nur gewehrt. Irgendwie ist er dann gestolpert und über das Balkongeländer runtergestürzt. Mir eh unbegreiflich, warum das Geländer aus Glas so niedrig ist.«

In Jonas' Gesicht zeigte sich keine Regung, er trank seine Cola und schaute Gustav an, mit einer Ruhe, die befremdlich wirkte.

Sollten sie damit endlich ihren Mörder haben? Rettete diese Aussage Jonas und seine Zukunft?

»Und du möchtest wirklich, dass wir dir das glauben?«, fragte Gustav mit ruhiger Stimme.

»Es ist die Wahrheit.«

»Dann solltest du wissen, dass nicht Sebastian Krampe dich angerufen hat, sondern dass du mit Herrn Krampe sprechen wolltest. Wir haben die Aussage seiner Sekretärin.«

»Sie lügt.«

»Nein, tut sie nicht. Wir haben auch Zugriff auf Herrn Krampes Telefon und in seinem Anrufverzeichnis werden wir kein ausgehendes Telefonat an deine Nummer finden, sobald die finale Auswertung vorliegt, davon kannst du ausgehen. Willst du uns weiter zum Narren halten und uns belügen?«

»Ich lüge nicht«, entgegnete Jonas, seine Augen blitzten zornig auf.

»Jonas, du bist jung. Dein ganzes Leben liegt vor dir. Möchtest du deine Zukunft wirklich ruinieren?«, fragte Albert.

»Nein, natürlich nicht, aber ein Geständnis wird es nicht geben. Ich bin nicht blöd.«

»Die Spurensicherung nimmt gerade jede Menge Spuren auf. Du glaubst nicht, wie weit die Technologie heute ist. Sicherlich wird man Hautpartikel von dir an Herrn Krampes Körper finden und aufgrund des Aufpralls wird man analysieren können, wie genau es zu dem Sturz kam. Zudem gibt es feine, kaum sichtbare Schuhabdrücke auf dem Balkon, von dir und von Herrn Krampe. Auch diese wird man nutzen, um den Ablauf eures Kampfes exakt zu rekonstruieren, und am Ende wird man herausfinden, dass du lügst. Du kennst doch das Sprichwort: Einem Lügner glaubt man nicht, und wenn er auch die Wahrheit spricht«, erklärte Gustav. »Wenn du uns jetzt nicht die Wahrheit erzählst, wirst du für sehr lange Zeit ins Gefängnis wandern. Deine ganze Zukunft ist dann dahin.«

Jonas atmete durch. »Es war ein Unfall. Ja, ich wollte Sebastian sprechen, weil ich Schiss hatte und irgendwie das Gefühl nicht loswurde, dass er mich bei den Bullen belastet, um mich für Klaus' Tod verantwortlich zu machen. Ich hatte ja gesehen, dass er und Klaus sich gefetzt hatten und dass er auf Drogen war. Aber ich habe Klaus nicht ermordet. Und das mit Sebastian war ein Streit, er hat mich angegriffen und ich habe mich nur verteidigt. Ich habe ihn nicht vom Balkon geschubst.«

»Hast du mit Klaus am Sonntagabend kein Wort gewechselt?«, fragte Gustav. Er war nicht sicher, ob er Jonas glauben sollte. »Lüg mich nicht an. Gerade spricht alles gegen dich. Ob du ins Jugendgefängnis wanderst, hängt von diesem Gespräch ab. Wenn ich den Eindruck habe, dass du lügst, gehst du direkt in die Zelle.«

»Ich bin unschuldig«, platzte Jonas heraus. »Okay, ich habe mich kurz mit Klaus unterhalten.«

»Worüber?«, fragte Gustav. Er sah Jonas an, wie angespannt und nervös er war. Seine Finger klopften unruhig auf die Tischplatte.

»Sie werden es mir nicht glauben, aber ich habe mich entschuldigt«, sagte Jonas.

»Wofür?«

»Dass ich seine Autoscheibe eingeschlagen habe.«

Gustav horchte auf. Eine weitere Lüge, die Jonas gerade selbst aufdeckte, denn bisher hatte er geleugnet, die Scheibe eingeschlagen zu haben. Konnte man also davon ausgehen, dass auch alles andere, was er eben erzählt hatte, eine Lüge war? Dass es doch zu einem Streit zwischen Klaus und ihm gekommen war, der tödlich geendet hatte?

Gustav war geneigt, das zu glauben. Die Frage war nur: Wie bekam er Jonas zu einem Geständnis?

51

Sie lag friedlich im Bett, da, wo sie hingehörte.

Sie schlief und er schaute sie gerne an.

Nichts erinnerte daran, dass sie ihn abgewiesen hatte, oder daran, dass dieser dämliche Bulle ihm hatte befehlen wollen, die Finger von Birgit zu lassen.

Sie gehört mir, dachte er und am liebsten hätte er sich neben sie gelegt, sie gestreichelt, in den Arm genommen, geküsst und vielleicht sogar mehr.

»Ich muss behutsam sein, sie ist wie eine ungezähmte Stute, die erst eingeritten werden muss«, flüsterte er. Ein Lächeln umspielte seinen Mund, als er sich daran erinnerte, was für wilde Zeiten sie in diesem Bett gehabt hatten.

Als sie noch ihm gehörte, ihm gehorchte, wie es sich für eine brave Frau gehörte.

Das wird wieder, dachte er hoffnungsvoll.

Sie war jetzt bei ihm, das zählte. Alles andere würde kommen. Ihre Liebe zu ihm würde neu entfacht werden, auch wenn das Zeit brauchte. Sie hatten diese Zeit. Lafleur wollte nichts überstürzen.

Er beugte sich zu ihr.

Mein Engel, dachte er, beugte sich etwas weiter vor und widerstand nur mit Mühe der Versuchung, sie zu berühren. Sie sollte schlafen. Aufwachen würde sie früh genug, dann würden sie reden.

Plötzlich bewegte sie sich.

War die Betäubung nicht stark genug?, durchfuhr ihn ein furchtsamer Gedanke.

Sie durfte nicht aufwachen, noch nicht.

Doch seine Sorge schien unbegründet, sie hatte sich nur kurz im Schlaf bewegt, jedenfalls deutete nichts darauf hin, dass sie aufwachte.

Wovor hast du Angst? Soll sie doch aufwachen, dachte er.

Nein, es musste perfekt sein, wenn sie die Augen aufschlug. Noch war es zu früh. Er war unvorbereitet, so durfte sie ihn nicht sehen. Sie sollte wissen, dass sie zusammengehörten und warum er sie hatte entführen müssen.

So schlimm war das alles auch gar nicht gewesen, zumindest nicht in Lafleurs Augen. Gut, er hatte sich gewaltsam Zutritt zu ihrer Wohnung verschafft, ihr mehrmals ins Gesicht geschlagen, sie an den Haaren ins Wohnzimmer gezerrt und wieder auf sie eingeschlagen, bis sie bewusstlos geworden war. Dann hatte er sie in seinen Wagen geschleppt und nach Hause gefahren. Als sie kurz zu sich gekommen war, war er vorbereitet gewesen. Er hatte immer Chloroform dabei, damit hatte er sie betäubt. Seitdem schlief sie ruhig in seinem Bett. Ihrem Ehebett.

Angeblich musste man manchmal etwas Unangenehmes tun, um jemanden von seinem Glück zu überzeugen.

Er schmunzelte. Nichts wünschte er sich mehr, als dass Birgit seine Frau wurde. Bis ans Ende seiner Tage würde er sich um sie kümmern, für sie da sein, ein treuer und loyaler Ehemann sein.

Zählte das denn nichts?

»Doch«, entfuhr es ihm.

Nur das zählte. Alles, was danach käme, wäre eine Bagatelle, wie eine kurze Szene aus einem Albtraum.

Wieder bewegte sich Birgit. Das war wohl eine Macke von ihr, dass sie dazu neigte, sich im Schlaf so auffällig zu bewegen.

Doch dann öffnete sie die Augen. Sie starrte Lafleur an, sie wandte ihren Blick nicht von ihm ab.

»Guten Abend, mein Schatz«, sagte er. »Leider bist du ein

bisschen zu früh wach geworden, dabei hatte ich so eine tolle Überraschung für dich vorbereitet.«

Birgit starrte ihn noch immer an und dann schrie sie mit ganzer Kraft los.

52

»Das mit Birgit Achner war doch bloß Taktik von Gustav«, murrte Mads, während er und Lena zur Anschrift der Witwe fuhren.

»Denke ich auch. Er wollte nicht, dass du beim Verhör von Jonas zugegen bist. Leider ist seine Sorge nicht unbegründet.«

»Ach was. Jonas hat Mist gebaut und das weiß er. Ich denke, damit ist die Sache zwischen ihm und mir geklärt. Wir zwei würden doch viel besser zu ihm durchdringen als die beiden alten Männer. Die verstehen gar nicht, wie Jugendliche heute ticken«, hielt Mads dagegen. Er konnte seiner Schwester nur bedingt folgen, und es ärgerte ihn, dass Gustav ihn so abserviert hatte.

Klaus Achners Mörder konnte nur Jonas oder Krampe sein, das stand für ihn außer Frage, und er war sich sicher, dass es genau deswegen zum Streit zwischen den beiden gekommen war, was letztlich zum Tode von Krampe geführt hatte.

»Nenn unseren Onkel nicht immer alter Mann.«

»Warum? Er ist sechzig und konservativ wie ein Neunzigjähriger. Selbst Opa war lockerer als er.«

»Weil es Gustav mehr belastet, als er zeigt, außerdem wirst du jetzt gemein. Gustav sieht nun wirklich nicht wie ein Sechzigjähriger aus.«

»Sag das mal seinem Bauch«, scherzte Mads, obwohl auch er fand, dass ihr Onkel für sein Alter sehr fit war. Er hatte volles Haar, fast ohne Grau darin, und war in seinem ganzen Wesen gesund und leistungsfähig.

»Ich glaube, dir macht es einfach Spaß, Gustav zu ärgern«, mutmaßte Lena.

Mads grinste. »Schuldig im Sinne der Anklage. Warum gibt er uns auch immer so dämliche Anweisungen, statt zuzugeben, dass er uns beim Verhör nicht dabeihaben möchte?«

»Du meinst wohl, dich.«

»Ja, mich.«

Lena berührte die Hand ihres Bruders. »Du bist so süß, wenn du dich aufregst. Erinnert mich immer an deine Jugend, da warst du auch so, wenn du eingeschnappt warst, weil ein Mädchen dich sitzen lassen hat.«

»Mich? Wann soll das gewesen sein? Kann mich nicht daran erinnern.«

»Willst du damit sagen, dass du nie sitzen gelassen wurdest?«

»So ist es, Schwesterherz. Meine Quote liegt bei hundert Prozent.«

»Und was ist mit Sarah?«

»Du meinst Pferdegebiss-Sarah?«

»Du bist echt gemein.«

»Sie hat mich nicht sitzen lassen, das konnte sie gar nicht, weil ich sie nämlich nicht gedatet habe«, widersprach Mads.

»Das habe ich anders in Erinnerung. Okay, was ist mit Emma?«

»Emma zählt nicht, das war nicht in meiner Jugend. Außerdem habe ich ihr nie Avancen gemacht.«

»Weil du wusstest, dass sie deinem Charme nicht erliegen würde, dafür ist sie viel zu emanzipiert.«

»Quatsch, weil ich keine Lust auf Diskussionen habe. Wir streiten uns ja als Freunde schon genug, wie sollte das werden, wenn wir eine Beziehung hätten?«, erklärte Mads, dabei musste er seiner Schwester recht geben – wie so oft. Allerdings würde er einen Teufel tun und das ihr gegenüber eingestehen.

»Du flunkerst, Bruderherz«, stellte Lena schmunzelnd fest.

»Hundert Prozent, ich bleibe dabei. Emma hätte ich jederzeit knacken können.«

»Wollen wir sie fragen?« Lena nahm ihr Handy.

»Spinnst du?«, entfuhr es Mads.

»Und da haben wir deine hundert Prozent.« Lena lachte und Mads stieg in das Lachen mit ein, er konnte Lena einfach nichts krummnehmen.

Als sie das Haus der Achners erreichten, wurde er wieder ernst.

»Lass uns mit Birgit reden und Gustavs Scharade beenden.«

Lena nickte zustimmend, dann stiegen sie aus und Mads ging zum Kofferraum, um Lenas Rollstuhl zu holen.

»Ich nehme die Krücken«, sagte sie.

»Sicher?«

»Ja, ich möchte es versuchen, ist ja kein weiter Weg.«

»Und deine Gelenkschmerzen?«

»Die ignoriere ich, sonst wird das nie was. Vielleicht muss ich nur meine Angst überlisten. Der Arzt meinte, es könnte auch mit einer Blockade in meinem Kopf zu tun haben.«

»Wie du meinst.« Wirklich begeistert war Mads nicht von der Idee, trotzdem reichte er ihr die Krücken, die auf der Rückbank lagen.

Lena nahm nur eine, die andere legte er zurück ins Auto, anschließend gingen sie zur Haustür. Mads sah, dass seine Schwester starke Schmerzen hatte, ihre Miene wirkte angestrengt.

Es war seltsam, noch vor einer Woche hatte Mads angenommen, dass Lenas Gesundheitszustand sich gebessert hatte, dass sie längere Strecken ohne Krücke laufen könnte. Diese plötzliche Verschlechterung wollte er nicht allein auf das Wetter schieben, aber wenn es das nicht war, was war es dann?

Bei dem Gedanken, dass etwas Schlimmeres dahinterstecken könnte, zog sich sein Magen zusammen.

Und dann geschah es, ganz plötzlich, Lena stolperte und stürzte fast. Mads wollte ihren Sturz abfangen, aber Lena konnte sich ohne Hilfe stabilisieren.

»Nichts passiert, habe nur den Stein nicht gesehen«, sagte sie und versuchte zu lächeln, doch es gelang ihr nur schwer, vermutlich weil ein Schmerz durch ihren Körper jagte.

Du musst dich nicht quälen, wollte Mads sagen, aber er schwieg.

Sie erreichten die Tür und Lena klingelte.

Niemand reagierte.

Lena drückte erneut auf die Klingel, da fiel Mads etwas auf. Er berührte die Tür und sah sich bestätigt, dass sie nur angelehnt war.

»Seltsam«, sagte er.

»Vielleicht ist sie draußen und hat vergessen, die Tür zu schließen.«

»Wenn ich was von Oma gelernt habe, dann, dass ältere Menschen die Tür immer schließen, wenn sie rausgehen«, entgegnete Mads.

»Ach, Birgit nennst du älter, Gustav aber alt?«, scherzte Lena.

»Ich hatte Oma im Sinn, und ja, Oma ist vom Kopf her deutlich jünger als unser launischer alter Onkel.«

Lena lachte und Mads spürte, wie seine Anspannung wegen ihres Gesundheitszustands nachließ.

»Komm, lass uns nachsehen.«

Er ging voran ins Haus. Als er das Wohnzimmer betrat, wollte er seinen Augen nicht trauen. Ein umgekippter Stuhl, ein zerbrochenes Glas, die Tischdecke heruntergerutscht und der Teppich in Wellen auf dem Boden – hier hatte ein Kampf stattgefunden.

»Hallo, Frau Achner? Hier ist Mads Johannsen von der Kripo«, rief Mads, aber sein Bauchgefühl sagte ihm, dass sie Birgit Achner in ihrem Haus nicht finden würden. »Du wartest hier, ich suche die Zimmer und das Grundstück ab.«

Das Haus hatte Mads schnell durchsucht. Keine Spur von Frau Achner. Auch im Garten war sie nicht.

»Sie ist nirgends«, sagte er, als er wieder bei Lena war.

»Ich kann sie auch telefonisch nicht erreichen«, antwortete sie, sie schien nicht weniger in Sorge zu sein.

»Sie wurde entführt, und ich weiß auch, von wem«, stellte Mads fest.

»Lafleur«, bestätigte Lena seinen Gedanken.

53

»Was ist los?«, fragte Gustav. Albert hatte ihn aus dem Verhörraum gebeten, um unter vier Augen mit ihm zu reden.

»Ich weiß nicht, ob das hier richtig ist«, sagte Albert.

»Wie bitte?«

»Der Junge steht doch total neben sich.«

»Das ist mir scheißegal. Wir haben ihn fast so weit und du brichst einfach ab. Das ist nicht gut!«

»Ich weiß, aber überleg mal, was, wenn er unschuldig ist und die Wahrheit sagt, dass Krampe der Mörder ist?«

Gustav schüttelte nur den Kopf. »Das ausgerechnet aus deinem Mund.«

»Warum?«

»Tu nicht so naiv. Du hast Krampe doch bis zuletzt verteidigt und dich in meine Ermittlungen eingemischt.«

»Ich habe mich nicht eingemischt, sondern dich unterstützt. Außerdem ist Krampe jetzt tot. Willst du die Zukunft des Jungen ruinieren?«

»Verstehe. Krampe kann dir nicht mehr nützlich sein, und da seine Firma in Lübeck steht und er dort ums Leben gekommen ist, würde sich die Presse auf die Großstadt stürzen. Aber wenn Jonas der Mörder ist, wird die Presse ihn und deine Gemeinde auseinandernehmen.«

»So ein Quatsch, außerdem ist das hier ebenso deine Gemeinde. Mir liegt nur das Wohl eines Jugendlichen am Herzen, der sein ganzes Leben vor sich hat. Willst du das zerstören?«

»Ich will die Wahrheit herausfinden, nur das, und wenn Jonas Klaus ermordet hat, wird er dafür die volle Härte unserer Rechtsprechung zu spüren bekommen.«

»So wie du ihn unter Druck setzt, wird er alles gestehen. Wieso hat er keinen Anwalt?«

»Du verarschst mich jetzt, oder? Als wir Jonas festgenommen und mit zur Dienststelle genommen haben, haben wir ihm seine Rechte vorgelesen. Er wollte weder seine Mutter noch einen Anwalt dabeihaben, das weißt du genau. Und ich kenne auch den Grund.«

»Und zwar?«

»Weil er so naiv war, zu glauben, dass wir ihm seine Lügen abnehmen! Anscheinend hat er bei dir damit auch Erfolg gehabt.«

»Hat er nicht, deine Unterstellungen nerven. Warum wurde er überhaupt in meine Gemeinde gebracht und nicht in die Direktion nach Lübeck? Krampe ist doch in Lübeck gestorben.«

»Weil ich einen Zusammenhang zwischen Krampes Tod und dem Mord an Klaus sehe, verdammt noch mal«, wurde Gustav lauter. »Warum bist du überhaupt mit ins Verhör gekommen, wenn du nur gegen mich arbeitest?«

»Tue ich doch überhaupt nicht. Ich wollte nur …«

»Du wolltest …? Gar nichts wolltest du. Du bist ein Egoist.« Gustav schnaufte. »Ich gehe jetzt wieder rein. Kann ich mich auf dich verlassen oder soll ich einen Mitarbeiter bitten, dich zu ersetzen?«

»Du kannst dich auf mich verlassen«, antwortete Albert, doch wirklich überzeugend klangen seine Worte nicht. Trotzdem konnte und wollte Gustav das Verhör nicht allein durchziehen, es ging um zu viel, daher brauchte er einen Zeugen bei dem Gespräch.

»Gut.« Er machte eine wegwerfende Handbewegung. »Dieses ganze Gespräch war unnötig.«

Sie betraten den Raum wieder und setzten sich Jonas gegenüber.

»Kann ich noch eine Cola haben?«, fragte der. Er wirkte

gefasst, die kurze Pause hatte ihm augenscheinlich geholfen, sich zu sammeln, was Gustav ärgerte, denn er hatte das Gefühl gehabt, dass Jonas ihnen gleich die ganze Wahrheit erzählt hätte.

Er griff zum Telefon, das auf dem anderen Tisch stand, wählte Petras Nummer und bat sie, ihnen noch einmal Getränke zu bringen.

»So, und nun erzähl uns mal in aller Ruhe, was genau am Sonntagabend vorgefallen ist, als du Sebastian Krampe auf der Strandstraße gesehen hast.«

»Das hatte ich doch bereits gesagt. Ich habe ihn zwar gesehen, aber nicht beobachtet, wie er Klaus ermordet hat. Das war auch gar nicht nötig. Er hat mir in seinem Büro gestanden, dass er Achner umgebracht hat.«

»Du scherzt?«

»Nein. Es ist nur, weil Sie mich die ganze Zeit unter Druck gesetzt haben, damit ich den Mord gestehe. Ich bin unschuldig.«

Gustav warf Albert einen vernichtenden Blick zu. All die Bemühungen, die er in das Verhör investiert hatte, schienen umsonst, aber wenn Jonas glaubte, dass er so leicht davonkäme, hatte er sich geschnitten.

Gustav hatte Geduld, sehr viel Geduld, und er würde die Daumenschrauben gleich mächtig anziehen.

54

»Glaubst du, Birgits Verschwinden steht in Zusammenhang mit dem Mord an Klaus?«, fragte Lena, während Mads mit Blaulicht und Sirene über die B432 Richtung Pönitz raste.

»Keine Ahnung. Lafleur ist ein Freak, ein Psycho, und er ist besessen von Birgit, dabei hat er mir sein Wort gegeben, dass er sie in Ruhe lässt.«

Lena sah ihrem Bruder an, wie aufgewühlt er war. Hoffentlich hatte Lafleur Birgit nichts angetan, hoffentlich hielt ihn seine gestörte Liebe zu ihr von einer Dummheit ab.

»Sollen wir Verstärkung rufen?«, fragte sie.

»Nein.«

»Sicher?«

»Ja, ich war gestern Abend bei ihm. Er wird sie vermutlich erst heute entführt haben, wofür auch das Chaos im Wohnzimmer spricht.«

»Und was hat das mit der Verstärkung zu tun?«

»Wenn ich ihn aufsuche, wird er glauben, dass ich noch mal wegen Birgit oder dem Fall mit ihm sprechen will, oder wegen Rex. Er weiß, dass ich den Hund mitnehmen wollte, also wird er annehmen, dass ich mir Sorgen um das Tier mache und deswegen nach dem Rechten schaue.«

»Wenn deine Annahme zutrifft, könnten wir ihn überraschen.«

»Genau.«

Mads sah konzentriert auf die Landstraße. Ein Trecker fuhr vor ihnen. Lena ahnte, was er vorhatte, da beschleunigte Mads auch schon. Der Trecker fuhr weit rechts, aber da die Straße recht schmal war, konnte man nicht gefahrlos an ihm vorbeifahren, vor allem, weil sie keine freie Sicht hatten. Trotzdem überholte Mads. Lena versuchte nicht zu zeigen, wie viel Angst sie hatte. Ihr Fahrzeug war schnell, jetzt waren sie auf der Gegenfahrbahn, die Kurve kam und da sah Lena, wie ihnen ein Auto entgegenkam. Der Aufprall war nicht zu vermeiden.

Lena schloss die Augen und unterdrückte einen Schrei, doch dann spürte sie, wie Mads das Lenkrad herumriss und wieder einscherte.

»Sorry«, sagte er.

Lena erwiderte nichts. Sie war kreidebleich und starrte aus dem Fenster. Eine Sekunde später und es hätte einen Zusammenstoß gegeben. Bei der Geschwindigkeit wären sie beide sofort gestorben.

Wie schnell der Tod einen ereilen konnte und wie unbarmherzig er war. Lena wollte doch eine eigene Familie und Kinder.

Es war seltsam, dass sie ausgerechnet jetzt daran dachte. Sie wollte nicht sterben, nicht auf eine so unnötige Weise. Trotzdem sagte sie nichts und sah nur weiter schweigend aus dem Beifahrerfenster.

Knapp zwanzig Minuten später erreichen sie den Hof von Lafleur. Mads hatte rechtzeitig das Martinshorn ausgeschaltet und parkte bewusst vor dem Hof. Nichts sollte Lafleur auf sie aufmerksam machen.

»Du bleibst im Wagen«, sagte Mads.

»Nein, ich komme mit«, widersprach Lena. Auf diese Diskussion hatte sie nun gar keine Lust.

»Schwesterherz, du wärst vorhin fast gestürzt.«

»Da war ein Stein im Weg.«

»Wir wissen nicht, wie gefährlich Lafleur ist, und wenn er glaubt, dass ich wegen Rex hier bin, wird er Verdacht schöpfen, dass ich nicht allein bin.« In Mads' Blick lag ein Flehen, doch Lena wollte nicht nachgeben. Dieses eine Mal wollte sie auch so stur sein wie ihr Bruder.

»Bitte, vertrau mir. Es ist besser, wenn du hierbleibst. Wir wollen doch nicht, dass er misstrauisch wird«, setzte Mads nach.

»Du hast recht«, lenkte Lena dann doch ein.

55

Lafleur war nichts anderes übrig geblieben, als Birgit einen Knebel in den Mund zu stecken und sie zu fesseln. Sie hatte einfach nicht aufgehört zu schreien und wirklich widerwärtige Worte zu brüllen.

Jetzt war er in der Küche und bereitete ihnen ein bescheidenes Mahl zu. Birgit hatte sicherlich Hunger und er wusste, dass sie mit Salami belegte Brötchen besonders mochte.

»Liebe geht durch den Magen«, sagte er zu sich. Der Gedanke, dass Birgit sich beruhigen würde, wenn sie etwas gegessen hätte, gefiel ihm. Sie sollte doch begreifen, dass das alles nur zu ihrem Wohl geschah und nicht, weil er sie hasste, oder – Gott bewahre – ihr etwas antun wollte.

Lafleur bekreuzigte sich, als wollte er einen sündigen Gedanken von sich abwenden. Er war Katholik. Keiner, der jeden Sonntag den Gottesdienst besuchte, aber er ging schon regelmäßig in die Kirche und christliche Feiertage waren ihm wichtig.

»Wie schön wird es erst sein, wenn wir gemeinsam den Weihnachtsbaum schmücken, ein Gläschen Glühwein trinken und dann packst du die vielen Geschenke aus, die ich für dich unter den Tannenbaum lege.«

Seine Träumereien wurden immer besser. Er wollte nicht mehr allein sein und endlich war er an seinem Ziel angekommen, er hatte die Frau gefunden, nach der er so lange gesucht hatte.

Bald wird sie schnurren wie ein Kätzchen, dachte Lafleur zufrieden. Er würde nur geduldig sein müssen und nicht die Nerven verlieren dürfen.

»Mach nur ein Mal in deinem Leben etwas richtig, Werner. Ein Mal im Leben!«, ermahnte er sich, seine Wut nicht über seinen Verstand bestimmen zu lassen.

Er ging zum Kühlschrank, legte Wurst und Butter zurück und nahm die Flasche Wein heraus, die er zusammen mit zwei Gläsern auf das Tablett stellte. Als krönenden Abschluss holte er noch zwei Ferrero Rocher, da er wusste, dass Birgit diese Süßigkeit mochte.

»Was soll jetzt noch schiefgehen?« Er grinste. »Hat Klaus dir je Frühstück ans Bett gebracht?« Sein Mund verzerrte sich, das Grinsen wurde schief.

Er nahm das Tablett, verließ die Küche und ging über die Treppe in den ersten Stock, dort betrat er den Flur und ging bis zu der Tür, hinter der Birgit gefesselt im Bett lag.

»Hallo, mein Schatz«, machte er sich mit einem bemüht freundlichen Gesicht bemerkbar, dabei war er extrem angespannt.

Er konnte überhaupt nicht einschätzen, wie Birgit reagieren würde. Und wie lange er seinen Zorn ihr gegenüber würde im Zaum halten können.

Birgit schaute ihn an. Ihre Augen wurden schmal und ihr Blick wanderte erst zu dem Tablett, dann zu den Salamibrötchen.

»Das ist deine Lieblingssalami«, sagte er, als er das Tablett auf der Schlafzimmerkommode abstellte.

Birgit sah ihn weiter an. Er konnte ihren Blick nicht deuten.

»Du hast sicherlich Hunger. Ich befreie deinen Mund von diesem Knebel, aber es gibt ein paar Spielregeln. Kein Schreien, kein Treten oder werfen mit Essen und Getränken. Wir sind doch beide erwachsen. Kriegen wir das hin?« Lafleur machte einen Schritt auf sie zu. »Wenn das für dich okay ist, nicke bitte.«

Birgit blickte Lafleur noch immer mit starrem Blick an, aber dann nickte sie.

»Ich vertraue dir, weil ich dich liebe«, sagte Lafleur und entfernte vorsichtig den Knebel aus ihrem Mund.

Birgit atmete hastig durch den Mund ein, als hätte man ihr die Luft abgeschnürt, dabei hatte sie die ganze Zeit durch die Nase atmen können.

»Möchtest du ein Salamibrötchen?«, fragte Lafleur.

»Das wäre lieb«, antwortete sie.

Ihre Stimme klang gar nicht mehr aggressiv oder feindlich, nein, richtig freundlich. Fast als hätte sie endlich verstanden, dass er all das nur tat, weil er sie liebte und es seine Aufgabe als Mann war, sie zu beschützen.

»Von Herzen gerne«, antwortete Lafleur. Er war gewillt zu glauben, dass sie auf einem guten Weg waren.

Beschwingt nahm er das Tablett und brachte es zu ihrem Bett, wo er es auf der Bettdecke abstellte.

»Möchtest du nicht meine Hände befreien? Wie soll ich so essen?«

»Nichts lieber als das, mein Schatz, nur leider sind wir noch nicht so weit. Dieses Vertrauen musst du dir erst erarbeiten. Aber ich bin zuversichtlich, dass du das schaffen wirst.«

Birgit schwieg.

»Ich werte das als ein Ja«, erwiderte Lafleur, nahm ein belegtes halbes Brötchen und führte es zu ihrem Mund, sodass sie abbeißen konnte.

»Schmeckt, oder?« Lafleur lachte. »Es stört dich sicherlich nicht, dass ich auch davon esse. Als dein zukünftiger Mann gibt es keinen Grund, dich vor mir zu ekeln.«

Er biss genussvoll in das Brötchen und reichte es anschließend wieder Birgit an, die zuerst zögerte, dann aber ebenfalls abbiss.

Gemeinsam aßen sie insgesamt vier halbe Brötchen, alle belegt mit Salami. Zwischendurch tranken sie Wein. Die Weinflasche stand auf der Kommode.

»Das ist noch immer dein Lieblingswein, oder?«

Birgit nickte nur.

In diesem Moment war es für Lafleur, als hätten sich all seine Sorgen in Luft aufgelöst, als hätte bei Birgit ein Umdenken stattgefunden, weil sie zu akzeptieren begann, dass sie die Frau an seiner Seite sein würde.

»Ich habe das alles nur für dich getan, weil ich wusste, dass wir zusammengehören. Wie es jetzt ist, ist alles so, wie ich es mir wünsche«, sagte er spontan.

»Was hast du getan?«, fragte Birgit rau, ihre Augen wirkten ängstlich.

»Nichts«, beeilte sich Lafleur zu versichern, auch wenn es einen Teil in ihm gab, der wollte, dass Birgit die Wahrheit erfuhr, dass sie sah, was für einen großen Liebesbeweis er ihr erbracht hatte, damit sie endlich begriff, dass sie ihm alles bedeutete. Doch zugleich gab es einen Teil in ihm, der ihn ermahnte, vorsichtig zu sein, weil Birgit noch nicht so weit war.

»Nichts? Was hast du getan?«, wiederholte Birgit lauter. »Siehst du nicht, dass du alles nur viel schlimmer machst? Jetzt hältst du mich sogar gefangen.«

»Ich halte dich nicht gefangen. Ich liebe dich.«

»Jemanden, den man liebt, bindet man nicht an.«

»Willst du denn nicht begreifen, dass ich dich liebe, dass wir zusammengehören? Wann legst du endlich diese Fesseln ab, die Klaus dir all die Jahrzehnte angelegt hat.«

Birgit sah ihn ernst an. »Er hat mir keine Fesseln angelegt. Ich war freiwillig bei ihm, weil er mein Mann war und ich ihn geliebt habe.«

»Und deswegen hast du mir gesagt, dass du ihn hasst, dass du ihm den Tod wünschst«, reagierte Lafleur gereizt. Sein Atem ging schneller und er spürte, wie ihm das Blut in den Kopf schoss.

Birgit verzog fassungslos das Gesicht. »Du hast Klaus getötet?«, sagte sie dann.

Lafleur nickte lächelnd. »Ja, für dich! Es ist mir nicht mehr aus dem Kopf gegangen, was du mir alles erzählt hattest, und ich wusste, dass er dich niemals gehen lassen würde. Eines Mittags war dann dieser Sebastian Krampe bei mir im Bioladen und hat Sachen gekauft, dabei hat er seinen edlen Lamy-Kugelschreiber auf der Theke liegen lassen. Es war wie ein Wink des Schicksals. Du hattest mir doch gesagt, dass Klaus und er sich hassen. Als du dich dann von mir getrennt hast, wusste ich, dass ich ohne dich nicht mehr leben kann, aber dass Klaus unserer Zukunft immer im Weg stehen würde.«

»Wie kannst du sagen, dass du mich liebst?« Birgit zog eine angewiderte Grimasse.

Lafleur war ratlos. Warum glaubte sie ihm nicht, dass er sie aufrichtig liebte? Was sollte er denn noch tun? In ihm begann die Wut zu brodeln, sie war wie ein Vulkan.

»Ich habe nie aufgehört, dich zu lieben, begreif das doch, mein Schatz«, sagte er verzweifelt und zornig zugleich. »Ich wusste ja, dass du mich nur verlassen hast, weil er ein Monster ist. Von da an habe ich auf meine Chance gewartet, und dann kam sie, wieder wie ein Wink des Schicksals. Eigentlich wollte ich nämlich an diesem Sonntagabend zu dir, weil ich wusste, dass ich nicht mehr ohne dich sein kann und Klaus sich in der Kneipe volllaufen lässt. An diesem Abend war das Glück auf meiner Seite, es hat mir den Weg zu deinem Herzen gezeigt. Erst habe ich diesen widerlichen Krampe gesehen, zugedröhnt wie ein Zombi lief er die Straße entlang, und dann lief mir auch noch Klaus über den Weg. So viel Zufall kann es doch nicht geben. Es war Schicksal. Ich musste nur noch das Messer in den Bauch dieses Monsters rammen und dann war alles gut, es war so leicht.« Er atmete schwer, das Geständnis hatte ihm alles abverlangt, er konnte seinen Blick nicht von Birgit abwenden.

»Verstehst du nicht? Es war Schicksal«, hörte er sich weiterreden. »Ich musste nur noch den Kugelschreiber am Tatort zurücklassen und die dummen Bullen würden sofort Krampe verdächtigen. Alles war perfekt. Das habe ich nur für dich getan, als Liebesbeweis! Begreifst du das denn nicht? Nur für dich, mein Schatz. Ich habe die Leiche im Wald versteckt, damit sie nicht gleich entdeckt wird, sondern erst später, um erst gar keinen Verdacht auf mich zu lenken. Nur der Kugelschreiber sollte zu dem Mörder führen, und da ich Krampe allein auf der Straße gesehen hatte, wusste ich, dass er kein Alibi für die Tatzeit haben würde. Siehst du nicht, wie perfekt das war? Gott wollte es so.« Lafleur brach ab, sein Atem wurde ruhiger, bis er gar nicht mehr zu hören war.

Birgit Achner starrte ihn nur schweigend an, sie regte sich nicht.

»Ich liebe dich, Birgit. Du und ich, das ist was Besonderes. Lass uns einen Neuanfang starten. Ich sage dir das, weil ich dich liebe und dir vertraue. Keine Geheimnisse sollen unserem Glück im Weg stehen.«

Endlich kam Bewegung in Birgits Miene. Doch was dann geschah, entsprach nicht dem, was er sich gewünscht hatte.

»Du bist ein Freak und ein Mörder«, platzte sie heraus.

»Ich bin kein Freak«, schrie Lafleur.

»Doch, du bist wahnsinnig, du bist ein Psychopath.« Hektisch versuchte Birgit, sich von den Fesseln zu befreien, was ihr nicht gelang. In Lafleurs Kopf legte sich ein Schalter um.

»Du kleine Schlampe, ich öffne dir mein Herz und du beleidigst mich!«, brüllte er und holte mit der Faust aus. Er traf ihr Gesicht.

Birgit schrie auf. »Binde mich los, du Mörder!«

»Halt's Maul«, zischte Lafleur und schlug erneut auf Birgit ein, er traf sie am rechten Auge. »Es ist nur deine Schuld, dass ich das tun muss, du verlogene Schlampe.«

Jetzt brach der Vulkan doch aus, obwohl er genau das nicht gewollt hatte. Er prügelte auf Birgit ein, blind vor Wut. Dann hielt er inne und damit erstarb auch das Schreien von Birgit. Kein Wort kam mehr über ihre Lippen, stattdessen begann sie zu weinen.

»Ich möchte dir doch nicht wehtun, begreif bitte, dass ich dich liebe. Das war ein Liebesbeweis. Wir beide gehören zusammen.« Lafleur schüttelte den Kopf und richtete sich auf, dann schaute er auf das Tablett, das noch auf dem Bett stand. »Wenigstens ist der Nachtisch heil«, sagte er, begleitet von einem schrillen Lachen.

Die Weingläser waren im Streit zerbrochen, Weinflecken waren auf der Bettwäsche und Birgits Kleidung, da er sie über der Bettdecke gefesselt hatte.

»Willst du jetzt wieder artig sein wie die Birgit, die mich so schnell um den Verstand bringen konnte, oder möchtest du, dass ich noch wütender werde?«, fragte er. Er fixierte sie mit seinem Blick, während das Lächeln in seinem Gesicht gefror.

»Ich bin artig«, antwortete Birgit leise. Lafleur wollte ihr glauben.

»Schön, dann hast du dir den Nachtisch verdient, mein Schatz. Bist du nett, bin ich nett. Ganz einfache Spielregeln.«

Er löste die Verpackung von der Ferrero-Rocher-Kugel und steckte Birgit das Konfekt in den Mund, dabei verharrten seine Finger kurz in ihrem Mund. Der Speichel auf der Haut, ihre warmen Lippen – das Gefühl übermannte und erregte ihn.

»Erinnerst du dich?«, flüsterte er. »Du hast es geliebt, an meinem Finger und an meinem geilen Schwanz zu saugen.«

Birgit war wie erstarrt, doch Lafleur bemerkte das nicht. Sein Finger ruhte noch immer in ihrem Mund, dabei fuhr seine andere Hand zu seinem Schritt. Er berührte seinen steifen Penis, der durch die Jogginghose sichtbar wurde.

»Schau mal, wen du geweckt hast«, flüsterte er und schmunzelte. »Leck meinen Finger.«

Aber Birgit rührte sich nicht.

»Leck meinen Finger«, sagte er drohend, während er mit der anderen Hand seinen Penis aus der Hose befreite.

Es war ein unbeschreiblich schönes Gefühl. Die Erinnerungen an den Sex mit Birgit wurden in ihm wach, wo sie es überall getrieben hatten und wie gut der Sex mit ihr gewesen war, weil sie es verstanden hatte, ihn glücklich zu machen.

Birgit leckte noch immer nicht seinen Finger, stattdessen sagte sie undeutlich: »Lass mich bitte gehen.«

Lafleur hielt inne. Er wollte nicht glauben, was er da hörte, vor allem, da er so erregt war. Diese Worte waren wie ein Lustkiller, dabei wünschte er sich nichts mehr, als zum Orgasmus zu kommen.

»Leck meinen Finger«, forderte er daher erneut. »Oder möchtest du mich wütend machen?«

Er spielte weiter an sich herum. Die Erregung nahm zu, sein Finger steckte noch immer in ihrem Mund, aber Birgit bewegte weder ihre Zunge noch ihre Lippen.

Er wurde wieder wütender, trotzdem stieg zugleich seine Erregung. Sein Penis war knüppelhart.

»Leck jetzt meinen Finger, ich bitte dich kein zweites Mal«, keuchte Lafleur. Er wusste, dass er gleich kommen würde, wenn sie nur endlich seinen Finger lecken würde. Danach würde sie machen können, was sie wollte, aber sie sollte ihn in diesem Moment verdammt noch mal nicht enttäuschen.

»Nimm das«, brachte Birgit angewidert hervor und dann biss sie mit voller Kraft zu.

Lafleur schrie vor Schmerz auf.

56

Mads war erleichtert, dass Lena keine unnötige Diskussion angestoßen hatte. In dieser Situation war es besser, wenn er sich mit Lafleur allein unterhielt.

Vorsichtig betrat er den Hof, die Dienstwaffe hatte er dabei, sie war noch gesichert. Er hörte ein seltsames Winseln.

Rex, dachte er. Er hatte ein ungutes Gefühl. Langsam folgte er dem Geräusch und sah sich leider bestätigt. Rex, an eine Metallkette angeleint, lag winselnd auf dem Boden.

Als er Mads erblickte, stand er auf und humpelte auf ihn zu, er sah übel zugerichtet aus.

»Dieser Bastard.« Rex' Körper war mit Wunden übersät, sein Fell blutverschmiert. Lafleur musste ihn brutal geschlagen haben.

Mads befreite Rex von seinem Halsband.

»Du wirst keine Sekunde länger bei diesem Sadisten bleiben.«

Rex folgte ihm zum Wagen. Lena sah sie offenbar kommen und stieg aus.

»Das ist Rex, pass bitte auf ihn auf«, bat Mads seine Schwester.

Er öffnete die hintere Tür und ließ Rex auf die Rückbank springen.

»Mach ich. Der Arme«, antwortete Lena. Sie schien nicht weniger angewidert von Lafleur zu sein als er.

Mads ging zurück auf den Hof mit jeder Menge Wut im Bauch. Gleichzeitig wusste er, dass er das nicht zeigen durfte. Lafleur durfte keinen Verdacht schöpfen, dass er Rex fortgebracht hatte, denn er wollte ins Haus gelangen und nachsehen, ob dieser Sadist Birgit Achner gefangen hielt.

Wobei … Er hatte diesem Idioten gesagt, dass er ihm Rex wegnehmen würde, wenn er ihn noch einmal brutal züchtigte. Eine bessere Steilvorlage konnte er also gar nicht haben, um sich Zutritt zum Haus zu verschaffen.

Er klingelte an der Haustür.

Keine Reaktion.

Er klingelte erneut.

Nichts.

»Machen Sie auf, Sie sind hier. Ich habe Ihr Auto gesehen«, rief er und drückte weiter auf die Klingel. So leicht wollte er es Lafleur nicht machen.

»Ist ja gut, verdammt noch mal«, hörte er dessen Stimme aus dem Haus, dann wurde die Tür geöffnet.

»Sie?«, sagte Lafleur. Er wirkte angewidert. Sein Gesicht war auffallend blass, er sah aus, als hätte er etwas Falsches gegessen.

»Ja, ich. Ich hatte Sie gewarnt.«

»Weswegen?«

»Wegen Rex. Sie haben ihn misshandelt. Ich nehme ihn mit.«

»Mir doch scheißegal. Nehmen Sie den Köter halt, bevor ich ihn erschieße«, giftete Lafleur zurück und wollte gerade die Tür zuknallen, aber Mads war schneller und stellte seinen Fuß dazwischen.

»Fuß weg. Sie haben den Dreckshund, was wollen Sie noch?«

»Nicht so eilig. Wir beide unterhalten uns jetzt«, sagte Mads und schubste Lafleur in den Flur, dann schloss er die Tür hinter sich.

»Das ist Hausfriedensbruch. Verlassen Sie mein Haus, sofort«, brüllte Lafleur.

»Warum so nervös? Geht's Ihnen nicht gut? Sie sehen blass aus«, reagierte Mads kühl. »Sie sind mir ein paar Antworten schuldig.«

»Verlassen Sie sofort mein Haus, sonst rufe ich die Polizei!«

»Die Polizei ist schon hier, Sie Trottel. Ich will Ihre beiden Hände sehen, bevor ich ungemütlich werde«, antwortete Mads, denn Lafleur hatte die ganze Zeit die rechte Hand hinter seinem Rücken versteckt.

Lafleur zog die Hand hervor, ein Verband war daran zu sehen.

»Hat Rex Sie gebissen?«

»Das hätten Sie wohl gern. Wollen Sie mich provozieren? Erst stehlen Sie mir mein Eigentum …«

»Rex ist ein Lebewesen, kein Eigentum«, fuhr Mads dazwischen.

»Ich habe ihn gekauft, also ist er mein Eigentum laut Gesetz. Aber nicht nur, dass Sie mich bestehlen, Sie verschaffen sich auch noch illegal Zutritt zu meinem Haus. Das wird Sie teuer zu stehen kommen.«

»Genug geschwafelt. Wo ist Birgit Achner?«, fragte Mads. Er wollte mit diesem Idioten kein Wort mehr als nötig wechseln.

»Woher soll ich das wissen?«

»Lügen Sie mich nicht an. Wir waren bei Frau Achner zu Hause, jemand ist bei ihr eingebrochen und hat sie entführt.«

»Ach? Und Sie meinen sofort, dass ich das war? Was ist das für eine Unterstellung.«

Am liebsten hätte Mads die Waffe gezückt, um Lafleur zum Reden zu bringen, aber so falsch lag Lafleur mit seiner Anschuldigung nicht. Mads hatte keinen echten Beweis, dass er Birgit Achner entführt hatte, nur ergab alles andere für ihn wenig Sinn.

»Wenn Sie mir nicht sagen, wo Frau Achner ist, wird das ernste Konsequenzen für Sie haben«, beharrte er daher.

»Nehmen Sie mich doch fest. Ich weiß nicht, wo Birgit ist. Sie haben mir ja gerade erst klargemacht, dass ich mich von ihr fernhalten soll. Vielleicht hat ihr Nachbar Sebastian Krampe ihr etwas angetan.«

»Woher kennen Sie ihn?«

»Er kauft ab und zu bei mir im Bioladen ein. Außerdem hat Birgit mir erzählt, dass ihr Mann einen Kleinkrieg mit Krampe führt. Sie sollten sie bei ihm suchen, und jetzt verlassen Sie mein Haus, ich habe Wichtigeres zu tun, als mich mit Ihnen abzugeben. Und Rex bleibt auf dem Hof.«

Jetzt konnte Mads sich nicht mehr zurückhalten, er packte Lafleur am Hals, der damit sicher nicht gerechnet hatte und keine Gegenwehr leistete. Er wirkte sichtlich erschrocken.

»Nun hören Sie mir mal zu, Sie kleine dreckige Ratte. Rex wird nie wieder Kontakt mit Ihnen haben. Wo ist Birgit?«

»Woher soll ich das wissen? Sie schnüren mir die Luft ab. Fragen Sie diesen Krampe.«

»Kann ich nicht, er ist tot.«

Lafleurs Blick veränderte sich, Mads konnte den Wandel nicht richtig deuten. Der Ausdruck seiner Augen hatte etwas Irres.

»Birgit ist nicht hier«, sagte er abwesend. »Wenn Krampe tot ist, mache ich mir wirklich Sorgen um sie.«

»Dann haben Sie sicherlich nichts dagegen, wenn ich mich kurz bei Ihnen umschaue, oder?«

Mads ließ Lafleur los. Dieser atmete schnell und tief, wie ein Ertrinkender, der nach Luft schnappte.

»Meinetwegen«, brachte er nach einer Weile hervor. »Ich habe nichts zu verbergen. Aber Sie verschwenden nur Ihre Zeit. Birgit könnte inzwischen wer weiß was zugestoßen sein.«

Mads glaubte Lafleur kein Wort, daher war es für ihn kein gutes Zeichen, dass Lafleur ihn das Haus durchsuchen ließ. Vermutlich hielt er Birgit Achner woanders versteckt.

Oder er hat wirklich nichts mit ihrem Verschwinden zu tun. Andererseits hatte Mads keine Idee, wer sonst hätte dahinterstecken können.

Er schaute sich im Erdgeschoss um, konnte jedoch keine Spur der Witwe finden. Lafleur folgte ihm.

»Ich sagte Ihnen doch, Sie verschwenden nur Ihre Zeit. Birgit ist irgendwo da draußen, irgendein Wahnsinniger …«

»Halten Sie einfach den Mund«, unterbrach Mads ihn scharf.

Er war wieder auf dem Flur und wollte gerade die Treppe in den ersten Stock hochgehen, als er sich anders entschied.

»Wo geht's zum Keller?«, fragte er.

»Von der Küche aus.«

»Dann gehen wir beide jetzt dorthin.«

»Glauben Sie wirklich, dass ich Birgit im Keller einschließen würde? Ich liebe sie, sie ist die wichtigste Person in meinem Leben. Ich würde ihr niemals etwas antun, niemals wehtun.«

»Ich sagte, dass Sie den Mund halten sollen«, gab Mads gereizt zurück und betrat die Küche.

»Nur weil Ihnen etwas nicht passt, heißt das nicht, dass es nicht die Wahrheit ist. Sie wollen mich bloß zu gerne als eifersüchtigen, unkontrollierbaren Kretin darstellen, der ich nicht bin.«

»Machen Sie die Tür auf und gehen Sie vor«, forderte Mads. Er wollte die alte Treppe sicherlich nicht vor Lafleur betreten, um nicht Gefahr zu laufen, von ihm heruntergeschubst zu werden. Gleichzeitig verstärkte sich sein Gefühl, dass Birgit Achner nicht in diesem Haus war. Dafür wirkte Lafleur zu gelassen.

»Lächerlich«, sagte dieser jetzt, öffnete die Tür, schaltete den Lichtschalter ein und ging die Stufen hinunter.

Die Treppe offenbarte das Alter des Bauernhofes. Bei jedem Schritt knarzte sie, als könnte sie Geschichten eines ganzen Jahrhunderts erzählen.

Unten angekommen, betrat Mads den ersten Raum. Darin standen nur ein paar Fahrräder und Gartengeräte. Er drückte die Klinke der nächsten Tür herunter, doch sie war abgeschlossen.

»Aufmachen.«

»Da ist nichts«, antwortete Lafleur.

»Aufschließen.«

Lafleur atmete hörbar aus und schüttelte den Kopf, dann fischte er einen Schlüsselbund aus der Hosentasche und öffnete die Tür. Mads trat ein und schaltete das Licht an. Er wollte seinen Augen nicht trauen.

In dem Raum standen zahlreiche durchsichtige, längliche Behälter mit einer Flüssigkeit darin, doch das war nicht der Grund für Mads' Erstaunen. Das wirklich Schockierende war das, was in der Flüssigkeit war.

Tote Tiere.

»Ist ein Hobby von mir«, sagte Lafleur, dabei hoben sich seine Mundwinkel, das Lächeln schien in seinem Gesicht wie festgetackert. »Wollen Sie mich deswegen verhaften? Ist völlig legal.«

»Sie haben doch einen Schaden«, rutschte es Mads heraus.

Angewidert verließ er den Raum und öffnete die nächsten Türen. Der Bauernhof schien vollunterkellert zu sein, allerdings fehlte von Birgit Achner weiter jede Spur.

Der letzte Raum war deutlich größer als die anderen. Arbeitsgeräte standen darin, Schaufeln und Schubkarren, in den Regalen an der Wand lagerte weiteres Werkzeug. Da entdeckte Mads ein altes, verrostetes Auto.

»Ist das ein Porsche?«, fragte er überrascht. »Ein 356er?«

»Ja, möglich. Keine Ahnung, das Auto steht schon seit Ewigkeiten hier rum.«

Mads konnte nicht glauben, dass Lafleur das so egal war. Ein Porsche 356 war sehr selten. Auch wenn dieser hier in einem erbärmlichen Zustand war, restauriert wäre er ein richtiges Schmuckstück. Als Autofan brach es ihm fast das Herz, den Wagen hier verrotten zu sehen. Am liebsten hätte er ihn Lafleur abgekauft.

»Es gibt genug Sammler, die dieses Auto kaufen und restaurieren würden«, sagte er dennoch.

»Mag sein, interessiert mich nicht. Ich möchte, dass er hier verschimmelt«, erwiderte Lafleur und verengte die Augen, als ahnte er, dass Mads Gefallen an dem Wagen gefunden hatte.

Mads sah sich weiter schweigend um.

Obwohl einige Sachen hier herumstanden, wirkte der Raum fast leer, weil er so enorm groß war.

»Das war der Kartoffelspeicher«, bemerkte Lafleur. Er stand mit dem Rücken an die Wand gelehnt.

Mads hatte genug gesehen, er beschloss, die obere Etage des Hauses zu durchsuchen.

»Wir gehen wieder hoch«, sagte er.

»Unglaublich. Sie haben bereits so viel wertvolle Zeit mit dieser sinnlosen Durchsuchung verschwendet. Zeit, die Birgit nicht hat, wenn sie entführt wurde. Wann zähmen Sie Ihr verdammtes Ego und machen Ihren Job? Suchen Sie Birgit, sie ist hier nicht.«

»Wir gehen nach oben. Sie gehen vor«, erwiderte Mads kühl. Er hatte es satt, mit Lafleur zu diskutieren. Vermutlich hatte er sogar recht und er würde Birgit Achner nicht im Haus finden, das hieß aber nicht, dass er die letzte Etage nicht auch noch anschauen würde.

Und was tust du, wenn du sie da nicht findest?, fragte er sich. Sofort musste er an den Stall denken und an die Scheunen. Lafleurs Hof war groß, es gab jede Menge Möglichkeiten, wo der Stalker die arme Witwe gefangen halten konnte.

Ich brauche Verstärkung, überlegte Mads.

Das Problem war jedoch der fehlende Durchsuchungsbeschluss. Auf bloßen Verdacht hin würde weder der Staatsanwalt noch ein Richter mitspielen. Er brauchte etwas, was eine Durchsuchung rechtfertigte. Nur hatte er bisher nichts entdeckt, was er dafür ins Spiel bringen könnte. Lafleur wirkte auch nicht, als fürchtete er, dass Mads etwas finden könnte, was ihn nur noch mehr nervte. Er würde also wohl oder übel das Anwesen allein absuchen müssen.

Inzwischen waren sie wieder in der Küche angekommen.

»Oberes Stockwerk«, sagte Mads.

»Sie machen einen großen Fehler.«

»Wir gehen nach oben. Wann begreifen Sie endlich, dass Sie Ihre Klappe halten sollen? Birgit Achner wurde heute entführt und Sie sind die einzige Person, die sie bedroht hat. Sehr seltsamer Zufall.«

»Ich liebe Birgit, ich würde ihr niemals etwas antun«, wiederholte Lafleur einmal mehr.

»Deswegen hat sie sich also von Ihnen bedroht gefühlt und uns gebeten, dafür zu sorgen, dass Sie Abstand von ihr halten. In welcher Welt leben Sie eigentlich?«, sagte Mads verächtlich.

»Ich kenne Birgit, sie würde das niemals tun.«

»Glauben Sie, wir denken uns das aus?«, wurde Mads lauter. »Genug geredet. Die Treppe«, befahl er und Lafleur stieg ihm voraus in den ersten Stock.

Auch hier ging es über eine alte schwere Holztreppe. Sie knarzte allerdings nicht wie die Kellertreppe, sie wirkte edler, gediegener.

Eigentlich hatte der Bauernhof etwas. Mads wurde das Gefühl nicht los, dass die Eltern von Lafleur das Gebäude mit viel Liebe saniert hatten. Dass Lafleur es gewesen war, konnte er sich nicht vorstellen, da der den schönen alten Porsche so verkommen ließ.

Im oberen Stockwerk öffnete Mads die erste Tür, dahinter verbarg sich ein Computerraum. Neben dem Schreibtisch stand nur noch eine Couch darin.

Mads verließ den Raum und betrat den nächsten.

Es war ein Gästezimmer.

»Das ist ein Badezimmer«, sagte Lafleur, als Mads den dritten Raum öffnete.

Lafleur hatte nicht gelogen.

Es gab noch zwei weitere Zimmer, aber Mads' Hoffnung, Birgit Achner zu finden, war gegen null gesunken.

»Glauben Sie immer noch, dass sie hier ist?«, fragte Lafleur gelangweilt.

»Ja, sie ist hier. Irgendwo auf dem Grundstück. Sie halten sie hier gefangen.«

»Fragt sich, wer hier der Psycho ist«, bemerkte Lafleur spöttisch.

Mads betrat das nächste Zimmer. Es war ein Abstellraum.

Dann stand er vor der letzten Tür.

»Das ist mein privates Schlafzimmer. Müssen Sie auch das entweihen?«, fragte Lafleur.

»Ist mir scheißegal«, sagte Mads und drückte die Klinke herunter. Die Tür war verschlossen. »Aufmachen. Wieso schließen Sie Ihr Schlafzimmer ab?«

»Weil mir meine Privatsphäre wichtig ist. Ich habe einen kleinen Bioladen, da tummeln sich viele Menschen auf dem Hof, die ich nicht kenne, und …«

»Aufmachen und weniger quatschen«, forderte Mads.

Wieder fuhr Lafleurs Hand in die Hosentasche, er fischte etwas heraus, was Mads nicht genau sehen konnte, da er neben ihm stand.

Ehe er reagieren konnte, spürte er etwas Kaltes und Spitzes in seinen Körper eindringen.

Ein Schmerz durchzuckte ihn und er schrie auf. Seine Beine wurden schwach, sie gaben nach und er stürzte zu Boden.

57

Dass Mads mit Lafleur allein war, schmeckte Lena nicht. Ihr Bauchgefühl hatte ihr von Anfang an gesagt, dass sie Mads hätte begleiten sollen, aber sein Argument war vernünftig gewesen.

Rex' Zustand ist ein guter Ansatz, um mit Lafleur ins Gespräch zu kommen und sich im Haus umzusehen, dachte Lena.

Trotzdem konnte sie es nicht ertragen, zum Warten verdammt zu sein. Also stieg sie wieder aus, um sich Rex' Wunden näher anzuschauen. Sie hatte Verbandsmaterial im Wagen und würde die Verletzungen möglicherweise desinfizieren und verbinden können. Auch wenn sie keine Tierärztin war, hatte sie schon bei Gustav gesehen, wie er seinen Schäferhund Meiko selbst versorgt hatte.

Meiko war nicht nur der Familienhund, der offiziell Gustav gehörte, sondern zugleich Polizeihund. Daher kam es bei Einsätzen immer wieder vor, dass er sich verletzte.

»Komm, Süßer, lass mich mal schauen«, sagte sie, als sie die Tür zum Fonds öffnete. Rex stieg langsam aus, als verstünde er, dass sie ihm helfen wollte.

»Keine Angst, ich tue dir nichts. Aber ich sehe auch, dass du dich nicht vor mir fürchtest, weil du ein kluger Hund bist.«

Lena hockte sich hin und strich Rex vorsichtig übers Fell und untersuchte dabei seine Verletzungen. Es waren unzählige.

»Wie kann man so niederträchtig sein?«, murmelte sie entsetzt und kraulte Rex. »Ich verspreche dir, dir wird nie wieder jemand so wehtun.«

Sie würden ihn dringend zum Tierarzt bringen müssen,

denn Lena wusste nicht, welche Wunde sie als erste versorgen sollte. Rex war in einem viel schlimmeren Zustand, als es zuerst den Anschein gemacht hatte.

Wo blieb Mads nur? Er war mittlerweile schon mehr als eine halbe Stunde bei Lafleur und Rex brauchte dringend medizinische Hilfe.

Du kannst Rex nicht unbehandelt lassen, versuch, wenigstens ein paar Wunden zu desinfizieren, und leg einen Druckverband an, ermahnte sie sich.

Lena ging zum Kofferraum, dabei spürte sie erneut den Schmerz in den Knien, ignorierte ihn jedoch und öffnete den Kofferraum, da sah sie plötzlich, wie Rex zum Hof lief.

»Rex, nicht, komm zurück!«, rief sie, verstummte jedoch sofort. Sie durfte nicht zu laut schreien, um Lafleur nicht aufzuschrecken, auch wenn der Wagen in guter Entfernung zum Bauernhof stand.

Rex lief weiter, er machte nicht den Eindruck, als wollte er zurückkommen.

Lena presste die Lippen zusammen, weil sie wusste, dass ihr keine andere Wahl blieb, als ihm hinterherzulaufen, nur machten ihre Beine nicht mit.

Sie zog den Rollstuhl aus dem Kofferraum, stieg ein, ging zum Beifahrersitz und nahm ihre Waffe an sich. Sicherheitshalber.

Ihr Onkel hatte ihr immer wieder eingetrichtert, während der Dienstzeiten niemals die Dienststelle ohne Waffe zu verlassen, erst recht nicht, wenn sie Verdächtige aufsuchte.

Der Rollstuhl tat sich etwas schwer auf dem sandigen Boden, aber sie kam gut voran. Hoffentlich machte sie keine Geräusche, die Lafleur aufmerksam machen könnten.

Entspann dich, Mads ist doch bei ihm, versuchte sie gegen ihre Anspannung und Nervosität anzukämpfen.

»Aber was macht er so lange bei ihm?«

Die einzige Erklärung, die Lena dafür hatte, war, dass Mads

den großen Bauernhof sehr gründlich in Augenschein nahm. Er würde vermutlich jeden Zentimeter absuchen, um Birgit Achner zu finden.

Andererseits … Wenn er so lange schon bei Lafleur war, hatte er sie womöglich noch nicht gefunden, oder – Lena wollte den Gedanken nicht zu Ende denken. Dass Lafleur Mads in seiner Gewalt haben könnte, hielt sie für ausgeschlossen. Mads hatte eine Waffe bei sich und damit einen nicht zu unterschätzenden Vorteil, außerdem war Mads trainiert auf solche Situationen.

Trotzdem ist er allein! Es hat schon seinen Grund, warum man Verdächtige immer zu zweit aufsucht, dachte Lena und das schlechte Gewissen, ihrem Bruder zu schnell nachgegeben zu haben, verstärkte sich.

Endlich blieb Rex stehen, er schaute sie an.

Lena rollte, so schnell es ging, zu ihm, was auf dem unebenen sandigen Boden nicht leicht war.

Kaum hatte sie Rex erreicht, lief er weiter.

»Bleib doch stehen. Ich will dir nichts tun«, sagte Lena. Sie verstand nicht, was den Hund von ihr wegtrieb, aber ihr blieb nichts anderes übrig, als Rex zu folgen. Sie musste ihn einfangen und zurück zum Wagen bringen, bevor er anfing zu bellen und damit im schlimmsten Fall die Aufmerksamkeit von Lafleur auf sich zog.

Vielleicht mache ich mir ja unnötig Sorgen. Es könnte doch sein, dass Lafleur gar nichts mit Birgit Achners Verschwinden zu tun hat und es ihm völlig egal ist, ob ich hier bin oder nicht, überlegte sie.

Trotzdem wollte das mulmige Gefühl nicht weichen, je näher sie dem Bauernhof kam.

»Mads ist schon verdammt lange weg.« Ihr Mund wurde plötzlich staubtrocken.

Mittlerweile hatten sie den Garten des Bauernhofs erreicht und Rex schaute zur Terrasse. Lena folgte seinem Blick und sah, dass die Terrassentür auf Kipp stand.

»Möchtest du mir etwas sagen?«, wisperte Lena und rollte zur Terrassentür. Sie auszuhebeln, wäre ein Leichtes. »Soll ich?«

Rex stand nun neben ihr, er winselte. Lena sah ihm an, dass er Angst hatte.

»Keine Sorge, er wird dir nicht wehtun«, sagte Lena sanft, gleichzeitig meldete sich ein anderer Gedanke: Wollte Rex sie vielleicht auf etwas aufmerksam machen?

»Ich schaue drinnen nach dem Rechten, du bleibst hier«, sagte sie und machte sich an der Tür zu schaffen. Kaum hatte sie sie geöffnet, hörte sie einen Schrei.

Mads! Es lief ihr eiskalt den Rücken herunter. So schrie nur ihr Bruder.

Sie sprang aus ihrem Rollstuhl und eilte in die Richtung des Schreis. Den Schmerz, der durch ihre Knie jagte, ignorierte sie.

»Hatten Sie gedacht, dass Sie es mit mir aufnehmen können?«, brüllte jemand, dann folgte noch ein Schrei. Wieder Mads.

Die Angst, dass dieser Wahnsinnige gerade ihren Bruder tötete, packte sie mit kalter Hand. Rex überholte sie bellend, er jagte die Treppe hoch. Lena hinterher. Mit jeder Stufe wurde der Schmerz in ihren Beinen und Knien unerträglicher, aber sie ignorierte ihn. Mads brauchte ihre Hilfe.

»Und jetzt stirb, dämlicher, dreckiger Bulle«, rief Lafleur.

Im selben Moment sprang Rex auf sein Herrchen.

Ein Schuss fiel, genau in dem Moment, in dem Lena selbst zur Waffe griff. Sie sah, wie Rex zu Boden stürzte. Lafleur hielt eine Pistole in der Hand und zielte auf Mads, der auf dem Boden lag, um ihn herum eine Blutlache. Mads regte sich nicht.

Lena zögerte keine Sekunde. Sie schoss und traf Lafleur, bevor dieser abdrücken konnte. Lafleur stürzte zu Boden, die Waffe fiel ihm aus der Hand. Sofort lief Lena zu ihrem Bruder und beugte sich zu ihm. Er bewegte sich!

»Stirb mir nicht, hörst du? Stirb mir nicht, das werde ich dir niemals vergeben!«, schrie Lena ihre Angst heraus, dann griff sie mit zitternden Händen nach ihrem Handy und rief Gustav an.

58

Einige Tage später

»Das Leben ist eine Aneinanderreihung unzähliger Ereignisse, guter ebenso wie schlechter. Seht zu, dass die schönen Ereignisse überwiegen«, hatte Gustavs Vater ihm, Albert und seinem jüngeren Bruder vor langer Zeit mit auf den Weg gegeben.

So schlicht diese Worte waren, so wahr klangen sie, doch der Schreck darüber, dass Werner Lafleur zwei Leben auf dem Gewissen hatte, saß bei Gustav noch immer tief. Er hätte es verhindern können. Zugleich machte sich Lena bittere Vorwürfe.

»Das Ganze geht dir sehr nahe, oder?«, sagte Albert, als könnte er Gustavs Gedanken lesen.

»Was für eine Frage. Natürlich geht es mir nahe.«

»Wir können die Vergangenheit aber nicht ungeschehen machen, und du hilfst niemandem, wenn du das alles zu sehr an dich heranlässt.«

»Doch, ich hätte etwas tun können. Ich hätte da sein müssen.«

»Aber Mads hat dich nicht informiert.«

Gustav schnaubte. »Dieser sture Esel«, presste er gequält heraus.

»Woher er das wohl hat?«

»Komm mir nicht immer damit. Mads wusste, dass Lena nicht gut zu Fuß ist, und er wusste auch, wie gefährlich Lafleur ist. Ihn allein aufzusuchen, war ein zu großes Risiko.«

»Was hättest du an seiner Stelle getan?«

Gustav antwortete nicht, stattdessen griff er stumm zu seinem Espresso und trank ihn in einem Zug leer, dann wanderte sein Blick zur Ostsee. Er und Albert hatten sich zum Frühstück auf der Terrasse des *Maritim Hotels* in Timmendorfer Strand verabredet.

»Du hättest genauso gehandelt«, fuhr Albert fort. »Dass Lafleur einen Dachschaden hatte, war uns allen klar, aber ein Mord ist schon eine ganz andere Nummer.«

»Einer? Du meinst wohl zwei«, korrigierte Gustav. »Was ist mit Klaus? Ihn hat er auch auf dem Gewissen. Dass dich das so kaltlässt.« Er sah Albert kopfschüttelnd an. »Ich frage mich, ob du genauso reagieren würdest, wenn jemand Meiko töten würde.«

»Ich kannte Rex nicht, aber Meiko ist Familie. Auch wenn du als Freund aller Hunde es nicht hören magst, Rex hat mit seiner Heldentat Mads und Lena das Leben gerettet.«

»Du hast recht. Trotzdem hätte ich Lafleur Rex gleich wegnehmen sollen, als ich bei ihm war. Ich habe gesehen, was für ein schlechter Mensch er ist.«

»Wer weiß, was dann passiert wäre? Sei nicht so verbittert, manchmal geschehen die Dinge aus einem bestimmten Grund.«

»Das aus deinem Mund.«

»Was?« Albert sah ihn erstaunt an.

»Seit wann glaubst du an Schicksal?«

»Das habe ich nicht gesagt.«

»Weich mir nicht aus, was sonst hast du gemeint?«

»Na gut, mag sein. Auch wenn ich eher an Fleiß und Kausalität glaube, heißt das nicht, dass es da keinen Spielraum für eine Spinnerei wie das Schicksal gibt.«

»Ach, jetzt ist es plötzlich Spinnerei.« Gustav schmunzelte, hatte er es doch ein Mal geschafft, dass Albert sich selbst widersprach.

Nun schwieg Albert und gönnte sich einen Schluck Kaffee, während er den Blick über den Horizont schweifen ließ. »Okay, du hast mich, es sei dir gegönnt. Genieß' es trotzdem nicht zu lange, weil wir beide wissen, dass ich dir rhetorisch weit überlegen bin.«

»Aber nur, weil du dich seit dreißig Jahren als Bürgermeister mit Worten bei allen einschmeichelst.«

»Du meinst wohl eher mit Sympathien und harter Arbeit. Das Amt des Bürgermeisters ist ein 24/7-Job und ich nehme ihn sehr ernst. Nicht, weil ich daran interessiert bin, dass man mir schmeichelt, sondern weil ich das Wohl meiner Gemeinde im Sinn habe.«

»Was ehrlich gesagt manchmal ganz schön nervig ist.«

»Was meinst du damit schon wieder?«

»Du übertreibst es. Du bist besessen von deiner Funktion als Bürgermeister und mischst dich überall ein.«

»Ach? Soll ich mir lieber die Eier schaukeln wie Frank?«

»Na ja, so schlecht steht die Gemeinde Scharbeutz nicht da.«

Albert gab ein entrüstetes Geräusch von sich. »Wo baut Tackenberg sein Luxushotel, in Scharbeutz oder in Timmendorf?«

»Dafür haben sie das *Bayside Hotel.*«

»Du vergleichst das *Bayside* mit dem Luxustempel, der bald meine Gemeinde schmücken wird?«

»Jetzt sei nicht überheblich, du hast dich damals schwarzgeärgert, als die Investoren sich für Scharbeutz entschieden haben.«

»Kann mich nicht daran erinnern«, gab Albert zurück, doch Gustav sah ihm an, dass er krampfhaft versuchte, nicht zu schmunzeln.

»Dafür hast du ja mich. Ich hole dich gerne ab und an von deinem hohen Ross herunter.«

»Das unterstellst du mir, seit wir Kinder sind. Weißt du noch, was Tante Jutta mal zu dir gesagt hat, als wir uns wieder in den Haaren lagen und du gepetzt hast, dass ich die Haue verdient hätte, weil ich zu arrogant und egoistisch wäre?«

»Längst verdrängt. Aber du wirst meinem Gedächtnis sicherlich gleich auf die Sprünge helfen.« Gustav verdrehte die Augen.

»Sie sagte, dass mein Verhalten kein Zeichen von Arroganz wäre, sondern von Selbstbewusstsein und überdurchschnittlicher Intelligenz, und dass du als älterer Bruder dich schützend vor mich stellen solltest, statt dich mit mir zu prügeln.«

»Also in meiner Erinnerung sagte sie, dass du unterdurchschnittlich intelligent wärest und der Streit ein Zeichen deiner Unsicherheit sei, deswegen solle ich besonders auf dich aufpassen«, entgegnete Gustav.

»Verdreh nicht …«

»Ist ja gut«, Gustav winkte lachend ab. »Ja, sie hat es gesagt, und bis heute weiß ich nicht, welchen Narren sie an dir gefressen hat. Du konntest machen, was du wolltest, sie hat dich immer beschützt.«

»Weil sie mich geliebt hat und noch immer liebt, wie sie auch dich und deinen jüngeren Bruder geliebt hat. Sie war strenger zu dir, weil du der Älteste warst und uns immer ein gutes Vorbild sein solltest. Wobei, so richtig streng war Tante Jutta nie im Vergleich zu deinem Vater. Manchmal habe ich mir echt in die Hosen gemacht, wenn er geschimpft hat.«

»Wo ist die Zeit geblieben?«, sagte Gustav. »Weißt du noch, als ich dich mal komplett eingeseift habe, weil du mir wieder mal so dermaßen auf die Nerven gegangen bist?«

»Wie könnte ich das vergessen. Meine Augen haben eine ganze Woche lang gebrannt.« Albert lachte und sah Gustav an. »Es ist schön, dich als Freund zu haben.«

»Das gebe ich gern zurück«, erwiderte Gustav, ohne zu überlegen.

So sehr Albert ihn auch mit seiner Art nerven mochte, eines wusste Gustav: Wenn es darauf ankam, konnte er sich immer auf ihn verlassen. Weil sie eine Familie waren.

Albert hob sein Glas. »Auf die Familie.«

»Auf die Familie«, antwortete Gustav.

»Wie geht es Birgit?«, erkundigte sich Albert.

»Ich war gestern bei ihr, es geht ihr den Umständen entsprechend. Dass Lafleur ihren Mann ermordet hat, hat sie tief getroffen, zumal sie eine kurze Affäre mit ihm hatte, was sie jedoch schnell bereute. Sie glaubt, ihr Mann hätte noch leben können, wenn sie sich nie auf Lafleur eingelassen hätte, aber damals wollte sie sich von Klaus trennen, die Ehe war am Ende.«

Bei seinem Besuch hatte Birgit ihm alles erzählt – wie Lafleur gewalttätig geworden war und wie er ihr gestanden hatte, Klaus ermordet zu haben und das Ganze Krampe in die Schuhe habe schieben wollen. Da Lena Lafleur in Notwehr erschossen hatte, würde es natürlich keine Verhandlung über Klaus Achners Tod geben und Lafleur leider nicht mehr zur Verantwortung gezogen werden können. Dennoch war Gustav einfach nur froh, dass die Ermittlungen zu Ende waren.

»Ich hoffe, du hast ihr klargemacht, dass sie nicht schuld an Klaus' Tod ist.«

»Das habe ich. Trotzdem fürchte ich, es wird noch einige Zeit brauchen, bis sie das alles verarbeitet hat.«

»Die Zeit heilt alle Wunden«, erwiderte Albert und fügte nachdenklich hinzu: »Meistens jedenfalls.«

»Du sagst es, meistens. Einige bleiben aber auch, was gar nicht so verkehrt ist, denn sie hindern einen daran, zu vergessen.« Damit meinte er die alte Wunde, die der Tod seines jüngeren Bruders in sein Herz gerissen hatte. Es verging kein Tag, an dem er ihn nicht vermisste. Diese Wunde würde nie verheilen, weil er es nicht wollte.

»Was geschieht mit Jonas?«, erkundigte sich Albert.

»Er ist zu Hause, aber der Staatsanwalt wird ihn nicht laufen lassen, es wird zur Anklage kommen. Im schlimmsten Falle wegen Mordes, im günstigsten Falle wegen Notwehr mit Todesfolge. Für mich ist der Fall damit abgeschlossen.«

»Wie geht es Mads?«, fragte Albert weiter.

»Er hat großes Glück gehabt. Durch die Messerstiche hat er zwar viel Blut verloren und wurde ohnmächtig, aber es wurden keine lebenswichtigen Organe verletzt.«

Albert atmete sichtlich auf. »Das beruhigt mich. Möchtest du ihm eigentlich verraten, dass Karolas Sohn nicht sein Kind ist?«

»Nein, nicht so lange, bis Karola wieder auf der Bildfläche erscheint. Ich stehe in deiner Schuld, dass du das in Angriff genommen und den DNA-Test organisiert hast.«

»Du stehst ganz sicher nicht in meiner Schuld. Für wen hältst du mich? Außerdem habe ich das nicht für dich getan, sondern für Mads.«

Gustav nickte nachdenklich. Vor einigen Monaten war Karola, eine Affäre von Mads aus seiner »wilden Zeit« plötzlich aufgetaucht und hatte behauptet, dass Mads der Vater ihres Kindes sei. Mads hatte die Sache sehr aufgewühlt, auch wenn er sich das sicher nicht anmerken lassen wollte. Albert hatte daher, ohne das Wissen von Mads, einen DNA-Test organisiert und dieser hatte bestätigt, dass Mads nicht der Vater war – sehr zu Gustavs Erleichterung.

»Du hast Mads also doch sehr ins Herz geschlossen?«, fragte Gustav.

Albert zögerte kurz, dann sagte er: »Ich habe ihn immer wirklich gern gehabt. Früher hat er mich Onkel Albert genannt, das hat mir gefallen. Auch wenn wir beide es nicht gerade leicht miteinander haben, ändert es nichts daran, dass ich Mads immer lieben und beschützen werde. So wie dich, Jutta und Lena.«

»Euer Verhältnis würde sich deutlich bessern, wenn du nicht mehr ständig gegen Emma Falk schießen würdest«, bemerkte Gustav.

Alberts Miene wurde ernst. »Ruinier' mir nicht meine gute Laune. Ich kann einfach nicht verstehen, was Mads an dieser fürchterlichen Möchtegernjournalistin findet. Ist das so ein Egoding, weil er sie nicht vögeln konnte?«

»Er wollte mehr von ihr, soweit ich das einschätzen kann.«

»Mads?« Albert hob die Augenbrauen. »Niemals. Sie hat ihn nicht an sich rangelassen, deswegen hat er sich da in etwas reingesteigert und sie idealisiert. Er sieht in ihr etwas, was sie nicht ist. Wie ein Fünfjähriger, der seine Süßigkeiten nicht bekommt.«

»Ich glaube, du tust den beiden unrecht. Emma macht nur ihren Job«, verteidigte Gustav sie.

»Hat sie dich also auch schon weichgeklopft?«, fragte Albert schnippisch.

»Nein, aber ich kann Beruf und Privates gut voneinander trennen.«

»Ich genauso. Trotzdem ist diese Emma nicht ohne, sie weiß, wie sie Mads mit ihren Reizen um den Finger wickelt. Er schnallt nur nicht, dass sie ein doppeltes Spiel spielt.«

»Wie meinst du das?«

»Sie hat einen Freund.«

»Woher weißt du das?«

»Hat mir Tobias gestern Abend verraten, ihr Chef.«

»Wie auch immer.« Gustav winkte ab. »Kannst du trotzdem versuchen, sie in Ruhe zu lassen?«

»Die Frau ist mir völlig schnuppe. Sie ist Luft für mich, solange sie sich nicht in die Angelegenheiten meiner Gemeinde einmischt.«

Alberts Handy klingelte, dem Hören nach war es Frank Tackenberg. Albert sprach eine Weile mit ihm, während Gustavs Gedanken zu Lena wanderten. Der Einsatz hatte ihr einiges abverlangt. Auch wenn Rex gespürt haben musste, dass Mads in Gefahr war, so war es Lena gewesen, die Lafleur mit einem gezielten Schuss getötet und damit Mads das Leben gerettet hatte. Sie hatte ihren Körper dabei über die Maßen strapaziert und dafür zahlte sie jetzt den Preis.

»Tackenberg möchte uns treffen«, hörte Gustav Albert sagen.

»Warum?«, fragte Gustav.

»Der Erpresser hat sich wieder gemeldet.«

»Du scherzt?«

»Nein. Diesmal will er zwei Millionen Euro.«

Gustav gab einen erstaunten Pfiff von sich. Vor einigen Monaten war der Unternehmer anonym mit einem Foto erpresst worden, auf dem er und seine junge Geliebte zu sehen waren. Der Erpresser hatte gedroht, das Foto an Tackenbergs Frau weiterzuleiten, wenn er nicht eine hohe Summe zahlte, doch dann hatte er sich monatelang nicht mehr gemeldet. Offensichtlich bis jetzt. Das war überhaupt nicht typisch für eine Erpressung, es sei denn, der Täter wusste von der familiären Situation. Giselle Tackenberg hatte sich nämlich eine Weile mit dem Gedanken getragen, sich von ihrem Mann zu trennen. Doch jetzt waren sie offenbar wieder zusammen und der Erpresser hatte mit dem Foto erneut ein Druckmittel in der Hand.

»Seltsam«, murmelte Gustav daher.

»Warum?«

»Hast du mir nicht erzählt, dass Tackenbergs Frau entschieden hat, doch mit ihm nach Timmendorf in die Familienvilla zu ziehen? Sie wollen einen Neuanfang starten.«

»Stimmt«, sagte Albert.

»Das kann also nur heißen, dass der Erpresser Tackenberg kennt und weiß, dass seine Frau ihm vergeben hat.«

»Das sind doch gute Nachrichten«, erwiderte Albert.

»Warum?«

»Weil wir dann schnell herausfinden werden, wer es ist. Die Person wird sicherlich nicht so dumm sein, Tackenberg Gewalt anzutun, es geht ihm nur ums Geld. Ein Amateur aus dem näheren Umfeld Tackenbergs.«

Gustav wiegte zweifelnd den Kopf, er war sich da nicht so sicher, aber seine Sorgen galten derzeit ohnehin Lena und nicht dem Multimillionär Tackenberg, der sich durch eine Affäre verwundbar gemacht hatte.

59

Nur die Welle und er. Normalerweise brachte Mads das Surfen auf andere Gedanken. Wenn er sich in die Wellen stürzte, wurde sein Kopf frei und für einen Moment war er eins mit dem Wasser und den Wellen, die für Ostsee-Verhältnisse an diesem Tag sogar richtig gut gewesen waren. Doch diesmal hatte ihm das nicht gelingen wollen, weil seine Gedanken bei seiner Schwester waren. Ohne sie wäre er jetzt ein toter Mann, aber Lena hatte einen hohen Preis dafür zahlen müssen.

Er wischte sich rasch mit der Hand über die Augen, als er mit dem Surfboard unter dem Arm aus dem Wasser stieg.

»Lena ist stark«, sagte er zu sich, dann zog er sein T-Shirt an und schlüpfte in die Flip-Flops, die er im Sand hatte liegen lassen. Er ließ seinen Blick über die Ostsee und die Lübecker Bucht wandern. Von rechts steuerte eine Person auf ihn zu, es war Emma. Offensichtlich hatte sie gerade eine Joggingrunde am Strand eingelegt. Als sie bei ihm ankam, begrüßte sie ihn herzlich.

»Möchtest du was trinken?«, fragte sie.

»Warum nicht«, antwortete Mads. »Aber nicht in der *Seaside Lounge*.« Er wusste, dass Jule dort heute Schicht hatte, und auf ein Gespräch mit ihr hatte er gerade keine Lust.

»Gut, dann lass uns doch einen Kaffee im *Ahoi* bestellen und uns auf die Bank setzen.«

Mads nickte.

Sie verließen den Strand und sprachen über Belanglosigkeiten. Trotzdem tat es ihm gerade richtig gut, Emma bei sich zu haben. Seine Gedanken waren plötzlich nicht mehr so schwer und kurz brachte sie ihn sogar zum Lachen, als sie von

Amirs Missgeschick beim Pastaessen erzählte und wie er sich sein sündhaft teures neues T-Shirt ruiniert hatte.

Sie erreichten das *Ahoi Kaffee* und Mads stellte sein Surfbrett ab.

»Was möchtest du?«, fragte er.

»Hast du überhaupt Geld dabei? Du warst doch surfen?«, entgegnete Emma überrascht.

»Nein habe ich nicht. Aber ich kenne Leonie sehr gut. Sie hat heute Schicht. Ich zahle später.«

»Kommt nicht infrage, ich lade dich ein«, protestierte Emma.

»Lass mich das bitte machen.«

»Ich weiß, dass du ein Gentleman bist, aber lass mich dieses eine Mal bezahlen. Ist das zu viel verlangt?«

»Na gut.«

»Was möchtest du?«

Mads gab seine Bestellung auf und Emma stellte sich an, während er auf der Bank Platz nahm und seinen Gedanken nachhing. Was hätte er darum gegeben, jetzt mit einem der hübschen kleinen Boote, die hier vertäut waren, kurzentschlossen hinauszufahren und alle Sorgen hinter sich zu lassen. Aber so einfach war das Leben eben nicht.

Jammer nicht, was soll Lena erst sagen?, ermahnte er sich.

»Moin, Mads«, hörte er da Jörns Stimme. Wie aus dem Nichts stand er neben ihm.

»Moin, Jörn. Wie geht's dir?«

»Gut. Und dir?«

»Auch.«

»Sicher?«

»Ja.«

»Deine Augen strahlen nicht wie sonst, sie sehen traurig aus«, stellte Jörn fest. Er konnte nicht ahnen, dass er Mads mit diesen Worten kalt erwischte.

»Ich war surfen, dabei habe ich es wohl etwas übertrieben.«

»Das erklärt es«, stimmte Jörn zu. »Ich wollte mich übrigens noch bei dir bedanken, habe dich die Tage aber nicht gesehen.«

»Wofür?«

»Dass du mich vor Jonas gerettet hast. Weißt du was?«

»Was denn?«

»Ich habe ihn gestern am Strand getroffen und hatte schon Sorge, dass es die nächste Tracht Prügel zum Nulltarif gibt«, antwortete Jörn, dann kicherte er und fuhr fort: »Aber nichts dergleichen! Er gibt mir die Hand, entschuldigt sich, sagt, dass er ein Idiot war, und lädt mich zum Eis ein. War schon nett von ihm. Ich muss echt sagen, er ist ganz okay. Manchmal sollten die Menschen öfter miteinander reden, statt zu kämpfen.«

»Da hast du wirklich recht, Jörn.«

»Ich weiß.« Der junge Mann lächelte verlegen. »Ich muss weiter. Ach ja, nächstes Mal lade ich dich zu einem Eis ein.«

»Du mich?« Mads zog die Brauen hoch.

»Ja, ich dich. Wenn Jonas sich ändern kann, kann ich das auch. Ich hoffe, du nimmst meine Einladung an.«

»Sehr gerne.«

»Einladung?«, fragte Emma, die jetzt zu ihnen stieß und die letzten Worte wohl gehört hatte.

»Ich habe Thor gerade zum Eisessen eingeladen.«

»Das ist sehr lieb von dir.«

»Ich hoffe, du bist mir nicht böse, wenn ich dich nicht auch noch einladen kann, so viel Geld habe ich leider nicht.«

»Das ist absolut okay. Ich bin dir nicht böse.«

»Sehr lieb von dir. Ich muss jetzt auch weiter. Macht es gut.«

»Du auch.«

Emma reichte Mads einen Becher mit Kaffee und setzte sich neben ihn. »Was ist denn mit Jörn passiert?«

»Das wüsste ich auch gern. Kann mir schwer vorstellen, dass er sein Versprechen einlöst, aber ich lasse mich überraschen.«

»Ich bin mir sicher, dass er es tun wird.« Emma lächelte.

Mads nahm einen Schluck aus seinem Becher und sah wieder nachdenklich zu den Booten. Emma schien seinem Blick zu folgen.

»Wie geht es dir?«

»Alles gut, danke.«

»Lena meinte, du hättest viel Blut verloren.«

»Hast du mit ihr telefoniert?«

»Ja.« Emma sah Mads in die Augen. »Deine Schwester ist stark. Sie wird es schaffen, davon bin ich überzeugt.«

»Das wird sie«, sagte Mads rau.

»Wenn du etwas brauchst oder Lena, sagt es mir. Ich bin für euch da.«

»Danke. Mit mir ist alles okay.«

»Sicher? Du hast viel Blut verloren, du wurdest mit einem Messer verletzt.«

»Es hat keine wichtigen Organe getroffen.« Mads umschloss den Kaffeebecher fester. »Es war meine Schuld, dass es so weit kommen konnte.«

»Wie meinst du das?«

Er sah auf. »Ich habe den ganzen Bauernhof durchsucht, dabei habe ich ihn immer im Auge gehabt, aber im Keller, wo dieser schöne alte Porsche 356 stand, da hat sich Lafleur gegen die Wand gelehnt und wohl aus dem Regal neben ihm ein Messer genommen. Er muss es sich in die Hosentasche gesteckt haben, ohne dass ich es bemerkt habe, weil ich kurz abgelenkt war.«

»Ihr Männer und eure Autos«, scherzte Emma, wurde aber gleich wieder ernst. »Sicher, dass du dich im Krankenhaus nicht noch mal durchchecken lassen möchtest?« Ihre Augen drückten Sorge aus.

Mads glaubte ihr, dass sie ernsthaft um seine Gesundheit besorgt war und nicht bloß ein paar aufmunternde Worte sagen wollte. Genau deswegen hatte sich Emma in sein Herz gezaubert.

»Sie haben mich doch längst durchgecheckt. Mir geht es gut.«

»Lena meinte, du hättest dich selbst entlassen.«

»Ich bin okay, wirklich. Mach dir bitte keine Sorgen«, blieb er standhaft.

»Ich möchte es gern glauben. Du weißt, dass du mir sehr wichtig bist.« Emma atmete tief durch. »Du hast mir das Leben gerettet. In meinen Gedanken bist du mein Held und niemand, der verletzt werden kann.« Sie schaute Mads an, ihre Blicke trafen sich und plötzlich war da wieder dieses Gefühl, das Mads fast um den Verstand brachte. Er konnte nicht anders, er beugte sich zu ihr vor und wollte sie küssen, aber Emma drehte sich weg.

»Verzeih«, sagte Mads hastig, »ich weiß auch nicht, was gerade …«

»Du musst dich nicht entschuldigen«, erwiderte Emma. »Es ist nichts passiert.« Sie sah auf ihren Kaffeebecher und drehte ihn langsam in der Hand, dann blickte sie wieder Mads an. »Es gab eine Zeit, da habe ich mir nichts sehnlicher gewünscht als das hier, dass du mir deine Gefühle zeigst. Aber jetzt habe ich einen Freund, und ich gehöre nicht zu den Frauen, die ihren Freund betrügen. Ebenso wenig wie ich es akzeptieren könnte, dass mein Freund mich betrügt. Eine Beziehung ist für mich immer exklusiv. Leider hatte ich nie das Gefühl, dass du das je verstanden hast. Schade.« Emma stand auf. Sie wirkte traurig. »Pass auf dich auf, Mads, und grüß mir deine Schwester ganz lieb. Ich wünsche mir so sehr, dass wir beide gute Freunde werden, dass du mir vertraust, so wie ich dir immer vertraut habe. Ich habe es ernst gemeint, als ich sagte, dass du mir sehr wichtig bist. Aber als Freund. Mein Partner ist Stefan, ich werde ihm nicht das Herz brechen für eine Hoffnung, die sich möglicherweise nie erfüllt.«

Bevor Mads etwas erwidern konnte, drehte sich Emma um und entfernte sich mit schnellen Schritten.

Du hast es verbockt, dachte Mads bitter. Nun hatte er die Gewissheit, dass er Emma verloren hatte. Gleichzeitig hatte er den größten Respekt vor ihr. Als sie den Kuss eben nicht erwidert hatte, hatte sie nur bewiesen, warum sie in seinen Augen so eine besondere Frau war.

»Ich werde immer für dich da sein und dich beschützen. Egal, ob du mich liebst oder nicht«, sagte er leise. Dann stand er auf, warf den leeren Kaffeebecher in den Mülleimer, nahm sein Surfbrett unter den Arm und ging nach Hause.

60

Lena wusste, dass sie jederzeit wieder genauso gehandelt hätte. Sie liebte ihren Bruder und als sie ihn hatte schreien hören, hatte sie das einzig Richtige getan und war gerannt, als würde ihr eigenes Leben davon abhängen.

Jetzt musste sie mit den Konsequenzen klarkommen.

»Woran denkst du, Schatz?«, fragte Christian.

Sie hatten es sich auf der Couch gemütlich gemacht.

»An nichts.«

»Sicher?«

»Ja, ganz sicher.« Lena lächelte. Sie wollte mit Christian nicht über Mads sprechen.

»Du wirst wieder gehen können, mach dir keine Sorgen«, sagte Christian. »Der Arzt hat doch gesagt, dass es vermutlich daran liegt, dass du irgendwelche Nerven überstrapaziert hast.«

Lena schmiegte sich an ihren Freund, sie wollte nicht über ihre steifen Beine sprechen, die einen Dauerschmerz erzeugten, der sie kaum zur Ruhe kommen ließ. Vor allem um die Kniegelenke herum. Im Krankenhaus hatten sie eine Überlastung festgestellt, aber nichts, was wirklich erklärte, warum sie kaum mehr einen Meter gehen konnte, ohne dass ihre Beine nachgaben.

Ihr Hausarzt hatte ihr die leise Hoffnung gemacht, dass ihre Nerven überreizt sein könnten, weil sie die Treppen zu schnell hochgesprintet war. Aber eine echte Erklärung für ihren Zustand war das nicht.

Das Einzige, was Lena wusste, war, dass sich ihre Konstitution verschlechtert, statt verbessert hatte, und ob sie jeder wieder würde laufen können, stand in den Sternen.

Christian gab ihr einen Kuss.

»Mir ist es egal, ob du gehen kannst oder nicht, weil ich dich liebe, dich immer geliebt habe, seit wir Kinder sind.«

»Das ist sehr süß von dir.«

»Ich meine das ernst.« Er richtete sich ein wenig auf, um ihr in die Augen schauen zu können. »Du und ich, wir gehören zusammen. Ich weiß, dass es eine Zeit gab, wo ich nicht gut zu dir war. Eine Zeit, für die ich mich sehr schäme. Der Alkohol hat aus mir damals einen Menschen gemacht, den ich verabscheue.«

»Du musst dich nicht schämen, ich habe dir verziehen.« Lena strich ihm zärtlich über die Wange.

»Und das werde ich dir niemals vergessen. Ich werde der Mann sein, den du verdienst.«

Lena war zu Tränen gerührt. Nicht nur wegen Christians Worten, sondern wegen der gesamten Situation. Dass Christian trotz ihrer Behinderung zu ihr und ihrer Liebe hielt, war für sie der größte Liebesbeweis, den sie sich wünschen konnte. Zu schade nur, dass Mads noch immer nicht glauben wollte, dass Christian zu einem besseren Menschen geworden war.

»Möchtest du noch einen Schluck?«, fragte Christian.

»Gerne.«

Er schenkte ihr und sich Rotwein ein, dann stießen beide an und gönnten sich einen Schluck.

»Gemeinsam schaffen wir alles.«

»Gemeinsam«, stimmte Lena zu und gab ihrem Freund einen Kuss.

»Du bist meine Familie, Lena. Du bist der wichtigste Mensch für mich, und ich hoffe, dass wir beide diese Familie irgendwann vergrößern werden.« Er zwinkerte ihr zu.

»Das ist ein schöner Gedanke, am liebsten hätte ich zwei Kinder.«

»Dann werden wir zwei Kinder haben. Zwei Kinder, die im Garten spielen.«

»Aber meine Wohnung hat keinen Garten und deine auch nicht.« Sie sah ihn fragend an. Ihr wurde ganz warm ums Herz, dass sich Christian schon Gedanken über die Familienplanung machte, denn sie konnte sich ein Leben ohne Kinder nicht vorstellen, egal ob sie gehen konnte. Sie wusste, dass sie irgendwann heiraten und Kinder haben wollte.

»Dann kaufen wir uns ein Haus.«

»Weißt du, was das kostet? Auf jeden Fall können wir uns keines am Strand leisten.«

»Aber du liebst den Strand.«

»Ich weiß, nur wie sollen wir das realisieren? Das ist ein unmöglicher Traum.« Lena schüttelte den Kopf.

»Ich nehme einen Kredit auf. Wir verkaufen, was wir haben, dann haben wir eine Anzahlung für das Haus.«

»Ich habe aber nur die Hälfte von der Wohnung unserer Eltern.«

»Und die andere Hälfte?«

»Die gehört Mads.«

»Sie sollte aber dir gehören. Das ist schon unfair«, bemerkte Christian.

»Wie meinst du das?«

»Mads hat dich allein gelassen, als eure Mutter Krebs hatte. Du hast dich bis zum Schluss um sie gekümmert, während Mads sich der Verantwortung entzogen hat, das habe ich dir doch schon so oft erklärt. Du hast die Last allein getragen, und erst als deine liebe Mutter gestorben ist, ist dein Herr Bruder zurückgekehrt. Wenn er ein Mann ist und dich als Bruder wirklich liebt, wird er auf seinen Anteil verzichten.«

»Das kann ich nicht von ihm erwarten.«

»Das solltest du aber. Denk doch nur ein Mal an dich und dein Glück. Mit dem Verkauf der Wohnung hätten wir Geld für ein Häuschen hier in Niendorf, mit einem kleinen Garten, in dem unsere Kinder spielen können. Warum sollte sich Mads deinem Glück in den Weg stellen, wenn er dich liebt?«

Lena wusste gerade nicht, was sie denken sollte. Christians Vision klang schön, aber warum sollte Mads auf sein Erbe verzichten?

»Und hast du mir nicht mal erzählt, dass Mads selbst gesagt hat, dass er auf sein Erbe verzichten würde?«, redete Christian weiter.

»Ja, aber das hat er aus dem Kummer heraus gesagt.«

»Wenn er dich liebt, wird er es tun«, wiederholte Christian. »Denk doch endlich mal an dich und dein Glück, Schatz. Was kann es schaden, wenn du ihn an sein Versprechen erinnerst?«

»Ich würde mich schlecht dabei fühlen.«

»Warum? Weil du dich allein um deine todkranke Mutter gekümmert hast? Weil du jetzt ein Mal in deinem Leben an dich und deine eigene Familie denkst? Du bist die letzte Person, die sich für irgendetwas schämen muss. Soll ich mit ihm reden?«

»Nein, ich mache das«, beeilte sich Lena zu erwidern, obwohl sie überhaupt nicht über Geld, die Wohnung, die Eltern oder Mads sprechen wollte. Sie wollte nur in die Arme genommen werden, damit sie ihre Angst, dass sie vielleicht nie wieder würde gehen können, für einen Moment vergaß.

»Ich liebe dich«, sagte sie und sah Christian an.

»Ich dich auch. Und ich werde alles tun, damit du glücklich bist. Alles.« Er gab ihr einen Kuss und drückte sie an sich.

61

Wie kann Mama mir das nur antun?, dachte Gregor Tackenberg.

Dass sie doch zu seinem Vater zurückkehrte, war für ihn, als hätte sie all ihre Ideale verraten.

Weil sie glaubt, abhängig von ihm zu sein, gab er sich selbst die Antwort.

Er hatte seine Mutter immer geliebt. Zu seinem Vater dagegen hatte er schon als Kind ein schwieriges Verhältnis gehabt, und das erst recht, seit er sich ihm gegenüber geoutet hatte.

Sein Handy vibrierte. Es war eine Nachricht von Emma.

Amir und ich treffen uns in einer halben Stunde in der Seaside Lounge zum Frühstück, magst du auch kommen?

Ja, sehr gerne,

antwortete Gregor. Er war froh, dass Emma ihm geschrieben hatte, denn sein Kopf war voller Zweifel und Ängste. Sein Lebensgefährte Taner würde erst in zwei Stunden zu ihm kommen und er wollte jetzt nicht allein sein.

Er stand von seinem Bett auf, machte sich frisch, zog sich an und verließ seine kleine Wohnung in Niendorf, für die seine Mutter die Miete zahlte.

Er hätte auch in der Villa seines Vaters leben können, aber das war für ihn ausgeschlossen, erst recht nach all dem, was vorgefallen war.

Dass sein Vater zur Normalität zurückwollte, konnte Gregor einfach nicht begreifen, denn nichts war normal seit dem brutalen Mord an Fabienne, seiner minderjährigen Schwester.

Als er die Terrasse der *Seaside Lounge* betrat, sah er Amir und Emma schon an einem Tisch sitzen. Sie begrüßten sich und Gregor nahm bei ihnen Platz.

»Schön, dich zu sehen«, hörte er Jule sagen, die jetzt an den Tisch trat, um die Bestellung entgegenzunehmen.

»Ich freue mich auch«, antwortete Gregor. Er war unglaublich froh, dass er Emma kennengelernt hatte. Durch sie hatte er wieder Kontakt zu Amir, mit dem er vor langer Zeit eine Affäre gehabt hatte, als er in Timmendorf in der Familienvilla Urlaub machte. Und er hatte ein freundschaftliches Verhältnis zu Jule entwickelt. Er mochte sie alle, sie hatten sich schnell einen Platz in seinem Herzen erobert.

Eigentlich hatte Gregor in Hamburg gewohnt, aber seit einigen Wochen lebte er in Niendorf und das nicht zuletzt wegen Emma und seiner neuen Freunde. Bei ihnen fühlte er sich wohl und konnte so sein, wie er wirklich war, ohne sich verstellen zu müssen.

»Wie geht es euch?«, fragte Gregor.

»Alles bestens«, antwortete Amir. »Und dir?«

»Ich wünschte, ich könnte das auch sagen.«

»Was bedrückt dich denn?«, erkundigte sich Emma.

»Es ist wegen meiner Mutter.«

»Was hat sie verbrochen?«

»Sie möchte meinem Vater eine zweite Chance geben.«

»Das ist doch schön«, sagte Emma.

»Nein, ist es nicht. Er behandelt sie schlecht, und ich dachte, sie hätte es endlich geschafft, sich von ihm und seiner dominanten Art zu befreien. Aber leider lag ich da wohl nicht richtig.« Gregor seufzte. »Frank wird sich niemals ändern und meine Mutter wird wieder darunter leiden.«

»Vielleicht muss man den Menschen eine zweite Chance geben. Möglicherweise hat sich dein Vater geändert nach dem Schicksalsschlag.«

Gregor lachte auf. »Ihr kennt meinen Vater nicht. Er ist das personifizierte Böse«, antwortete er ein wenig zu schrill, dabei klang seine Stimme für einen Mann schon recht hoch. Fast wäre ihm noch herausgerutscht, dass sein Vater seine Mutter zu allem Überfluss weiterhin betrog, und das, obwohl Fabienne tot war und seine Mutter wieder zu ihm zurückgekommen war. Wie könnte er diesem Mann jemals verzeihen?

»Emma hat recht, Gregor. Ich weiß, du hast ein schwieriges Verhältnis zu ihm. Aber der Verlust von Fabienne kann euch zusammenschweißen«, hielt Amir dagegen.

»Nein, ihr versteht das nicht. Mein Vater wird sich niemals ändern. Er hat sich kein einziges Mal bei mir gemeldet, obwohl er weiß, dass ich in Niendorf lebe. Das Letzte, was er mir an den Kopf geworfen hat, ist, dass ich als Sohn eine Enttäuschung und eine Schande sei. Dass ich nicht von ihm sein könne, weil er keine Tucken zeuge. Wenn er einen Sohn hätte, würde er nach Mads kommen. Nur Fabienne sei sein wahres Kind.«

»Das hat er wirklich gesagt?« Emma wirkte überrascht.

»Ja, und ich hasse ihn. Aber noch mehr hasse ich inzwischen meine Mutter, weil sie zu diesem rücksichtslosen Mann zurückgekehrt ist.« Jetzt konnte Gregor seine Tränen nicht mehr zurückhalten. Emma, die neben ihm saß, nahm ihn in die Arme.

»Du bist ein toller Mensch, und kein Tackenberg der Welt kann etwas an dieser Tatsache ändern. Wir sind immer für dich da.«

»Ich weiß, ich liebe euch.« Gregor wischte sich die Tränen vom Gesicht. »Ich wollte euch nicht den Tag verderben, tut mir leid.«

»Das muss es nicht.«

»Und genau deswegen trinken wir drei Hübschen jetzt ein Glas Champagner, damit spült man Ärger am besten weg«, schlug Amir vor und bestellte bei Jule eine Flasche.

»Champagner hilft immer«, sagte Gregor lächelnd, er fühlte sich gleich viel besser.

»Ich weiß«, antwortete Amir.

Jule kam mit der Flasche zu ihnen.

»Du trinkst einen mit, Süße«, sagte Gregor an Jule gerichtet.

»Darum musst du mich kein zweites Mal bitten«, gab Jule keck zurück.

Amir öffnete die Flasche, der Korken flog durch die Luft und alle applaudierten, dann füllte Jule die Gläser und sie stießen an.

»Ich bring euch gleich euer Frühstück«, sagte sie und entfernte sich. Das halbvolle Glas ließ sie zurück. Sicherlich würde sie nachher den Rest mit ihnen gemeinsam trinken.

»Und jetzt kein Wort mehr über irgendwelche gefühllosen Väter. Wir haben uns dieses schöne Frühstück mit guten Freunden alle verdient«, sagte Amir.

»Auf die Freundschaft.« Gregor hob sein Schampusglas und sie stießen noch einmal an.

»Wo ist eigentlich Taner?«, fragte Amir.

»Wir treffen uns gleich in meiner Wohnung. Er hatte heute Morgen ein Vorsprechen.«

Amir pfiff leise durch die Zähne, doch da Jule jetzt das Frühstück brachte, wartete Gregor kurz mit weiteren Erklärungen. Jule gönnte sich einen Schluck von ihrem Champagner, wünschte ihnen einen guten Appetit und entfernte sich wieder.

»Ein Vorsprechen?«, fragte Amir nach.

»Für eine Serienrolle. So ein neues Format für Netflix.«

»Das sind doch gute Nachrichten. Wer hat den Kontakt vermittelt?«, erkundigte sich Emma.

»Eine Freundin von mir.«

»Du musst ihn sehr lieben, wenn du ihm das Vorsprechen besorgt hast«, sagte Amir, er schien nicht sonderlich begeistert.

»Ich habe noch nie einen Menschen so geliebt wie Taner. Er bedeutet mir alles. Ohne ihn wäre ich nach all dem in ein ganz tiefes Loch gefallen und nie wieder herausgekommen.«

»Mach dich nicht kleiner, als du bist. Du bist viel stärker, als du annimmst«, hielt Amir dagegen.

»Sehr lieb von dir, aber ich bin schon ziemlich labil, weil mein dominanter Vater mir immer zu verstehen gegeben hat, was für eine Enttäuschung ich für ihn sei.« Gregor schwieg einen Moment. Irgendwie hatte er das Gefühl, dass Amir seinen Freund nicht mochte. »Wenn du Taner etwas näher kennenlernst, wirst du sehen, was für ein lieber und herzlicher Mann er ist«, fügte er daher hinzu.

Amir legte sein Besteck beiseite und beugte sich leicht vor. »Darf ich dich was fragen?«

»Klar, seit wann bist du so schüchtern?« Gregor lächelte, er spürte, dass es gequält aussehen musste.

»Hat Taner dich je zu etwas eingeladen?«

»Wie meinst du das?«

»Na, hat er dich mal zum Essen oder auf einen Cocktail ausgeführt.«

»Ist das denn wichtig?«

»Wenn man jemanden liebt, lädt man ihn auch mal ein.«

Gregor runzelte die Stirn. »Ich habe doch viel mehr Geld als er. Mir macht es nichts aus, zu zahlen. Geld sollte in einer Liebe keine Rolle spielen.«

»Du hast recht, Gregor. Geld sollte in der Liebe nebensächlich sein«, pflichtete Emma ihm bei. Es schien, als wollte sie den kleinen Disput zwischen ihnen schlichten.

»Glaubt mir, Taner ist ein guter und liebevoller Mensch. Ihr müsst ihm nur eine Chance geben.«

»Das werden wir, versprochen«, sagte Emma sogleich.

Gregor lächelte sie dankbar an, dann schob er seinen Teller ein wenig von sich weg. »Ich muss leider los. Mein Schatz ist gleich zu Hause.«

»War schön, dass du gekommen bist«, sagte Emma und strich ihm über den Arm.

Gregor winkte Jule zu sich.

»Was machst du?«, fragte Amir.

»Na, zahlen.«

»Ganz sicher nicht, wir haben dich hergebeten. Ich mache das«, antwortete Amir.

»Das musst du nicht. Ich zahle gerne.«

»Ich auch. Das gehört sich so in einer ehrlichen Freundschaft.«

»Lass uns das übernehmen, nächstes Mal bist du dran«, schlug Emma vor.

»Einverstanden«, sagte Gregor, obwohl es ihm unangenehm war, immerhin war nur seinetwegen Champagner bestellt worden.

Er verabschiedete sich von seinen Freunden einschließlich Jule und eilte nach Hause.

Vor der Haustür sah er auch schon Taner. Sie begrüßten sich mit einem Kuss.

»Wo warst du?«, fragte Taner.

»Mit Emma und Freunden frühstücken, du hast was verpasst«, antwortete Gregor schmunzelnd. »Wie war dein Casting?«

»Ich glaube, ganz gut.«

»Und wann weißt du, ob du die Rolle bekommst?«

»Vermutlich in zwei Wochen.«

Sie gingen ins Haus, fuhren mit dem Fahrstuhl nach oben und betraten kurz darauf Gregors Wohnung.

»Möchtest du einen Kaffee?«, fragte Gregor.

»Das wäre sehr lieb«, antwortete Taner und ging ins Wohnzimmer, während Gregor für beide einen Kaffee zubereitete.

Anschließend setzte er sich mit den beiden Bechern zu Taner aufs Sofa und reichte seinem Schatz einen davon.

»Ich habe nachgedacht«, sagte Gregor nach einer Weile.

»Worüber?«

»Wegen dieser Sache.«

»Du meinst der E-Mail an deinen Papa?«

»Ja, genau. Ich weiß nicht, ob wir das wirklich durchziehen sollten«, sagte Gregor und spürte, wie er sich verkrampfte.

»Kriegst du kalte Füße?«, fragte Taner.

»Das nicht.«

»Hast du etwa vergessen, was er dir und deiner Mutter angetan hat?«

»Nein, aber vielleicht ist es eine Chance für beide, bei null anzufangen. Das war vermutlich von Anfang an keine gute Idee.« Er blickte auf seine Hände.

Vor Monaten hatten sie gemeinsam seinen Vater mit einem Foto erpresst, an das Taner durch Zufall gelangt war. Die Sache hatten sie aber nicht nur angestoßen, weil sie Geld für sein schäbiges Verhalten verlangten, sondern vor allem, weil sie Gregors Vater mit der Aktion wissen lassen wollten, dass sie von dessen Affäre wussten und dass es besser wäre, sie zu beenden. Doch dann war Fabienne ermordet worden und Gregor war so vom Kummer beherrscht, dass er die Erpressung nicht mehr hatte durchziehen können. Außerdem hatte er das Gefühl gehabt, dass seine Mutter sich endlich von diesem Tyrannen trennen würde, daher hatte es für ihn keinen Grund gegeben, seinen Vater weiter zu erpressen. Doch jetzt, wo seine Mutter wieder zu ihm ziehen wollte, sah die Sache anders aus.

»Schatz, du hast einfach ein zu großes Herz. Wenn dein Vater es ernst meinte, hätte er die Affäre mit seiner jungen Schlampe beendet«, entgegnete Taner.

»Und was, wenn er das jetzt doch tut?«

»Wird er nicht.« Taner legte ihm eine Hand auf den Oberschenkel und wandte sich zu ihm. »Er hat es verdient, dass er für seine Bösartigkeit bezahlt. Sonst denkt er, dass er mit allem durchkommt.« Dann zog er Gregor an sich. »Ich liebe dich, wir ziehen das gemeinsam durch.« Taner küsste ihn. »Ich bin immer für dich da. Wir dürfen jetzt nicht schwach werden, damit helfen wir weder dir noch deiner

Mutter. Dein Vater muss für das bezahlen, was er dir und Giselle angetan hat.«

Gregor schluckte den Kloß in seinem Hals herunter. Taner hatte recht, er durfte jetzt nicht wankelmütig werden. Dass sie seinen Vater mit dem Foto, auf dem er und seine junge Geliebte zu sehen waren, erpressten, war allein dessen Schuld.

»Okay, wir ziehen das durch«, antwortete Gregor und küsste seinen Freund.

»Zusammen schaffen wir alles. Du darfst nur niemals an mir und unserer Liebe zweifeln.«

»Das werde ich nicht.«

»Versprich mir das.« Taner sah ihm ernst in die Augen.

»Mach ich.«

»So ist es brav.« Taner stellte seinen Becher auf dem Tisch ab, dann nahm er Gregors Becher und stellte ihn daneben.

»Was wird das?«, fragte Gregor.

»Was denkst du wohl?« Taner zog ihm das T-Shirt über den Kopf und küsste ihn leidenschaftlich.

Gregors Herz raste. Er liebte Taner, wie er noch nie einen Mann zuvor geliebt hatte, und er wusste, dass er ihm hoffnungslos verfallen war. Er würde alles tun, was Taner von ihm verlangte.

– Ende –

Anmerkungen des Autors

Fast die Hälfte aller Mieter und Hausbesitzer geben an, dass sie gelegentlich von Ihren Nachbarn genervt sind. Sicherlich wird das auch vielen Lesern dieses Küstenkrimis vertraut vorkommen, daher lag es nahe, dass ich einen Krimi über dieses Thema schreibe. Bei den meisten Nachbarschaftsstreitigkeiten geht es glücklicherweise um Bagatellen und oft werden diese Streitereien friedlich gelöst. Doch leider gibt es auch Auseinandersetzungen, die tödlich enden.

Ein solcher Fall ereignete sich im Oktober dieses Jahres in Saarbrücken. Nachbarn stritten sich wegen Lärmbelästigung und der Streit eskalierte dermaßen, dass der eine Nachbar den anderen mit Messerstichen tödlich verletzte.

Eine kurze Suche auf Google zeigt unzählige weitere solcher Beispiele, daher ist der hier meiner Fantasie entsprungene Fall leider absolut realistisch. Dabei sind viele Streitereien durch ein vernünftiges Gespräch schnell aus der Welt zu schaffen. Sollten Sie sich also einmal so richtig über Ihre Nachbarn ärgern, reden Sie mit ihnen, zeigen Sie ihnen Ihre Sicht mit freundlichen Worten, und sollte das keine Reaktion zeigen, informieren Sie das Ordnungsamt, statt direkt mit einer Klage zu drohen.

In diesem Küstenkrimi war der Nachbarschaftsstreit allerdings nicht der Auslöser für den Mord, sondern krankhafte Liebe.

Ich hoffe, dass Sie erst zum Ende der Geschichte auf den wahren Täter gekommen sind, und wenn Sie es doch früher geahnt haben, dass es der Spannung keinen Abbruch getan hat.

Sicherlich werden Sie wie ich über die Szene mit dem elektrischen Rollstuhl auf der Autobahn geschmunzelt haben. Sollten Sie glauben, dass diese Szene erfunden ist, muss ich Sie leider enttäuschen, auch dieser Vorfall beruht auf wahren Ereignissen. Als ich den Krimi schrieb, las ich einen Artikel über einen älteren Herrn, der sich mit seinem elektrischen Rollstuhl auf die Autobahn verirrt hatte, glücklicherweise aber von der Polizei gestoppt und sicher an sein Ziel gebracht werden konnte. Ich musste diese Szene unbedingt in mein Buch einfügen, denn das Persönliche zwischen Albert und Gustav sollte in diesem Roman etwas in den Vordergrund rücken.

Gerade diese zwischenmenschlichen Momente haben in den Küstenkrimis einen hohen Stellenwert, zeigen sie doch, dass die Familie Johannsen und Albert, egal wie sehr sie sich zoffen, am Ende stets zusammenhalten. So auch diesmal, als der Bürgermeister sich immer wieder in die Ermittlungen einmischt in der Hoffnung, Einfluss darauf nehmen zu können.

Albert nervt – nicht nur den einen oder anderen Leser, sondern auch Gustav, seinen ältesten Freund. Trotzdem sind die beiden beste Freunde, weil Gustav weiß, dass er sich immer auf Albert verlassen kann, wenn es hart auf hart kommt.

Häufig bekomme ich Leserpost zu Albert. Die Figur polarisiert die Leserinnen und Leser, und ich muss gestehen, ich höre das gern, denn genau deswegen habe ich Albert erschaffen. Er soll keiner der großen Sympathieträger sein, er soll polarisieren, weil er so ist, wie er ist. Mit all seinen Ecken und Kanten ist er enorm wichtig für die Geschichte, und mal Hand auf's Herz: Würde in den Küstenkrimis nicht etwas fehlen, wenn es Albert nicht gäbe?

Sicherlich werden Sie sich beim Lesen Gedanken über Polizeigewalt gemacht haben. Mads schlägt einen Minderjährigen, mehr als für einen rational handelnden Menschen vertretbar, und im echten Leben würde man ihn mit Sicherheit dafür belangen.

Warum ich das hier nicht umgesetzt habe? Ich könnte sagen, weil es ein fiktiver Krimi ist, aber so leicht möchte ich es mir nicht machen. Ich habe die Szene so beschrieben, weil ich die extrem innige Bindung zwischen Mads und Lena unterstreichen möchte. Seit der schweren Verletzung von Lena glaubt Mads, seine Schwester um jeden Preis beschützen zu müssen, und Jonas Pahle ist als Sechzehnjähriger mit seinen einen Meter achtzig alles andere als ein Kind für Mads. Er ist ein Drogendealer und er hat es gewagt, seine Schwester zusammenzuschlagen, da sieht ein Charakter wie Mads rot und er tut, was er tun muss.

Doch auch Mads ist eine komplexe Persönlichkeit. Er glaubt, dass er perfekt ist, zumindest nahezu, aber diese Szene zeigt, dass er es nicht ist. Dass er große Verlustängste hat. Er hat seinen Vater und seine Mutter verloren, und der Gedanke, dass seiner Schwester etwas passieren könnte, ist für ihn unerträglich. Dass Gustav seinen Neffen in der Folge in Schutz nimmt, erklärt sich von selbst, denke ich.

Gustav und Albert wiederum gehören zu einer anderen Generation. Gustav glaubt an den norddeutschen Klüngel, auch wenn er deshalb immer wieder dagegen stichelt, sobald Albert ihm einen Anlass dazu bietet. Dennoch ist Gustav bereit, über manche Regeln hinwegzusehen, wenn es ihm einen Vorteil bringt oder er damit seine Familie schützen kann, da er ergebnisorientiert handelt. Das kann man mögen oder nicht. Trotzdem verbiegt sich ein Polizeichef wie Gustav nicht mehr.

Genug zu Gustav und Albert, denn auch bei Lena tut sich etwas. Was hat es mit Christian auf sich? Was bezweckt er mit seiner Beziehung zu Lena? Ist es wirklich die bedingungslose Liebe, die ihn dazu antreibt, die Geschwister gegeneinander auszuspielen, weil er sich eine Familie mit Lena wünscht und glaubt, dass Mads ihr nicht guttut, oder hat Mads mit seinem Gefühl recht, dass Christian ein falsches Spiel spielt?

Es wird spannend und noch sehr dramatisch, mehr möchte ich nicht verraten. Immerhin ist dank Alberts geheimen Einsatzes mittlerweile klar, dass Mads kein Kind hat. Eine Sorge weniger für Mads, aber was ist mit seinen Gefühlen für Emma? Endlich hat er sich getraut, ihr näherzukommen, ihr seine Gefühle zu gestehen und sie zu küssen, doch Emma hat sich dem Kuss entzogen.

War das ein endgültiges Zeichen, dass es zwischen Mads und Emma diese Liebe niemals geben wird?

Ich kann Ihnen nichts versprechen, da ich selbst nicht weiß, wohin die Reise mit den beiden geht. Vielleicht weiß ich es aber doch und bin nur so gemein, es nicht zu verraten.

Die letzten Zeilen dieses Nachworts sollen Gregor gelten, der unter der Dominanz seines Vaters so unglaublich leidet und glaubt, dass er ihm mit der Erpressung eins auswischen und ihn auch einmal leiden lassen kann. Doch welche Rolle spielt Taner dabei? Ist er wirklich nur um das Wohl von Gregor besorgt oder möchte er mit dem Geld seine Karriere als erfolgreicher Influencer pushen und selbst reich und berühmt werden?

Sie sehen, es gibt einige offene Fragen, die hoffentlich Lust auf den nächsten spannenden Küstenkrimi machen.

Bis dahin bleibt mir nur, Ihnen alles Gute zu wünschen und zu hoffen, dass Sie sich genauso auf das Lesen des nächsten Küstenkrimis freuen wie ich mich darauf, ihn zu schreiben.

Ihr
Salim Güler

Wichtige reale Orte im Buch

Bayside Hotel, Scharbeutz
Ostsee Therme, Scharbeutz
Seaside Lounge, Niendorf
Lieblingsplatz, Niendorf
Wolkenlos, Timmendorfer Strand
Ahoi Kaffee, Niendorf, Haffkrug
Maritim Hotel, Timmendorfer Strand
Peter Pane, Timmendorfer Strand

Ausgedachte Location:

Olis und Alis Imbiss ist meiner Fantasie entsprungen.

Der Autor

Salim Güler, aufgewachsen in Norddeutschland, studierte in Köln Wirtschaftswissenschaften und promovierte an der TU-Chemnitz.

Schon als Schüler begann er mit dem Schreiben von selbsterfundenen Geschichten und diese Leidenschaft ließ ihn bis heute nicht los.

In seinen Romanen finden sich immer wieder gesellschaftlich aktuelle Themen, die er geschickt in eine fiktive und hochspannende Geschichte einzubetten versteht.

Seine Bücher landen regelmäßig in den Bestsellerlisten der Amazon und Bild Verkaufs-Charts. Mit mehr als 2 Million verkaufter Bücher gehört er zu den beliebtesten und erfolgreichsten Krimi- und Thriller-Autoren Deutschlands.

Güler ist sehr am Austausch mit seinen Leserinnen und Lesern interessiert und freut sich daher über jeden Kontakt, entweder über Facebook oder über seine Homepage.

www.salim-gueler.de
https://www.facebook.com/salim.gueler.autor
https://www.instagram.com/salimgueler